Doris R. Thomas wohnt im schönen Oberbayern und ist hauptberuflich im Controlling und Human Resources tätig. Wenn sie nicht gerade hoffnungslos romantische Liebesromane schreibt oder liest, reist sie gerne an die Schauplätze ihrer Romane. Mit ihren Büchern möchte sie die Herzen ihrer Leser:innen genauso berühren wie die Zuschauer:innen, die sie als Laienschauspielerin auf der Bühne begeistert.

DORIS R. THOMAS

Verliebt
in
Greenkenny

Ein Irland-Liebesroman

Erstausgabe September 2023

Copyright © 2023 dp Verlag, ein Imprint der
dp DIGITAL PUBLISHERS GmbH
Made in Stuttgart with ♥
Alle Rechte vorbehalten

Verliebt in Greenkenny

ISBN 978-3- 98778-549-8
E-Book-ISBN 978-3- 98778-428-6
Hörbuch-ISBN: 978-3-98778-586-3

Dieses Werk wurde vermittelt durch die Autoren- und Projekt-
agentur Gerd F. Rumler (München).

Covergestaltung: Anne Gebhardt
Umschlaggestaltung: ARTC.ore Design
Unter Verwendung von Abbildungen von
shutterstock.com: © RudiErnst, © Christie Cooper,
© Rita_Kochmarjova
stock.adobe.com: © detshana, © volgariver, © Stephen Finn
elements.envato.com: © PixelSquid360
Lektorat: Astrid Rahlfs
Satz: dp DIGITAL PUBLISHERS GmbH
Druck und Bindung: Books on Demand GmbH, Norderstedt

1

Die Bilder sind echt amüsant und ich verkneife mir ein Grinsen. Wie soll ich mich da bitte schön auf das Online-Meeting konzentrieren? Checkt Rebecca nicht, dass sie den Monitor nach ihrer Präsentation weiterhin für alle Teilnehmer freigegeben hat und jeder sehen kann, wie sie sich durch ihr privates Fotoalbum klickt?

Aufmerksam studiere ich die Gesichter der anderen Kollegen auf dem Bildschirm, die zum Teil im Homeoffice sitzen. Ihre Mienen sind stocksteif und geben keinerlei Aufschluss darüber, was sie von Rebeccas Fotopräsentation halten. Nicht mal der Chef runzelt die Stirn, sondern spricht unbeirrt über unsere vergangene Marktanalyse für *Nordmanneis*.

Eine Haarsträhne hat sich aus meinem Pferdeschwanz gelöst und fällt mir ins Gesicht. Rasch schiebe ich sie mit der linken Hand hinter das Ohr und greife mit der rechten nach der Kaffeetasse vor mir auf dem Schreibtisch. Das Bild, das jetzt auf dem Bildschirm auftaucht, zeigt meine Kollegin mit einem süffisanten Grinsen auf ihren knallrot geschminkten Lippen. O Gott, wie peinlich.

War ich eben noch von ihrer Präsentation amüsiert, wird mir nun allmählich klar, dass sie sich mehr und mehr unfreiwillig zum Gespött macht, wenn sie sich weiterhin dermaßen zur Schau stellt. Ich muss sie warnen. Das verlangt der weibliche Ehrenkodex von mir. Eilig stelle ich die Kaffeetasse auf dem Schreibtisch ab und öffne das Chatfenster am rechten unteren Bildschirmrand.

In der Zwischenzeit klickt sie munter weiter durch ihre Fotos, die sie in allen möglichen und unmöglichen Posen zeigen. Auf dem Foto, das sie gerade präsentiert, steckt ihr Hintern – der mit Sicherheit halb so breit ist wie meiner – in einem knappen Bikinihöschen, das ihre braungebrannten Pobacken perfekt in Szene setzt. Die Hände hat sie auf den Knien abgestützt, während sie mit feurigem Blick nach hinten direkt in die Linse lächelt, als wolle sie dem Fotografen sagen *Küss mich, Baby!*

»Pass auf, Rebecca«, tippe ich flink in die Tastatur und klicke auf *Senden*. Dabei fällt mir auf, dass ich meine Fingernägel unbedingt mal wieder feilen sollte.

»Die Marktanalyse für Nordmanneis hat zwar verhältnismäßig gute Resultate erreicht, jedoch ist da noch viel Luft nach oben«, erläutert der Chef gerade. »Frau Bach, würden Sie bitte Ihre ausgearbeitete Marktforschungsstrategie vorstellen?« Mein Boss ist der Einzige, der mich förmlich *Frau Bach* nennt. Für alle anderen bin ich Simone.

Mir bleibt keine Zeit mehr, die Nachricht an Rebecca weiter zu schreiben. Rasch öffne ich die Power Point Präsentation auf meinem Laptop. Sobald ich meinen Bildschirm freigegeben habe, werden ihre Bilder nicht mehr für alle sichtbar sein. Sie wird mir auf ewig danken, wenn ich ihr später davon erzähle. Gerade will ich den entsprechenden Button anklicken, als meine Augen an ihrem nächsten Bild haften wie Sekundenkleber.

Ich erstarre. Ist das ...? Mir wird heiß und ich merke, wie die Röte in meinem Gesicht aufsteigt. Das, was sich jetzt auf dem Bildschirm abspielt, will ich nicht sehen. Doch es ist wie bei einem Unfall: Ich muss einfach hinschauen. Was macht Alex auf ihren Bildern?

Verdammt!

Mein Alex!

Sein behaarter Oberkörper zieht sich über den kompletten Bildschirmausschnitt. Es folgen Fotos von ihm in knapper Badehose, beim romantischen Candle-Light-Dinner und bei der Entgegennahme seiner Auszeichnung, zu der ich nicht mitdurfte. Mir gegenüber hatte er behauptet, die Veranstaltung wäre stinklangweilig und Begleitpersonen seien unerwünscht. Jetzt ist mir klar, warum ich zu Hause bleiben musste. So ein Mistkerl! Der Gipfel ist das Foto von meinem Freund in den Boxershorts, die ich ihm zu Weihnachten geschenkt habe. Was für eine bodenlose Frechheit, dass er sie in Rebeccas Bett trägt! Ich wette, dass es ihres ist.

Mit geballter Faust schlage ich auf die Schreibtischplatte. Da ich das Mikro bereits eingeschaltet hatte, zucken einige Kollegen durch den dumpfen Laut zusammen.

In meinem Hals bildet sich ein dicker Kloß. Ich schnappe nach Luft und will am liebsten nur weg. Angespannt starre ich auf den Bildschirm und habe schweißnasse Hände.

Wie konnte ich eben noch Mitleid mit Rebecca haben?

2

Das Online-Meeting endet mit betretenen Mienen meiner Kollegen, die ich kaum ertrage. Rebecca, die sonst immer irgendwo auf den Gängen herumschwirrt, ist seit dem Meeting nirgends zu sehen. Gott sei Dank! Wortlos und mit gesenktem Kopf packe ich meine abgenutzte Lederhandtasche und kämpfe mit den Tränen. Über meine Kollegin Susanne lasse ich dem Chef ausrichten, dass ich Kopfweh habe und nach Hause gehe. Sicher wird ihm sofort klar sein, weshalb ich wirklich verschwinde. Doch es ist mir völlig egal. Ich muss raus hier. Zum Glück hat Alex heute einen Kundentermin und ist nicht im Büro.

In der S-Bahn, die mich in den Münchener Stadtteil Haidhausen bringt, lehne ich den Kopf an die Scheibe und presse die Lippen aufeinander. Jetzt nur nicht losheulen!

Zu Hause, in unserer gemeinsamen Dachgeschosswohnung angekommen, streife ich meine Pumps auf dem Eschenparkett im Flur ab und stelle sie ordentlich in das stylishe Schuhregal, das die Form einer gekrümmten Schlange hat. Alex hat es von einem französischen Designer erstanden und ist mächtig stolz darauf. In dem rahmenlosen Spiegel, der direkt darüber hängt, sehe ich in zwei matte Augen. Meine Haut wirkt fast so kalkweiß wie die Wände unserer Wohnräume.

Rasch wende ich den Blick ab, schlüpfe in meine warmen Hausschuhe und schleppe mich durch die Wohnung. Bei jedem Schritt begleiten mich die demütigenden Bilder von Alex und Rebecca. Ich versuche, sie aus meinem Hirn zu verbannen. Doch es gelingt mir nicht.

Wie in Trance schlurfe ich nach einer weiteren Stunde, in der ich mir die Augen ausgeheult habe, das Treppenhaus hinunter und hole ein paar Umzugskartons aus dem muffig riechenden Kellerabteil. Kalt ist es hier, doch auch in meinem Inneren ist es eisig.

Zurück in der Wohnung packe ich. Und zwar sämtliche Klamotten aus Alex' Schrankhälfte im Schlafzimmer. Gerade als ich die Sammlung seiner Basecaps aus allen Kontinenten in einen Karton knalle und ihn schließe, vernehme ich das Umdrehen des Schlüssels im Haustürschloss. Mein Herz rast und ich halte inne. Schritte gehen beinahe lautlos über das Parkett. Sekunden später steht Alex in der Schlafzimmertür.

»Simi, was machst du?« Er runzelt die Stirn und gibt sich nichtsahnend.

Ich erkenne an seinen verengten Pupillen, dass er längst weiß, dass ich von seiner Affäre erfahren habe.

»Wonach sieht es denn aus?«, antworte ich unterkühlt und vermeide den Blickkontakt. »Ich packe! Du ziehst aus. Und zwar noch heute.«

»Aber warum ...«

»Das fragst du noch?« Ich blitze ihn an. »Ich würde mich wundern, wenn du noch nicht mit Rebecca gesprochen hättest.«

Er macht einige Schritte auf mich zu und umfasst meine Ellenbogen. »Es ist nicht so, wie du denkst«, startet er in sanftem Tonfall einen kläglichen Versuch, sich zu rechtfertigen.

Spätestens jetzt bin ich mir sicher, dass er ganz genau weiß, worum es hier geht.

»So?« Ich schiebe ihn von mir. »Glaub mir, eure attraktiven Fotos waren eindeutig.«

»Ja ... es gibt diese Fotos.« Er reißt die Hände in die Höhe. »Aber das war doch nichts Ernstes«, spielt er die Affäre herunter.

Seine Worte prallen an mir ab, wie ein Gummiball an der Wand.

»Ich erinnere mich nicht mal mehr, wie es dazu kam. Wir haben nur ein Mal ...«

»Erspar mir die Details«, entgegne ich scharf. Ohne dass ich es verhindern kann, schießen mir die Tränen in die Augen. Ich unterdrücke sie und drehe mich zum dreitürigen Kleiderschrank, den wir erst vor etwa einem Monat gemeinsam erstanden haben.

»Willst du wirklich vier gemeinsame Jahre in die Tonne werfen?«

»Ich?«, fauche ich und zerknülle eines seiner Markenhemden in der Hand. »Du willst mir allen Ernstes sagen, dass *ich* unsere Beziehung wegwerfe?«

***

Zwei Wochen ist unsere Trennung nun her und noch immer erscheinen mir die Geschehnisse wie ein böser Traum. Nachts, wenn ich alleine in unserem breiten, kalten Boxspringbett liege, weine ich mich in den

Schlaf. Weshalb musste das alles ausgerechnet mir passieren? Unsere Beziehung war doch perfekt. Okay, zumindest bis zu dem Zeitpunkt, als er fremdgegangen war. Aber warum hat er unsere gemeinsame Zukunft mir nichts dir nichts weggeworfen?

Vergeblich suche ich nach Antworten. Als ich mich an seinen romantischen Heiratsantrag in Paris erinnere, füllen sich meine Augen erneut mit Tränen und ich klammere mich an das weiche Kopfkissen, als könne es verhindern, dass es mich in den Abgrund reißt. Spätestens im nächsten Jahr, in dem wir beide dreiunddreißig geworden wären, wollten wir heiraten. Ehrlicherweise muss ich zugeben, dass ich so bescheuert war, mir einzureden, dass uns diese Schnapszahl Glück bringen würde. Ich hatte mich schon als märchenhafte Braut mit hochgesteckten Haaren in einem superschicken Chiffonkleid vor den Altar gesehen, zu dem mein Vater mich geführt hätte. Alex war der Traumschwiegersohn meiner Eltern und sie sind alles andere als glücklich, dass wir nun getrennte Wege gehen.

Tagsüber schiebe ich all diese Gedanken, die mich runterziehen, beiseite. Schließlich muss ich im Job abliefern.

Zum Glück ist Alex momentan auf Geschäftsreise. Sicher mit diesem blonden Gift. Immerhin hat sie in dieser Woche Urlaub beantragt. Egal! Hauptsache, ich laufe den beiden im Büro nicht über den Weg und muss ihnen nicht in ihre verlogenen Augen sehen.

***

Ich kippe einen Schluck des abgekühlten Kaffees in meine Kehle, fahre den Computer herunter und schalte gähnend das Licht der Schreibtischlampe aus. Seit ich wieder Single bin, schufte ich nahezu jeden Tag bis in den späten Abend hinein. Was wegen ein paar fataler Fehler, die mir unterlaufen sind, auch zwingend notwendig ist. Die wieder glattzubügeln, braucht Zeit. Wiederholt hat mir der Chef klargemacht, dass ich konzentrierter arbeiten muss. Und das beabsichtige ich auch. Wirklich. Wenn ich nur nicht dauernd diese Bilder von Alex und Rebecca im Kopf hätte.

Ich seufze, starre auf die Zahl der unbearbeiteten E-Mails auf dem Bildschirm und hänge eine Weile meinen trüben Gedanken nach. Erst als es an der Tür klopft, sehe ich auf. Mein Chef steht im Türrahmen und fixiert mich mit einem Blick, der bei mir sofort ein flaues Gefühl in der Magengegend auslöst.

Natürlich lasse ich mir nichts anmerken. »So spät noch im Büro?«, frage ich übertrieben freundlich.

Er verzieht keine Miene. »Haben Sie einen Moment, Frau Bach?«

»Ja, klar. Ist alles in Ordnung?«

Er sieht sich um. Außer mir sind um diese Zeit nur noch wenige Kollegen im Haus. Lediglich im Nachbarraum und am Ende des Ganges brennt noch Licht. »Nicht hier, kommen Sie bitte kurz mit.«

Ich nicke wortlos und folge ihm zu seinem Büro, das am Ende des Flures über eine gläserne Treppe zu erreichen ist. Mein Pferdeschwanz wippt auf und ab, während mein Herz bis zum Hals klopft. Ein ungutes Gefühl breitet sich in mir aus.

Mein Chef räuspert sich. »Nehmen Sie Platz.« Er setzt sich mir gegenüber auf einen der ledernen Schwingstühle am kleinen Besuchertisch und verschränkt Arme und Beine.

Irgendetwas stimmt hier nicht. Mein Herz pocht mittlerweile so heftig, dass ich Angst habe, er könnte es hören. Angespannt kralle ich die Finger in die Armlehnen des Stuhls und spanne die Zehen in meinen Lederpumps so fest an, dass es schmerzt.

Ohne lange Vorrede kommt er zur Sache. »Frau Bach, Sie sind … ähm … Sie waren jederzeit eine wertgeschätzte Marktforscherin. Doch es tut mir leid, ich muss Ihnen kündigen.« Er weicht meinem Blick aus, steht auf und geht zu seinem Schreibtisch.

Ich setze mich kerzengerade auf, öffne den Mund und schließe ihn gleich wieder. Es ist, als hätte er mir einen Faustschlag mitten ins Gesicht verpasst. Hat er mir wirklich gerade gekündigt? Sicher habe ich mich verhört. Es muss so sein.

Bevor ich die Gelegenheit habe, nachzufragen, steht er wieder neben mir, kneift die Lippen zusammen und legt das Kündigungsschreiben vor mir auf den Tisch.

Mein Selbstbewusstsein schwindet binnen einer Nanosekunde. »Das ist nicht wahr, oder?«, stammle ich mit brüchiger Stimme. Hätte ich dem Alkohol nicht abgeschworen, könnte ich jetzt echt einen Schnaps gebrauchen.

Sein Blick ist starr, als er sich wieder setzt. Er entgegnet nichts, sondern schaut mich einfach nur an.

»Aber … aber sagten Sie nicht, ich sei Mitarbeiterin des Monats?« Und jetzt kündigt er mir?

»Das war im negativen Sinne gemeint.« Er kratzt sich an der kahlen Stirn. »Ich dachte, Sie hätten das verstanden. Es sind zu viele Fehler passiert, die sich trotz Ermahnungen wiederholt haben.«

Kraftlos lehne ich mich zurück und schüttle ungläubig den Kopf.

»Die Spitze war Ihre Unachtsamkeit bezüglich der Sache mit Hansen und Jänicke. Das hat das Unternehmen eine Stange Geld gekostet.«

»Sagen Sie nicht ständig, Fehler sind da, um aus ihnen zu lernen?« Ich versuche, ihn mit seinen eigenen Worten zu schlagen.

»Das ist korrekt, doch ein Fauxpas dieses Ausmaßes ...« Er macht eine Pause, als überlege er sich genau, ob er weitersprechen soll oder nicht. »Im Übrigen ... Sie und Alexander in einer Firma, das funktioniert auf Dauer nicht, jetzt, wo Sie beide ...«, erklärt er schließlich mit gedämpfter Stimme.

Ich fasse es nicht! Die Trennung von Alex soll allen Ernstes einer der Mitgründe für meine Kündigung sein? Spinnt der?

Unmittelbar fährt mir ein eiskalter Schauer über den Rücken, weshalb ich mit den Händen an den Armen auf und ab streiche.

»Aber das ändert doch an meiner Arbeitsleistung nichts«, protestiere ich. Allerdings kippt meine Stimme bedrohlich, denn schlagartig wird mir klar, dass mein Chef recht hat. Dank des Gefühlschaos, das Alex in mir ausgelöst hat, bringe ich beruflich nichts mehr auf die Reihe, obwohl ich Gegenteiliges behaupte. Zugeben würde ich das niemals.

Mein Chef zuckt mit den Achseln, als interessiere ihn mein liebloser Protest nicht.

Mir wird übel, weil ich realisiere, dass er es bitterernst meint. Meine Fassade bröckelt mehr und mehr. Die aufsteigenden Tränen versuche ich wegzublinzeln und wende mich rasch ab. Ich sehe aus dem Fenster und entdecke ein Flugzeug am Nachthimmel. Wieso dreht die Welt sich rücksichtslos weiter, während sich unter mir der Boden auftut? Schniefend wische ich die Tränen mit dem Handrücken weg, die nun ungehindert über meine Wangen rollen.

»Selbstverständlich halte ich die dreimonatige Kündigungsfrist ein.«

Ich nehme ihn nur noch wie durch einen Schleier wahr. »Und Sie werden natürlich freigestellt.«

Urplötzlich bin ich wieder voll da. »Ich stehe mitten in dem Projekt mit *Nordmanneis*!«, platzt es aus mir heraus. Will er mir das jetzt auch noch wegnehmen?

»Das übernimmt Frau Hegenbarth.«

Rebecca? Er übergibt *mein* Projekt an Rebecca? Ich fasse es nicht! In meinem Hirn rattert es und ich weiß, dass ich professionell bleiben muss, was mir angesichts der gegenwärtigen Situation zunehmend schwerer fällt.

»Außerdem habe ich jede Menge Überstunden, plus Resturlaub!« Mir wird klar, dass er bei einer Kündigungsschutzklage schlechte Karten hätte. Immerhin hat er mich zuvor nicht mal abgemahnt. Deshalb räuspere ich mich und versuche, meine Stimme halbwegs zu festigen. »Und wenn Sie es wirklich darauf anlegen, mich loszuwerden, erwarte ich eine großzügige Abfindung.«

»Ja, sicher«, antwortet er eifrig nickend und atmet auf.

»Besser noch ... ich pfeife auf das Geld. Ich bestehe auf eine längere Freistellung. Und zwar weitere drei Monate.«

Er reißt die Augen auf. »Sie fordern sechs Monate Freistellung?«

»So ist es.«

Will ich das wirklich? Immerhin liebe ich meinen Job, aber jetzt habe ich die Forderung bereits herausposaunt.

Er seufzt. »In Ordnung. Wenn wir die Sache damit einvernehmlich beenden können, bin ich einverstanden.«

Die Sache! Ich bin also eine Sache.

Mit dem Zeigefinger deutet er auf das Kündigungsschreiben. »Ich ändere das ab und sende es Ihnen postalisch zu.«

Mit gesenktem Kopf trotte ich zurück in mein Büro. Oder besser gesagt in den Raum, der sich bis vorhin so nannte. Wie in Trance werfe ich sämtlichen privaten Kleinkram, der sich über die Jahre auf dem Schreibtisch und in den Schubladen angesammelt hat, in meine Handtasche. Zum Abschluss poliere ich den Schreibtisch mit einem feuchten Tuch. Tränen kullern mir über die Wangen, während ich hektisch auf dem Holz hin und her schrubbe.

In Gedanken lasse ich das Gespräch Revue passieren. Ein halbes Jahr! Wie konnte ich nur so verrückt sein und ein halbes Jahr fordern? Was soll ich zum Kuckuck mit dieser verdammt langen Zeit anfangen? Beim besten Willen kann ich mir nicht vorstellen, das komplette Frühjahr und den Sommer zu Hause rumzusitzen.

Mein Handy vibriert und ich werfe einen Blick auf das Display. Alex! Was fällt ihm ein, mich schon wieder anzurufen? Energisch klicke ich ihn weg.

Sofort poppt eine WhatsApp-Nachricht auf.

Wie lange soll ich noch auf den Knien herumrutschen und dir versichern, dass es mir unendlich leidtut?

Idiot! Die Antwort spare ich mir. Schließlich haben wir genug geredet. Auch wenn jede Erinnerung an ihn schmerzt und ich wünschte, es wäre alles wie früher, kann ich nicht einfach so tun, als stünde nichts zwischen uns. Warum musste er mich ausgerechnet mit unserer Kollegin betrügen? Das verzeihe ich ihm im Leben nicht. Zugegeben, selbst wenn ich nicht auf Frauen stehe, habe ich logischerweise nicht übersehen, dass Rebecca der wahrgewordene Traum eines jeden Mannes ist. Lange blonde Haare, die in der Sonne wie Gold schimmern und Beine bis zum Himmel. Sympathisch ist sie zu allem Übel auch. Damit hat sie Alex um den Finger gewickelt, darauf wette ich. Es war kein einmaliger Ausrutscher, wie er behauptet hat. Die Fotos, die sie uns netterweise präsentiert hat, sprechen für sich. Möglicherweise hätte ich ihm einen einzelnen Fehltritt verziehen. Doch die Affäre der beiden läuft mindestens seit vergangenem Sommer. Über ein halbes Jahr! Das muss man sich mal vorstellen. Wie blind ich war.

3

In meiner ersten freien Woche tausche ich Business-
outfit gegen Jogginganzug und Pumps gegen Hausschuhe. Ich verbarrikadiere mich zu Hause und mache
das, was ich immer tue, wenn ich Frust habe: Ich putze.
Ausgiebig sogar. Ich krieche in jeden Winkel meiner
Wohnung und ordne liegengebliebene Unterlagen auf
dem Schreibtisch. Das sind so gut wie keine, weil ich
ohnehin extrem ordentlich bin. Dann wühle ich mich
durch den Kleiderschrank und werfe alles weg, was ich
definitiv in meinem Leben nicht mehr brauche. Wieso
kommt mir genau jetzt Alex in den Sinn? Und da ich
einen Farben-Sortier-Tick habe, sortiere ich meine
Kleidung danach. Während ich kopfüber im Kleiderschrank hänge, bemerke ich, dass ein nicht zu überse-
hender Mangel an heller Kleidung herrscht. Wenn das
mal nicht die perfekte Gelegenheit zum Shoppen ist!
Außerdem habe ich jetzt ja genug Platz in Alex'
Schrankhälfte.

Ich sause zur Küchenarbeitsplatte und kritzle auf die
Einkaufsliste:

helle Kleidungsstücke shoppen

Ablenken ist schließlich die beste Therapie. Das habe
ich in einer schlauen Fachzeitschrift gelesen. Wenn ich

nur wüsste, was ich sonst noch mit meiner Freizeit anfangen könnte. Ich brauche ein Hobby. Irgendetwas, womit ich die nächsten sechs Monate füllen kann. Ich jage drei Orangen durch die Saftpresse und setze mich mit dem Getränk auf die Couch. Ich nehme einen kräftigen Schluck Vitamine und stelle das Glas auf dem Couchtisch ab. Dann schnappe ich mir den Laptop und hämmere *interessante Hobbys* in die Tasten. Doch zweifellos ist Mandala malen, Stricken und Improvisationstheater nicht das, was ich mir vorstelle.

Ich fische das Handy aus der Couchritze und klicke auf die Nummer meiner besten Freundin. Seit meinem ersten Tag im Kindergarten sind Nina und ich unzertrennlich.

»Hey, wie geht's?«, begrüßt sie mich quietschvergnügt. »O nein!«, kreischt sie postwendend. Das Klirren von Geschirr dröhnt an mein Ohr. »Dass der Plunder auch immer da steht, wo man ihn nicht vermutet«, gackert sie.

»Du bist so verpeilt.« Ich muss unverzüglich schmunzeln.

»Na und? Es kann ja nicht jeder so makellos sein wie du«, kontert sie frech und ich sehe förmlich vor mir, wie sie sich durch ihre widerspenstigen blonden Locken fährt. »Aber nun sag Simi, wie geht es dir?«

»Ausgezeichnet! Ich schlafe jeden Tag aus und mache all die genialen Dinge, von denen ich mein Leben lang geträumt habe.«

»Ach ja? Und das wäre?«

Ich druckse herum. »Na ja ... alles Mögliche.«

Sie lacht und ich sehe selbst durchs Telefon, wie sie mich mit ihren hübschen Kulleraugen kritisch beäugt.

»Du redest Blödsinn, Simi. Ich kaufe dir kein Wort ab. Hast du vergessen, dass ich dich in- und auswendig kenne? Spucks aus. Bist du mit irgendetwas anderem beschäftigt außer mit Putzen?«

»Okay«, räume ich gedehnt ein. »Du hast mich ertappt. Um die Wahrheit zu sagen: Weder schaffe ich es auszuschlafen noch meine Tage annähernd sinnvoll zu nutzen. Auch ohne das penetrante Schrillen des Weckers bin ich jeden Morgen um sechs Uhr hellwach. Ach Nina, wieso war ich so dermaßen bescheuert, eine Freistellung zu fordern?« Mittlerweile ist mir klar, dass es weitaus klüger gewesen wäre, die Abfindung zu kassieren und möglichst zügig nach einem neuen Job zu suchen.

»Zu blöd, dass ich ab übermorgen zwei Wochen mit den Kids vom Kinderdorf im Feriencamp bin.«

»Ja, extrem schade.« Wie genial wäre es, mit Nina etwas zu unternehmen.

»Du musst dir was einfallen lassen. So eine Gelegenheit hat man maximal einmal im Leben. Wenn ich du wäre ...«

»Ja, schon klar, du würdest nach Indien fliegen und einen Aschram besuchen.«

»Zum Beispiel! Oder was hältst du von Spanien? Du könntest über den Jakobsweg pilgern.«

Ich lache auf und zeige Nina einen Vogel, den sie natürlich nicht sehen kann. »Spinnst du? Allein bei der Vorstellung bekomme ich Blasen an den Füßen.«

»Okay, wie wäre es, wenn du einfach mal dein Leben genießt?«

»Ach Nina, das würde ich ja liebend gerne. Nur ... wie soll ich das anstellen? Die vergangenen Jahre habe ich ausschließlich mit Alex und Arbeit verbracht.« Wehmütig werfe ich einen Blick auf die beiden Kaffeetassen im Regal mit der Aufschrift *DU und ICH.*

Nina hat recht, ich muss mir schleunigst etwas einfallen lassen.

»Wie fändest du es, wenn ich mit ins Feriencamp käme?«

Sie kichert. »Darauf bist du nicht wirklich scharf, glaub mir. Oder stehst du auf vorlaute Kinder, die dich mit Matsch bewerfen?«

Bloß nicht!

»Okay, ich bleibe daheim.«

»Wie wäre es, wenn du dich in einem Bootcamp anmeldest?«

»Was soll ich da?«

»Du kämst unter Menschen und könntest muskelbepackten Traumtypen zusehen, wie ihnen der Schweiß übers Sixpack rinnt.«

Ich rümpfe die Nase und betrachte mein wabbeliges Bäuchlein, das durchaus ein paar Muskeln vertragen könnte.

Nina quasselt munter weiter. »Außerdem schlägst du zwei Fliegen mit einer Klappe: Du stählst deinen Körper und mit Sicherheit lernst du dort ein schnuckeliges Kerlchen kennen.«

»Also wirklich, Nina, von schnuckeligen Kerlchen habe ich die Schnauze voll.«

»Du musst ihn ja nicht gleich heiraten. Gönn dir doch mal ein wenig Spaß. Du weißt schon ...«

»Hast du sie noch alle?« Sofort ist mir klar, worauf sie anspielt. »Nenn mich altmodisch, aber ich bin nicht der Typ für One-Night-Stands.«

»Wieso bist du dir da so sicher? Hast du es jemals ausprobiert?«

»Nina, du bist unmöglich. Ich hatte noch nie einen und werde mich auch nie im Leben darauf einlassen. Basta!«

»Immer wenn dir die Argumente ausgehen, sagst du Basta. Mach dich mal locker, Simi.«

»Das werde ich. Verlass dich drauf. Irgendetwas fällt mir schon ein.«

»Na, da bin ich gespannt. Dank deines bescheuerten Silvestervorsatzes erstickst du von vornherein jeden Spaß im Keim. Auf solche idiotischen Ideen kommst nur du.« Sie kichert.

»Beim Gedanken an unser Besäufnis ist mir heute noch speiübel.«

»Aber das ist doch kein Grund, ein ganzes Jahr auf Alkohol zu verzichten. Wobei ich eh nicht glaube, dass du das durchhältst. Nie und nimmer. Wir haben erst Februar.«

Pah! Das wäre ja gelacht. Natürlich halte ich das durch.

»Ich werde es dir beweisen«, antworte ich trotzig.

»Setz dich doch nicht selbst unter Druck, Simi.«

»Ach Nina, manchmal habe ich das Gefühl, ich stecke in einem Korsett.«

Sie seufzt. »Es tut mir so leid, dass du das alles durchmachen musst. Ich schick dir eine feste Umarmung durchs Telefon.«

Ich schließe die Augen und schlinge meine Arme ebenfalls gedanklich um sie.

Kaum haben wir uns verabschiedet, klingelt mein Handy erneut und das geschminkte Gesicht meiner Mutter strahlt mir auf dem Display entgegen.

Ich atme tief ein. »Hallo, Mama.«

»Simone!«, grüßt sie mich mit ihrer schrillen Stimme. »Wie geht es dir?«

»Alles paletti, Mama.«

Auch wenn ich sie liebe und weiß, dass sie nur das Beste für mich will, treiben mich ihre Anrufe, die sich stets um das gleiche Thema drehen, langsam in den Wahnsinn.

»Hast du es dir mit Alex noch einmal überlegt?«, hakt sie prompt nach.

»Nein, Mama.«

»Simone, ich hatte es vielleicht bereits erwähnt, aber glaub mir, Kind, es lohnt sich, für eine Beziehung zu kämpfen.«

Ich sehe förmlich ihren erhobenen Zeigefinger durchs Telefon. »Ja, Mama, ich weiß. Hättest du nicht anno dazumal eingelenkt, als Papa ...«

Die abgedroschene Geschichte kenne ich mittlerweile zu Genüge. Sie will es einfach nicht kapieren, dass Alex mich über Monate betrogen hat und es definitiv kein Zurück mehr geben wird. Manchmal wünschte ich, ich hätte noch Geschwister. Dann wäre ihr Fokus sicher nicht ständig auf mich gerichtet.

»Gib ihm noch eine Chance, Kind«, drängt sie.

4

Nach einer weiteren Woche zu Hause drehe ich fast durch. Nina ist im Feriencamp unerreichbar und ich sitze hier und habe keinen Schimmer, wie ich die Zeit sinnvoll nutzen soll.

Ich habe es mit YouTube-Yoga versucht und festgestellt, dass ich diese mörderischen Verrenkungen nicht mal fünf Minuten durchhalte. High Intensity Training schaffe ich zumindest zehn Minuten. Doch beim Auf- und Abhüpfen denke ich an Alex und an unser Power-Zirkeltraining, zu dem er mich vor Monaten mitgeschleppt hat. Damals meinte er, dass ich ruhig mal was für meine Figur tun könnte.

Ohne Vorwarnung schießen mir bei der Erinnerung die Tränen in die Augen und ich schließe daraus, dass mir Sport nicht guttut. Nicht dass ich es nicht schon früher gewusst hätte. Skeptisch begutachte ich meine zu breit geratenen Oberschenkel und rede mir ein, dass es sowieso egal ist, wie ich aussehe, jetzt, wo ich Single bin.

Ich zähle die Tage, die vor mir liegen. Hundertsiebzig! Das muss man sich mal überlegen ...

***

Zum dritten Mal in dieser Woche schlendere ich antriebslos durch die Fußgängerzone zwischen Stachus und Marienplatz. Mein Bedarf an Klamotten in hellen Farben ist mittlerweile gedeckt und mein Kleiderschrank gleicht einer wohlsortierten Boutique.

Auf dem Heimweg quatscht mich ein Kerl um die zwanzig von der Seite an und mir rutscht fast die Laugenstange aus der Hand, die ich eben gekauft habe.

»Darf ich Sie zu einem Persönlichkeitstest einladen?« Sofort hält er mir eine Broschüre mit dem Titel *Verändern Sie Ihr Leben – jetzt* unter die Nase.

»Nein danke!«, lehne ich unmissverständlich ab und hebe abwehrend die Hand.

Doch mein Nein interessiert ihn nicht. Er macht einen weiteren Schritt auf mich zu.

Damit er mich in Ruhe lässt, stecke ich den Flyer ein. Zu Hause werfe ich einen Blick hinein und mir ist sofort klar, dass es sich um eine Sekte handeln muss. Ich öffne den Mülleimer und lasse die Broschüre fallen, doch sie segelt daneben. Wieder springt mir der prägnante Text *Verändern Sie Ihr Leben – jetzt* ins Auge. Hat mir irgendeiner da oben irgendwas zu sagen?

Ich starre an die Zimmerdecke. »Hallo? Ist da wer?« Beim Blick nach oben sichte ich Spinnweben. Rasch hole ich einen Besen und kehre sie ab.

Innerlich davon getrieben, etwas Sinnvolles zu tun, klappe ich den Laptop auf und durchforste die aktuellen Stellenanzeigen. Zu meinem Leidwesen gibt es ausschließlich Jobs für sofort oder spätestens in zwei Monaten. Jetzt schon eine Bewerbung zu schreiben, ist absolut sinnlos.

Auf dem Seitenfenster der Jobbörse poppt Werbung für einen Traumurlaub in der Karibik auf. Wie sarkastisch. Meinen die wirklich, jemand, der arbeitslos ist, kann sich einen Urlaub in Puerto Rico leisten? Okay, ich könnte es. Vielleicht sollte ich einfach abhauen. Ich schmunzle über meine irrsinnige Idee. Allein der Gedanke daran, als Single mutterseelenallein über einen Traumstrand zu schlendern, ist absurd. Aber wie wäre es mit einem Kurztrip? Einfach mal raus aus dem Alltag, den ich nicht habe? Vielleicht eine Städtereise, bei der man etwas lernt?

Aufgeregt tippe ich *egal wann, egal wohin* in die Tasten. Zu meinem Erstaunen finde ich eine Website, die sich exakt auf diese Art von Urlauben spezialisiert hat. Alle möglichen Reiseziele werden angeboten und mir springt sofort Irland ins Auge. Ein Flug nach Dublin kostet läppische achtundsiebzig Euro. Nicht zu fassen, was für ein Spottpreis! Die Grüne Insel kenne ich noch nicht. Ich googele, womit ich meine Zeit dort verbringen könnte. Das Trinity College mit der steinalten Bibliothek klingt vielversprechend. Auch die Christ Church Cathedral wäre sicher einen Besuch wert und nicht zuletzt das Guinness-Storehaus, welches als Top-Sehenswürdigkeit in Dublin gilt.

Mal sehen, was ein Hotel dort kostet. Im Handumdrehen finde ich eines im angesagten Temple Bar Bezirk, in dem es auch unzählige populäre Pubs gibt. Von der berühmten Temple Bar im gleichnamigen Bezirk habe ich tatsächlich früher schon mal gelesen. Wobei ich nicht vorhabe, die Zeit in einem Pub totzuschlagen. Sofern ich überhaupt dort hinfliege. Vielleicht sollte ich die Reise auch zusammen mit Nina ins Auge fassen, wenn sie aus dem Feriencamp zurück ist.

Es wäre nur ein einziger Klick und alles wäre gebucht. Soll ich oder soll ich nicht? Ist übermorgen nicht zu kurzfristig? Zugegeben, der Preis für zwei Nächte ist absolut unschlagbar. Unentschlossen starre ich auf den Bildschirm. Plötzlich scheinen sich meine Finger auf der Tastatur zu verselbstständigen. Ich klicke auf den Button *Buchen*.

Ein aufgeregtes Kribbeln jagt mir durch den Körper. Ich habs getan. Unfassbar! Ich habe gebucht. Eine Mischung aus Freude und Zweifel macht sich in mir breit. Und ich frage mich, was ich von meiner Spontanaktion halten soll. Doch für einen Rückzieher ist es nun zu spät.

Mir wird bewusst, dass ich einen durchstrukturierten Tagesplan brauche. Dann kann ich die Reise noch zu einem geplanten Trip werden lassen. Rasch laufe ich zur Schreibtischschublade, hole ein Blatt Papier heraus und liste alle bedeutsamen Sehenswürdigkeiten handschriftlich auf. So richtig Old School. Obendrein notiere ich Tag, Uhrzeit und wie lange ich vorhabe, mich jeweils dort aufzuhalten. Nach einer geschlagenen Stunde bin ich damit fertig und falte den Plan zufrieden zusammen. Jetzt ist der Kurztrip optimal vorbereitet.

***

Bereits zwei Tage später stehe ich unruhig und gleichermaßen gespannt an der Bushaltestelle am Dubliner

Flughafen und warte auf den Airport Express, der mich in den Temple Bar Bezirk bringen soll.

Im Bus ergattere ich einen Platz auf dem oberen Deck. Weil mich der Gedanke an meine Wohnung nicht in Ruhe lässt, ziehe ich aus dem Seitenfach der Handtasche mein Handy hervor und wähle die Nummer meiner Nachbarin. Sie hat versprochen, während meiner Abwesenheit nach dem Rechten zu sehen und ich bitte sie, zu überprüfen, ob ich das Badfenster wirklich geschlossen habe. Nach dem Telefonat zwinge ich mich, zu entspannen. Ich lehne mich zurück und flüstere mir mantramäßig zu, dass zu Hause alles in Ordnung ist. Ich werde diesen Kurztrip genießen. Dafür bin ich schließlich hier.

Mit einem Lächeln auf den Lippen lehne ich den Kopf gegen die Scheibe und schaue neugierig aus dem Fenster. Der Bus fährt an unzähligen Hochhäusern und Industriegebäuden vorbei und ich bin fast ein wenig enttäuscht, dass sie sich nicht großartig von den Münchener Bauten unterscheiden. Doch dann erreichen wir den Fluss Liffey und ich erblicke zum ersten Mal Backsteinhäuser, deren Erdgeschosse überwiegend mit knallbunt gestrichenem Holz vertäfelt sind. Die Namen der Geschäfte und Restaurants zieren mit goldenen Buchstaben die Fassaden. Besonders gut gefallen mir die zweigeteilten Sprossenfenster und die farbigen Haustüren mit ihren abgerundeten Fenstern an der Oberseite. Es gibt so viel zu entdecken. Sogar der Linksverkehr fasziniert mich. Ich glaube, ich würde mich niemals in Irland ans Steuer setzen.

Ein Glücksgefühl steigt in mir auf. Mittlerweile kann ich es kaum erwarten, die Stadt zu erkunden.

Nach dem Early Check-in im Hotel und ein paar knusprigen Fish & Chips auf die Hand ist gegen Mittag Sightseeing angesagt. Bestens ausgerüstet mit einer dicken Wollmütze, Handschuhen und einem kuscheligen Mantel, bin ich mit meinem Tagesplan im Schlepptau auf dem Weg zur Christ Church Cathedral, der ersten Sehenswürdigkeit, die ich mir notiert habe. Vor der ältesten mittelalterlichen Kathedrale der Stadt bleibe ich ehrfürchtig stehen und bin überwältigt. Ein derart imposantes, wuchtiges Gebäude aus Stein habe ich noch nie im Leben gesehen. Dummerweise habe ich bei der Recherche übersehen, dass man die Kathedrale auch von innen besichtigen kann. Rasch werfe ich einen Blick in meine Notizen. Heute klappt das zeitlich nicht mehr. Vielleicht schiebe ich es morgen in der Mittagspause ein.

Der Wind pfeift und ein paar Schneeflocken fallen vom Himmel. Ich ziehe meinen Schal enger und marschiere zum Guinness-Storehouse am St. James's Gate. Dort angekommen zeige ich mein Ticket für die Brauereiführung vor, das ich vorsorglich online erstanden habe.

Der Reiseführer hat nicht gelogen, als er das Guinness-Storehouse als must-see gekennzeichnet hat. Die verschiedenen Schritte des Bierbrauens sind definitiv sehenswert.

Am Ende der Führung ist eine Bierverköstigung dran. Der Barkeeper streckt mir ein Glas des rubinroten Getränks entgegen, das fast schwarz wirkt. Der süßliche Geruch des Bieres steigt mir in die Nase und ich nehme eine Mischung aus Kaffee und Malz wahr.

»Nein danke. Ich trinke keinen Alkohol«, lehne ich höflich auf Englisch ab und schüttle den Kopf.

Der Barkeeper lacht, als hätte ich den besten Witz aller Zeiten gerissen. »Bist du sicher? Du bist in Irland.«

Ob allein die Tatsache, dass ich in Irland bin, genügt, um meinen Silvesterschwur einfach so zu brechen?

Er hält das Glas weiterhin in der Hand und wartet darauf, dass ich es ihm abnehme.

Okay! Sicher wird Nina mich wegen dieses einen Bieres nicht verfluchen. Wobei sie es schließlich war, die gesagt hat, dass sie nichts von meinem Vorsatz hält.

Ich greife nach dem Glas und die cremige Schaumkrone schwappt über. Rasch lecke ich mir die Finger ab und finde, dass es gar nicht übel schmeckt. Wenig später verlasse ich das Guinness-Storehouse und schlendere in Richtung Trinity College. Dass ich meinem Zeitplan zwanzig Minuten hinterherhinke, macht mich ganz nervös, sodass ich im Laufschritt gehe.

Dort angekommen besichtige ich das Book of Kells und bin von der uralten Bibliothek überwältigt. Die steinalten Bücher riechen modrig und obwohl es von Besuchern wimmelt, sind alle mucksmäuschenstill.

Nachdem mein Sightseeing-Plan für den heutigen Tag erledigt ist und die Museen geschlossen sind, ist es Zeit für das geplante Abendessen, das jetzt auf dem Zeitplan steht. Doch mir fehlt der Hunger. Das nasskalte Wetter wird von Minute zu Minute ungemütlicher und die Kälte kriecht trotz des warmen Mantels und der dicken Fellstiefel unbarmherzig von meinen Zehen bis in den Rücken hinauf.

Etwa hundert Meter entfernt entdecke ich ein imposantes Eckhaus aus Backstein, dessen Erdgeschoss mit einer rot glänzenden Holzfassade verkleidet ist. Ich lese den in Goldbuchstaben geschriebenen Namen auf schwarzem Untergrund. Das ist also die berühmt berüchtigte Temple Bar.

5

Ich trete näher und schieße ein paar Fotos vom Äußeren des eindrucksvollen Gebäudes. Dann betrachte ich eingehend die mit bunten Blechschildern gepflasterte Fassade. Ein Bronzeschild zeigt die Silhouette von Lady Martha Temple und an der Seite blinkt ein rot leuchtender Schriftzug mit den Worten *Traditional Irish Music*. Als ich den Aufsteller neben der Eingangstür erblicke, huscht ein Grinsen über mein Gesicht. Mit dicker Kreideschrift, die durch den Regen verwaschen ist, steht dort *Soup of the day – Whiskey*.

Auch wenn ich beschlossen hatte, auf meiner Reise keinen Pub zu betreten, bin ich nun viel zu neugierig und will mir die Temple Bar unbedingt von innen ansehen. Außerdem finde ich, geht sie definitiv als Sightseeing-Punkt durch, so berühmt wie sie ist.

Schon von draußen dringt Musik an mein Ohr. Ich ziehe die schwere hölzerne Eingangstür auf und gehe hinein. Obwohl es früh am Abend ist, ist der Pub brechend voll. Der Geruch von Bier, rauchigem Whiskey und abgestandener Luft schlägt mir entgegen. Die Stimmung und der irische Gesang ziehen mich magisch an. Ich schreite ehrfürchtig über die Mosaikfliesen, als würde ich die heiligen Hallen von König Charles betreten. An den Holzsäulen, die die Decke stützen, hängen in wuchtigen Rahmen Bilder von mir unbekannten Sängern. Ich schlängle mich an den in Grüppchen stehenden Pubbesuchern vorbei, die mit ihren Pints anstoßen und sich angeregt unterhalten. An einer der Bars, deren Regale vor Spirituosen beinahe überquellen, ordere ich mir ein Wasser. Mit dem Getränk in der Hand halte ich nach einem Sitzplatz Ausschau und spreche in bestem Englisch zwei Mittzwanzigerinnen an, die an einem der dunklen Holztische auf Barhockern sitzen.

»Ist hier noch frei?«

Sie nicken und ich geselle mich zu ihnen. Später verlassen ein paar Gäste den Tisch und sofort füllen sich die frei gewordenen Plätze erneut.

»Eine Runde Guinness für alle«, ruft einer der Neuankömmlinge und stellt mein leeres Wasserglas auf das Tablett des Kellners, der die Bestellung aufnimmt.

Mit seinen dunkelroten Haaren und dem karierten Holzfällerhemd verkörpert der groß gewachsene, vollbärtige Kerl für mich einen typischen Iren.

»Für mich bitte nicht«, stelle ich mit einem energischen Kopfschütteln klar, obwohl mir seine ungezwungene Art imponiert. Das Bier vorhin soll ein einziger Ausrutscher bleiben.

»Keine Widerrede!«, sagt er lachend und lässt mein Nein nicht gelten.

Okay, überredet. So übel hat es im Guinness-Storehouse nun auch wieder nicht geschmeckt.

»Ich bin übrigens John«, stellt sich der am Unterarm tätowierte Kerl vor, dessen breite Nase in einen dichten roten Bartwuchs übergeht.

»Simone Bach«, antworte ich und strecke förmlich die Hand nach ihm aus, die er mit einem Schmunzeln im Gesicht abschlägt.

Der Kellner serviert sechs Guinness auf einem Tablett und jeder am Tisch schnappt sich eins.

»Sláinte!«, prosten sich alle zu.

Steif hebe ich mein Glas. »Sláinte!«

Obwohl sich keiner hier zu kennen scheint, quasseln sie munter durcheinander und lachen wie altbekannte Freunde. Immer wieder versuchen sie, mich ins Gespräch mit einzubeziehen, was mir verdammt schwerfällt. Nicht wegen meiner Englischkenntnisse, vielmehr habe ich Probleme, mich mit diesen wildfremden Menschen zwanglos zu unterhalten.

Mann Simi, du bist nicht mal mehr fähig, stinknormalen Small Talk zu führen. Stell dich nicht so an, höre ich im Geiste Ninas Stimme.

Im Job bin ich tough, doch hier, in dieser derart gelösten Atmosphäre, habe ich allergrößte Mühe, mich locker ins Gespräch einzubringen. Fieberhaft grüble ich nach einer passenden Frage, die ich stellen könnte, und spreche schließlich die beiden Frauen, die zuerst am Tisch saßen, an. »Woher seid ihr?«

»Aus London, und du?«

»Deutschland. München, um genau zu sein.«

»Ah, Oktoberfest. Das kennen wir.«

Wieso verbindet jeder immer unmittelbar das Oktoberfest mit München?

»Warum sprichst du so akzentfrei Englisch? Man merkt gar nicht, dass du Deutsche bist.«

»Jetzt müsst ihr aufpassen«, unterbricht John das Gespräch und deutet auf die Bühne. »Der Kerl, der gleich spielt, ist ein Genie, ich schwöre es.«

Die drei Männer, die mit Geige und Mundharmonika eingängige irische Volkslieder gespielt und dazu gesungen haben, packen ihre Instrumente ein, leeren ihre Pints und räumen die Plätze für den kommenden Act.

Ein muskulöser Kerl in erdfarbenem Strickpullover mit Zopfmuster betritt mit einer zerschlissenen Gitarrenhülle im Schlepptau die Bühne. Mit seinen rötlichen Haaren und dem Dreitagebart wirkt er unglaublich sexy. Weniger wegen des Pullovers.

Mit einem breiten Grinsen sieht er ins Publikum, setzt sich auf den Barhocker und stimmt seine Westerngitarre. Dann schlägt er die ersten Töne an und erfüllt den Pub mit seiner tiefen, angenehmen Stimme.

Gebannt starre ich ihn an und nehme nur noch ihn und seinen Gesang wahr, der alle negativen Gefühle der vergangenen Tage in mir auszuradieren scheint. Flink schlagen seine Finger die Saiten der Gitarre an. Er strahlt Ruhe und Fröhlichkeit zugleich aus. Ausgeprägte Grübchen umspielen die Mundwinkel seines kantigen Gesichts und lassen ihn, selbst wenn er nicht lächelt, freundlich wirken.

Zwischendurch nippe ich am Guinness. Kaum ist es geleert, ermuntert John mich, einen Hot Whiskey zu probieren.

»Sláinte!«, wiederhole ich mein erstes gälisches Wort und stoße mit den anderen an.

Das köstlich heiße Getränk, in dem eine Orangenscheibe, gespickt mit Nelken, schwimmt, wärmt mich innerlich auf. Oder ist es der Sänger, der mein Innerstes erhitzt?

Keine Ahnung, wo mein Vorsatz geblieben ist, keinen Alkohol zu trinken. Er scheint wie weggeblasen. Das Zeug schmeckt aber auch verdammt lecker und ich merke, wie ich von Schluck zu Schluck gelöster werde.

John wippt im Takt der Musik und die beiden Ladys singen auswendig den eingängigen Text von *Molly Malone* mit.

Mit dem Kinn deutet John auf den Sänger und trinkt einen kräftigen Schluck von seinem Bier.

»Das ist mein bester Kumpel.« Der Stolz in seiner Stimme ist nicht zu überhören.

»Er singt wirklich genial«, rufe ich ihm über den Lärm der Musik und die plappernden Pubbesucher zu.

Die Stimmung wird von Minute zu Minute ausgelassener. Mittlerweile scheint absolut jeder hier die irischen Volkslieder aus voller Kehle mitzusingen. Gäste halten sich in den Armen, grölen und stoßen mit ihren Gläsern an. Als die Stimmung ihren Höhepunkt erreicht hat, spielt der Sänger seinen Schlussakkord und stellt die Gitarre beiseite.

Ich nutze die Gelegenheit und suche die Toilette im Untergeschoss auf. Beim Händewaschen betrachte ich meine geröteten Wangen im Spiegel und lächle mir zu. Ich kann es kaum erwarten, wieder nach oben zu gehen. Hoffentlich ist die Pause nicht allzu lange. Denn das, was ich in der kurzen Zeit in der Temple Bar herausgefunden habe, ist, dass ich irische Volksmusik liebe. Gut, der Sänger tut sein Übriges dazu.

Vor den Toiletten herrscht ziemliches Getümmel. Ich schlängle mich zwischen einer Gruppe schwatzender

Frauen hindurch, die über ihre Begleiter lästern und remple prompt jemanden. Ich schwanke bedrohlich.

»Sorry.« Ich will mich gerade an der Wand abstützen, um nicht zu fallen, da werden meine Ellenbogen von zwei starken Händen gepackt.

»Nicht hinfallen«, vernehme ich eine angenehme, tiefe Stimme.

Ich hebe den Kopf und schaue geradewegs in die leuchtend grünen Augen des Sängers.

6

Er fixiert mich mit seinem Blick und lächelt. Einfach so. Und da sind sie wieder, diese attraktiven Grübchen. Ein angenehmes Kribbeln durchfährt meinen Körper. Ich schlucke und starre ihn an. Auch er wendet die Augen nicht einen Millimeter von mir ab. Was passiert hier?

Von hinten bekomme ich einen Rempler und werde gegen die Brust meines Gegenübers gequetscht.

»Ganz schön eng hier«, haucht er mit ernstem Blick und umfasst meine Taille. Gezwungenermaßen.

»Ziemlich«, antworte ich und beiße mir auf die Lippen.

Sein Kinn streift meinen Haaransatz und ich bin wie elektrisiert. Ich inhaliere den angenehmen Geruch seines herben Aftershaves. Es ist, als würde mein Körper sich automatisch noch näher an ihn heranschieben.

»Macht mal Platz«, raunt ein Typ neben uns, den ich gar nicht richtig wahrnehme. Doch als er sich rigoros zwischen uns durchquetscht, lande ich wieder in der Realität.

Ohne den Sänger nochmals anzusehen, wende ich mich ab und haste die Treppen nach oben. Mein Herz klopft heftig und mein Atem ist gehetzt.

Zurück am Tisch kralle ich mich zitternd an den Hot Whiskey, der mittlerweile nur noch lauwarm ist.

»Hey, das war fantastisch, Kumpel!« John begrüßt den Sänger, der an unseren Tisch gekommen ist, mit einem Handschlag. Mein Herzschlag, der gerade dabei war, sich zu erholen, beschleunigt sich erneut.

John stellt ihm zuerst die beiden Ladies aus London vor und dann mich. »Das ist Simone aus Deutschland. Simone, das ist Tyler.«

»Hallo, Simone aus Deutschland«, begrüßt Tyler mich grinsend und reicht mir die Hand. »Nett, dich kennenzulernen.«

Er hat einen angenehmen, kräftigen Händedruck. In seinen Augen entdecke ich ein Funkeln. Er gibt sich so, als hätte er mich nicht eben noch mit seinen Armen festgehalten.

»Wie ich sehe, hast du eines unserer besten Getränke entdeckt.« Dabei zeigt er mit der anderen Hand auf den Hot Whiskey.

Ich nicke zustimmend. »Echt lecker.« Ich schaffe es kaum, den Blick abzuwenden. »Sláinte!« Etwas Besseres fällt mir nicht ein. Und dann ordere ich einen weiteren Hot Whiskey und bemühe mich krampfhaft, locker zu wirken.

Tyler wechselt noch ein paar Worte mit John. Dabei wandert sein Blick immer wieder zu mir.

»Ich mach dann mal weiter.« Er deutet zur Bühne und dreht sich um.

»Ein interessanter Mann«, philosophiere ich etwas zu laut vor mich hin und bemerke erst jetzt, dass John jedes meiner Worte gehört hat. Wie peinlich!

Prompt grinst er. »Mit deinen dunkelbraunen Haaren könntest du ihm glatt gefallen.«

»Ich suche keinen Mann«, stelle ich unmissverständlich klar.

»Nein, das tut keine Frau, die allein nach Irland reist«, entgegnet er zwinkernd. »Aber Tyler würde auch nie etwas mit einem Gast anfangen. Also vergiss es, falls du irgendwas in der Art vorhast.«

»Hab ich nicht. Was denkst du von mir?« Entrüstet stemme ich die Hände in die Hüften.

Nach zwei weiteren Hot Whiskey bin ich um ein Vielfaches entspannter. Dennoch klebe ich weiterhin wie ein Magnet auf dem Barhocker, doch mittlerweile bewege ich zumindest den Oberkörper im Takt der Musik.

Und John ist ein genialer Zuhörer, wie ich finde. Ob er will oder nicht, zwänge ich ihm meine komplette Lebensgeschichte auf. Und zwar in sämtlichen Einzelheiten. Absolut schonungslos. So locker lag mir mein Leben noch nie auf der Zunge. Sogar das grausame Detail der Kündigung und die Geschichte mit Alex, die ich am liebsten aus meinem Gedächtnis verbannen würde, dränge ich ihm in allen Einzelheiten auf.

»Wobei ... wäre da nicht seine Affäre, wären wir ganz sicher noch zusammen.«

Ich krame in der Handtasche nach meinem Handy. John muss unbedingt ein Bild von Alex sehen, um einschätzen zu können, dass wir im Grunde hervorragend zusammengepasst haben. Äußerlich zumindest. Dass mein Ex ein Charakterschwein ist, konnte ich beim Schießen der Fotos schließlich nicht ahnen.

Beim Scrollen durch die Bilder kommt Wehmut in mir auf. Plötzlich entdecke ich ein Foto, auf das sich Rebecca während eines Geschäftsessens geschlichen hat.

Du meine Güte, war ich blind, als ich die beiden nichts ahnend gemeinsam abgelichtet habe. Allein die feurigen Blicke, die sie auf dem Foto miteinander ausgetauscht haben, hätten mir genug Warnung sein müssen.

Gespannt warte ich auf Johns Reaktion. Bestimmt gibt er gleich etwas in der Art wie *Du hast allen Grund, deinen Kummer wegzusaufen* von sich. Doch ich liege falsch. Er nickt nur und sagt nichts. Rein gar nichts.

Nachdem Tyler den letzten Song gespielt hat, packt er seine Gitarre ein und kommt wieder zu uns.

»Das war hammermäßig, Alter!«, schwärmt John.

»Stimmt, wirklich fabelhaft«, stimme ich ihm zu, stehe auf und schnappe meine Tasche. »Ich gehe jetzt schlafen. Schönen Abend, Jungs. War nett, euch kennengelernt zu haben.« Nebenbei kralle ich meine Hand an der Tischkante fest, weil ich merke, dass mir der Alkohol zu Kopf gestiegen ist.

»Hey, bleib doch noch und trink was mit uns.« Tyler mustert mich vom Gesicht bis zu den Zehenspitzen.

Ich sehe auf die Uhr, greife in meine Tasche und ziehe den Tagesplan hervor. »Auf meinen Plan steht, dass ich spätestens um zweiundzwanzig Uhr im Bett sein muss, um morgen pünktlich ...«

John und Tyler starren mich verdattert an. Ich bin mir sicher, sie halten mich für bekloppt.

»Wobei ... wenn du schon fragst ...«, lenke ich ein und zucke kichernd mit den Schultern. »Immerhin habe ich Urlaub. Also warum nicht?«

»Wollen wir noch auf einen Absacker rüber ins Quays?« John nimmt den letzten Schluck von seinem Guinness und sieht fragend in die Runde.

Die beiden Mädels aus London nicken begeistert und springen von ihren Plätzen auf.

»Wenn ich jetzt noch die Location wechsle, wird es mir wirklich zu spät«, erkläre ich mich.

»Dann lass uns doch noch einen letzten Drink hier gemeinsam nehmen«, schlägt Tyler vor und deutet auf einen kleineren Tisch am Rande des Pubs.

Der Gedanke, noch ein paar Minuten mit diesem interessanten Kerl allein zu sein, ist verlockend und ein wohliges Kribbeln breitet sich in mir aus. Also stimme ich zu.

Wir verabschieden uns von den anderen und wechseln den Platz.

»Lust auf einen Whiskey?« Tyler stützt seine kräftigen Unterarme auf dem Tisch ab und sieht mir intensiv in die Augen.

Seine angenehme, tiefe Stimme geht mir durch und durch. Obwohl ich längst genug getrunken habe, nicke ich und versinke in seinem Blick. Eine Haarsträhne fällt mir ins Gesicht und Tyler hebt vorsichtig die Hand.

7

Gestern habe ich es maßlos übertrieben. Fassungslos stehe ich splitternackt am Fenster des Hotelzimmers im zweiten Stock und starre aus dem Sprossenfenster, dessen Scheiben aufgrund des Schneegestöbers, das draußen tobt, bedrohlich wackeln. Das gegenüberliegende Haus ist kaum zu erkennen. Nur mit Mühe kann ich die schneeverwehte Straße unter mir erkennen.

Ich frage mich, was in aller Welt ich getan habe. Wo ist mein Vorsatz geblieben, dieses Jahr keinen Tropfen Alkohol anzurühren? Da bin ich gerade mal ein paar Stunden hier und schon besaufe ich mich bis zum Sankt-Nimmerleins-Tag. Was jedoch weitaus unverzeihlicher ist: Ich bin die Gegnerin von One-Night-Stands schlechthin. Und was passiert an meinem ersten Abend in Dublin? Ich werfe all meine Vorsätze über Bord. Was ist nur los mit mir? Hat der Flug nach Dublin meine Sinne völlig vernebelt und meinen gesunden Menschenverstand ausradiert?

Ich würge, haste am zerknautschten Bett vorbei und erreiche in letzter Sekunde das Badezimmer, um den Kopf über die Kloschüssel zu hängen. Mit einem Schwall ist alles draußen, was in meinem Magen rebelliert hat. Völlig fertig knie ich zwischen Kloschüssel und Badewanne und lege die Stirn auf den Wannenrand. Mein Schädel fühlt sich an, als würden tausend

Nadeln auf ihn einstechen. Das benutzte Kondom springt mir ins Auge, das zur Hälfte aus dem Mülleimer herausragt.

Ich fröstle und umschlinge den Oberkörper mit den Armen. Vor Stunden hat Tyler diesen Körper noch liebkost und mit dem Vorwand, dass er dringend Schlaf brauchen würde, hat er mitten in der Nacht überhastet das Zimmer verlassen.

Ich habe weder dämliche Fragen gestellt noch nach seiner Nummer gefragt und erst recht nicht, ob wir uns wiedersehen. Obwohl die Nacht mit ihm gewaltig war, nagt das schlechte Gewissen an mir. Ich habe zwar keine Ahnung, wem gegenüber, doch es ist präsent und flüstert mir unaufhörlich *Schlampe* zu. Ich wage nicht, mir auszurechnen, die wievielte Touristin ich bin, die er flachgelegt hat. Ich wette, er macht gerade einen weiteren Haken in seinem Kalender.

Wäre ich noch mit Alex zusammen, wäre das alles nicht passiert. Wir hätten den Abend gemütlich bei einem Glas Weißwein in einem schicken Lokal ausklingen lassen und hätten zu Hause vielleicht Sex gehabt. Auf keinen Fall hemmungslosen, animalischen Sex. Sondern einfach nur Sex. Alex- und Simi-Sex. So wie immer. Nicht spektakulär, aber auch nicht übel.

In Gedanken sehe ich Tyler vor mir, wie er mich packte, ich auf ihm saß, wie er an meinem Hals knabberte und wie wir es zuerst im Bett und später auf dem Sideboard trieben. Sein muskulöser Körper presste sich an meinen und wir bewegten uns im Einklang miteinander.

Ich beiße mir auf die Unterlippe und schleppe mich erschöpft aus dem Badezimmer. Mit einem tiefen

Atemzug sauge ich die stickige Hotelzimmerluft durch die Nase.

Ich lese Ninas WhatsApp-Nachricht, nachdem ich ihr von der Nacht gebeichtet habe.

Mach dich nicht verrückt. Hauptsache, du hattest Spaß.

Ich antworte unverblümt.

Und wie!

Siehst du, ich habe dir doch prophezeit, dass One-Night-Stands durchaus ihren Reiz haben.

Sie fügt ihrer Nachricht einen Herz- und einen Sabber-Smiley hinzu.

Bin ich eine Schlampe?

Nein, bist du nicht. Du hast endlich mal was Verrücktes ausprobiert, gratuliere!

So gelassen wie Nina sehe ich die Sache nicht. Nichtsdestotrotz war es eine absolut neue Erfahrung. Eine, die mir extrem viel Spaß gemacht hat, auch wenn ich mich dafür verurteile. Jetzt ist es ohnehin zu spät, die Nacht rückgängig zu machen.

Irgendwie habe ich das Gefühl, dass da mehr war als Sex. Da waren seine Blicke voller Leidenschaft, aber auch Zuneigung. Habe ich mir das eingebildet? In den

Pausen zwischen dem ekstatischen Sex haben wir geredet und es fühlte sich alles so vertraut an. Goldrichtig. Zumindest bis zu dem Moment, in dem er abgehauen ist. Egal wie, mir bleibt nichts anderes übrig, als die Nacht abzuhaken.

Ich zucke zusammen, als der Wind mit einem Schlag heftig gegen die Fensterscheibe peitscht. Die Straße unter dem Fenster ist zwischenzeitlich vollständig mit Schnee bedeckt und es fahren kaum Autos. Mir ist klar, dass es keinen Sinn hat, bei diesem Wetter das Hotel zu verlassen. Ich hasse den Gedanken, dass mein Tagesplan damit ins Wasser fällt. Wobei ich allerdings zugeben muss, dass ich momentan nicht fähig wäre, auch nur einen Schritt zu tun.

Frühstück gibt es bis elf Uhr. Weil mir der Schädel brummt, als würde ich auf dem Asphalt neben einem Presslufthammer stehen, ist das Bett das Einzige, wonach ich mich aktuell sehne. Ich falle zurück in die Laken. Mit dem Geruch von Tylers Aftershave in der Nase schließe ich die Augen und verfalle sofort in einen tiefen Schlaf.

Zwei Stunden später wache ich wieder auf und fühle mich zwar weiterhin grässlich, jedoch deutlich besser als vorhin. Mein Mund ist staubtrocken. Ich schenke mir ein Glas Wasser aus der bereitgestellten Glaskaraffe ein und leere es in einem Zug. Nach einer ausgiebigen Dusche betrete ich den Frühstücksraum, in dessen Kamin ein behagliches Feuer lodert. Die Wärme und das Knistern des Holzes verleihen dem Raum eine heimelige Atmosphäre. Ich ergattere einen gemütlichen Platz unweit des Kamins und lege mir die auf der Bank liegenden bunten Kissen in den Rücken. Aus der

Frühstückskarte bestelle ich Kaffee und Scones. Beides serviert die Kellnerin auf kitschig geblümtem Geschirr. Ich bestreiche das Gebäck mit Butter und Marmelade und beiße hinein. Es ist so lecker! Das Koffein des heißen Kaffees macht meinen mitgenommenen Kopf etwas klarer.

Über der Holztheke thront ein Fernseher, der meine Aufmerksamkeit auf sich lenkt. Die Augenbrauen in Richtung Stirn gezogen fixiere ich den Bildschirm.

Unfassbar! Dublin macht heute dicht! Eine Reporterin, die in einen dicken Wollmantel gehüllt ist, berichtet vom schlimmsten Schneesturm seit 1982 und davon, dass das öffentliche Leben in der Stadt nahezu vollständig zum Erliegen gekommen ist. Am unteren Ende des Bildschirms zieht ein Banner vorbei, das darüber informiert, dass heute sämtliche Museen geschlossen bleiben sowie keine Busse fahren. Ein Raunen geht durch den Frühstücksraum. Vor allem das Personal wirkt angespannt.

So ein Mist! War ja klar, dass mir das passiert. In Dublin schneit es jahrelang nicht, aber kaum komme ich hierhin, versinkt die Stadt im Schneechaos. Dabei hatte ich so viel vor, bevor ich morgen wieder nach Hause fliege.

Ein Blick auf die Armbanduhr sagt mir, dass es kurz vor elf ist. Was soll ich bei dem miesen Wetter bitte schön unternehmen, wenn Sightseeing gecancelt ist? Ich krame in der Tasche nach dem Reiseführer und suche verzweifelt nach einer Tagesbeschäftigung.

Wenigstens die Ha'penny-Bridge, laut Reiseführer ein weiteres must-see, besuche ich nach dem Frühstück kurz. In die Kamera des Handys grinsend, schieße ich auf der gusseisernen Brücke ein paar Selfies und versende sie an Nina.

Ihre unverblümte Antwort folgt prompt.

Du siehst übel aus.

8

Mein Magen rebelliert erneut. Deshalb stapfe ich durch die schneeverwehten Straßen zurück zum Hotel und verbringe den restlichen Nachmittag im Bett.

Am Abend lande ich wieder in der Temple Bar. Ob ich will oder nicht, dieser Pub zieht mich magisch an. Ich steuere direkt auf die Bar im Eingangsbereich zu und ordere ein Wasser. Dann zwänge ich mich an einer Gruppe lachender Gäste vorbei und erspähe – obwohl der Pub brechend voll ist – den gleichen Tisch wie gestern. Als hätte er auf mich gewartet, ist derselbe Platz noch frei.

Neugierig recke ich meinen Hals und sehe zur Bühne. Tyler ist nicht da. Ein dickbäuchiger Ire spielt mit einer Geige und singt zwischendurch in tiefem Bass. Einige Lieder erinnern mich an meinen gestrigen Besuch. Die Musik und die feuchtfröhliche Stimmung im Pub stecken mich an und lösen Glücksgefühle in mir aus. Sehnsüchtig denke ich an den Abend zurück. Und an Tyler. Diese Reise ist im Grunde gar nicht so übel. Zum ersten Mal seit Langem hatte ich gestern enormen Spaß und ließ mich treiben. In diesem Moment hatte es sich absolut richtig angefühlt. Mit einem Lächeln auf den Lippen genieße ich den Augenblick.

Jetzt stimmt der Sänger ein melancholisches Lied an. Die Pubbesucher unterbrechen ihr Geplapper und lauschen andächtig seinem Gesang, der mich ohne Vorwarnung runterzieht. War ich noch vor ein paar Minuten richtig happy, so bin ich nun mit einem Mal ganz wehmütig. Ich frage mich, was aus mir und meinem Leben geworden ist. Es erscheint surreal. Vor Kurzem saß ich mit den Zügeln in der Hand im Sattel, hatte einen sicheren Job, ein geregeltes Einkommen und einen Freund. Und was ist mir geblieben? Nichts. Nun sitze ich allein in einem irischen Pub und habe alles verloren. Natürlich auch meinen One-Night-Stand. Ich bestelle einen Irish Coffee und nippe an dem heißen Getränk.

»Hey, Simone«, reißt mich eine bekannte Stimme aus den trüben Gedanken. Ich drehe den Kopf zur Seite. Schon werde ich von zwei kräftigen Armen gedrückt.

»John! Was für eine Überraschung.« Mein Herz macht einen Salto. Wo John ist, ist sicher auch Tyler nicht weit. Ein Hoffnungsschimmer keimt in mir auf. Wenn ich Glück habe, spaziert er gleich zur Tür herein. Will ich das?

»Was habt ihr gestern noch gemacht, du und Tyler?«

Postwendend laufe ich rot an.

»Ihr habt doch nicht etwa ...?«, fragt er mit einem frechen Grinsen im Gesicht.

»Nein! Nie im Leben!«, wehre ich entschieden ab, lache gekünstelt und nehme einen Schluck von meinem Getränk.

»Dann ist ja gut. Tyler kam erst mitten in der Nacht nach Hause. Da hatte ich so eine Vermutung. Aber er wird mit seinen sechsunddreißig Jahren schon wissen, was er tut.«

Ich reibe meine heißen Wangen.

»Zufällig waren wir gestern mit zwei Autos in Dublin, da ich vor Tylers Auftritt noch etwas in Wicklow zu erledigen hatte. Auf jeden Fall wirkte er heute am Frühstückstisch ziemlich durcheinander.«

»Ihr wohnt zusammen?«, unterbreche ich ihn.

»Ja, ich wohne und arbeite auf seiner Farm in Greenkenny.«

»Tyler hat eine Farm?« Vor meinem geistigen Auge poppt das Bild eines rothaarigen Farmers auf, der mit einem Strohhut und Gummistiefeln unglaublich sexy aussieht.

»Die Greenkenny Horse Farm gehört seiner Familie.«

»Er hat eine Familie?«, kreische ich und sehe eine Schar lachender Kinder vor mir, die miteinander Fangen spielen.

»Nicht was du denkst. Die Pferdefarm hat uralte Familiengeschichte. Schon seine Vorfahren haben dort gelebt. Bis zum Tod von Tylers Vater haben seine Eltern sie betrieben. Seiner Mutter fehlte danach die Kraft, allein die volle Verantwortung zu tragen. Mittlerweile ist Tyler der Boss und managt alles.«

Der Gedanke daran, dass er seinen Vater verloren hat, löst Mitgefühl in mir aus, doch der an Pferde Unwohlsein, wenn nicht sogar Panik. Mein Bauch zieht sich zusammen. Ich versuche, die unangenehme Erinnerung, die in mir hochkommt, zu ignorieren. »Sag mal, spielt Tyler heute?«

»Hallo, Simone«, höre ich gleichzeitig Tylers Stimme an meinem Ohr. Wie selbstverständlich legt er kurz den Arm um meine Hüften. »Schön, dass du da bist.«

Ich schlucke und sehe ihn an. »Oh, hi Tyler.«

Nicht nur der Irish Coffee erhitzt mein Inneres. Unsicher versuche ich, seinem Blick auszuweichen, bleibe aber an ihm hängen. Er zieht mich in seinen Bann und ich bin machtlos dagegen. In seinen Augen erkenne ich Feuer. Heißes Feuer! Ich schaffe es nicht, den Blick abzuwenden.

Bevor ich weitere Worte herausbringe, deutet Tyler mit dem Kinn zur Bühne und verabschiedet sich mit einem: »Bis später!«

John setzt sich auf den freien Barhocker neben mir und beäugt mich prüfend. »Ihr habt beide gelogen. Da ist gestern was zwischen euch gelaufen. Das sehe ich an euren Nasenspitzen.« Er zwinkert. »Und ... du hast ihm mächtig den Kopf verdreht. So zerstreut wie in den letzten Stunden kenne ich meinen Kumpel nicht.«

Tyler war meinetwegen zerstreut? Ist da vielleicht doch ein klitzekleines bisschen mehr zwischen uns? Habe ich seine intensiven Blicke und interessierten Fragen doch nicht falsch interpretiert?

Ich schaffe es nicht, gelassen zu wirken und schaue ertappt nach unten, während ich vorgebe, nach etwas Wichtigem in meiner Tasche zu kramen.

Bestimmt sagt John gleich so was in der Art wie *Bei deinem Kummer hattest du allen Grund, dich von Tyler vernaschen zu lassen*, doch er bleibt stumm.

Hätte ich gestern bloß besser die Klappe gehalten und ihm nicht meine halbe Lebensgeschichte aufgezwungen. Wer weiß, was er davon brühwarm an Tyler weitergetratscht hat.

Krampfhaft suche ich nach einem anderen Gesprächsthema. »Ist es nicht viel zu gefährlich, bei diesem Wetter mit dem Auto unterwegs zu sein?«

John lacht. »Nein, wir haben beide geländetaugliche Wagen. Heute war es zwar tatsächlich eine aufregende Fahrt, aber wie du siehst, sind wir heil hier angekommen.«

Tyler stimmt den ersten Song an und zieht mich in seinen Bann. Seine Stimme umhüllt mich wie ein wärmender Mantel. Einen, den ich nie mehr ablegen will. Ich bewege die Hüften im Takt der Musik und bei *Molly Malone* singe ich wie die anderen Besucher zumindest ein paar Wortfetzen lautstark mit. Die Gedanken, die mich vorhin runtergezogen haben, sind wie weggeblasen. Ich trinke schon wieder Alkohol und meine Vorsätze sind mir egal. John und ich unterhalten uns blendend, lachen und scherzen. Witzigerweise tauchen auch die beiden Mädels aus London auf und gesellen sich zu uns.

Wie gestern verbringt Tyler seine Pause an unserem Tisch. Wieder legt er mir den Arm um die Hüften. »Hast du eine Minute unter vier Augen?«, flüstert er mir ins Ohr.

Seine raue Stimme löst sofort eine Gänsehaut auf meinen Armen aus. Ich nicke und lasse mich von ihm an seiner kräftigen Hand durch den Pub bis vor die Tür führen.

Draußen weht ein eisiger Wind. Nur eine Handvoll Menschen ist bei diesen frostigen Temperaturen unterwegs. Der Schnee bedeckt die Straßen. Prinzipiell könnte das jetzt eine romantische Szene werden, aber mir ist klar, dass es das nicht wird.

Tyler starrt auf den schneebedeckten Boden und scheint um Worte zu ringen. »Ich habe gehofft, dass wir uns heute wiedersehen. Simone, das mit gestern ...«

»Du bist mir nichts schuldig«, falle ich ihm ins Wort, obwohl ich tief in meinem Innersten gewünscht hatte, dass die gemeinsame Nacht irgendwie von Bedeutung für uns beide gewesen wäre.

»Das, was gestern zwischen uns war, ist nicht meine Art ... eigentlich.«

Ohne zu überlegen, stimme ich ihm zu. »Meine auch nicht.«

Er hebt den Kopf und sieht mir in die Augen. Ich erkenne Aufrichtigkeit darin. Was hat das zu bedeuten?

»Du hast mich irgendwie geflasht gestern. Du bist so herrlich spießig, aber gleichzeitig unglaublich süß.« Er zuckt mit den Schultern und wirkt durcheinander. »Wenn ich dir sage, dass es das erste Mal war, dass ich mich auf eine Touristin eingelassen habe, glaubst du mir?«

»Nein«, gebe ich ohne Zögern zu, wobei seine Worte mein Herz schneller schlagen lassen.

»Kommst du in den nächsten Monaten noch mal nach Irland? Ich würde dich echt gerne wiedersehen.«

Damit habe ich nicht gerechnet.

»Eher nicht ...«, stammele ich. Schließlich war ich bisher nie zweimal am gleichen Urlaubsort.

»Auch nicht mir zuliebe?«

»Keine Ahnung«, krächze ich und bin völlig verwirrt. Bin ich doch mehr als ein One-Night-Stand für ihn?

»Sagtest du nicht gestern, du wärst einsam und würdest dich die nächsten Monate zu Tode langweilen?«

Was man nicht alles im Alkoholrausch von sich gibt ...

»Warum willst du mich wiedersehen?«

»Nun ja, irgendwie bist du besonders.«

Spätestens jetzt müsste er spüren, wie ich innerlich vor Glück beinahe zerplatze. Doch ich darf mich nicht diesem spontanen Gefühl hingeben. Ich muss realistisch bleiben.

»Tyler, es war grandios gestern. Aber ich gehe normalerweise nicht einfach so mit fremden Kerlen ins Bett. So was wird sich ab heute nie mehr wiederholen.«

9

Den Rest des Abends wirkt Tyler nachdenklich. Er sieht mich bei jedem Lied intensiv an und es ist, als würde er nur für mich singen. In seiner Stimme liegt unglaublich viel Gefühl und seine Blicke streifen wie sanfte Federn mein Gesicht.

Auf Johns Empfehlung hin probiere ich den besten Whiskey Irlands. Mit einem kräftigen Schluck kippe ich ihn vollständig in meine Kehle. Er brennt wie Feuer im Hals und bahnt sich seinen Weg in den Magen. Ich schnappe nach Luft.

John lacht.

Dann koste ich auch gleich den zweitbesten Whiskey, ohne die Bühne aus den Augen zu lassen. Ich spüre das Knistern zwischen Tyler und mir deutlich und schaffe es nicht, wegzusehen. Nach einem Schluck lecke ich mir über die Lippen und bemerke, dass Tyler mich beobachtet und dann auf die Saiten der Gitarre starrt.

Nach dem letzten Song packt er seine Sachen zusammen und kommt an unseren Tisch. Richtig klar bin ich nicht mehr im Kopf, versuche aber, mir nichts anmerken zu lassen.

»Wieder mal gigantisch«, lobt John und klopft seinem Freund auf die Schulter. »Fährst du mit mir nach Hause?«

»Hm ... ich bin mir nicht sicher. Simone, sag du es mir.«

Ich schlucke. Sofort macht sich eine wohlige Gänsehaut auf meinem Rücken breit. Wie gerne würde ich die Nacht von gestern wiederholen und mich ein zweites Mal dem leidenschaftlichen Liebesspiel mit ihm hingeben. Doch ich muss eisern bleiben. Morgen fliege ich zurück nach Deutschland und wir werden uns nie wiedersehen. Schon jetzt ist dieser Mann viel zu sehr in meinem Kopf verankert. Ich sollte verdammt aufpassen, dass er sich nicht darin einnistet.

Ich ringe gerade nach passenden Worten, da antwortet er John bereits. »Fahr du ruhig los. Vielleicht übernachte ich bei Tom.« Er deutet mit dem Kinn in Richtung Bar. »Oder auch nicht«, fügt er rasch hinzu. Dabei sieht er mir klar und unmissverständlich in die Augen.

Gerade öffne ich den Mund, um zu protestieren, da steht John auf und drückt mich zum Abschied. »War wirklich amüsant mit dir, Simone. Ich hoffe, du kommst wieder nach Irland. Falls ja, melde dich bei uns. Manche Menschen sind einem auf Anhieb sympathisch. Und du gehörst definitiv dazu. Obwohl du ein wenig durchgeknallt bist.« Er schmunzelt. »Guten Heimflug!« Damit verschwindet er winkend.

»Fahr vorsichtig!«, ruft Tyler ihm nach.

Dann setzt er sich auf den frei gewordenen Barhocker und umschließt meine Hände mit seinen. »Und was stellen wir beide nun an?«

»Falls du an eine Fortsetzung von gestern denkst, vergiss es«, entgegne ich energisch, befreie meine Hände aus seinen und verschränke die Arme vor der Brust.

Doch mein Innerstes spricht eine völlig andere Sprache. Ich will ihn. Am liebsten sofort. Die sexuelle Anziehungskraft zwischen uns ist enorm. Spürt er sie genauso wie ich?

»Hat es dir nicht gefallen?«

Ich zögere. »Doch, aber normalerweise mache ich so etwas nicht.«

»Ich auch nicht.«

»Gut, dass wir das geklärt haben.«

»Komm, lass uns spazieren gehen«, schlägt er vor und steht auf.

Ich zucke mit den Schultern. »Warum nicht?«

Dann schlüpfe ich in meinen Mantel und werfe einen letzten Blick in den Pub, bevor ich ihn auf Nimmerwiedersehen verlasse.

Wir schlendern zur Ha'penny-Bridge. Mitten auf der menschenleeren Brücke bleibt Tyler stehen. Seine Finger verschränken sich in meinen und er sieht mich liebevoll an. »Ob du es glaubst oder nicht, ich habe mir vorgenommen, irgendwann eine faszinierende Frau auf dieser Brücke zu küssen.«

»Und? Hast du es getan?« Ich versinke in seinen grünen Augen und spüre die gleiche Magie wie vorhin, als er gesungen hat. Meine Knie zittern und sind weich wie Pudding.

Zögernd, als ob er darauf wartete, dass ich es ihm erlaube, nähert er sich und senkt langsam den Kopf. »Ja … heute.« Dann legt er seine Lippen auf meine und küsst mich zärtlich.

In mir explodiert ein Feuerwerk und ich strecke mich ihm entgegen. Seine Hand wandert an meinen Nacken und seine Zunge findet ihren Weg in meinen Mund.

Der nächste Kuss dauert lange an. Ich seufze sehnsuchtsvoll auf.

»Bleib noch ein paar Tage in Irland, Simone.« Sein absolut ehrlicher Blick lässt vermuten, dass er es ernst meint. In mir herrscht völliges Gefühlschaos.

»Das geht nicht. Morgen fliege ich zurück. Wir hatten eine schöne Zeit, aber ...«

Er legt den Finger auf meine Lippen. »Haben! Wir haben eine schöne Zeit. Dann lass uns zumindest jede Minute, die uns bleibt, auskosten.« Wieder küsst er mich mit einer Leidenschaft, wie ich sie bisher nie erlebt habe.

10

Was ist nur los mit mir? Nun habe ich mich zu einer weiteren Nacht mit Tyler hinreißen lassen. Seine unkomplizierte Art und sein umwerfendes Lächeln haben mich in seinen Bann gezogen. Dabei hat er mir das Gefühl vermittelt, einzigartig zu sein. Und ich habe ihm geglaubt. War das ein Fehler?

Neben dem grandiosen Sex haben wir die halbe Nacht geredet. Er hat mir von seinem Leben auf der Farm und von seiner Mutter erzählt. Seinen Vater hat er nicht erwähnt und ich habe auch nicht nachgefragt. Vielleicht ist es ihm unangenehm, über dessen Tod zu sprechen. Was mir extrem geschmeichelt hat, war die Tatsache, dass er mir versichert hat, dass er noch nie einer Frau wie mir begegnet sei. Es klang so aufrichtig, dass ich ihm einfach glauben musste. Umgekehrt hat auch er jede Menge Fragen gestellt, wollte alles über mich, meine Familie und meine Freunde wissen.

Seufzend setze ich mich auf die Fensterbank und lege die Hand auf mein Herz, das schwer wie ein Felsbrocken ist. Dass unser kurzes Techtelmechtel nun beendet ist, schnürt mir die Kehle zu. Dennoch bin ich glücklich darüber, dass Tyler und ich diese intensiven Stunden hatten und dass ich mich endlich mal von meinen Gefühlen habe leiten lassen. An die vergangenen beiden Tage und Nächte werde ich mich definitiv lange erinnern. Sie sind schon jetzt tief in meinem Innersten verankert und ich werde sie bis an mein Lebensende hüten wie einen Schatz. Doch wie sagt man sprichwörtlich? *Was in Irland geschieht, bleibt in Irland.* Zumindest gibt es diesen Spruch doch so oder so ähnlich.

Zum Abschied, bei dem es mir schwerfiel, die aufsteigenden Tränen zu unterdrücken, hat Tyler die Adresse der Greenkenny Horse Farm auf das vornehme Briefpapier auf dem Hotelschreibtisch geschrieben. Er hat mich darum gebeten, mich unbedingt zu melden, falls ich wieder nach Irland käme. Zugegeben, mein Herz hat bei seinen Worten heftig gepocht, doch mir ist absolut klar, dass ich nicht zurückkommen werde.

Mit einem Lächeln im Gesicht und dennoch wehmütig hole ich meine Kleidungsstücke aus dem Schrank, falte sie akribisch und lege sie in den Koffer.

Durch den Klingelton des Handys schrecke ich hoch. Hoffentlich nicht schon wieder Alex. Die letzten Tage hat er mich regelrecht mit WhatsApp-Nachrichten bombardiert.

Ohne Vorwarnung lese ich die schonungslose, endgültige SMS der Fluggesellschaft.

Ihr Flug ist annulliert. Für weitere Informationen klicken Sie auf den unten stehenden Link.

Ich reiße die Augen auf. *Was? Annulliert? Ich muss zurück nach Deutschland* ist das Erste, was mir durch den Kopf schießt. Mit zitternden Fingern klicke ich auf den Link und starre angespannt auf die Zeilen auf dem Display.

Aufgrund eines Schneechaos sind bis auf Weiteres alle Flüge von und nach Dublin gestrichen.

Hektisch schnappe ich nach Luft. Oh, mein Gott! Das geht nicht! Ich kann keine Rücksicht auf ein Schneechaos nehmen. Ich muss nach Deutschland! Ich muss! Außerdem brauche ich meinen strukturierten Alltag zurück. Alkohol und One-Night-Stands lösen auf Dauer meine Probleme nicht.

Resigniert plumpse ich auf das Bett, in dem ich mich noch vor ein paar Stunden leidenschaftlich mit Tyler geliebt habe. Nervös wippe ich mit den Füßen und starre auf meine klatschnassen Finger. Da mache ich extra einen Plan für die Tage in Irland und jetzt bin ich absolut machtlos gegen das, was hier passiert.

Prinzipiell könnte ich mich nun bei Tyler melden. Doch diesen Gedanken verwerfe ich sofort wieder, denn ich muss mir eingestehen, dass ich bereits mehr für ihn fühle, als mir lieb ist. Ihn erneut zu sehen, würde den Trennungsschmerz nur verschlimmern, wenn ich in ein paar Tagen endgültig von hier verschwinden muss. Andererseits ... wenn uns das Schicksal wohlgesonnen ist, treffe ich ihn am Abend sowieso in der Temple Bar. Bei dem Gedanken macht mein Herz einen Hüpfer.

Unerfreulich ist, dass ich mich aufgrund der geschlossenen Geschäfte nicht mal mit neuen Klamotten eindecken kann. Also muss ich erst mal in den Getragenen rumlaufen – samt Unterwäsche. Ungeplant in den Tag hinein zu leben, ist nicht meine Stärke. Deshalb macht sich Unsicherheit in mir breit.

***

Schon am Vormittag lande ich in der Temple Bar. Es geht eindeutig bergab mit mir.

Zu meiner Freude treffe ich die beiden Mädels aus London wieder. Sie nippen an ihren Irish Coffees und wirken nervös.

»Na, könnt ihr auch nicht abreisen?«, stelle ich die Frage, deren Antwort ich längst kenne.

»Ja, leider nicht. Verdammte Scheiße!«, schimpft die eine. »Ich schreibe nächste Woche eine lebenswichtige Prüfung. Es ist eine Katastrophe, dass ich nicht zurück kann.« Sie lässt den Kopf theatralisch in ihre Hände fallen.

Ihre Freundin pflichtet ihr bei. »Auch wenn Dublin genial ist, die Annullierung unseres Fluges zieht einen Rattenschwanz mit sich. Ich habe Termine, die sich nicht aufschieben lassen.«

»Und bei dir?« Beide schauen mich fragend an.

Und bei mir? Ich weiche ihren bohrenden Blicken aus. »Eigentlich habe ich nichts vor.«

Außer darauf zu warten, dass dieser Tag verfliegt und Tyler am Abend auf der Bühne steht. Doch das behalte ich für mich. Nicht dass sie denken ...

***

Am Abend warte ich angespannt auf ihn und rutsche auf dem Barhocker herum. Um 22 Uhr fehlt von ihm nach wie vor jede Spur. Drei Sänger haben sich mittlerweile auf der Bühne abgewechselt und immer wenn sie geräumt wird, hoffe ich darauf, dass er auftaucht. Verdammt, wo bleibt er nur? Ich werfe einen Blick auf meine Armbanduhr. An den letzten beiden Abenden war er um diese Zeit längst da.

Ich schlendere äußerlich lässig und innerlich unruhig zur Bar und habe das Gefühl, dass jeder der anwesenden Besucher mir ansieht, weshalb ich hier bin. Gleichzeitig ist mir klar, dass meine Hirngespinste völliger Quatsch sind. Niemand kann auch nur ansatzweise ahnen, was ich die vergangenen Nächte getrieben habe. Zum Glück!

An der Bar stütze ich meine Unterarme auf dem Tresen ab und beuge mich nach vorne. Ich schlucke und spreche den Barkeeper in krächzendem Tonfall an. »Hallo.«

»Hi Lady, wie geht's?« Sein breites Grinsen gibt den Blick auf eine Zahnlücke frei.

»Bestens, danke! Sag mal, kommt Tyler heute noch?«

»Tyler? Ich kenne viele Tyler. Welchen davon suchst du?«

»Der, den ich meine, ist gestern und vorgestern hier aufgetreten.«

Der Barkeeper nickt eifrig und scheint zu wissen, von wem ich spreche. Ein Hoffnungsschimmer keimt in mir auf.

»Tut mir leid Lady, Tyler ist nur selten hier. Er hat hier nur Krankheitsvertretung gemacht. Er wohnt drüben in Greenkenny.« Mit dem Kinn deutet er in Richtung des Fensters, als wäre Greenkenny gleich um die Ecke. »Warum suchst du ihn?« Er sieht mich kurz an und wendet seine Aufmerksamkeit wieder dem Pintglas zu, das er unter den Zapfhahn hält und mit Guinness füllt. Dann erhellen sich seine Augen. »Ach ja, ich hab's! Du bist die Frau aus Deutschland, wegen der Tyler gestern ... habe ich recht?«

Ich starre ihn entgeistert an und ringe nach Worten.

Er lacht. »Tyler hat mich gestern gefragt, ob er bei mir übernachten könne, falls ... na ja, du weißt sicher, wovon ich spreche.« Er zwinkert vielsagend.

Ich nicke und wende mich ab, bevor er bemerkt, wie ich rot werde. O Gott! Wie peinlich!

»Warte mal, German Lady«, dringt seine Stimme durch den lärmerfüllten Raum an mein Ohr. Er winkt mir.

Ich gehe widerwillig zurück zur Bar.

»Ich weiß, wo er wohnt, falls du zu ihm willst.«

Will ich zu ihm? Na ja, jetzt, wo ich sowieso in Irland festsitze, wäre das eine Option. Sein nackter, muskulöser Körper ... Schlagartig bin ich gar nicht mehr so abgeneigt, eine dritte Nacht mit ihm zu riskieren. Ich verurteile mich für diesen Gedanken.

»Nein, nein, ich will nicht zu ihm.« Ich winke lapidar ab und gehe zurück zu meinem Barhocker, der durch meinen dort liegenden Mantel als besetzt gekennzeichnet ist.

Seit feststeht, dass Tyler heute nicht kommt, ist meine Laune auf dem Tiefpunkt. Die Stimmung hier ist für mich so nicht die gleiche. Wenngleich ich ihn kaum kenne, gehört er für mich zur Temple Bar wie der Whiskey. Sein stetiges Lächeln im Gesicht, seine starken Arme und sogar sein Pullover mit Zopfmuster fehlen mir. Immerhin habe ich mit den beiden aus London einen halbwegs unterhaltsamen Abend und denke maximal alle fünf Minuten an ihn. Okay, alle vier.

»Ich muss übrigens morgen rüber nach Wicklow. Da komme ich direkt an Greenkenny vorbei«, ruft mir der Barkeeper kurz vor der Sperrstunde zu. Mit einem Tuch wischt er über den Nachbartisch. »Willst du mitfahren?«

Mein Herz macht einen Sprung. Die letzten Stunden habe ich mir das Hirn darüber zermartert, ob ich Tyler besuchen oder es besser bleiben lassen soll. Dabei stellte sich mir die Frage, wie ich überhaupt dort hinkommen würde. Das Angebot ist für mich wie ein Wink des Schicksals. Deshalb strahle ich ihn an. »Ja, das wäre klasse.«

Ich höre jetzt einfach mal auf mein Gefühl und warte ab, was passiert.

Oh, mein Gott! Ich werde Tyler wiedersehen. Zweifel und Freude wechseln sich in mir ab. Aber was ist, wenn er nur so dahingesagt hat, dass ich ihn besuchen soll? Okay, dann wird er es mir hoffentlich taktvoll verklickern. Und dann verschwinde ich, hake die Sache ab und starte nie mehr im Leben eine derartige Aktion. Aber momentan finde ich, dass sich treiben zu lassen gar nicht die schlechteste Idee ist.

11

Tom, der Barkeeper, hat mich am Morgen vor meinem Hotel abgeholt. Jetzt sitze ich zappelnd wie ein hibbeliges Kind auf dem Beifahrersitz seines Wagens. Geschickt lenkt er das Fahrzeug über die Autobahn. Aktuell schneit es kaum. »Da vorne, das sind die Wicklow Mountains«, erklärt er nach einer knappen halben Stunde.

Suchend folgen meine Augen seinem Finger. Vor mir erstrecken sich einige Hügel, die in ihrer Größe nicht annähernd an die Bayerischen Alpen herankommen. Dennoch fügen sich die Wicklow Mountains harmonisch in die Landschaft. Ich finde, dass das satte Grün, das unter dem Schnee hervorsprießt, auch im Winter auffallend schön ist.

Bald verlassen wir die Autobahn. Die Straßen werden deutlich schmaler. Obendrein gibt es keinen Seitenstreifen. Direkt neben der Straße erstrecken sich hohe Büsche, die das Fahrzeug in den Kurven streifen. Hier ist es so eng, dass ich, in Erwartung des möglichen Aufpralls, jedes Mal, wenn uns ein Fahrzeug entgegenkommt, meine Finger in den Sitz kralle und die Augen zusammenkneife. Definitiv beneide ich Tom nicht, für den weder diese Straßen noch der Linksverkehr ein Problem zu sein scheinen. Er pfeift fröhlich zu den irischen Songs, die aus dem Radio dringen.

An uns ziehen Cottages mit großzügigen Gärten vorbei. Ich frage mich, wie die Menschen darin wohl ihre Zeit verbringen.

»Wie lange dauert es noch?«

Ich werde zunehmend nervöser und bemühe mich, ruhig zu atmen, aber mein Herz flattert bei jedem zurückgelegten Kilometer eine Spur heftiger.

»Maximal fünfzehn Minuten«, antwortet Tom und pfeift weiter.

Ich halte ihm einen Zettel unter die Nase. »Setzt du mich bitte bei diesem Bed & Breakfast ab?«

Vorsorglich habe ich ein Zimmer dort reserviert. Das, was ich auf keinen Fall machen werde, ist Tyler zu überrumpeln. Wie sähe das denn aus, wenn ich wie aus dem Nichts mit all meiner Habe bei ihm auftauchen würde?

Jetzt fährt der Wagen eine langgezogene Allee hinauf und kommt vor meiner Unterkunft zum Stehen. Ich bedanke mich bei Tom und winke ihm zum Abschied nach.

Ich bekomme ein geräumiges Zimmer im Erdgeschoss zugewiesen. Rasch packe ich meine Habseligkeiten aus und lege sie in den Holzschrank. Dann lasse ich mich auf das weiche Bett fallen und schiele aus dem Fenster, das einen Blick in den Garten des Anwesens freigibt. Selbst im Winter wirkt er verträumt.

Ich schließe die Augen und denke an Tyler. Obwohl ich es kaum erwarten kann, ihn wiederzusehen, wechselt sich Unsicherheit mit Freude ab.

Mit dem Handy in der Hand und einem seltsamen Flattern im Bauch mache ich mich eine halbe Stunde später, den Blick auf Google Maps gerichtet, zu Fuß auf den Weg zur Greenkenny Horse Farm. Sie liegt genauso wie das Bed & Breakfast etwas außerhalb des Ortskerns. Unterwegs spiele ich sämtliche Szenarien durch, wie unser Wiedersehen ablaufen könnte. Und ich frage mich, ob ich noch ganz bei Trost bin, einem Kerl nachzureisen. Bald werde ich es erfahren.

***

Tyler kneift die Augen zusammen, als er mit Cowboyhut und Gummistiefeln aus dem Stall marschiert und mich entdeckt. Er bleibt abrupt stehen und starrt mich an, als wäre ich das erste weibliche Wesen, das je seine Farm betreten hat.

Nach für mich unerträglichen Sekunden des Wartens, findet er endlich seine Sprache wieder.

»Simone, ich fasse es nicht!« Er eilt auf mich zu, breitet die Arme aus und strahlt über das ganze Gesicht.

»Mein Flug ist annulliert«, erkläre ich und lächle ihn zaghaft an.

»Unglaublich! Offensichtlich ist das Schicksal gnädig mit uns.« Er umfasst meine Hände und lacht lauthals. »Weißt du, wie oft ich in den letzten Stunden an dich gedacht habe?« Fassungslos schüttelt er den Kopf.

All meine Zweifel sind mit einem Wimpernschlag wie weggeblasen.

»Ich habe mich geärgert, dass ich es nicht geschafft habe, dich zum Bleiben zu bewegen. Und mir Vorwürfe gemacht, dass ich nicht deutlicher war.«

Mir verschlägt es die Sprache. Es ist, als sei ich zu Hause angekommen. Absurd.

Neben mir nehme ich ein Räuspern wahr. Ich drehe den Kopf zur Seite und sehe geradewegs in die dunkelbraunen Augen einer rothaarigen Schönheit mit samtiger Haut.

»Das ist Emilia, meine Schwester«, erklärt Tyler, legt den Arm freundschaftlich um sie und stellt auch mich vor.

Emilia, deren Gesicht mit Sommersprossen bedeckt ist, beäugt mich mit kritischem Blick, nimmt den Reithelm von ihrem Kopf und verstaut ihn unter dem Arm. Dann erhellt ein Strahlen ihre Augen, das ihren Mund nicht erreicht. Höflich streckt sie die Hand nach mir aus.

»Schön, dich kennenzulernen.«

Mein Körper versteift sich. Ich bin unschlüssig, was ich von ihr halten soll.

Sie wendet sich schnippisch an Tyler. »Behaupte nicht ständig, ich wäre deine Schwester.« Mit angeekeltem Gesichtsausdruck wischt sie sich die Hand, die ich ihr gereicht habe, an ihrer hautengen Reithose ab.

Ich starre sie an, als hätte sie mir eben verklickert, dass die beiden verheiratet sind. Was hoffentlich nicht stimmt. Doch warum behauptet er, sie wäre seine Schwester und sie streitet es vehement ab? Ich schlucke und traue mich nicht nachzufragen.

Tyler runzelt genervt die Stirn. »Lass es einfach, Emilia, hörst du?« Dann lächelt er mich an. »Warte, ich sag Mum Bescheid, dass wir Besuch haben. Sie freut sich bestimmt.«

Mit eiligen Schritten verschwindet er im Haus und ich bleibe allein mit Emilia zurück.

Sie scannt mich innerhalb einer Sekunde kritisch von oben bis unten. »Besser du lässt die Finger von Tyler und zischt gleich wieder ab.« Damit dreht sie sich um und rauscht davon.

Ich starre ihr hinterher und zweifle augenblicklich an meiner Entscheidung, hier aufzutauchen.

Bevor ich meinen Bedenken weiter nachgehen kann, sehe ich John, der in Reitkleidung und einem Pferd im Schlepptau beinahe mit Emilia zusammenstößt.

»Hoppla!«, ruft er, doch sie würdigt ihn keines Blickes und reckt ihr Kinn in die Höhe. Kopfschüttelnd spaziert er weiter über den Kiesweg. Als er mich entdeckt, reißt er die Augen auf.

»Sehe ich eine Fata Morgana?« Rasch bindet er das Pferd am nächstbesten Holzbalken an und läuft zu mir. »Das gibt es doch nicht!«

»John!« Mich richtig zu freuen, fällt mir angesichts dessen, was Emilia eben von sich gegeben hat, alles andere als leicht.

Ich erzähle ihm vom Grund meines Besuches, als ich hinter mir die warmherzige Stimme einer älteren Dame vernehme.

»Willkommen auf der Greenkenny Horse Farm.«

Ich drehe mich um und blicke in die freundlichen Augen einer Frau, die ich auf etwa sechzig schätze. Ihre rötlichen Haare sind zum Teil ergraut. Sie wischt sich ihre faltigen, von Altersflecken übersäten Finger an der Schürze ab und streckt mir ihre Hand entgegen.

»Hallo, ich bin Rose.« Dann wendet sie sich an ihren Sohn. »So, so, dieses Mädchen hat dir also den Kopf verdreht.«

Postwendend laufe ich rot an.

Er nicht. »Mum, bitte sei doch diskreter.« Er zwinkert mir zu.

Ich schüttle Rose die Hand und stelle mich vor.

Sie deutet auf das imposante Farmhaus. »Lasst uns hineingehen. Ich habe gerade frischen Tee gekocht.«

Mit seiner Steinfassade und der knallroten Eingangstür wirkt das Gebäude absolut einladend. Der Efeu, der an der Südseite emporrankt, verleiht ihm etwas Romantisches. Wieder entdecke ich Sprossenfenster, die mir in Dublin schon so gefallen haben. Die vier Cottages mit Reetdächern, die über einen Kiesweg zu erreichen sind, vervollständigen meinen ersten, überaus positiven Eindruck des Farmgeländes. Eines der Cottages ist größer als die anderen. Ob sie alle bewohnt sind? Durch die Türen in unterschiedlichen Farben sehen sie äußerst reizvoll aus. Ich grinse in mich hinein. Es ist, als wäre ich soeben als Hauptdarstellerin einer Fernseh-Irland-Romanze hier angekommen.

Tyler reißt mich aus meinen verträumten Gedanken. »Wie lange bleibst du?«

Wir schlendern zusammen mit Rose auf das Farmhaus zu. »Und wo wirst du schlafen?«

»Das fragst du noch?« Rose stupst ihren Sohn in die Seite. »Natürlich schläft sie hier. Und zwar solange sie möchte.«

»Ich ... ich weiß nicht. Eigentlich bin ich in einem Bed & Breakfast in der Nähe untergekommen«, stottere ich.

»Dann wird Tyler dich nachher dorthin zurückbringen«, keift Emilia, die hinter uns nun ebenfalls auf das Haus zustolziert.

»Kommt nicht infrage, du schläfst bei uns«, bestimmt Rose und hält die Eingangstür auf. »Nicht wahr, Tyler?«

»Selbstverständlich bleibst du hier.« Er legt den Arm um mich und zieht mich zu sich heran.

Hoffentlich war es eine gute Idee, hier aufzutauchen. Immerhin hat das Ganze etwas von einem Bekenntnis. Einem Bekenntnis zu Tyler. Sind wir schon so weit?

Rose gibt sich nach nicht einmal drei Minuten bereits so, als gehöre ich voll dazu. Will ich das?

Was will ich überhaupt? Allein zurück nach Dublin auf jeden Fall nicht.

»Natürlich bleibst du hier«, mischt sich nun auch John ein. »Frischer Wind schadet uns nicht, stimmt's Tyler?«

»Definitiv. Du glaubst nicht, wie ich mich freue.«

Als wir das Haus betreten, fallen mir sofort die unzähligen liebevollen Details auf. Cremefarbene Vorhänge sind mit dicken Kordeln an die Seiten der Fenster gebunden. Ein paar Innenwände sind wie die Fassade aus Stein, was mir richtig gut gefällt. Der verspielte Spiegel im Eingangsbereich macht sich besonders gut neben dem antiken Holzstuhl und der goldfarbenen Lampe. Hier passt alles wunderbar zusammen. Sogar frische Blumen duften aus einer Keramikvase auf dem Sideboard.

12

Tyler hat mich nach dem Tee zum Bed & Breakfast gefahren und ich habe wieder ausgecheckt. Nun sind wir zurück im Farmhaus. Er stellt meinen Koffer im Eingangsbereich ab. Ich ergreife die Gelegenheit und spreche das aus, was mich seit meiner Ankunft beschäftigt.

»Emilia scheint mich nicht zu mögen.«

»Ach was.« Er winkt ab, als würde ich völligen Blödsinn reden. »Lass dich nicht von ihr ärgern und mach dir vor allem nichts aus ihrem eifersüchtigen Geschwätz. Gib ihr etwas Zeit und ich verspreche dir, dass sie dich bald lieben wird.«

Damit ist das Thema für ihn erledigt. Er öffnet die Tür zum Wohnzimmer und lässt mich einen Blick hineinwerfen.

Erneut staune ich über die geschmackvolle Möblierung in diesem Haus. Am liebsten würde ich mich sofort in einen der Ohrensessel setzen und dem Feuer zusehen, das unter dem Kaminsims knistert.

Doch Tyler ist bereits zurück im Flur und deutet auf die weißen Holzstufen, auf denen ein roter Teppich ausgelegt ist. »Hier entlang.«

Wir sind im ersten Stock angekommen. »Dort drüben ist Mums Schlafzimmer, hier Emilias und dies ist meins. Magst du bei mir schlafen?«

Ehrlich gesagt weiß ich nicht, was ich will. Auch wenn ich aus freien Stücken hier aufgekreuzt bin, geht mir nun plötzlich alles zu schnell. Dummerweise habe ich keinen Schimmer, wie ich jetzt noch auf die Bremse treten soll.

»Weißt du was?«, lenkt er ein, als er mein Zögern zu bemerken scheint. »Du beziehst das Gästezimmer. Es spricht ja nichts dagegen, dass du jederzeit zu mir rüberkommst, wenn du Lust dazu hast.« Bei dem Wort *Lust* zwinkert er vielsagend.

Ich schaffe es nicht, leichtfertig über seine Anspielung hinwegzugehen und werde knallrot. Nebenbei macht sich ein aufregendes Kribbeln in meinem Bauch breit.

Er greift nach dem geschnörkelten Messinggriff der Tür, die direkt vor uns liegt, und öffnet sie. »Bitte schön.«

Ich schiebe mich an ihm vorbei und betrete den Raum. »Himmlisch!«

Das beigefarbene Metallbett, das mit einer hellbraunen Tagesdecke bedeckt ist, erinnert mich an die schnulzigen Irland-Spielfilme, die hin und wieder sonntags um Viertel nach acht im Fernsehen laufen. Die Wände, die zu einem Drittel mit einer weißen Holzvertäfelung verkleidet sind, geben dem Raum einen Landhaustouch. Unglaublich, wie harmonisch hier alles zusammenpasst. Das Bett, das herrlich frisch duftet, ist viel zu schade, um sich hineinzulegen. Selbst die Kissen passen in ihren unterschiedlichen Größen und Farbtönen fabelhaft zur mintgrünen Blumentapete und zum restlichen Ambiente des Raumes.

Ich streife meine Schuhe ab und tapse auf Strümpfen über den knarzenden Holzboden. »Wahnsinn, was für ein Blick.« Staunend bewundere ich vom nebenliegenden Badezimmerfenster aus die Wicklow Mountains. Die Aussicht auf die mit Schnee bedeckten Hügel ist wirklich atemberaubend.

»Und das ist nur ein winziger Teil unserer traumhaften Landschaft«, wirft Tyler ein. »Dir gefällt dein Reich also?«

»Mehr als das.«

Um ehrlich zu sein, fehlen mir die Worte. Ich habe noch nie in einem derart romantischen Zimmer übernachtet. Beim Blick aus dem weiteren Fenster entdecke ich Pferde, die am Ende des Anwesens auf einem Sandpaddock stehen. Gott sei Dank habe ich genügend Sicherheitsabstand zu ihnen. Denn so schnell mein Herz beim Anblick dieser wunderschönen Geschöpfe auch schlägt, so mulmig ist mir gleichzeitig zumute. Reflexartig umfasse ich meine Halskette, als könne sie mich beschützen. Warum muss Tyler ausgerechnet eine Pferdefarm besitzen? Eine Schafherde hätte doch auch gereicht.

Aus dem Erdgeschoss dringt Roses Stimme nach oben. Sie ruft zum Mittagessen. Wie selbstverständlich werde ich mit eingeladen. Geruch von Kraut erfüllt die Küche, die gleichzeitig als Esszimmer dient.

»Hast du schon mal Bacon and Cabbage gegessen?«, fragt sie mich.

Ich schüttle den Kopf.

Sie lädt eine ordentliche Portion auf einen Teller und reicht ihn mir. Ich erkenne Bauchfleisch und gedünstetes Kraut, was mich an ein typisches Sonntagsgericht meiner Oma erinnert.

Emilia und John sitzen ebenfalls am Tisch. Alle reden während des Essens munter durcheinander.

»Habt ihr gestern beim Hurling gewonnen?«, will John von Emilia wissen.

Sie grinst zufrieden. »Ja, wir waren Ashford haushoch überlegen.«

»Kennst du Hurling?«, bezieht Rose mich in das Gespräch mit ein.

»Nein, ich habe noch nie davon gehört.«

»Hurling ist eine der schnellsten Mannschaftssportarten der Welt«, klärt Tyler mich auf. »Sie wird mit Schlägern und einem Ball gespielt. Obwohl es eine Frauenvariante gibt, macht Emilia beim echten Hurling mit.«

Emilia richtet stolz ihren Rücken gerade. »Machst du auch Sport?« Sie mustert mich abschätzig, als wisse sie die Antwort bereits.

»Nein ... nicht mehr«, entgegne ich knapp. Gleichzeitig lobe ich Rose. »Es schmeckt köstlich.«

Das Fleisch ist butterweich. Ich bemerke erst jetzt, dass ich unglaublichen Hunger habe. Heute früh habe ich vor Aufregung keinen Bissen hinunterbekommen.

»Das ist ein altes Familienrezept«, erklärt sie mit einem warmen Unterton in der Stimme.

In ihrer Gegenwart fühle ich mich absolut wohl und willkommen. Emilia dagegen ist mir nicht ganz geheuer.

»Nachher machen wir einen Rundgang über das Gelände und ich zeige dir die Pferde«, schlägt Tyler vor.

»Ruiniert sie sich dabei nicht ihre teuren Stadtschuhe?«

Das muss ausgerechnet Emilia sagen! Schließlich habe ich vorhin die teuersten Reitstiefel an ihren Füßen gesehen, die auf dem Markt zu haben sind.

»Emilia!«, ermahnt Rose ihre Tochter und wendet sich an mich. »Wir finden sicher etwas zum Anziehen für dich.«

Emilia verdreht die Augen. »Wie lange willst du hierbleiben?« Ihrem Tonfall entnehme ich, dass sie viel lieber fragen würde, wie lange ich vorhabe, mich bei ihnen einzunisten.

»Nur ein bis zwei Nächte«, stammle ich und versuche den Kloß hinunterzuschlucken, der in meinem Hals aufsteigt. »Bis es einen Rückflug nach Deutschland gibt.« Ich sehe zu Rose. »Aber nur, wenn es keine Umstände macht.«

»Natürlich nicht«, versichert sie.

»Du kannst doch auch länger hierbleiben. Hast du nicht deinen Job verloren und in den nächsten Monaten nichts vor?«, hakt John nach und schiebt sich eine Gabel voller Kraut in den Mund.

Danke vielmals! Spätestens jetzt weiß jeder in diesem Raum, dass ich eine Versagerin bin. Eine, die von ihrem Freund betrogen wurde. Sicher hat er das auch bereits brühwarm weitergetratscht. Hätte ich in der Temple Bar doch bloß nicht so viel getrunken und die Klappe gehalten.

»Ja, schon. Aber sobald es einen Rückflug gibt, stelle ich eure Gastfreundschaft nicht länger auf die Probe.«

»Du kannst bleiben, solange du willst, nicht wahr, Tyler?« Rose legt ihrem Sohn die Hand auf die Schulter.

Sein zustimmendes Lächeln streichelt mein Gesicht, obwohl er mich nicht berührt.

***

Nach dem Essen spazieren wir über das Gelände. Tyler erklärt mir grob die einzelnen Gebäude. Er zeigt mir die Reithalle und das Nebengebäude, in dem John wohnt. Meine Frage zu den Cottages überhört er – keine Ahnung, ob absichtlich oder unabsichtlich – und steuert zielstrebig auf den Pferdestall zu. Meine Schritte verlangsamen sich und meine Hände werden feucht.

»Wir haben fünfzehn Pferde.« In seiner Stimme schwingt Stolz mit, als er die Stalltür öffnet.

»Müssen wir unbedingt hier rein?«, frage ich zögernd und bleibe abrupt stehen.

Er legt die Stirn in Falten. »Hast du etwa Angst?«

Ob ich Angst habe? Wenn es nur Angst wäre, würde ich mich zusammenreißen und hineingehen. Doch ich habe Panik. Blanke Panik. Dass diese so schlimm ist, merke ich erst jetzt. Auf keinen Fall werde ich diesen Stall betreten. Ich presse die Füße in den Boden, nicht bereit, auch nur einen Schritt vorwärts zu machen. Verdammt! Wie soll ich ihm das bloß erklären?

Durch die offene Tür sehe ich, wie Emilia eines der Pferde striegelt. Ein Pferd prustet. Automatisch weiche ich einen Schritt zurück.

»Tut mir leid, ich … ich gehe da nicht rein«, stammle ich. Meine Stimme kippt.

Tyler sieht mich besorgt an. »So schlimm?«

»Schlimmer!«, gebe ich kleinlaut zu und hoffe, dass er keine weiteren Fragen stellt.

Tyler betritt den Stall. Ich bleibe nach wie vor an der Tür stehen. Er zieht einen Apfel aus der Hosentasche und hält seine Hand auf.

»Unsere Pferde sind wirklich sehr zahm. Du musst keine Angst vor ihnen haben.«

Das Pferd schnappt zu und zermalmt den Apfel zwischen seinen kräftigen Zähnen. Ich kann kaum hinsehen und merke, wie meine Knie schlottern.

»Das ist übrigens Tornado.« Er krault ihn am Schopf. »Einer unserer beiden Vollblüter. Wenn er sich gut macht, darf er im Sommer am Pferderennen teilnehmen, das jedes Jahr an einem Strand ganz in der Nähe veranstaltet wird.«

»Du nimmst an Pferderennen teil?« Meine Pupillen weiten sich.

Er lacht. »Nein, nicht ich, aber Emilia. Sie und Tornado sind ein eingespieltes Team.«

Emilia reckt ihr Kinn in die Höhe und verlässt den Stall. »Wenn du Angst vor Pferden hast, bist du auf der Greenkenny Horse Farm goldrichtig«, raunt sie mir im Vorbeigehen zu. »Stadttussi«, fügt sie noch eine Spur gedämpfter an.

Hat sie das gerade wirklich zu mir gesagt? Sie, die für eine Farm in meinen Augen selbst eindeutig zu schick gekleidet ist? Warum ist sie nur so abweisend und abwertend zu mir? Ich habe ihr doch nichts getan. Und bestimmt bin ich nicht die erste Frau, die Tyler mit nach Hause bringt. Vielleicht sollte ich auf sie zugehen und ihr zeigen, dass ich sie mag. Auch wenn es mir schwerfällt. Ich mache auf dem Absatz kehrt und folge ihr, doch entdecke sie nirgends.

13

Tyler singt und spielt heute Abend im McCafferty's, dem Pub, in dem er gewöhnlich an den Wochenenden auftritt. Ich habe mich riesig gefreut, als er mich gebeten hat, ihn zu begleiten.

Wie bei einem Déjà-vu sitze ich nun mit einem Hot Whiskey auf einem hölzernen, abgenutzten Barhocker und schmachte ihn an. Neugierig sehe ich mich in dem gemütlichen Pub um. Whiskeyfässer dienen als Stehtische und an den Wänden hängen in nostalgischen Rahmen Bilder von mir unbekannten Künstlern. Ob wohl auch eines von Tyler dort zu finden ist?

Er steigt auf die Holzempore, die als Bühne dient. Mit demselben Charme wie vor zwei Tagen in Dublin grinst er ins Publikum, während er singt und die Saiten auf der Westerngitarre anschlägt. Seine Worte, die von Liebe und Verlassenwerden erzählen, berühren mich. Doch bevor ich zu melancholisch werden kann, stimmt er einen fröhlichen Song an, den ich aus der Temple Bar kenne. Beim Refrain erhebt er seine Stimme und reißt das Publikum mit, das den Songtext inbrünstig mitgrölt.

In der Pause schlängelt er sich durch die Pubbesucher bis zu mir hindurch. Er senkt den Kopf. »Küss mich, damit ich ganz sicher sein kann, dass du wirklich da bist.«

Ich spitze die Lippen und sehe lächelnd zu ihm auf. Mit seiner Hand fährt er sanft durch mein langes Haar, das ich heute offen trage. Er schenkt mir einen intensiven Blick und legt seine Lippen auf meine.

Die flatternden Schmetterlinge, die kreuz und quer durch meinen Bauch fliegen, lassen sich nicht ignorieren. Einerseits fasse ich mein Glück kaum, aber andererseits blinkt unaufhörlich ein Warnsignal in meinem Kopf, was mich darauf hinweist, dass das alles hier nur von kurzer Dauer sein kann und dass ich auf die Bremse treten muss. Und zwar schleunigst. Wenn ich Tyler ansehe, ist die Welt in Ordnung und ich fühle mich prima. Doch was nützt mir das? In ein paar Tagen bin ich wieder zu Hause und der Zauber ist vorbei. Wie soll ich es nur verhindern, dass mein Herz dabei zerbricht?

Automatisch schiebe ich ihn von mir und starre ihn mit leerem Blick an.

Er ist sichtlich irritiert und runzelt die Stirn. »Was ist los?«

Ich wende mich zur Seite. »Lass mich, bitte.«

Ich hasse das Gefühlschaos, das in mir herrscht und bereue sofort, dass ich ihn von mir geschoben habe. Gerade als ich zu einer Entschuldigung ansetzen will, zuckt er mit den Schultern und dreht sich seufzend um.

»Okay, wenn du meinst ...« Er schlendert zurück zur Bühne.

Beim nächsten Song legt er enormes Gefühl in seine Worte und seine Augen streifen durchs Publikum. Als sich unsere Blicke treffen, nippe ich verunsichert am

Hot Whiskey. Seine Stimme wird sanfter, kaum hörbar. Noch immer fixiert er mich, als könne er mich so festhalten.

Die Gefühle übermannen mich erneut. Ich muss raus hier. Sofort. Hektisch schnappe ich meinen Mantel, quetsche mich an einer Meute lachender Männer vorbei, die offensichtlich heute Junggesellenabschied feiern, und verlasse den Pub. Draußen weht mir ein eisiger Wind ins Gesicht. Ziellos haste ich ein paar Schritte auf und ab. Dann ziehe ich mein Handy aus der Tasche und überprüfe in Maps, wie weit es zu Fuß bis zur Greenkenny Horse Farm ist. Zu weit.

Da entdecke ich, dass Nina eine WhatsApp-Nachricht geschickt hat. Sie fragt, ob bei mir alles okay ist.

Es ist kurz nach elf. Ob sie bereits schläft? Ich riskiere es und klicke auf ihre Nummer. Erleichtert nehme ich ihre vertraute Stimme wahr, die allerdings mein Herz eine Portion schwerer werden lässt.

»Nina? Wie gut, dass du noch wach bist.«

»Hey, Simi, schön dich zu hören. Seit wann bist du eine Nachteule? Brauchst du deinen Schönheitsschlaf nicht mehr?«

»Doch, natürlich. Aber ich bin mit Tyler im Pub«, antworte ich gedehnt.

»Du Glückliche! Magst du tauschen? Ich muss momentan zwei Dutzend Kinder beim Schlafen bewachen. Ich kann mir durchaus Prickelnderes vorstellen.«

Ich schlage mir mit der flachen Hand gegen die Stirn. »Ach, total vergessen, dass du im Feriencamp bist. Kannst du überhaupt reden?«

»Klar doch.«

»Nina, ich hab Angst, dass ich mich verliebe«, platzt es aus mir heraus.

»Das klingt ja wunderbar.«

»Gar nichts ist wunderbar. Ich bleibe maximal noch zwei bis drei Tage in Irland. Ich habe nicht vor, mein Herz hierzulassen, während mein Körper zurück nach Deutschland fliegt.« Mit dem Fuß kicke ich einen Stein zur Seite, der unter dem Schneematsch hervorlugt. »Was soll ich nur tun, Nina?«

»Bleib doch noch eine Weile. Zeit hast du ja ohne Ende.«

»Das geht nicht.« Wie stellt sie sich das vor? »Ich muss zurück nach Deutschland.«

»So? Und warum?«, fragt sie im Ton einer strengen Lehrerin.

»Ich hab einiges zu erledigen.«

»Und was bitte schön?«

»Ach, weiß der Geier.«

Nina kennt mich viel zu gut, als dass ich ihr etwas vormachen könnte. Ich habe weder einen Plan noch vernünftige Argumente.

»Deine Sorgen hätte ich gern«, gackert sie.

»Du hast keine Vorstellung davon, wie ich mich fühle. Ohne Job und ohne Plan. Steck du mal in meiner Haut.«

»Glaub mir, das würde ich liebend gerne«, entgegnet sie lachend. »Wenn Tyler so ein schnuckeliges Kerlchen ist, wie du ihn beschreibst, würde ich ihn bestimmt nicht aus meinem Bett schubsen.«

»Vergiss es! Er gehört mir.« Jetzt muss ich selbst lachen.

»Ich nehme ihn dir nicht weg, Simi. Aber mach dich endlich mal locker.«

»Wie soll ich das anstellen? In meinem Kopf herrscht völliges Chaos, was ich nicht beseitigt kriege. Und da ist noch die Sache mit den Pferden …«

Mit einem Mal wird Nina ganz ruhig. Ich spüre, wie sie nach passenden Worten ringt. »Vielleicht ist es ja eine Chance, Simi«, sagt sie kaum hörbar.

»Eine Chance? Mal ehrlich Nina, momentan kann ich mir nicht mal vorstellen, jemals im Leben wieder einen Pferdestall zu betreten. Ich habe es dir ja am Nachmittag geschrieben. Wirklich, zuerst wollte ich da reingehen, aber du glaubst nicht, wie mein Herz allein beim Anblick der Pferde gepocht hat. Sofort war alles wieder präsent und ich wäre am liebsten davongerannt.«

»Das tut mir so leid«, sagt Nina mitfühlend. »Ich wünsche mir so für dich, dass du es wieder hinbekommst.«

»Momentan ist daran nicht zu denken.«

»Dann machst du einfach einen Bogen um die Pferde und genießt die restlichen Tage mit deinem Schwarm. Mach das, wozu du Lust hast, koste jede Sekunde aus und … vor allem, Simi, grüble nicht dauernd. Heb dir das für die Zeit auf, wenn du zurück bist.«

Ich seufze. »Du hast leicht reden. In meinem Kopf ist alles durcheinander. Mir ist schon ganz übel von dem ewigen Gedankenkarussell.«

Nina überschüttet mich mit weiteren schlauen Ratschlägen, die alle mit Spaß haben und Leben auskosten zu tun haben, und dann verabschieden wir uns.

Ohne neue Erkenntnisse gehe ich zurück in den Pub, wo die Stimmung ihren Höhepunkt erreicht hat. Die Besucher singen und schunkeln und die Truppe, die den Junggesellenabschied feiert, kippt gerade einen weiteren Whiskey in ihre Kehlen. Mir fällt es schwer, mich zu entspannen und nicht über die Rückkehr nach Deutschland zu grübeln.

Tyler wirkt erleichtert, mich zu sehen und lächelt mich zaghaft an.

Nachdem sein Auftritt beendet ist, reiße ich mich zusammen.

Ich versuche, die negativen Gedanken beiseitezuschieben. Wenn ich es nur schaffen könnte, mich zu entspannen und den Zauber des Augenblicks zu genießen.

Wir bestellen zwei Jameson Whiskey und ich schmiege mich an seine Schulter. Durch das lärmende Geplapper im Pub muss ich mich konzentrieren, damit ich verstehe, was Tyler mir ins Ohr flüstert.

»Darf ich heute Nacht neben dir einschlafen?«

Bei seinen Worten schmelze ich dahin und beiße mir auf die Unterlippe. Ich zwinkere herausfordernd. »Neben mir?«

Er senkt den Kopf und streift mit seinen Lippen sanft meinen Hals, was ein Gefühl in meinem Bauch verursacht, als wäre eine komplette Ameisenkolonie darin unterwegs. Und es ist, als würden diese all meine Bedenken zerfressen. Denn momentan will ich nur noch eines: mit Tyler zurück auf die Farm.

14

Verschlafen schlage ich die Augen auf und drehe den Kopf zur Seite. Tyler liegt mit freiem Oberkörper neben mir in den Kissen, den Arm um mich geschlungen. Über die Laken hinweg schweift mein Blick durch den Raum. Auf dem schmalen Schreibtisch unter dem Fenster ist ein Haufen Papiere wild durcheinander zu einem Stapel getürmt. Der Kleiderschrank ist halb geöffnet und die Zahl der Kleidungsstücke überschaubar. Das Schrankinnere wirkt ziemlich unsortiert. Sofort verspüre ich den Drang, Ordnung in dieses Chaos von lieblos hineingestopften Hemden im Holzfäller-Style und dicken Pullovern in Erdfarben zu bringen.

Erneut wandert mein Blick zu Tyler. Bei dem Gedanken an die vergangene Nacht kribbelt es in meinem Bauch. Heute ist es offiziell. Zumindest für mich. Tyler ist definitiv kein One-Night-Stand mehr. Nicht nach dreimal Sex. Unfassbar, dass wir uns erst ein paar Tage kennen. Hätte man mir vor einer Woche prophezeit, dass ich mit meinem One-Night-Stand auf einer Pferdefarm lande, hätte ich die Person für komplett übergeschnappt gehalten.

Vorsichtig befreie ich mich aus seiner Umarmung, bücke mich nach dem nächstbesten Kleidungsstück, das auf dem Boden liegt, und streife es über. Vor dem Spiegel mache ich Halt und begutachte mich in Tylers dunkelbraunem Shirt. Ich finde, dass ich verwegen darin aussehe. Ich streiche meine zerzausten Haare glatt und schleiche auf Zehenspitzen in Richtung Badezimmer, das direkt an sein Schlafzimmer angrenzt.

Als ich die Tür öffne, weiche ich vor Schreck einen Schritt zurück.

»Huch!«

Entgeistert starre ich Emilia an, als hätte ich noch nie im Leben eine halb nackte Frau gesehen. Eingehüllt in einer Parfümwolke und einem Hauch von schwarzem Nichts, das ihre straffen Brüste zwar verdeckt, jedoch deutlich durchschimmern lässt, gafft sie mich an.

»Entschuldige bitte«, stammle ich und bemerke erst jetzt die weitere Verbindungstür zum Badezimmer, die in ihr Zimmer führen muss.

»Du kapierst es nicht, oder?«, zischt sie, die Augen zu Schlitzen gezogen.

»W... was kapiere ich nicht?«

»Dass ich nicht Tylers Schwester bin. Wir gehören zusammen. Leider ist er triebgesteuert und kann es nicht lassen, sich hin und wieder anderweitig auszutoben.«

Meine Kehle ist wie zugeschnürt. Ich bin unfähig, ihr zu antworten.

»Glotz mich nicht so entgeistert an. Ich habe kein Problem mit seinen One-Night-Stands, aber allmählich könntest du wieder von hier verschwinden.«

Mir fehlen die Worte. Ich mache zwei Schritte rückwärts, lasse sie nicht aus den Augen und knalle die Tür zu.

Durch das lärmende Geräusch wecke ich Tyler. Er setzt sich im Bett auf. »Komm her, meine Schöne.« Er streckt die Hand nach mir aus.

Außerstande, etwas zu entgegnen, starre ich ihn an. Habe ich mich tatsächlich dermaßen in ihm getäuscht?

»Was ist los? Du bist leichenblass.« Mit besorgter Miene springt er mit einem Satz aus dem Bett.

Ich fasse allen Mut zusammen. »Emilia ...« Ihr Name hört sich aus meinem Mund wie der eines gefährlichen Ungeheuers an.

»Was ist mit ihr?«

»Es geht mich nichts an und ich habe kein Recht, mich einzumischen ...« Ein Schluchzer entfährt mir und ich senke den Kopf.

Tyler nimmt mein Kinn zwischen Daumen und Zeigefinger und zwingt mich so, ihn anzusehen. »Sag, was passiert ist, Simone.«

»Sie hat behauptet, ihr würdet zusammengehören und sie sei nicht deine Schwester«, bringe ich krächzend hervor.

Tyler verdreht genervt die Augen.

»... und ihre Worte hat sie mit knappen Dessous untermauert.«

Wortlos lässt er mein Kinn los, stampft zur Badezimmertür und öffnet sie ruckartig.

Emilia steht seelenruhig mit dem Glätteisen in der Hand vor dem Spiegel und bearbeitet eine Haarsträhne nach der anderen. Und zwar ohne Dessous. In Jeans und Pullover. Ich schnappe nach Luft. So ein Luder!

Sie dreht den Kopf zur Seite. »Was gibt's?« Prompt wendet sie sich wieder ihren Haaren zu.

»Hast du Simone erzählt, du wärst nicht meine Schwester?«

»Natürlich habe ich das«, antwortet sie unverblümt. »Bin ich ja auch nicht.« Ein falsches Lächeln umspielt ihre Lippen.

»Du treibst mich in den Wahnsinn!« Er wirft die Tür so heftig zu, als könne er Emilia damit ein für alle Mal zum Schweigen bringen. Wie ein wild gewordenes Tier stapft er im Zimmer umher.

»Hör zu, Simone«, er schnappt nach Luft, »Emilia hat recht.«

»Wie bitte?«

Ich schlage die Hand vor den Mund. Habe ich mich verhört? Um ganz sicher zu sein, hake ich mit gedämpfter Stimme nach. »Du willst damit sagen, ihr seid tatsächlich ein Paar?« Fassungslos lasse ich mich auf den Sessel vor dem Fenster plumpsen. Oh, mein Gott! Emilia hat nicht gelogen. In meinen Ohren rauscht es. Jetzt bin ich die, die nach Luft schnappt.

Tyler weicht meinen bohrenden Blicken aus und hebt die Klamotten auf, die wir gestern im Eifer des Gefechts im kompletten Raum verteilt haben. Ich entdecke meinen BH, der an einem Lampenschirm baumelt. Just in dieser Sekunde zieht er ihn hinunter. Er räuspert sich.

»Nein, ich will damit sagen, dass Emilia tatsächlich nicht meine leibliche Schwester ist.« Er klammert sich an den BH, als wäre er eine Boje im tiefen Meer, die verhindert, dass es ihn auf den Meeresgrund hinabzieht.

Jede Faser meines Körpers ist angespannt. Ich wage kaum zu atmen. »Warum hast du mir nicht gleich die Wahrheit gesagt?«, frage ich scharf.

»Weil mich ihr eifersüchtiges Getue nervt und ich mich nicht ständig auf ihr kindisches Niveau herablassen will, wenn sie mal wieder darauf besteht, dass wir keine Geschwister sind.«

Meine Halsschlagader pocht. »Was ihr offensichtlich auch nicht seid.«

»Nein! Doch! Genau genommen ist Emilia meine Stiefschwester.« Er reißt die Arme in die Höhe. »Ich begreife nicht, weshalb sie sich so anstellt. Schwester ... Stiefschwester, das ist doch alles das Gleiche.«

»Stiefschwester? Ich verstehe nicht ...« Das wird ja immer bunter.

»Ja. Ist aber so. Und für mich macht es keinen Unterschied, ob wir echte Geschwister sind oder eben nicht. Sie ist seit Kindestagen wie eine Schwester für mich. Weißt du, früher waren unsere Eltern eng miteinander befreundet und Emilia und ich sahen uns mehrmals die Woche. Als Mum Emilias Vater heiratete ...« Seine Stimme kippt, er starrt auf den Boden und ringt nach Worten, »... du musst wissen ... mein Dad ist tot ...«

Obwohl Tyler ziemlichen Wirrwarr redet, löst allein die Tatsache, den Tod seines Vaters aus seinem Mund zu hören, Mitgefühl in mir aus. Dass ich es bereits von John erfahren habe, verschweige ich. Doch weil ich nach wie vor gekränkt bin, nicke ich nur stumm.

»Weißt du, als Mum Emilias Vater heiratete, war es nicht ungewohnt, dass Emilia da war. Denn sie war ja nie weg. Wir sind wie Geschwister miteinander aufgewachsen.«

»Verstehe«, sage ich etwas versöhnlicher. Ich kann seine Beweggründe nachvollziehen, doch das ändert nichts daran, dass ich strikt gegen Lügen bin.

»Leider legt sie dieses eifersüchtige Verhalten jedes Mal an den Tag, sobald ich eine Frau mit nach Hause bringe.« Er schaut zerknirscht drein. »Nicht dass das in den letzten Jahren oft vorgekommen wäre ...«, fügt er beinahe entschuldigend hinzu. »Nimm es ihr bitte nicht übel. Sie meint es nicht so.« Er kratzt sich am Kopf und wirkt nachdenklich. »So heftig hat sie allerdings noch bei keiner meiner Bekanntschaften reagiert. Vielleicht sollte ich doch mal mit ihr reden, nicht dass sie ...« Mitten im Satz bricht er ab, streckt die Arme nach mir aus und zieht mich vom Sessel hoch.

Er umschließt mich, drückt meinen Kopf sanft an seine muskulöse Brust und hält mich so lange, bis mein versteifter Körper sich allmählich entspannt. Dann haucht er mir einen zärtlichen Kuss auf die Stirn. Seine piksenden Bartstoppeln lassen meine Nackenhärchen aufstellen.

Ich versuche mir einzureden, dass sein kleiner Schwindel nichts Weltbewegendes war. Schließlich hatte er seine Gründe und für ihn ist sie ja auch so etwas wie eine richtige Schwester. Er wollte Harmonie zwischen uns. Dennoch denke ich unweigerlich an Alex. Wollte auch er nur Harmonie und hatte gemeint, es wäre besser, mich mit fadenscheinigen Ausreden über sein Nichterscheinen zu Hause hinters Licht zu führen?

Nein, so ist Tyler nicht. Ganz sicher nicht. Und wenn doch? Ich versuche, die negativen Gedanken abzuschütteln, schmiege mich an ihn und seufze. Ich hoffe, er lernt aus der Geschichte.

Nachdem er Pullover und Jeans übergestreift hat, reißt er erneut die Tür zum Badezimmer auf und blafft Emilia an. »Beeil dich gefälligst!«

»Bin schon weg«, flötet sie und verschwindet durch die andere Tür in ihr Zimmer.

Ich stehe noch immer in Slip und Tylers Shirt da.

Er schmunzelt. »Was ist? Willst du in dem Aufzug zum Frühstück? Von mir aus gerne.« Er legt seine Arme erneut um mich und küsst meinen Hals. »Hübsche Kette übrigens.« Mit seinem Zeigefinger fährt er unter das zarte Silberkettchen und betrachtet den Anhänger genauer. »Ist das ein Hufeisen?«

Ich nicke, schiebe seinen Finger weg und umschließe den Anhänger wie einen Schatz mit meiner Hand.

»Sagtest du nicht, du hättest Angst vor Pferden?«

»Hab ich auch«, antworte ich rasch. »Aber es ist ein Glücksbringer.«

»Verstehe, und ...«

»Darf ich dein Shirt behalten?«, unterbreche ich ihn und lenke vom Thema ab. Ich kann einfach nicht darüber sprechen.

»Klar, ich hänge nicht daran.« Sein Blick fällt auf meinen Klamottenhaufen. »Und was bekomme ich von dir?«

Bevor er in meiner ungewaschenen Wäsche gräbt, schubse ich ihn sachte zur Seite und lächele. »Ich überleg mir was.«

15

Im Erdgeschoss hat Rose das Frühstück hergerichtet. Es duftet herrlich nach Kaffee und Frischgebackenem.

»Setz dich, Simone«, fordert sie mich auf, als ich unschlüssig im Türrahmen stehe. »Hast du gut geschlafen?« Mit einem Augenzwinkern wendet sie sich an ihren Sohn. »Er hat dich hoffentlich schlafen lassen.«

»J... ja«, stottere ich und rutsche neben Tyler auf die Eckbank.

John setzt sich ebenfalls zu uns an den Tisch. »Morgen allerseits.«

Es folgt Emilia, die mich keines Blickes würdigt.

Ich greife nach einem Scone, bestreiche ihn mit Butter und Marmelade und beiße hinein. »Das schmeckt himmlisch, Rose«, schwärme ich.

»Ich hab die Scones nach einem uralten Familienrezept gebacken«, antwortet sie stolz. »Wenn du magst, bringe ich dir bei, wie man sie backt.«

»Das wäre großartig. Das Rezept würde ich liebend gerne mit nach Deutschland nehmen.«

Tyler streicht mir eine Haarsträhne hinter das Ohr und haucht einen Kuss auf meine Wange. »Sofern ich dich wieder zurück lasse.« Er sieht zu Emilia. »Nur zu deiner Information: Ich habe Simone erzählt, dass wir lediglich Stiefgeschwister sind.«

Anstatt zu antworten, beißt Emilia in ihren Scone und würdigt ihn keines Blickes.

Rose, der die Situation mindestens so unangenehm zu sein scheint wie mir, erkundigt sich mit übertrieben heiterem Tonfall: »Was habt ihr heute vor?«

»Hast du Lust auf einen Ausflug?«, fragt Tyler.

Noch mehr von der Insel kennenzulernen, wäre einmalig. »Sehr gerne«, willige ich deshalb ein.

»Großartig! Aber erst muss ich in den Pferdestall. Kommst du mit?«

»Wie schon gesagt ...« Ich senke den Blick. »Ich habe es nicht so mit Pferden.«

Emilia verdreht die Augen, sagt aber nichts.

»Kann ich mich anderweitig nützlich machen, wo ich eure Gastfreundschaft schon beanspruche?«

»Auf keinen Fall. Du bist unser Gast. Ich erledige rasch das Nötigste und dann brechen wir auf.«

Emilia funkt dazwischen. »Kann ich mit?«

»Nein!«, wehrt Tyler harsch ab.

Selbstbewusst greife ich unter dem Tisch nach seiner Hand und drücke sie.

Er rutscht ein Stückchen näher an mich heran, zieht die Hand nach oben und küsst meinen Handrücken.

Ich schmelze wie die Butter auf den warmen Scones und unser kleiner Disput von eben ist beinahe vergessen.

Emilia springt auf, reckt ihr Kinn in die Höhe und rauscht nach draußen.

»Ich bin dann mal im Stall«, verkündet John und schiebt seinen Stuhl zurück.

Tyler steht ebenfalls auf. »Ich komme mit. Und du, Simone? Magst du nicht doch zusehen?«

»Besser nicht.«

»Das wird schon«, sagt Rose aufmunternd. »Wärst du länger hier, würdest du die Pferde lieben lernen.«

»Bestimmt«, entgegne ich, obwohl ich haargenau weiß, dass sie irrt.

Tyler und John spazieren nach draußen. Rose stattet mich mit farmtauglichen Klamotten aus, in denen ich mich auf dem Gelände umsehe. Die Gummistiefel sind Gold wert.

Dank des gestrigen Rundgangs kenne ich mich heute schon ein wenig hier aus. Nun sehe ich mir alles genauer an. Das Farmgelände ist weitläufig. Am Rande des Anwesens stehen die Pferde auf dem Sandpaddock, die ich gestern bereits vom Fenster aus gesehen habe. Einerseits würde ich liebend gerne zu ihnen hinübergehen, andererseits wage ich es nicht, mich ihnen auch nur einen Schritt zu nähern. Ich schlendere zum umzäunten Hühnerfreigehege. Gackerndes Federvieh schart sich um einen Futtertrog im Unterstand des mit einer bunten Blumenwiese bemalten Bauwagens. Ein paar Hühner rennen mit nickenden Köpfen vom Inneren des Wagens, der die Aufschrift *Hühnercottage* trägt, über eine Klappe nach draußen.

Ich schlendere weiter zu einem der vier Cottages, an dessen Fassade ein Messingschild mit der Inschrift *Roses Cottage* hängt, und presse meine Nase gegen die Scheibe. Alle Gegenstände im Raum, vermutlich Möbel, stehen auf einem Holzboden und sind mit undurchsichtiger Folie bedeckt. Wie im Farmhaus erspähe ich einen Kamin, der in die Wand eingelassen ist.

John kommt mit einem Schubkarren voller Mist aus dem Stall. »Na, siehst du dir die Cottages an?«

»Das, was ich durch die Scheibe erkennen kann, sieht traumhaft aus. Warum ist alles da drinnen abgedeckt? Wohnt da keiner?«

Er schüttelt den Kopf und hat einen bekümmerten Ausdruck im Gesicht.

»Warum nicht?«

»Lange Geschichte.« Er sieht verstohlen zur Stalltür und senkt die Stimme. »In einer ruhigen Minute erzähl ich es dir. Aber bitte, tue mir einen Gefallen: Sprich Tyler nicht darauf an.«

»Wieso nicht?«

Die Stalltür schlägt erneut auf und Tyler schiebt einen Schubkarren in Richtung des Misthaufens.

John kommt näher. »Vertrau mir. Ich erzähl es dir, wenn wir ungestört sind.«

Ich runzle die Stirn. Was ist das schon wieder für eine merkwürdige Geschichte?

16

Nachdem die Stallarbeit erledigt ist und die Pferde ge-
füttert sind, steigen Tyler und ich in seinen olivgrünen
Land Rover und brausen über die Landstraße. Obwohl
er sich völlig auf den Verkehr konzentriert und kein
Wort mit mir spricht, ist die Fahrt kurzweilig. Hinter
jeder Kurve erstreckt sich ein sehenswerter Landstrich.
Schafe vervollständigen das traumhafte Bild, das sich
uns links und rechts der Fahrbahn bietet. Der Schnee
hält sich nur noch auf den höherliegenden Hügeln.

Bald steuert Tyler den Wagen auf einen Parkplatz.
Kaum sind wir ausgestiegen, findet er auch seine Sprache wieder. »Komm mit, ich zeig dir was.«

Ich folge ihm über einen schmalen Pfad, der dank des
Tauwetters schneefrei ist. Wir staksen vorsichtig einige
glitschige Treppenstufen hinunter. Vor uns tut sich ein
malerischer Blick auf das Meer auf. Neugierig recke ich
den Hals. Die Klippen fallen hier steil ins Wasser ab.
Mächtige Wellen peitschen mit voller Wucht dagegen
und veranstalten einen Höllenlärm. Eisiger Wind
schlägt mir ins Gesicht. Ich schiebe den Schal über das
Kinn und die Mütze tiefer in die Stirn.

»Ich liebe die Naturgewalten«, brüllt Tyler gegen den
Wind und legt seinen Arm um mich.

Ich genieße es und schlinge auch meinen Arm um
seine Hüften.

Wir betrachten dieses wunderbare Schauspiel eine Weile. Dann spazieren wir Hand in Hand weiter, bis wir an eine Bucht gelangen, deren Sand hellbraun, fast weiß wirkt. Felsen, auf denen sich grüner Seetang abgesetzt hat, liegen im Sand und schimmern in der Sonne, die durch die Wolken hervorlugt.

Staunend bleibe ich stehen. »Das ist ja traumhaft!«

Ich schieße ein paar Erinnerungsfotos mit meinem Handy. Wir spazieren ganz nah an das Wasser heran und ich atme die salzige Brise ein. Es ist verrückt, dass ich mitten im Februar am Meer stehe, anstatt in einer überfüllten Münchener S-Bahn, eingequetscht zwischen gestressten Fahrgästen, die auf dem Weg zur Arbeit ihre E-Mails checken oder den Blick starr auf den Kaffeebecher in ihrer Hand richten. Und es ist noch verrückter, dass Tyler neben mir steht. Gemeinsam saugen wir das Bild, das sich uns bietet, in uns auf. Ich sehe zu ihm auf und lächle. Dann stelle ich mich auf meine Zehenspitzen und küsse ihn.

Wir schauen eine gefühlte Ewigkeit auf das Wasser.

»Lass uns weitergehen. Ich will dir noch etwas Schöneres zeigen«, schlägt er schließlich vor.

»Noch schöner? Das halte ich kaum für möglich.«

Wir wandern auf dem schmalen Pfad weiter, bis sich erneut eine Bucht vor uns erstreckt.

»Da unten bewegt sich was«, schreie ich gegen das tosende Meer an. Gebannt deute ich auf die Bucht, die paradiesisch zwischen den Klippen eingebettet liegt.

»Das sind Seehunde«, ruft Tyler. »Genauer gesagt siehst du da unten jede Menge Seehundwelpen.«

»Im Ernst?«, kreische ich entzückt. »Wie süß ist das denn?« Begeistert springe ich auf und ab. »Können wir ein Stück näher heran?«

»Ja, aber nur bis zu den Klippen dort vorne. Der Weg nach unten darf von August bis April nicht betreten werden, um zu verhindern, dass die Seehunde dieses Gebiet verlassen oder dass die Mütter ihre Kleinen zurücklassen.«

Gebannt starre ich auf die Horde. Einige von ihnen tummeln sich im Wasser und tauchen immer wieder mit ihren Köpfen auf. »Sieh nur, wie sie neugierig die Hälse aus dem Wasser recken. So etwas habe ich noch nie im Leben gesehen. Danke Tyler, dass du mich hierhergebracht hast.«

Dass ich vor Kälte zittere, ignoriere ich. Viel zu sehr genieße ich den Anblick, der sich uns bietet. Der Wind pfeift um unsere Nasen. Tyler tritt hinter mich und umschlingt mich mit seinen Armen.

Ich seufze, drehe den Kopf zur Seite und schmiege ihn an seine Brust. »Irland ist unglaublich vielseitig und wunderschön. Das hätte ich nicht vermutet. Ich fasse es nicht, dass mich das Land bisher nie gereizt hat.«

»Wir haben noch weitaus mehr zu bieten.« Er senkt den Kopf und legt seine Wange an meine.

»Ich muss unbedingt noch ein paar Fotos schießen.« Ich befreie mich aus seiner Umarmung und ziehe erneut das Handy aus der Manteltasche.

Gerade als ich es zurückstecken will, vibriert es. Ich werfe einen Blick auf das Display und gehe ein paar Schritte. Mein Herz schlägt heftig gegen die Brust, als ich die ersten Worte der Nachricht lese.

»Was ist los?«, ruft Tyler besorgt.

»Warte.« Ich hebe die Hand und lese die SMS zu Ende. Ich möchte nicht wahrhaben, was dort steht.

Tyler ist mir gefolgt. »Du bist leichenblass. Was ist passiert?«

Ich räuspere mich und zögere, die Wahrheit auszusprechen. Urplötzlich scheinen mich die eben noch so friedvoll wirkenden Klippen zu erdrücken.

Tyler lässt nicht locker. »Spucks aus, Simone. Irgendetwas stimmt doch nicht.«

»Mein Flug nach Deutschland ... er geht schon morgen«, presse ich mühsam hervor.

»Was?« Tyler reißt die Augen auf und sieht mich an, als hätte ich ihm eine Todesbotschaft überbracht.

Genau das war nicht meine Absicht. So eine Nachricht bewirkt doch, dass das Ausgesprochene hinterher endgültig ist. Unumstößlich. Nicht mehr umkehrbar. Ich denke angestrengt nach, wie ich das Gelesene herunterspielen kann.

»Du bleibst«, sagt Tyler plötzlich in einem Tonfall, der keinerlei Widerrede duldet.

Ich muss widersprechen. Ich muss!

»Keine Chance, Tyler. Ich kann nicht einfach bleiben.«

»Und warum nicht?« Herausfordernd sieht er mich an.

»Weil ich ein Leben in Deutschland habe. Und ich muss mir einen neuen Job suchen.«

»In sechs Monaten.«

Resigniert lasse ich die Schultern hängen und frage mich, wie ich ihm begreiflich machen soll, dass ich nicht bleiben werde. Wir kennen uns kaum und all das hier war nicht geplant. Es hat mich überrollt. Wie eine Dampfwalze.

»Tyler, es ist schwer in Worte zu fassen, doch es funktioniert so nicht.« Mein Tonfall klingt alles andere als überzeugend.

»Wie kann ich dich überreden zu bleiben?«

»Gar nicht. Ich fliege morgen zurück.« Ich klinge entschlossen, doch eine Träne kullert mir über die Wange. Meine harten Worte treffen mich wahrscheinlich mehr als ihn.

Tyler wischt sie mir mit dem Daumen aus dem Gesicht, umfasst mein Kinn und zwingt mich so, ihn anzusehen. »Was steht dir im Weg? Der Verstand? Oder ist es dein Herz, das auf der Flucht ist?«

»Du weißt genau, dass es nicht so ist. Ginge es nach meinem Herzen, würde ich hierbleiben, keine Frage.« *Auch wenn das alles verrückt ist*, will ich hinzufügen, lasse es jedoch.

»Dann mach es, verdammt!« Er lässt mein Kinn los, dreht sich um und marschiert mit den Händen in den Hosentaschen hastig ein Stück auf dem Pfad zurück.

Ich folge ihm und lege meine Hand sanft in seine.

Was soll ich nur tun? Prinzipiell könnte ich bleiben. Aber das bin nicht ich. Ich durchkreuze niemals meine Pläne. Wir müssen damit klarkommen. Es bringt nichts, sich in eine Romanze zu stürzen, die ohnehin nicht von Dauer ist. Doch mein Herz spricht eine andere Sprache. Es sagt mir, dass ich hierbleiben und auf meine nicht vorhandenen Pläne pfeifen soll. In Gedanken spiele ich jegliche Szenarien durch, die eintreten könnten, wenn ich nicht nach Hause fliege. Dabei muss ich mir eingestehen, dass es keinen triftigen Grund gibt, der mich zwingt, abzureisen.

Im Geiste gehe ich sämtliche Personen durch, die ich durch mein Bleiben in Irland schmerzlich treffen würde. Und ich komme genau auf ... niemanden. Na ja, fast niemanden. Niemand außer meinen Eltern und natürlich Nina würde mich vermissen. Diese Erkenntnis ist bitter. Wo sind all meine Freunde geblieben? Obwohl ich am liebsten in Selbstmitleid zerfließen würde, muss ich mir eingestehen, dass ich diesen Zustand mir und keiner anderen Person zuzuschreiben habe. Schließlich war ich diejenige, die alle Verbindungen gekappt hatte, seit ich mit Alex zusammen war. Ich hatte ihn auf einen Sockel gestellt und jegliches verbannt, was unserer Beziehung in die Quere kommen konnte. Das habe ich nun davon.

Tyler ist stehen geblieben und starrt auf das Meer. Ich schlinge die Arme um ihn und lehne den Kopf an seine Schulter.

»Willst du wirklich, dass ich bleibe?«

Er nickt abwesend.

»Okay, ich machs«, platzt es aus mir heraus.

In Sekundenschnelle dreht er sich um und sieht mich skeptisch an. »Was? Hierbleiben?« Ein Hoffnungsschimmer blitzt in seinen Augen.

»Ja, ich bleibe. Ich bleibe bei dir. Zumindest für ein paar Tage.«

Während ich die Worte ausspreche, ist es, als würde ein Feuerwerk in mir explodieren. Ich fasse es nicht, dass ich das gesagt habe. Doch es fühlt sich goldrichtig an.

»Ist das dein Ernst?«, hakt er mit einem breiten Grinsen im Gesicht nach und seine Grübchen graben sich tief in seine Wangen.

Ich nicke. »Definitiv.«

Er dreht sich zurück in Richtung Meer, breitet die Arme aus, als wolle er die Welt umarmen. »Simone bleibt in Irland!«, brüllt er aus Leibeskräften.

So ausgelassen erlebe ich ihn zum ersten Mal. Ich bewundere ihn dafür, dass er keine Hemmungen hat, seine Gefühle derart auszudrücken. Davon sollte ich mir eine Scheibe abschneiden. Obwohl es mich innerlich vor Glücksgefühlen zerreißt, würde ich sie niemals so hemmungslos in die Welt hinausposaunen.

Tyler scheint meine Gedanken zu erraten.

»Jetzt du«, fordert er mich auf.

»Was?« Ich runzle die Stirn.

»Sag der Welt, dass du bleibst.«

»Tyler, das ist kindisch.« Ich kicke einen Stein zur Seite. »Ich kann das nicht.«

»Und wie du das kannst. Es befreit ungemein, glaub es mir.« Er grinst. »Na los!«, ermuntert er mich erneut.

Ich drehe mich um und scanne den Pfad nach anderen Menschen ab. Wir sind allein. Dann sehe ich auf das weite Meer. Kurz räuspere ich mich und rufe in einer Lautstärke, die maximal zwei Meter zu hören ist. »Ich bleibe!« Dann grinse ich ihn an. »Zufrieden?«

»Nein, schreie lauter. Vorher gehen wir hier nicht weg.«

Breitbeinig steht er vor mir wie ein unumstößlicher Fels.

Ich zwinge mich, meine Unsicherheit beiseitezuschieben, strecke die Arme in den Himmel und brülle aus Leibeskräften.

»Ich bleibe! Ich bleibe in Irland! Und ich bleibe bei Tyler!« Mit jedem Satz bin ich befreiter. Jedes Wort, das mir über die Lippen kommt, löst die Anspannung in mir.

17

Aus ein paar Tagen sind mittlerweile zwei Wochen geworden. Das Farmleben ist inzwischen Normalität für mich. Es ist, als wäre ich bereits Jahre hier. Tylers Nähe fühlt sich vertraut an. Beängstigend vertraut.

An den Vormittagen haben Tyler, John und Emilia mit der Stallarbeit und den Pferden zu tun. Weil allein das Schnauben der Pferde in mir den Reflex auslöst, schreiend davonlaufen zu wollen, halte ich weiterhin genügend Sicherheitsabstand. Dadurch, dass ich die Tiere nun fortlaufend in meiner Nähe habe, denke ich pausenlos an den Tag vor knapp sieben Jahren, der alles für mich veränderte. Ich erinnere mich an den seelischen Schmerz beinahe so wie an den körperlichen. Die damaligen Geschehnisse liegen wie eine zentnerschwere Last auf mir und scheinen mich zu erdrücken.

Dies macht es mir unmöglich, im Stall zu helfen. Deshalb übernehme ich oft die Arbeiten bei den Hühnern. So wie heute.

Ich öffne die Klappe am Bauwagen, entlasse die Tiere ins Freigehege, sammle die Eier zwischen dem gackernden Federvieh ein und fülle frisches Getreidefutter in die Futtertröge. Die Arbeit ist beruhigend, beinahe meditativ. Noch dazu ist mein Kopf frei und ich sinniere nicht in einer Tour, was ich alles erledigen muss. Ich habe weder einen randvollen Terminkalender noch unzählige Nachrichten auf dem Anrufbeantworter, die darauf warten, abgearbeitet zu werden. Das Leben ist stressfreier als in München, was ich echt genieße. Und im McCafferty's waren wir auch zwei weitere Male. Ich liebe es, dort bei einem Hot Whiskey zu sitzen und Tyler zuzusehen, wie er performt.

Heute Nachmittag sind Tyler und Emilia in der Reithalle. Er hat mir erklärt, dass die beiden im Winter vier bis sechsmal wöchentlich mit den Pferden arbeiten. Ich verstehe, dass er in Konsequenz dessen gezwungen ist, Zeit mit Emilia zu verbringen, doch beim Gedanken daran dreht sich mein Magen um und verknotet sich zugleich. Denn Emilia ist mir gegenüber weiterhin schnippisch und lässt keine Gelegenheit aus, mich zu piesacken. Vorzugsweise so, dass Tyler es nicht mitbekommt. Das macht mir wirklich zu schaffen. Ich versuche, ihre Boshaftigkeiten nicht an mich heranzulassen. Natürlich könnte ich bei ihm petzen und bestimmt würde er daraufhin ein ernstes Wort mit ihr reden, aber ich will es selbst mit ihr hinbekommen. Ich frage mich, was hinter ihren Anfeindungen steckt.

Während die beiden in der Reithalle sind, nimmt John mich unter seine Fittiche.

»Warum hast du eigentlich solche Angst vor Pferden?«, fragt er und schließt die Stalltür hinter sich.

Ich habe befürchtet, dass mir diese Frage früher oder später gestellt wird. Nichtsdestotrotz erwischt sie mich eiskalt. Ich merke, wie die Röte in meinem Gesicht aufsteigt und versuche sie zu überspielen, indem ich übertrieben leichtfertig antworte.

»Ach, sie sind mir schlichtweg nicht geheuer«, winke ich ab und wechsle sofort das Thema. »Sag mal, John …

was hat es eigentlich mit den Cottages auf sich? Du hast versprochen, es mir in einer ruhigen Minute zu erzählen.«

Jedes Mal, wenn Tyler und ich in den vergangenen Wochen gemeinsam daran vorbeigelaufen waren, hatte er sich demonstrativ abgewandt und ich habe mich daraufhin an Johns Rat gehalten und ihn nicht darauf angesprochen.

John nickt. »Ja, stimmt.« Er kratzt sich am Kopf. »Komm, wir gehen ein Stück.«

Die Kieselsteine knirschen unter unseren Schritten, während wir zur Koppel marschieren, auf der sich im Winter keine Pferde aufhalten.

»Du erinnerst dich, dass ich dir erzählt habe, dass Tylers Vater tot ist?«

Ich nicke.

»Die Cottages hat er zusammen mit seinem Vater erbaut. Jeden einzelnen Stein hatten die beiden in ihren Händen. Tyler kennt sämtliche Leitungen und Holzbalken.« Er nimmt einen kräftigen Atemzug. »Die Cottages sollten vermietet werden.« Er zuckt mit den Schultern. »Dieser Traum ist bedauerlicherweise geplatzt.«

»Warum?«

John bleibt stehen und senkt den Kopf. »Weil Dwayne, Tylers Vater, diesen tragischen Verkehrsunfall hatte und dabei ums Leben gekommen ist. Kurz bevor es mit der Cottagevermietung losgehen sollte, ist es passiert. Seitdem ist Tyler ein anderer Mensch.« Sein Gesichtsausdruck verfinstert sich.

Sicher verband Tyler mit seinem Vater ein starkes Band. Bestimmt war er Tylers Vorbild, sein Held. Und auf einen Schlag war er plötzlich nicht mehr da.

Mir wird schwer ums Herz. »Wie schrecklich.« Ich bin unfähig, das Zittern in meiner Stimme zu unterdrücken.

»Tyler hat sogar in Erwägung gezogen, sie abreißen zu lassen.«

»Was?« Ich reiße die Augen auf. »Ist er völlig übergeschnappt?«

Bildhaft sehe ich vor mir, wie eine Walze die hübschen Reetdachhäuschen dem Erdboden gleichmacht. Der Gedanke daran ist unerträglich.

»Er würde den Cottages keine Träne nachweinen. Im Gegenteil, für ihn wäre es hilfreich, dadurch nicht täglich mit der Vergangenheit konfrontiert zu werden.«

Fassungslos schüttle ich den Kopf.

John lächelt. »Na ja, noch stehen sie, wie du siehst.«

»Das klingt alles wirklich furchtbar. Trotzdem ist es jammerschade, dass sie vor sich hin rotten, weil sich niemand darum kümmert.«

»Das findet Rose auch. Leider hat sie keine Chance. Wenn sie das Thema Vermietung anspricht, ist es, als würde sie gegen einen Granitblock stoßen.«

Wenn ich Rose nur irgendwie unterstützen könnte ...

Er seufzt. »Es ging Rose und Dwayne nicht nur um die Vermietung. Sie liebten Gesellschaft. Früher war hier deutlich mehr los. Die beiden gaben rauschende Gartenpartys und hatten ein Händchen dafür, ihren Freunden unvergessliche Abende zu bereiten. Mittlerweile feiert Rose nicht mal mehr ihren eigenen Geburtstag. Auch Tyler zuliebe, weil sie weiß, dass bei jeder Feier ohne seinen Dad traurige Erinnerungen in ihm hochkommen würden. Sie tut so, als wolle sie es nicht anders, aber ich sehe an ihrem trüben Gesichtsausdruck, wie die schmerzlichen Erlebnisse Jahr für Jahr erneut an ihr nagen.«

Johns Erzählungen erschüttern mich bis ins Mark. Mir wird unweigerlich klar, dass nicht nur ich an meiner Vergangenheit zu knabbern habe, sondern auch diese liebenswerte Familie, die nach außen hin unglaublich zufrieden wirkt.

»Rose und Dwayne hatten vor, eines Tages nach Australien zu reisen. Mit den Einnahmen der Cottagevermietung hätten sie sich das spielend leisten können. Sie hatten eine lange Liste, gespickt mit gemeinsamen Zukunftsplänen.« Er zuckt mit den Schultern und macht eine rasche Handbewegung. »Und mit einem Schlag war alles futsch.«

»Und nun ist Rose mit Emilias Vater verheiratet?«

»So ist es. Sam war Dwaynes bester Freund. Sams Frau ist vor fünfzehn Jahren gestorben. Damals war Dwayne, Tylers Vater seinem Freund eine wertvolle Stütze in der schweren Zeit. Na ja, und wie das Leben so spielt, über Nacht war er es, der für Rose da war, als sie die Liebe ihres Lebens verlor. Außerdem fühlte er sich schuldig ...«

»Schuldig? Weshalb?« Hatte Sam etwas mit dem Unfall zu tun?

Johns Wangen werden rosig und er wendet sich ab. Er wirkt, als würde er bereuen, was er eben ausgeplaudert hat.

Nachdem die Antwort ausbleibt, bohre ich nicht weiter.

»Was ist mit Sam, wo ist er? Ich meine ... ich habe ihn bisher nicht gesehen.«

»Er arbeitet als Ingenieur auf einer Bohrinsel in Norwegen. Er kommt erst im Herbst wieder zurück.«

»Wow! So lange getrennt von der Familie zu sein, ist sicher auch nicht einfach.«

»Der Tod seiner Frau hat auch ihn verändert. Mittlerweile habe ich das Gefühl, dass die Bohrinsel eine Art Flucht ist. Wobei er ein wirklich liebenswerter Mensch ist. Aber für Emilia ist es schwer, dass sie damit nicht nur ihre Mutter verloren hat, sondern auch ihren Vater.« John wirft einen Blick auf seine Armbanduhr. »Lass uns zurückgehen, okay?«

Ich nicke. »Danke für deine Offenheit, John.«

Insgeheim frage ich mich, warum Tyler nie mit mir darüber gesprochen hat.

18

Heute bringt Rose mir bei, wie man irische Scones backt.

»Der Trick ist die Buttermilch. Damit werden sie fluffig und saftig«, erklärt sie in einer Seelenruhe und erwärmt sie auf geringer Flamme am Herd. Danach vermischt sie die Buttermilch mit den restlichen Zutaten. Ich halte das Blech, während sie den Teig in die runden Formen verteilt.

»So und nun ab damit in den Ofen.« Sie schiebt das Blech in die mittlere Schiene des Backofens und wäscht sich die Hände. »Das Rezept steht hier drin«, sagt sie lächelnd und hält ein ramponiertes, uraltes Kochbuch in die Höhe, welches den Titel *Alte, irische Küche* trägt. »Ein Andenken meiner Mutter.«

»Wie schön. Ich finde es großartig, wenn Rezepte auf die nachfolgende Generation übergehen.« Ich erinnere mich an das Dampfnudelrezept meiner Oma, das sie schon von ihrer Mutter geerbt hat.

»Die meisten dieser Rezepte kann ich im Schlaf runterbeten«, erklärt sie lachend, nimmt die Teekanne zur Hand und schenkt zwei Tassen Barry's Tee ein. »Jetzt dauert es knapp zehn Minuten, bis die Scones fertig sind. Komm, setzen wir uns.«

Mit der Teetasse in der Hand rutsche ich auf die Eckbank.

»Gibst du mir bitte ein Kissen?«

Ich reiche es ihr und sie schiebt es sich in den Rücken, bevor sie auf dem Stuhl Platz nimmt. Sie zündet eine Kerze an und behält den Ofen im Auge.

Ich blättere in dem Kochbuch und entdecke einige vielversprechende Gerichte, die ich nicht kenne. »Das ist wirklich ein besonderes Kochbuch. Vielleicht kaufe ich mir auch noch eines, als Erinnerung an Irland.«

Sie wirkt melancholisch. »Ich mag gar nicht dran denken, dass du uns wieder verlässt. Es tut mir so gut, dass du da bist.«

Ich lächle und fühle mich geschmeichelt. »Aber du hast doch Emilia.«

Sie seufzt und wirkt, als ringe sie um die richtigen Worte. »Emilia ist oft schwierig. Manchmal meine ich, sie steckt mitten in der Pubertät. Dabei ist sie schon siebenundzwanzig.«

Ich seufze. »Ich fürchte, sie mag mich nicht besonders.«

»Es ist schwer, für sie zu sehen, wie Tyler dich vergöttert. Schon als sie klein war, war sie extrem eifersüchtig auf jeden, der ihm zu nahe kam. Egal ob es sich um seine besten Freunde handelte oder um Mädchen, die er mit nach Hause brachte. Sie wollte ihn schon immer ganz für sich. Nur bei John macht sie eine Ausnahme. Grüble nicht zu viel darüber, hörst du?«

Ich nippe an dem heißen Getränk und fasse mir ein Herz. »Darf ich dich etwas Persönliches fragen, Rose?«

»Selbstverständlich, Liebes.« Sie sieht mich aufmerksam an.

»Die Cottages ...«

Sofort trübt sich ihr Blick. Ihre Lippen zucken und ihre Augen werden glasig.

»Entschuldige, ich wollte nicht ...« Ich lege meine Hand auf ihren Arm.

»Nein, nein, schon gut.« Sie steht auf, holt ein Papiertaschentuch aus der Schublade des in die Jahre gekommenen Küchenschranks, schnäuzt hinein und setzt sich wieder. »Was hast du auf dem Herzen?«

»John hat gesagt, ich soll Tyler nicht darauf ansprechen.«

»Ja, das ist ein heikles Thema.«

»Das, was ich durch die Fensterscheiben erkennen konnte, ist zauberhaft und originell. Es ist nicht zu übersehen, dass das alles mit unglaublich viel Liebe erschaffen worden ist.«

»Da magst du recht haben. Wir haben Monate investiert, all unseren Charme hineinzulegen. Dwayne war so stolz und wir haben es kaum abwarten können, sie zu vermieten. Dwayne ist mein ...«

»Ich weiß, wer er ist«, unterbreche ich sie behutsam. »John hat es mir erzählt.«

Sie schnieft und wischt sich über die Nase. »Ein Jammer, dass es anders gekommen ist.«

»Würdest du sie denn gerne vermieten?«, frage ich, obwohl ich die Antwort bereits von John kenne.

»O ja! Nichts lieber als das. Weißt du, die Cottages mit Leben zu füllen, war der Lebenstraum meines verstorbenen Mannes. Meiner natürlich auch. Dwayne liebte es, wenn es auf der Farm vor Gästen wimmelte und sie sich bei uns wohlfühlten.«

Wenn sie Dwaynes Namen ausspricht, klingt Rose, als hätte sie ein Stück Nugatschokolade im Mund. »Er war jedes Mal traurig, wenn die Tagesgäste von ihren Ausritten zurückkamen und nach einem gemeinsamen Pint die Farm wieder verließen. Dwayne sprühte vor Ideen.« Ihre Stimme kippt. »Manche seiner Einfälle waren verrückt und von anderen hat er mir gar nicht erzählt. Er sagte gerne: Rose, meine zauberhafte Rose, lass dich überraschen, was ich noch alles vorhabe.«

Ihre Augen leuchten, doch gleichzeitig sehe ich unsagbaren Schmerz darin und spüre, wie weh ihr die Erinnerung tut. »Er wollte den Gästen einen unvergesslichen Erlebnisurlaub auf der Farm bieten. Er liebte frischen Wind. Deswegen ist es auch so schön, dass du hier bist. Einfach mal neue Energie. Nicht in einer Tour der gleiche Trott. Dwayne hätte dich in sein Herz geschlossen, da bin ich mir sicher.«

»Und warum führt ihr seinen Traum nicht fort?«

»Weil ich es allein nicht schaffe und Tyler es abblockt.« Sie sieht mich eindringlich an. »Und bitte Liebes, sprich ihn nicht darauf an.«

»Aber er kann sich nicht gegen dich stellen. Du bist seine Mutter«, antworte ich aufgebracht.

»Doch, kann er. Das siehst du ja.«

»Was kann ich?«

»Tyler, wir haben dich gar nicht kommen hören.« Rose steht auf, schiebt ihren Stuhl zurück und holt die fertig gebackenen Scones aus dem Ofen.

Er schmunzelt. »Redet ihr über mich in meiner Abwesenheit?«

»Nein, nein, Simone meinte nur ...«

»Schön, dass du wieder da bist«, sage ich hastig und strecke die Arme nach ihm aus. »Hast du kurz Zeit für mich? Ich will etwas mit dir besprechen.«

Tyler runzelt die Stirn und scheint in meinem Blick lesen zu wollen, was ich zu sagen habe. »Lass uns rüber ins Wohnzimmer gehen«, schlägt er vor und ist sichtlich nervös. Unruhig tritt er von einem Bein auf das andere, bis ich ihm folge.

Wir setzen uns dicht nebeneinander auf die Couch. Ich sehe ihm mit gefestigtem Blick in die Augen.

»Ich bin ja nun schon über zwei Wochen hier«, beginne ich das Gespräch und mit einem Mal bin ich es, die angespannt ist. Mein Herz pocht und ich ringe nach den passenden Worten.

»Sag nicht, dass du nach Hause fliegst.« Sofort versteift sich sein Körper und die Farbe entweicht seinem Gesicht.

»Nein, nein, im Gegenteil.« Ich lächle zögernd und warte kurz, bis ich weiterspreche. »Ich will dich fragen ... ich meine ... wäre es okay, wenn ich noch länger bliebe?«

»Ob es okay wäre?« Er reißt seine Augen sperrangelweit auf. Fast fürchte ich, dass er Nein sagt. »Bist du verrückt?« Dann lacht er schallend. »Natürlich ist es okay! Nichts lieber als das.« Er springt auf und breitet die Arme aus. »Ist das wirklich wahr, du bleibst?«

Ich stehe ebenfalls auf und schmiege mich an seine Brust. »Ich bin so gerne auf der Farm, so gerne bei dir ... Es ist einfach perfekt hier.« Ich seufze. »Aber du weißt, dass ich spätestens im Juli wieder zurück nach Deutschland muss?«

Momentan scheint ihm das völlig egal zu sein, denn er strahlt wie ein kleiner Junge, der gerade eine Taschengelderhöhung ausgehandelt hat.

»Auch wenn es hier wundervoll ist, müssen wir beide damit klarkommen.« Ich sehe zu ihm auf. »Kommen wir damit klar?«

Er senkt den Blick. »Ehrlicherweise kann ich mir nicht vorstellen, dich je wieder gehen zu lassen, aber wenn es sein muss ... dann ist es eben so.«

Ich lächle zaghaft. »Lass uns die Zeit auskosten, die wir miteinander haben«, schlage ich vor.

»Ja, das machen wir. Und wenn du im Sommer zurück nach Deutschland gehst, finden wir sicher eine Lösung. Dann werden wir uns eben so oft wie möglich gegenseitig besuchen.«

In seinen Worten klingt das alles so unkompliziert. Allerdings ist mir bewusst, dass Fernbeziehungen, rein statistisch gesehen, maximal zwei Jahre halten. Doch diesen Gedanken schiebe ich beiseite.

Sein Grinsen ist so breit, dass sich seine Augen automatisch zu Schlitzen verziehen. »Gott, wie ich mich freue.«

Hand in Hand laufen wir zurück in die Küche, in der sich inzwischen Emilia zu Rose an den Tisch gesetzt hat. Ich erzähle von meinen Plänen. Rose klatscht begeistert in die Hände.

»Wie schön«, sagt Emilia tonlos und verdreht die Augen.

»Aber ich bleibe nur unter einer Bedingung: Ich will von jetzt an richtig mithelfen und nicht mehr als Gast behandelt werden.«

»Ich könnte Hilfe beim Ausmisten des Pferdestalls gebrauchen«, schlägt Emilia mit spitzem Tonfall vor.

»Emilia, du weißt so gut wie wir, dass Simone die Pferde nicht geheuer sind«, entgegnet Tyler.

»Dann ist es an der Zeit, dass sie sich zusammenreißt. Immerhin leben wir hier auf einer Pferdefarm.«

»Du hast recht«, stammle ich. »Aber vielleicht könnte ich Rose für den Anfang die Arbeit im Hühnerstall komplett abnehmen oder bei den Essensvorbereitungen helfen.«

»Du wärst mir eine enorme Hilfe bei alledem. Es sind jeden Tag fünf Mäuler zu stopfen. Ich gebe zu, dass das an meinen Kräften zehrt.«

»Perfekt!« Tyler zieht mich zufrieden zu sich heran und haucht einen Kuss auf meine Stirn.

Nina findet die Idee brillant, wie sie mir per WhatsApp-Nachricht bestätigt.

Siehst du, das passiert, wenn man auf sein Herz hört.

Sie fügt der Nachricht drei Herz-Smileys hinzu.
Ich antworte sofort.

Es fühlt sich richtig an.

Dann ist es goldrichtig.

Das Traurige an der Sache ist nur, dass du nun noch ein paar weitere Monate ohne mich klarkommen musst.

Macht dir keinen Kopf. Ich verstehe dich absolut. Ein Winter in Irland ist sicher reizvoller als in Deutschland.

Wie recht sie hat. Verträumt sehe ich aus dem Fenster und genieße den Blick auf die hügelige, mit sattgrünem Gras bedeckte Landschaft.

***

Mit einem wohligen Gefühl im Herzen krieche ich am Abend in Tylers Bett, umschlinge mit meinen eisigen Füßen sein Bein und kuschle mich an seine Brust. So möchte ich die nächsten Monate immer einschlafen.

Bald gibt er ein tiefes Schnaufen von sich. Ich denke an die Zeit, die vor mir liegt. Und grüble darüber nach, was Rose mir über die Cottages erzählt hat. Ich verstehe nicht, warum Tyler sich nicht mal seiner Mutter zuliebe einen Ruck gibt und ihr hilft, den Lebenstraum seines Vaters zu verwirklichen. Natürlich hat er seinen eigenen Schmerz zu verarbeiten, aber wieso ignoriert er die Gefühle seiner Mutter? Fehlt ihm möglicherweise nur ein Stups in die richtige Richtung? Ich weiß, Rose und John haben gesagt, ich soll ihn nicht darauf ansprechen. Das habe ich auch nicht vor. Aber ich habe eine andere Idee. Ich werde den Markt analysieren. Das ist immerhin mein Job. Wenn es mir gelingt, ihn eines Tages mit verlockenden Fakten zu überraschen, schaffe ich es vielleicht, dass er seine Meinung ändert.

19

Heute habe ich Rose in meine Idee der Marktanalyse eingeweiht. Sie war sofort begeistert und hat mir erlaubt, den Computer im Arbeitszimmer dafür zu nutzen.

Zum ersten Mal betrete ich, zusammen mit Tyler und einem Kaffeebecher in der Hand, den imposanten Raum. Der wuchtige hölzerne Schreibtisch thront vor den bodentiefen Sprossenfenstern, vor denen schwere Vorhänge hängen.

Ein Lächeln huscht über mein Gesicht, denn ich sehe bildlich vor mir, wie Rose einst im karierten Ohrensessel gegenüber des Schreibtisches gesessen hat, einen Irish Coffee trank und ihrer besseren Hälfte bei der Arbeit zusah.

Tyler reißt mich aus meinen Landhaus-Irlandspielfilm-Gedanken und erklärt mir das Nötigste, was ich über den Gastzugang wissen muss, den er mir eingerichtet hat. Er fragt nicht, was ich vorhabe, aber ich wüsste eh keine Antwort darauf.

Nachdem er den Raum verlassen hat, starte ich die Mission *Marktanalyse* und melde mich in einem deutschen Internetforum für Irlandliebhaber an. Zuerst durchforste ich die bestehenden Beiträge, dann erstelle ich selbst einen. Darin frage ich gezielt, nach welchen

Kriterien die User ihre Unterkünfte in Irland auswählen, was bei der Wahl entscheidend ist und wie für sie ein perfekter Urlaub auf der Grünen Insel aussieht. Danach heißt es, sich in Geduld zu üben. Doch ich wette, dass bald die ersten Antworten eintrudeln, die ich für ein gutes Ergebnis brauche. Ich nippe am Kaffee und checke noch kurz den Stellenmarkt. Es ist kein Job dabei, der mich anspricht. Egal, es eilt nicht.

Nachdem ich im Arbeitszimmer fertig bin, schnappe ich mir den Kaffeebecher und gehe in die Küche. Rose ist in der Stadt. Gut so, denn ich habe eine Überraschung für sie und Tyler geplant. Die anderen sind draußen beim Arbeiten und ich habe Zeit, in Ruhe meine ersten Scones zu backen. Auch wenn ich in meinem Leben bisher maximal drei Kuchen gebacken habe, habe ich penibel aufgepasst, als Rose mir deren Zubereitung erklärt hat.

Zwar klebt mir der Teig wie Kaugummi an den Fingern, als ich die Zutaten miteinander vermenge, aber irgendwie werde ich es schon schaffen, ihn in die runden Formen zu bekommen.

Gerade als ich mit dem kleinen Finger, der als einziger keine Teigspuren abbekommen hat, die Küchenschublade öffne und nach einem Teigschaber krame, betritt Emilia die Küche.

»Was veranstaltest du hier?«, blitzt sie mich an, als hätte sie mich beim Schnüffeln in Roses Unterwäsche ertappt.

Ich zucke zusammen und antworte ebenso pampig. »Wonach sieht es denn aus?«

Da entdeckt sie die Teigschüssel und zieht die Augenbrauen nach oben. »Oh, du meinst, Tyler beeindruckt das, wenn du für ihn backst?« Sie pustet Luft durch ihre Zähne. »Glaub mir, das haben andere vor dir schon versucht.«

Ich bemühe mich, mir nicht anmerken zu lassen, wie mich ihre Worte treffen und gehe über ihre Boshaftigkeiten hinweg. Vielleicht ist jetzt die Gelegenheit, einen freundschaftlichen Schritt auf Emilia zuzugehen. Möglicherweise müssen wir uns nur besser kennenlernen und das Eis zwischen uns zum Schmelzen bringen. Also gebe ich mich versöhnlich.

»Kannst du mir mal bitte helfen?« Ich strecke meine klebrigen Teigfinger in die Höhe.

Binnen einer Nanosekunde verwandelt sich ihr feindseliger Gesichtsausdruck zu einem süßen Grinsen. Beinahe zu süß, doch wenn sie mir hilft, die Masse in die Formen zu verfrachten, wäre schon viel gewonnen. Sie wäscht ihre Hände und bemehlt sie im Anschluss. Dann formt sie geschickt den ersten Teigballen.

Ich lächle sie dankbar an. »Das sieht aus, als hättest du das schon öfter gemacht.«

Sie nickt stumm und deutet zur Tür. »Im Badezimmer nebenan liegt eine Handwaschbürste. Damit kriegst du den Teig sofort wieder ab.«

Rasch laufe ich nach drüben und mache meine Finger sauber. Als ich zurückkomme, hat Emilia bereits den kompletten Teig in die Formen verteilt. Sie streift sich Roses getupfte Ofenhandschuhe über und schiebt das Blech in den vorgeheizten Ofen.

»Oh, du bist aber schnell«, sage ich staunend und stelle den Küchenwecker auf zehn Minuten. Ich greife nach den Backutensilien und stelle sie ins Spülbecken.

Emilias Blick schweift aus dem Fenster. Sie scheint zu überlegen. »Sag mal, stimmt es, dass du dir Gedanken über die Cottages machst?« Ihr Tonfall ist gegenüber vorhin absolut zahm.

Ich spüle die Teigschüssel und reagiere zaghaft, auf der Hut vor der nächsten Gemeinheit. »Woher weißt du?«

»Rose hat es mir erzählt.« Ein Lächeln huscht über ihr Gesicht. »Zugegeben, ich fände es großartig, wenn du es schaffen könntest, Tyler von einer Vermietung zu überzeugen. Du glaubst nicht, wie viele Jahre wir schon auf ihn eingeredet haben. Er ist echt stur.« Emilia wirkt traurig und besorgt zugleich. Beinahe verzeihe ich ihr ihre bisher ablehnende Haltung mir gegenüber. Wer weiß, vielleicht nähern wir uns tatsächlich allmählich einander an.

Ich seufze und nicke zustimmend. »Ich fürchte, das ist ein schwieriges Thema. Ich will ihn nicht darauf ansprechen, bevor ich den Markt analysiert habe.« Mit einem feuchten Tuch wische ich über die Arbeitsplatte und mittlerweile ist die Küche wieder blitzblank.

»Ich finde schon, dass du mit ihm sprechen solltest.« Sie legt ihre Hand auf meine Schulter. »Auf uns hört er einfach nicht. Aber seien wir doch mal ehrlich: Das Leben geht weiter und wenn nicht endlich etwas mit den Cottages geschieht ...«

»Mein Reden«, unterbreche ich sie und fühle mich urplötzlich mit ihr verbündet. Sie sieht die Sache wie ich.

»Bestimmt hört Tyler auf dich.« Ihr Gesichtsausdruck trübt sich. »Wenn nicht auf dich, auf wen sonst?«

Ihre aufmunternden Worte spornen mich an. Ich bin mir nahezu sicher, dass ich es mit Roses und Emilias Unterstützung schaffen kann, Tyler zu überzeugen.

»Ich werde in einem passenden Moment mit ihm sprechen.«

»Versprochen?«

»Versprochen.«

Draußen nehme ich Motorengeräusch wahr. »Das ist bestimmt Rose.« Emilia und ich zwinkern uns zu und laufen dann gemeinsam vor die Tür.

»Du kommst gerade rechtzeitig, Rose«, rufe ich ihr zu.

»Ach ja?« Sie öffnet den Kofferraum und reicht mir zwei Papiertüten, die randvoll mit Gemüse, Obst, Wurst, Käse und Backzutaten sind.

Wir tragen die Einkäufe ins Haus. Schon im Flur schlägt uns der köstliche Duft der frischgebackenen Scones entgegen. Aufgeregt haste ich in die Küche und werfe einen Blick in den Ofen. Das Gebäck hat eine hellbraune Farbe angenommen. Genau in diesem Augenblick klingelt der Küchenwecker und ich ziehe das Blech aus dem heißen Ofen.

»Hmm, das riecht lecker«, schwärmt Rose. »Wie schön, dass du gebacken hast.« Sie öffnet das Fenster, um den Dampf hinauszulassen.

Rasch packen wir gemeinsam die Papiertüten aus, verstauen die Einkäufe im Kühlschrank und in der Speisekammer. Den Tisch decke ich mit dem hübschen geblümten Geschirr und setzte eine Kanne Tee auf. Gerade als Tyler und John hereinkommen, stelle ich die Scones auf den Tisch.

John leckt sich über die Lippen. »Das riecht ja verführerisch.«

»Du bist die geborene Farmersfrau«, scherzt Tyler und meine Wangen glühen vor Stolz.

Emilia setzt sich mit zuckenden Mundwinkeln auf die Eckbank am Küchentisch. Ich hole Butter und Marmelade aus dem Kühlschrank und reiche den Teller mit den Scones herum. Tyler und John beißen gierig hinein, als hätten sie seit Tagen nichts zwischen die Zähne bekommen. Gespannt warte ich auf das lobende Urteil.

»Was zum Teufel ...?« Tyler spuckt ein Stück des Gebäcks auf seinen Teller.

Auch John verzieht angeekelt das Gesicht.

Meine Wangen glühen – jetzt nicht mehr vor Stolz, sondern von der unbändigen Hitze, die in mir aufsteigt.

»Was ... was ist? Schmecken sie euch nicht?«

Tyler wischt sich den Mund mit der Papierserviette ab und antwortet nicht.

Selbst Rose sieht mich nicht so an, als wären das die leckersten Scones aller Zeiten. Und Emilia probiert erst gar nicht.

Zaghaft beiße ich ein Stück ab und spucke, wie zuvor Tyler, den Inhalt meines Mundes auf den Teller.

»Ich fürchte, du hast Salz statt Zucker erwischt«, klärt Rose mich mitleidig auf. »Das passiert schon mal. Das ist kein Drama, Liebes.«

Ich starre von Roses mitfühlendem Gesichtsausdruck auf den ekligen Brei auf dem Teller vor mir und dann zu Emilia, die den Blick abwendet. Entschieden springe ich auf und hämmere mit beiden Händen auf den Tisch.

»Nein, ich habe definitiv kein Salz verwendet.« Ich haste zum Küchenschrank, packe eine gefüllte Dose und schüttle sie so heftig, dass der Deckel sich löst und ein Teil des Inhaltes auf den Küchenboden rieselt. »Ist das Zucker?«

»Ja«, bestätigt Rose.

»Genau das habe ich verwendet.«

Emilia grinst mich hämisch an. »Ich muss los, meine Hurling-Gruppe wartet.« Damit steht sie auf und spaziert zur Küchentür.

Dieses Miststück! Sie war es. Eindeutig!

»Stopp! Du bleibst hier«, sage ich scharf und halte sie am Ärmel zurück.

»Aua! Nimm deine Hände von mir«, blafft sie.

Ich lasse sie los. »Sag mal, was hast du eigentlich gegen mich?«

»Überhaupt nichts!«

Ich mache einen Schritt auf sie zu und verziehe meine Augen zu Schlitzen.

Mit bester Unschuldsmiene wendet sie sich an Tyler. »Was hast du der denn gegeben, dass sie so ausrastet?«

Ich atme einmal kräftig durch, schiebe die Hände in die Hosentaschen und balle sie zu Fäusten. Hätte ich sie nicht in dieser Position, würden sie sich mit Sicherheit verselbständigen und in ihrem hübschen Gesicht landen. »Du hast die Scones versalzen, gibs zu.«

»Wieso sollte ich?« Auf ihrem Hals bilden sich rote Flecken.

»Weil du seit dem Tag, an dem ich hier angekommen bin, keine Gelegenheit auslässt, mir eins auszuwischen.«

»Du hast doch Paranoia.« Sie tippt mit dem Zeigefinger gegen ihre Stirn.

»Du willst also tatsächlich behaupten, ich bilde mir das alles nur ein?«

Tyler steht auf und stellt sich neben Emilia.

Meine Augen verengen sich. Warum steht er nicht auf meiner Seite? Ich presse die Lippen aufeinander.

»Kommt, vertragt euch«, sagt er besänftigend. »Bestimmt ist alles nur ein riesiges Missverständnis.«

»Ja, sicher«, gebe ich spöttisch zurück, zwänge mich an ihm vorbei und laufe durch die Tür.

20

Bei einem Rundgang über das Hühnerfreigehege prüfe ich, ob der Zaun intakt ist. Rose hat mir erklärt, dass die Kontrolle unerlässlich ist, um die Hühner vor Fressfeinden zu schützen, die durch Löcher im Zaun in das Gehege eindringen könnten.

Gestern hatte ich dummerweise vergessen, das Tor zu schließen, und beinahe wären mir ein paar Hühner ausgebüxt.

Nachdem ich die Eier eingesammelt habe, schlendere ich mit einem prall gefüllten Korb zurück zum Farmhaus. Vor der Reithalle treffe ich John. Er sattelt ein elegant aussehendes Pferd mit braunem glänzenden Fell und winkt, als er mich erblickt.

»Kennst du *Heaven's Door* schon?«, ruft er mir zu.

Ich schüttle den Kopf und bleibe in gebührendem Sicherheitsabstand stehen. Seit Wochen mache ich einen riesigen Bogen um die Pferde, doch mittlerweile wirft mich deren Wiehern und Schnauben nicht mehr ganz so aus der Bahn wie bei meiner Ankunft. Zumindest solange sie weit genug von mir entfernt sind.

»Keine Sorge, Heaven ist ein gutmütiger Kerl.«

Zögernd komme ich ein Stück näher und bleibe zwei Meter vor dem Pferd stehen. Ich atme schwer.

»Siehst du, er ist völlig ruhig«, sagt John leise. Auf einmal wirkt das Tier nicht mehr ganz so bedrohlich auf mich.

»Traust du dich, ihm deinen Handrücken zum Schnuppern hinzuhalten? Du wirst sehen, er tut dir nichts.«

»Ich weiß nicht«, äußere ich meine Zweifel und lasse Heaven keine Sekunde aus den Augen.

»Du musst nicht.«

Aber ich will. Ich will es wenigstens versuchen. Ich bin nun schon so lange hier und mir ist klar, dass meine Angst nichts auf einer Pferdefarm zu suchen hat. Also nehme ich all meinen Mut zusammen, trete seitlich an das athletische Pferd heran und strecke eine Hand aus. Nebenbei bemühe ich mich, ruhig zu atmen und keine unüberlegte Bewegung zu machen.

»Nur Mut. Ich bin bei dir.« John strahlt eine Seelenruhe aus. »Fass ihn hier an.« Er deutet auf Heavens Stirn.

Ich nehme einen langen Atemzug, straffe meine Schultern und berühre zaghaft die Stirn des Pferdes. Vorsichtig, als könne ich mir die Finger an seinem Fell verbrennen, streichle ich darüber. Heaven senkt unmittelbar den Hals und schließt die Augen.

»Er zeigt dir damit, dass er sich wohlfühlt.« John nickt anerkennend. »Heaven ist unser zweiter Vollblüter. Er und Tornado werden ausschließlich von uns geritten. Die anderen Pferde haben wir extra für die touristischen Ausritte angeschafft, das sind Tinker, Irish Draught und Connemara Ponys.«

Ich lausche seiner Erklärung, streichle mit angehaltenem Atem ein paarmal auf und ab und ziehe die Hand dann wieder zurück.

»Für den Anfang ist das völlig in Ordnung. Das wird schon mit der Zeit. Du wirst es sehen.«

Ich bin mir da nicht so sicher, nicke aber.

Ein fremdes Auto rollt die Einfahrt hinauf.

»Da kommen die angekündigten Reitgäste.«

Hinter der Windschutzscheibe erkenne ich Mark, den Mitarbeiter der *Old Sullivans Karamellmanufaktur* in Greenkenny, in der Tyler und ich schon ein paarmal leckere Karamellen gekauft haben.

»Ich wusste gar nicht, dass Mark Kinder hat.« Stirnrunzelnd betrachte ich die drei Rabauken auf der Rücksitzbank.

John lacht. »Nein, er hat keine. Er kümmert sich in seiner Freizeit um Heimkinder, weil er selbst mal eines war.« Er dreht sich zur Seite. »Ich muss Heaven rüberbringen. Eigentlich reitet Emilia zwar lieber auf Tornado, aber eines der Kinder hat einen Hund dabei und bei Hunden wird er panisch.«

Das Viererg espann wird freundlich von Emilia in Empfang genommen und ich winke Mark kurz zu. Ein süßer Irish Water Spaniel wuselt um Marks Beine und wird von ihm herzlich geknuddelt.

Ich verstehe zwar nicht jedes Wort, aber es entgeht mir nicht, dass Emilia liebevoll auf die zappelnden Kinder eingeht und geduldig ihre Fragen beantwortet.

Mit offenem Mund stehe ich da und beobachte sie. Wenn sie mit Mark und seiner Rasselbande spricht, ist keine Spur von der Emilia zu erkennen, die mir das Leben hier zur Hölle macht. Wobei es aktuell tatsächlich ruhig zwischen uns ist. Es scheint uns ein komplettes Eismeer zu trennen. Und ehrlich gesagt habe ich seit der Aktion mit den versalzenen Scones nicht die geringste Lust, mich zu bemühen, dass dieses Eis schmilzt. Tyler hat den Vorfall auch nie wieder erwähnt und deshalb habe ich es dabei belassen.

Bald sind alle mit Schutzwesten, Reithelmen und dicken Winterjacken ausgestattet und bereit für den Ausritt ans Meer. Wie gerne würde ich mitkommen. Ohne Angst auf dem Pferderücken durch den Sand am Meer zu reiten, wäre großartig. Ich sehe ihnen nach, wie sie davonreiten und bewundere die Kinder, die wie selbstverständlich und ohne Scheu in den Sattel gestiegen sind. Mit dem Korb voll Eiern verschwinde ich im Farmhaus.

21

Happy Birthday, liebste Simi.

Nina ist die Erste, die mir gratuliert. Ihre WhatsApp-Nachricht ist mit Herzchen, Sektgläsern und einer Torte zugekleistert. Unweigerlich denke ich an unser Ritual, wenn eine von uns Geburtstag hat. Die eine überrascht die andere mit einer Aktion, beispielsweise einem Ausflug oder dem Besuch eines Lokals, von der das Geburtstagskind schon immer geträumt hat. Heute bleibt mir nichts anderes übrig, als mich mit ihrer Kurznachricht zu begnügen.

Auch meine Eltern melden sich und ich versichere ihnen, dass es mir in Irland blendend geht.

Tyler ist schon aufgestanden. Ich springe unter die Dusche, lege ein dezentes Make-up auf und ziehe eine Rüschenbluse und eine Stoffhose an. Obwohl ich niemandem verraten habe, dass heute mein Geburtstag ist, will ich für mich das Gefühl eines besonderen Tages haben. Und dazu gehört, dass ich nicht in einer zerschlissenen Jogginghose herumlaufe. Wobei ... so etwas hab ich eh nicht im Schrank.

Auf dem Weg zur Küche steigt mir der herbe Duft gemahlener Kaffeebohnen in die Nase und ich rieche frisches Gebäck. Mein Herz schlägt höher. Sie werden doch nicht ... sie wissen doch nicht ... oder doch? Meine

Gedanken purzeln durcheinander und ich lege einen Gang zu. Schon vernehme ich ein inbrünstiges *Happy Birthday*, was meinen Herzschlag nochmals erhöht. Oh, mein Gott, sie wissen es tatsächlich! Keine Ahnung woher.

Mit leuchtenden Augen stürme ich in die Küche, in der Tyler, Emilia und John wie Orgelpfeifen nebeneinanderstehen und aus voller Kehle grölen. »Happy Birthday, liebe Rooose, Happy Birthday to you.«

Rose blinzelt ihre Tränen weg und klatscht in die Hände.

Ich stocke und das Strahlen in meinem Gesicht verschwindet auf einen Schlag. Wie konnte ich nur annehmen ...

»Herzlichen Glückwunsch, Mum!« Tyler umarmt seine Mutter. Emilia und John tun es ihm gleich.

Ich stelle mich hinten an und zwinge mich zu einem Lächeln. »Alles Gute, liebe Rose! Ich wusste ja nicht ...«

Sie wischt sich die Tränen aus dem Gesicht. »Ich hatte auch keine Ahnung.« Liebevoll streichelt sie über Tylers Wange.

Ich weiß, dass es ihn Überwindung gekostet haben muss, den Geburtstag seiner Mutter nicht erneut zu ignorieren. Und das ist einfach fabelhaft. Ich freue mich von Herzen für sie, auch wenn es mir einen Stich gibt, dass mir niemand gratuliert. Was ich natürlich selbst zu verantworten habe. Aber im Prinzip ist es doch egal, wessen Geburtstag wir heute feiern. Die Hauptsache ist, dass wir es tun.

Am Nachmittag hat Tyler Nachbarn und Freunde eingeladen. Sie bringen Selbstgebackenes oder eigens gebastelte Geschenke mit und ich spüre, dass Rose eine tiefe Verbindung zu diesen Menschen hat, die zweifellos viel zu lange unterbrochen war. Sie strahlt über das ganze Gesicht, als der vollbärtige Old Sullivan ihr eine Packung Mango-Chili-Karamellen überreicht, die er extra für sie in seiner Karamellmanufaktur hergestellt hat.

Am Abend telefoniere ich mit Nina.

»Zum ersten Mal in meinem Leben habe ich nicht gefeiert.«

»Aber warum das denn?«, hakt sie irritiert nach.

»Zum einen hätte ich es dämlich gefunden, herauszuposaunen, dass heute mein Ehrentag ist. Und zum anderen hatte Rose ebenfalls Geburtstag.«

»Das gibt's ja nicht.«

»Ja ... und stell dir vor, sie hat seit Jahren nicht gefeiert.« Erneut erinnere ich mich an ihre strahlenden Augen. »Tyler hat das Fest organisiert. Du hättest sie sehen müssen, Nina. Sie war so glücklich heute.«

»Das klingt doch fabelhaft.«

»Ja, finde ich auch. Es ist zwar kein Geburtstag, wie ich ihn kenne und natürlich habe ich dich vermisst. Aber es war in Ordnung so.«

»Im kommenden Jahr feiern wir wieder nach Simi- und Nina-Art, okay?«

»Abgemacht!«

Ninas Stimme zu hören, die immer voller Elan und Zuversicht ist, tut mir zum Abschluss des Tages richtig gut. Wir plaudern noch ein wenig über ihre Arbeit und den Selbstverteidigungskurs, bei dem sie gestern zum ersten Mal war. Dann verabschieden wir uns. »Ich melde mich bald wieder, ja?«

»Ich freu mich drauf. Mach's gut, Simi. Ich drück dich aus der Ferne.«

Ich gebe einen Schmatzer auf das Telefon und lege auf.

Im Dunkeln setzte ich mich auf die breite Fensterbank, die ich mit gemütlichen Kissen ausgepolstert habe, und starre in den Nachthimmel. Zwischen meinen angezogenen Beinen steht eine brennende Kerze, mit der ich meinen Geburtstag ganz für mich ausklingen lasse, bis es an der Tür klopft.

»Ja, bitte?«

Tyler schaut zur Tür herein. »Störe ich?«

»Nein«, antworte ich, schwinge die Beine zur Seite und rutsche von der Fensterbank.

»Mum braucht deine Hilfe. Sie steckt in ihrem Kleid fest. Der Reißverschluss klemmt und ich will es ihr ungern vom Leib schneiden.« Er zuckt lachend mit den Schultern. »Sie hat heute wohl zu viel Kuchen erwischt.«

»Sag ihr, dass ich gleich komme.«

Er geht nach draußen. Ich ziehe eine Strickjacke über und klopfe an Roses Zimmertür. Sie antwortet nicht. Also gehe ich nach unten und suche nach ihr.

Aus dem Wohnzimmer vernehme ich leises Stimmengewirr. Ich öffne die Tür.

»Überraschung!«

Im Kamin knistert ein Feuer und überall im Raum sind brennende Kerzen verteilt. Tyler breitet die Arme aus. »Herzlichen Glückwunsch zum Geburtstag, Simone.« Er lächelt und drückt mich an seine starke Brust.

»Dürfen wir auch gratulieren?«, fragt John gespielt entrüstet und schließt mich in seine Arme, nachdem Tyler mich freigegeben hat.

»Alles Gute«, spult Emilia gelangweilt eine Standardgratulation ab. Im Grunde hätte sie sich ihren Glückwunsch gleich sparen können, denn sie gibt sich keine Mühe, zu verbergen, dass ihre Worte nicht von Herzen kommen.

»Woher wisst ihr, dass ich Geburtstag habe?«

John klärt mich auf. »Deine Freundin Nina hat angerufen und uns den entscheidenden Hinweis gegeben.«

»Woher hat sie die Nummer der Farm?«

»Internet?«, entgegnet John.

»Du hättest uns ruhig heute Vormittag schon einen Hinweis geben können«, tadelt Tyler kopfschüttelnd.

»Ich hätte liebend gern mit dir zusammen gefeiert, Liebes.«

»Was für ein Zufall, dass ihr beide am gleichen Tag geboren seid.« Tyler zieht ein Päckchen aus der Schublade des Sideboards.

Ich reiße die Augen auf. »Du hast ein Geschenk für mich?«

»Ja, stell dir vor, ich habe vergangene Woche etwas gefunden, was ich unbedingt kaufen musste, ohne zu wissen, dass du bald Geburtstag hast.« Er schmunzelt und überreicht mir das Päckchen, das in naturbraunem Geschenkpapier eingewickelt ist.

Behutsam ziehe ich die grüne Samtschleife ab und öffne eine filigrane Schatulle.

»Oh, wie schön!«, juchze ich und ziehe ein silbernes Armband hervor, an dem Miniaturpferde baumeln.

»Ich dachte, sie hasst Pferde«, wirft Emilia ein. Faszinierend, dass sie jederzeit eine spitze Bemerkung parat hat.

»Du irrst dich«, sage ich scharf. »Ich liebe Pferde. Sehr sogar. Trotzdem habe ich Angst vor ihnen.« Ich strahle Tyler an, der mir das Armband anlegt. »Dankeschön! Es ist wunderschön.« Ich habe Mühe, die aufsteigenden Tränen zu unterdrücken, so gerührt bin ich. »Es passt perfekt zu meiner Halskette.« Ich ziehe sie unter meiner Bluse hervor.

»Ein Hufeisen, wie hübsch«, bemerkt Rose.

»Es ist ein Symbol und bedeutet Glück«, erkläre ich.

»Als ich das Armband im kleinen Schmuckladen in Greenkenny entdeckt habe, kam mir sofort deine Kette in den Sinn«, sagt Tyler.

»Ich habe leider nichts für dich«, bekennt John bedauernd. »Dein Ehrentag hat mich total überrollt.«

»Das spielt doch keine Rolle.« Ich strahle sie der Reihe nach an.

»Aber ich habe eine Kleinigkeit für dich.« Rose überreicht mir feierlich ein in goldfarbenes Papier eingewickeltes Päckchen. »Allerdings ist es schon gebraucht.«

Ich entferne das Geschenkpapier und halte ihr Kochbuch *Alte Irische Küche* in den Händen. Ich bin vollkommen überwältigt. »Aber ... das geht doch nicht, Rose. Das ist doch das Kochbuch deiner Mutter.«

»Das geht sehr wohl, Liebes. Ich habe alle wichtigen Rezepte im Kopf und mir ist nicht entgangen, wie sehr es dir gefallen hat.«

»Das stimmt.« Andächtig streiche ich über den unebenen Buchrücken und schlage die ramponierten Seiten auf. »Das ist so lieb, Rose.« Ich drücke sie dankbar.

Bevor ich protestieren kann, packen Tyler und John mich an den Hüften und Beinen und heben mich in die Luft.

»Was macht ihr mit mir?«, kreische ich lachend. »Lasst mich sofort runter.«

»Du lernst jetzt einen alten irischen Brauch kennen.« Mit diesen Worten wirbeln sie mich mit Schwung herum und lassen mich kopfüber in der Luft baumeln.

»Mir wird übel«, gackere ich.

»Achtung!«, ruft John. Schon lassen sie mich ein Stück tiefer nach unten gleiten, wo Rose ein Kissen auf den Boden gelegt hat. Mein Kopf kommt mehrmals sachte auf dem Kissen auf und ehe ich mich versehe, stellen sie mich zurück auf meine Füße.

»Das bringt Glück«, erklärt Tyler und küsst mich.

22

Mit den ersten Frühjahrsblühern kommen auch vermehrt Gäste zu Reitausflügen auf die Farm. John und Emilia sind heute Vormittag mit einer Gruppe unterwegs zum Meer. Und ich begleite Tyler, der die Pferde nacheinander auf den Sandpaddock bringt. Ich warte, bis er das jeweilige Pferd aus dem Stall geholt hat und laufe dann mit genügend Sicherheitsabstand neben ihm her. Stolz berichte ich ihm von meinem ersten Versuch, mich den Pferden anzunähern. »Und dann habe ich es auf Johns Zuspruch hin gewagt, meine Hand gehoben, und Heavens Stirn gestreichelt.«

»Und? Hat Heaven dich aufgefressen?« Tyler lacht.

»Nein und du glaubst nicht, wie stolz ich danach war.« Meine Wangen glühen jetzt noch, wenn ich mich daran erinnere.

Tyler bleibt vor der Stalltür stehen und wird plötzlich ganz ernst. »Sag mal, Simone ... ich habe dich in den vergangenen Wochen beobachtet. Deine Angst ist wirklich ziemlich ausgeprägt. Das ist sehr ungewöhnlich. Dass du schon immer so eine Panik vor Pferden in dir hattest, kann ich mir nicht vorstellen.«

Ich starre zu Boden und scharre den Kies unter meinen Füßen zusammen.

»Magst du mir nicht erzählen, was passiert ist?« Er legt den Arm um mich, nimmt mein Kinn behutsam in die Hand und zwingt mich so, ihn anzusehen.

Ich presse die Zähne aufeinander. »Ich hatte mal ein ziemlich einschneidendes Erlebnis mit Pferden.« Sofort beiße ich mir auf die Lippen.

Tyler sieht mich geduldig an und wartet offensichtlich, dass ich weiterspreche.

»Und jetzt habe ich einfach Angst. Genügt das fürs Erste?«

»Ja, sicher.« Er nickt verständnisvoll. »Aber hast du trotz allem vielleicht Lust auf eine weitere Pferdelektion?«

»Ähm ... eher nicht«, gebe ich postwendend zu.

»Und wenn ich verspreche, dass ich gut auf dich aufpasse?«

Unschlüssig trete ich von einem Bein auf das andere. »Okay ... versuchen wir es.«

Mir ist auf einmal klar, dass ich die Angst, die tief in meinem Inneren wohnt, unfassbar gerne überwinden würde. Und seit der Annäherung zu Heaven trage ich ein Fünkchen Hoffnung in mir, dass ich es schaffen kann.

Tyler öffnet die Stalltür. Ich husche an ihm vorbei und drehe mich sofort nach ihm um. Auch wenn ich mittlerweile schon ein paarmal mit im Stall war, löst der Besuch immer noch ein mulmiges Gefühl in mir aus. Vertrauter Geruch von Pferdemist steigt in meine Nase.

Er marschiert zielstrebig an Tornado vorbei, der den Kopf neugierig durch die geöffneten Gitterstäbe der Boxentür reckt, bis zu Heavens Box, vor der eine dicke

Pferdedecke auf einer Eisenstange hängt. Er dreht sich immer wieder nach mir um. Ich folge ihm zögernd.

Er greift in die Hosentasche seiner Jeans, zieht einen Apfel hervor und dreht ihn wie eine Goldmünze zwischen seinen Fingern. »Die sind für Pferde ein absolutes Leckerli. Aber mehr als ein bis zwei Stück pro Tag verfüttern wir nicht an sie. Schließlich sollen sie auch noch Heu fressen.

Traust du dich, Heaven den Apfel zu geben?«

Ich nicke angespannt.

Er legt mir den Apfel in die Hand. Ich spüre, wie sich mein Pulsschlag erhöht. Schweiß bildet sich in meinem Nacken.

»Streck die Hand flach aus und halte die Finger zusammen.«

Als hätte Tyler mir ein brennendes Stück Holz gegeben, jongliere ich den Apfel und lasse ihn schließlich zitternd auf das Geländer der Box plumpsen.

»Ich kriege das nicht hin«, jammere ich. Allein der Gedanke daran, dass Heavens Maul meine Finger berühren könnte, treibt mir den Angstschweiß aus den Poren. Dabei war ich mir eben noch so sicher, es zu schaffen. Ich kann das Schlottern meiner Knie nicht mehr kontrollieren und drehe mich beschämt zur Seite.

»Hey, kein Problem. Ich hatte nicht vor, dich zu überfordern«, flüstert Tyler und legt den Arm liebevoll um mich.

»Ich dachte, ich schaffe es. Aber es klappt nicht.« Mein Herz flattert unaufhörlich. Ich will einfach nur raus hier. »Sei bitte nicht böse, Tyler.« Energisch schiebe ich seinen Arm von mir und verlasse hastig den Stall.

Die Tatsache, dass ich versagt habe, lässt mich den Rest des Tages nicht los. Ich bin maßlos enttäuscht von mir selbst. Deshalb beschließe ich im Stillen, es bei einer passenden Gelegenheit erneut zu probieren. Aufgeben ist keine Option.

Nach dem Abendessen machen Tyler und Rose sich auf den Weg zum Supermarkt. Ich raffe all meinen Mut zusammen und betrete noch einmal den Stall. Die Pferde stehen in ihren Boxen und fressen zufrieden das Heu, das Tyler vorhin verteilt hat. Ich nähere mich Heavens Box. Er sieht kurz auf und frisst dann unbeirrt weiter. Ich atme schwer, hebe in Zeitlupentempo die Hand und strecke sie nach ihm aus. Das Pferd hebt den Kopf und ich streichle an seiner Stirn auf und ab. Er lässt sich meine Berührung gefallen.

Mein Herz rast vor Aufregung. *Ruhig bleiben, ganz ruhig bleiben*, rede ich mir gut zu.

Die Stalltür knarzt. Emilia stapft herein und bleibt im Rahmen stehen. »Nur zu deiner Info ...«, blafft sie in einer Lautstärke, dass einige Pferde zu fressen aufhören und den Kopf in ihre Richtung drehen. »Ich verbringe heute einen ungestörten Abend mit Tyler.«

Stirnrunzelnd starre ich sie an. »Wie meinst du das?«

Sie ignoriert meine Frage und hebt die Augenbrauen. »Und du kannst dir sicher ausmalen, wen ich da am allerwenigsten gebrauchen kann.«

Ich ringe nach Worten, doch sie kommt mir zuvor. »Deshalb wünsche ich dir einen lehrreichen Abend bei den Pferden. Ich richte Tyler aus, dass du Kopfweh hast.«

Ehe ich etwas erwidern kann, ist sie mit einem Satz draußen und knallt die Tür hinter sich zu.

Ich sprinte zur Tür und rüttle an dem schweren Holzgriff. Er bewegt sich keinen Millimeter. Ich hämmere mit der Faust gegen das Holz. »Aufmachen! Mach sofort auf, Emilia!«

Sie reagiert nicht. Ich fasse es nicht!

Angespannt haste ich im Stall auf und ab. Dabei versuche ich, ruhig ein- und auszuatmen. Es wird alles gut. Tyler wird bestimmt später nach mir suchen und dann kann Emilia was erleben!

Erneut poche ich gegen die Tür. Nichts!

Vor einer Box entdecke ich einen Schemel und hole ihn. Auf Zehenspitzen schaue ich aus dem darüber liegenden Fenster. Niemand ist draußen unterwegs. Nicht mal John, der doch normalerweise zu nahezu jeder Tageszeit irgendwo herumschwirrt.

Die Pferde sind weiterhin mit Fressen beschäftigt oder kauen auf dem Stroh, das auf dem Betonboden der Boxen liegt. Mir schenken sie keine Beachtung, was mir ganz recht ist. Obwohl ich nach wie vor einen Heidenrespekt vor ihnen habe, wird es von Minute zu Minute erträglicher. Ich erinnere mich an die Zeit zurück, als Pferde noch meine besten Freunde waren. Mein Verstand sagt mir, dass mir nichts passieren wird.

Langsam spaziere ich zu Heavens Box. Dort entdecke ich den Apfel, den ich am Nachmittag panisch fallen gelassen habe. Prinzipiell könnte ich die Zeit sinnvoll nutzen und mich meinen Ängsten stellen. Ich bin mir nur nicht sicher, ob das eine gute Idee ist. Was, wenn mir doch etwas zustößt, während ich hier mutterseelenallein bin?

Angespannt lasse ich Luft durch den offenen Mund entweichen und atme tief ein. Dann lege ich kurz entschlossen den Apfel in die flache Hand. Tapfer strecke ich sie mit pochendem Herzen über die Boxentür. Ich kann das nicht, verdammt! Meine Hand zittert. Gerade will ich sie zurückziehen, da bewegt Heaven seinen Kopf. Ich wage es nicht, auch nur eine klitzekleine Bewegung zu machen.

Er senkt den Kopf, schnappt sich den Apfel und zermalmt ihn kraftvoll zwischen seinen riesigen Zähnen. Mein Herz klopft nun hörbar, aber dieses Mal vor Freude. Ich habe es geschafft. Oh, mein Gott, ich habe es geschafft!

Obwohl Heaven mir keine Beachtung mehr schenkt, nachdem er sein Leckerli verspeist hat, halte ich die Hand weiterhin ausgestreckt. Ich bin wie berauscht. Nina wäre stolz auf mich. Im Geiste höre ich sie sagen: *Bravo, Simi.*

Doch die Freude währt nur kurz. Siedend heiß fällt mir ein, warum ich hier bin. Wo bleibt Tyler? Ich verstehe nicht, dass er nicht nach mir sucht. Immerhin bin ich seit einer gefühlten Ewigkeit hier eingesperrt. Erneut steige ich auf den Schemel und sehe nach draußen. Nichts! Unruhig laufe ich im Stall auf und ab. Ich hebe eine umgefallene Mistgabel auf und stelle sie zur Seite. Die Pferdedecken, die unordentlich über den Eisenstangen vor den Boxen hängen, falte ich ordentlich zusammen und lege sie wieder darüber. Ich kehre den Boden und räume jeden Gegenstand auf, der mir in die Quere kommt. Zum Schluss sieht der Stall fast wie eine vornehme Pferdepension aus.

Trotz der Bewegung fröstle ich langsam. Deshalb packe ich eine Pferdedecke nach der anderen, breite sie so weit wie möglich von den Boxen entfernt auf dem harten Betonboden aus und setze mich drauf. Doch leider kriecht die Kälte rasch durch die Decken. Meine Hände aneinander reibend versuche ich, mich zu erwärmen, aber mir wird klar, dass das so nichts wird.

Mit einem Satz springe ich auf und laufe planlos hin und her. Dann steige ich erneut auf den Schemel und starre durch das Fenster oberhalb der Tür. In der Halle gegenüber lagert Tyler die Strohballen. Wenn ich doch nur ein paar davon haben könnte, um den Boden damit auszulegen. Mir bleibt nichts anderes übrig, als mir aus einer der Pferdeboxen Stroh zu holen. Schon wieder hämmert mein Herz wie verrückt. Soll ich so todesmutig sein? Ich muss es schaffen, sonst erfriere ich in der Nacht.

»Heaven«, spreche ich das Pferd beinahe flüsternd an. »Darf ich in deine Box kommen?«

Er hebt den Kopf und entlastet ein Hinterbein.

Langsam öffne ich die Boxentür, trete auf Zehenspitzen ein und schließe sie vorsichtig hinter mir.

Heaven macht einen Schritt auf mich zu, was ich zum einen als positives Zeichen werte, was aber gleichzeitig meinen Herzschlag beschleunigt. *Du schaffst das*, spreche ich mir Mut zu. In Zeitlupentempo führe ich mit einem mulmigen Gefühl im Bauch meinen Handrücken an Heavens Maul.

Er schnuppert daran. Das Adrenalin in meinem Körper steigt. Jetzt stelle ich mich neben ihn und streichle mit den Fingerspitzen über sein warmes Fell.

Er genießt meine Berührung, denn sein Hals kippt nach unten und die Ohren fallen zur Seite.

»Gibst du mir was von deinem Stroh ab?«, flüstere ich sanft.

Das Pferd gibt ein lang gezogenes Schnauben von sich. Ich werte das als zustimmendes Zeichen, bücke mich, packe meine Arme voller Stroh und werfe es über die halbhohe Boxentür durch das geöffnete Gitterfenster nach draußen. Das Ganze wiederhole ich drei weitere Male, bis ein ordentlicher Haufen vor der Box liegt.

»So, das sollte genügen.« Zum Abschied streichle ich ihn erneut.

Als ich wieder vor der Box bin und das Pferd in sicherem Abstand zu mir, ist mir deutlich wohler. Geschickt türme ich das Stroh übereinander und breite es so auf dem Betonboden aus, dass jeder Teil der Pferdedecken auf Stroh liegt. Mit einer weiteren decke ich mich schließlich zu und bin bald darauf in einen unruhigen Schlaf gefallen.

23

Die halbe Nacht mache ich dennoch kein Auge zu. Obwohl das Stroh die Kälte etwas abhält, kriecht sie innerhalb von Stunden unbarmherzig durch den harten Betonboden meinem Rücken hinauf. Aus den Pferdeboxen vernehme ich ein entspanntes, weiches Schnauben.

Wo bleibt Tyler nur? Fällt ihm nicht auf, dass ich verschwunden bin? Und was plant Emilia? Was hat sie mit Tyler vor? Die Gedankenspirale nimmt kein Ende. Ich erinnere mich an den Morgen, als ich sie in Dessous im Badezimmer angetroffen habe. In selbigen sehe ich sie jetzt vor meinem geistigen Auge, wie sie, mit ihrem Po wackelnd, vor Tyler her stolziert. Ich zwinge mich, an etwas anderes zu denken.

Zwischendurch nicke ich immer wieder ein und habe die wirrsten Träume von Tyler und Emilia, die überglücklich sind, dass die Stadttussi das Weite gesucht hat. Und dann bin ich auch schon wieder wach. Ich hieve mich vom harten Boden nach oben und gehe ein paar Schritte, um die schmerzenden Knochen zu entlasten. Die Nacht erscheint endlos. Als es endlich dämmert, verfalle ich doch noch in einen tiefen Schlaf.

Durch ein knarzendes Geräusch schrecke ich hoch und schlage mit Mühe die verklebten Wimpern auf.

Mein Kopf droht zu explodieren. Ich sehe mich orientierungslos um. Es ist taghell. Mit schmerzenden Gliedern richte ich mich auf.

Die Stalltür öffnet sich und Tyler tritt ein. Als er mich entdeckt, zuckt er zusammen.

»Simone! Was machst du denn hier?« Ungläubig starrt er mich an. »Hast du hier übernachtet?«

»So ist es«, sage ich völlig übermüdet und dehne mich.

Er zieht die Augenbrauen in Richtung Stirn und schmunzelt. »Warum hast du nichts gesagt? Ich hätte dir doch gerne Gesellschaft geleistet.«

Ich schnaube wie ein Pferd. »Sehr witzig!«

Seine Blicke schweifen durch den Stall. »Und warum hast du aufgeräumt?«

»Weil mir langweilig war.«

Mit einem unverschämten Grinsen betrachtet er mich eingehend von oben bis unten. Mir ist klar, dass ich mit Sicherheit alles andere als sexy aussehe. Er zieht mir ein Büschel Stroh aus dem Haar und legt die Arme um mich.

»Aber nun sag schon, warum hast du hier übernachtet?«

»Ganz einfach: Emilia hat mich eingesperrt.« Meine Stimme klingt schrill wie eine Sirene.

»Emilia?« Tyler scannt den Stall mit den Augen ab, als würde er ihn zum ersten Mal sehen. »Das glaube ich nicht.«

»Du glaubst mir nicht?« Fassungslos schüttle ich den Kopf und schiebe ihn von mir weg.

Er runzelt die Stirn. »Warum sollte Emilia dich einsperren?«

»Weil sie mich hasst«, stelle ich unmissverständlich klar und verschränke die Arme vor der Brust.

»Das ist ein hartes Wort.« Er will mich erneut umarmen, doch ich wehre ab. »Wenn sie dich wirklich hier eingesperrt hat, war das bestimmt keine Absicht. Emilia mag zwar schwierig sein, aber so gemein ist sie nun auch wieder nicht.«

Gerade will ich ihm erläutern, was dieses Miststück gestern zu mir gesagt hat, da sehe ich, wie sie mit Tornado im Schlepptau am Stall vorbeistolziert.

Tyler lässt mich stehen und läuft hinaus. »Emilia?«

Ich renne zur Tür.

»Hast du Simone gestern Abend hier eingesperrt?« Er deutet auf den Stall.

»Wie bitte? Nein! Natürlich nicht.«

»Wie kommt es dann, dass sie die Nacht im Stall verbracht hat?«

»Tut mir leid, woher soll ich das wissen? Als ich am Abend abgesperrt habe, war jedenfalls niemand mehr drinnen.«

»Du hast mir doch gestern erzählt, dass sie Kopfweh hätte und ich sie in Ruhe lassen soll.«

Emilia versucht, sich an ihm vorbeizuschlängeln. »Hatte sie ja auch.«

»Das war am Nachmittag«, krächze ich.

»Tut mir leid, ich bin keine Ärztin und konnte schließlich nicht wissen, zu welchem Zeitpunkt dein Kopfweh verschwunden war. Fakt ist, dass du dich ins Gästezimmer verzogen hattest.« Damit log sie nicht einmal. Sie rückt ihren Reithelm zurecht. »Und jetzt lass mich ausreiten.« Sie springt aufs Pferd, treibt es an und reitet davon.

Tyler marschiert auf mich zu. »Es tut mir leid, Simone«, sagt er zerknirscht. »Wie du hörtest, war es ein Versehen.«

»Ein Versehen?« Das Blut rauscht in meinen Ohren.

Wie kann Tyler ihr auch nur ein Wort abnehmen? Ich mache einen energischen Schritt auf ihn zu und bleibe dicht vor ihm stehen. »Emilia, dieses Luder, hat mich absichtlich im Stall eingesperrt, basta«, sage ich scharf.

»Aber du hast doch gehört, was sie gesagt hat«, verteidigt er sie schon wieder.

»Und *du* hast nicht gehört, was sie gestern zu *mir* gesagt hat.«

»Alles in Ordnung?«, ruft John, der über den Weg vom Nebengebäude mit einem Holzbalken auf den Schultern auf uns zu kommt.

»Nichts ist in Ordnung!«, fauche ich in Johns Richtung und wende mich dann wieder Tyler zu. »Emilia behauptete gestern, dass sie einen ungestörten Abend mit dir verbringen wolle ... du kannst dir nicht vorstellen, wie hämisch sie lachte, bevor sie die Stalltür vor meiner Nase zuknallte.«

»Ist das dein Ernst?«

»Glaubst du denn, dass ich lüge?«

Wortlos dreht Tyler sich um und marschiert in den Stall.

Ich bleibe ihm dicht auf den Fersen. »Ich habe dich etwas gefragt ...!«, brülle ich. »Warum läufst du jetzt weg?«

Verteidigend hebt er die Hände. »Ja ja, ich glaube dir. Ich verstehe nur nicht, weshalb sie so etwas getan hat ... ich muss nachdenken.« Er packt eine Pferdedecke, die am Boden liegt. »Ich verspreche dir, dass ich noch mal mit ihr rede, okay? Aber nun geh nach oben und ruhe dich aus.«

Damit scheint das Thema für ihn erledigt zu sein. Er wendet sich ab und hängt die Pferdedecke zurück auf ihren Platz.

Ich senke den Blick und spare mir weitere Kommentare. Ich wette, er glaubt mir immer noch nicht. Das Band, das die beiden verbindet, scheint aus Stahl zu sein. Allein der Gedanke daran macht mich rasend.

Resigniert schlurfe ich ins Haus und tapse die Treppenstufen nach oben. Rasch entledige ich mich der Klamotten und falle bäuchlings auf das Bett im Gästezimmer.

Minuten später schleppe ich mich unter die Dusche und lasse den heißen Wasserstrahl über meinen Rücken prasseln. Wenn ich geglaubt habe, es wäre ein Leichtes, damit alle Sorgen abzuwaschen, ist es jetzt, als hätten sich die vergangene Nacht und Emilias Boshaftigkeiten durch die Wasserstrahlen noch tiefer unter meine Haut gebrannt. Für mich deutlich schlimmer ist jedoch die Tatsache, dass ich Tyler nicht davon überzeugen konnte, dass Emilia ihm eiskalt ins Gesicht gelogen hat. Am liebsten würde ich mich ins Bett legen, die Decke über den Kopf ziehen und den Tag dort verbringen. Doch die Arbeit im Hühnercottage wartet auf mich.

Rose, die offensichtlich nichts von der Sache mitbekommen hat, ruft nach mir, als ich an der Küche vorbeigehe. »Heute kein Frühstück, Liebes?«

»Nein, danke«, lehne ich mit matter Stimme ab und ziehe die Haustür hinter mir ins Schloss.

Wie in Trance reinige ich das Hühnercottage, verteile neues Futter und sammle die Eier ein. Tränen rollen über meine Wangen und vermischen sich mit dem Futter in den Trögen. Schniefend erledige ich hastig die anstehenden Arbeiten.

Zurück im Haus streife ich mit den Füßen die Gummistiefel ab und lasse sie im Flur stehen. Wortlos stelle ich die Schüssel mit den Eiern in der Küche ab.

»Danke, Liebes. Willst du nun eine Kleinigkeit essen?«

»Ich fühle mich nicht wohl, entschuldige mich bitte«, rede ich mich raus und stürme zurück nach oben. Meine Jacke werfe ich achtlos auf den Boden und falle erneut auf das Bett.

24

Aus dem Erdgeschoss dringt hektisches Stimmengewirr an mein Ohr.

Verschlafen rekele ich mich und greife nach der Armbanduhr auf dem Nachttisch. Zwei Stunden habe ich
geschlafen. Das hat mir gutgetan.

Tylers markante Stimme hallt durch das Haus. »Hilf
mir mal.«

»... Gatter ... offen gelassen, wäre das nicht passiert«,
vernehme ich bruchstückhaft Emilias bissige Antwort.

Ich rolle mich aus dem Bett, streiche mir die Haare
glatt und flitze nach unten. In der Küche finde ich Rose
mit schmerzverzerrtem Gesicht auf einem Küchenstuhl sitzend vor, das rechte Bein auf der Eckbank abgelegt.

Emilia kniet vor ihr und begutachtet deren nackten
Fuß. »Er ist ganz dick.« Als sie mich entdeckt, verfinstert sich ihr Blick. Sie faucht mich an. »Alles nur wegen
der Stadttussi!«

Ich weiche automatisch einen Schritt zurück. »Was
ist passiert?«

»Siehst du doch!«, blafft sie. »Rose hat sich verletzt.«

Tyler klärt mich auf. »Mum ist beim Einfangen der
Hühner mit dem Fuß umgeknickt.«

»Das Gatter stand sperrangelweit auf. Und nahezu alle Hühner sind entwischt.« Emilia verzieht ihre Augen zu Schlitzen. »Hast du eine Ahnung, wer es offen gelassen hat?« Ihr Blick durchbohrt mich.

Ich schlage die Hand vor den Mund. »O weh! War ich das?«

»Wer sonst? Wann checkst du es endlich, dass du es schließen musst, wenn du das Hühnercottage verlässt!«

Tyler schaltet sich ein. »Mach mal halblang, Emilia. Rede nicht so mit Simone.«

Dankbar lächle ich ihn an. Immerhin lässt er nicht jede von Emilias Boshaftigkeiten mir gegenüber durchgehen. Vielleicht ist das Band, das die beiden verbindet, doch nicht aus Stahl.

Nun mischt sich auch Rose ein. »Kinder! Das ist alles halb so wild und definitiv keinen Streit wert.« Sie betrachtet ihr Bein. »Niemand ist dafür verantwortlich, dass ich so schusselig bin.«

Vorsichtig fährt Tyler mit der Hand über ihren Fuß.

»Aua«, jammert sie.

»Jetzt wird er richtig blau«, stellt er besorgt fest.

»Wir sollten das Gelenk kühlen.« Eilig laufe ich zum Gefrierschrank, packe einen Schwung Eiswürfel in ein Geschirrtuch und überreiche es Emilia, die Roses Fuß darin einwickelt.

»Das wird ganz sicher wieder. Du musst dich jetzt schonen, Mum«, ermahnt Tyler seine Mutter.

Seine Einschätzung stellt sich bereits am Nachmittag als falsch heraus. Der Fuß ist mittlerweile so dick, als würde er gleich platzen und Rose hat weiterhin heftige Schmerzen.

»Ich rufe jetzt bei Dr. Byrne an.« Tyler verlässt den Raum und kommt kurz darauf wieder zurück. »Dr. Byrne hat vorgeschlagen, dass wir direkt ins Primary Care Health Centre fahren sollten. Er meinte, das höre sich nicht gut an. Kannst du aufstehen, Mum?«

Rose versucht es, stößt einen schmerzverzerrten Schrei aus und fällt sofort wieder in den Sessel zurück. »Ich kann nicht auftreten.«

»Es tut mir so leid, Rose.« Zerknirscht sehe ich sie an.

Sie legt ihre Arme um Tylers und Johns Schultern. Die beiden hieven sie nach oben und tragen sie zu Tylers Land Rover.

Kaum sind sie mit quietschenden Reifen vom Farmgelände verschwunden, kommt Emilia auf mich zu und baut sich vor mir auf. Sie schnaubt wie ein Pferd.

»Seit du hier bist, richtest du nur Unheil an«, sagt sie unverblümt und stemmt die Hände in die Hüften.

»Und du behandelst mich mindestens genauso lange absolut schäbig.« Ich blitze sie an. »Dass du dich nicht schämst.«

Sie lacht spöttisch auf, wendet sich von mir ab und läuft in der Küche auf und ab. »Schämen? Ich? Wofür denn? Dass ich nicht wie Tyler wegsehe und die Wahrheit ausspreche?«

»Und die wäre?« Ich folge ihr ebenso hastig.

»Seitdem du dich hier eingenistet hast, ist nichts mehr, wie es war. Und jetzt ist die arme Rose dank dir auch noch im Krankenhaus und ...«

»Bist du sicher, dass sie meinetwegen dort ist?«, frage ich scharf.

Sie bleibt abrupt stehen. »Wessen Schuld soll es denn sonst sein?« Auf ihrem Hals bilden sich rote Flecken.

»Du hast das Gatter offen gelassen«, erkläre ich überzeugt, obwohl ich alles andere als das bin. Doch ich traue ihr eine derartige Gemeinheit durchaus zu. Nur um mir hinterher die Schuld zuzuweisen.

»Du hast ja Hirngespinste.« Sie tippt sich mit dem Finger gegen die Stirn und lacht hysterisch auf. »Es ist echt der Gipfel, dass du nun mir die Verantwortung dafür zuschieben willst.« Kopfschüttelnd holt sie aus dem Kühlschrank eine Dose Cider. Sie öffnet sie mit einem Zischen und trinkt einen kräftigen Schluck. »Du solltest dich besser an die eigene Nase fassen und langsam kapieren, dass du hier nicht erwünscht bist. Tyler hat es übrigens bereits angedeutet, dass es ein Fehler war, dich zum Bleiben zu bewegen.« Siegessicher grinst sie.

»Ich glaub dir kein Wort.« Unruhig verschränke ich die Finger ineinander, löse sie aber sofort wieder. Was, wenn sie die Wahrheit sagt?

»Ach ja? Dann glaubst du also nicht, dass du uns allen mit deinem Ordnungstick gehörig auf die Nerven gehst?«

Ihre Worte treffen mich wie eine Ohrfeige. Ich bemühe mich, mir nichts anmerken zu lassen. Doch die Tränen schießen mir in die Augen. Deshalb mache ich auf dem Absatz kehrt und laufe ohne ein weiteres Wort nach oben ins Gästezimmer.

***

Am späten Abend höre ich das Motorengeräusch von Tylers Land Rover. Erst jetzt verlasse ich mein Zimmer wieder und laufe nach unten in den Eingangsbereich. Rose humpelt auf Krücken ins Haus. An ihrem rechten

Bein trägt sie einen Gips. Nach jedem Schritt macht sie eine Pause. »Das ist so anstrengend ...«

Wir begleiten sie in die Küche, wo Emilia und ich sie mit Fragen bombardieren.

»Was hat der Arzt gesagt?«, platze ich heraus.

»Was hast du genau?«, fällt Emilia mir ins Wort. Sie wirft mir sofort einen bitterbösen Blick zu, den ich so interpretiere, dass ich, wenn es nach ihr ginge, die Klappe halten soll.

»Ist der Fuß gebrochen?«

»Wie lange bleibt der Gips dran?«

»Langsam, langsam.« Rose holt tief Luft. »Der Fuß wurde in verschiedenen Positionen geröntgt. Sie haben eine Sprunggelenksfraktur diagnostiziert.«

»Klingt nach einer langwierigen Geschichte ...« Ich sehe Rose fragend an.

Sie zuckt mit den Schultern. »Bis die Schwellung abgeklungen ist, darf ich den Fuß nicht belasten.«

»Hast du Schmerzen?«

Sie lächelt gequält. »Jetzt nicht mehr. Der Arzt hat mir eine beachtliche Portion Schmerzmittel verpasst.«

»Wie lange musst du den Gips tragen?«, wiederhole ich meine Frage von eben.

»Dieser Unterschenkelgips bleibt, bis die Schwellung abgeklungen ist und dann bekomme ich voraussichtlich eine Schiene. Insgesamt muss ich den Fuß etwa sechs Wochen schonen.«

»So lange?«

»Und in nächster Zeit darf ich das Bein nicht belasten und muss es hochlagern.« Ihr Gesichtsausdruck wirkt zerknirscht. »Wie soll das funktionieren?«

»Wenn der Arzt das anordnet, wirst du dich daran halten, Mum«, wirft Tyler ein.

»Wir schaffen das schon«, pflichte ich ihm bei. »Du erklärst mir einfach, was zu tun ist und ich übernehme deine Arbeit.«

»Aber du bist doch keine Dienstmagd«, jammert sie und senkt den Blick.

»Ich wohne und esse hier umsonst. Da liegt es auf der Hand, dass ich euch unterstütze, wo es möglich ist.«

Rose verdreht die Augen. »Es ist ein Albtraum! Ich werde mich zu Tode langweilen.«

Obwohl Rose mir wiederholt versichert hat, dass ich nicht schuld an dem Unfall bin, nagt das schlechte Gewissen an mir. Hätte ich das Gatter nicht offen gelassen, wäre das alles nicht passiert ... sofern ich es wirklich war, die es verbockt hat.

25

Zusammen mit Rose bereite ich am 17. März anlässlich des St. Patrick's Day ein traditionelles irisches Frühstück zu. Rose sitzt auf einem Barhocker vor dem Herd, rührt in der Tomatensoße und erwärmt die Bohnen. Sie hat es sich nicht nehmen lassen, mir zu helfen. Nebenbei brate ich Speck, Blut- und Leberwurst sowie Schweinswürste an und wende die Champignons. Ein Dunstschleier aus heißem Fett liegt in der Luft.

»Saint Patrick ist der Nationalheilige und Schutzpatron Irlands«, erklärt Tyler am Frühstückstisch und schiebt sich eine Gabel voller Bohnen in den Mund. »Zu seinen Ehren werden am St. Patrick's Day die Häuser und Straßen in unseren Nationalfarben grün-weiß-orange geschmückt.«

»Sieht bestimmt beeindruckend aus«, antworte ich mampfend und tunke ein Stück des noch warmen Sojabrotes in die Tomatensoße.

»Sogar Denkmäler und Flüsse erstrahlen in Grün. Dieser Tag wird jedes Jahr in ganz Irland gebührend gefeiert.«

Emilia hat sich in ein grasgrünes Outfit geworfen. Neidlos muss ich zugeben, dass ihr selbst diese Farbe steht und sie überhaupt nicht lächerlich darin aussieht.

Tyler plappert ohne Punkt und Komma – wie ein aufgeregtes Kind.

Zugegeben, ich finde das komplette Drumherum um den Feiertag zwar interessant, aber ehrlicherweise muss ich sagen, dass ich nicht sonderlich auf Massenveranstaltungen stehe. Selbst in Deutschland meide ich Faschingsumzüge. In meinen Augen sind derartige Veranstaltungen kindisch. Nina hatte mal versucht, mich zum Kölner Karneval zu überreden. Doch tagelanges sinnloses Besaufen in Klamotten, die einen in jemanden verwandeln, der man im echten Leben nicht ist, ist nichts für mich. Allerdings will ich Tylers Vorfreude nicht trüben und behalte meine Meinung für mich. Doch eine Ausrede habe ich parat, um mich vor dem geplanten Ausflug nach Dublin zu drücken.

»Sagt mal, soll ich nicht besser bei Rose bleiben?«

»Auf keinen Fall«, bestimmt Tyler.

»Aber sie könnte Gesellschaft brauchen und ich will sie ungern mit ihrem Bein alleine lassen.«

»Ich komme hier schon klar«, versichert sie. »Die jährliche Parade in Dublin ist wirklich phänomenal. Lass dir von mir nicht deinen ersten St. Patrick's Day verderben.«

Mist! Offensichtlich habe ich keine Chance.

»Aber wenn sie nicht mit will? Wir können doch auch ohne ...«

Sofort wird Emilia von Tyler unterbrochen. »Nein, Simone kommt mit«, stellt er unmissverständlich klar. »Schminkst du mir die Wangen?«

»Klar!«

Ich räume die Spülmaschine ein, während Emilia Tyler die irische Flagge und ein Kleeblatt auf die Wangen malt.

»Jetzt du, Simone.« Er steht auf und deutet auf den Stuhl.

Ich wische mir die Hände an einem Geschirrtuch ab und setze mich. Widerwillig strecke ich ihr die Wange entgegen und genauso widerwillig setzt sie den Schminkstift an. Ich schiele auf ihre Finger, um mir sicher zu sein, dass sie nicht irgendeinen Lackstift in der Hand hält, mich damit bemalt und sich hinterher mit einem *Ups, sorry, war nicht meine Absicht* entschuldigt.

»Sieht super aus«, findet Tyler, als er Emilias Werk am Ende betrachtet.

Kurz vor der Abfahrt überrascht er uns mit voluminösen Hüten. »Das ist ein Shamrock-Hut.« Schmunzelnd setzt er mir die grün schimmernde Kopfbedeckung auf, bevor ich protestieren kann.

Skeptisch drehe ich mich vor dem Spiegel und finde, dass ich wie ein Zwerg mit Mütze aussehe. Das goldfarbene Kleeblatt auf der Vorderseite sieht enorm kitschig aus. Eine Schnalle hält das schwarze Band über der gewellten Krempe.

»Süß siehst du aus. Kommt, lass uns ein Gruppenfoto knipsen.« Er winkt Emilia, John und mich zu sich und drückt Rose sein Handy in die Hand. Wir vier stecken die Köpfe zusammen und grinsen in die Kamera.

»So, jetzt aber los. Ab mit euch in meinen Wagen«, treibt John uns an.

Auf der Fahrt nach Dublin plappern John und Emilia ohne Punkt und Komma. Nur Tyler, der mit mir auf der Rückbank sitzt, wird immer stiller und wirkt plötzlich angespannt. Ich sehe ihn besorgt an. Gerade will ich fragen, was mit ihm ist, als er wie aus dem Nichts heraus mit erhobener Stimme lospoltert. »Emilia, lenk John nicht ab. Er muss sich auf den Verkehr konzentrieren.«

Anstatt in ihrer üblichen schnippischen Art zu antworten, bricht sie mitten im Satz ab. »Entschuldige bitte.«

Ich starre sprachlos zu Tyler. Warum reagiert er dermaßen gereizt? Und weshalb lässt sich Emilia ohne Widerrede von ihm in die Schranken weisen? Ich finde seine sowie Emilias Reaktion völlig überzogen. Nur weil er sich nicht gerne unterhält, wenn er am Steuer sitzt, ist das doch noch lange kein Grund, John und seiner Stiefschwester den Mund zu verbieten.

Selbst John scheint von Tylers Ausbruch nicht sonderlich überrascht zu sein. Er bleibt stumm und wir fahren schweigend den noch vor uns liegenden Weg nach Dublin.

John parkt am Croke Park Stadium, von wo aus wir etwa eine halbe Stunde zu Fuß in Richtung Trinity College marschieren, wo die Parade vorbeiführen wird. Erinnerungen an meinen ersten Aufenthalt in Dublin werden wach. Wer hätte damals gedacht, dass ich knapp zwei Monate später immer noch hier sein würde?

Die Straßen sind voll mit quirligen Menschen, die, ähnlich wie wir, maskiert sind oder in Leprechaun-Kostümen stecken. Die Männer, die rote Bärte tragen, sehen für mich alle aus wie Zwerge. Aufgeregte Kinder zappeln an den Händen ihrer Eltern und warten auf den Beginn der Parade. Menschenmassen mit Hüten und Perücken stehen dicht gedrängt an den Absperrgittern. Wir ergattern dank Tylers Durchsetzungsvermögen einen Platz in erster Reihe. Er umschließt mich von hinten mit seinen Armen und schmiegt seine Wange an meine. Der Vorfall im Wagen scheint vergessen.

»Es geht los«, ruft er mir über den Lärm der plappernden Menschen zu. John steht direkt neben Tyler, vor sich Emilia.

Die Parade erinnert mich an einen typischen Karnevalsumzug in Deutschland, nur dass die Farbe Grün hier deutlich dominiert. Eine Klarinettengruppe, die einheitliche Kostüme mit grünen Hemden trägt, marschiert im Takt der Musik an uns vorbei. Dahinter folgt eine in die Jahre gekommene schwarz lackierte Pferdekutsche mit goldenen Schriftzügen. Die Menschen darin lassen sich von prachtvoll geschmückten Pferden ziehen und winken lachend in die Menge. Eine Kindergruppe mit grünen Lockenperücken macht einen Salto nach dem anderen und fahnenschwingende Tänzer führen eine imposante Choreografie auf.

»Na, was sagst du?«, brüllt Tyler über den Lärm hinweg in mein Ohr.

»Großartig«, antworte ich, obwohl ich nach wie vor lieber bei Rose zu Hause wäre.

Nach der Parade schieben wir uns zwischen tausenden anderen Feierlustigen in den Temple Bar Bezirk. Vor den Pubs haben sich Guinness trinkende Menschengruppen versammelt. Sie plappern lautstark durcheinander oder grölen irische Volkslieder. Es ist die Hölle los. Wenn ich an meinen letzten Besuch hier denke, sind die Menschenmassen um ein Zigfaches höher. Und jeder hier ist entweder verkleidet oder bemalt.

Oder beides. Das grüne Kleeblatt ist in nahezu allen Gesichtern oder zumindest auf den Kostümen präsent. Obwohl ich mich bisher dagegen gesträubt habe, dieser Ulkveranstaltung etwas abzugewinnen, muss ich mir eingestehen, dass mir der irische Touch doch sehr gefällt. Die Menschen sind locker und wirken glücklich. Und was mache ich? Ich lege schon im Voraus fest, dass ich mit dem St. Patrick's Day nichts anfangen kann und vermiese mir von vornherein die Stimmung.

Mach dich mal locker, Simi, höre ich mal wieder Ninas vertraute Stimme in meinem Hinterkopf.

Dank seiner Kontakte ergattert Tyler für uns einen freien Tisch in der Temple Bar. Auch wenn Alkohol natürlich keine Lösung ist, hilft er mir deutlich dabei, gelöster zu werden. Nach ein paar Stunden sind wir alle merklich angetrunken und gackern wild durcheinander. Sogar ich. John, der aufgrund seiner Chauffeurtätigkeit nicht einen Tropfen Alkohol anrührt, hat Bekannte getroffen, die sich an unseren Tisch gesellen.

Tyler sitzt auf einem Barhocker, schlingt beide Arme um mich und sieht mich mit leuchtenden Augen an.

»Das ist der schönste St. Patrick's Day aller Zeiten«, lallt er.

»Für mich auch«, antworte ich kichernd.

»Küss mich, du wunderbares Frauenzimmer.«

Ich lecke mir mit der Zunge über die Lippen und beiße sanft mit den Zähnen darauf.

»Küss mich endlich«, brüllt er durch den Lärm um uns herum und streckt mir fordernd seinen Mund entgegen.

Ich lege meine Lippen auf seine und schmecke den Alkohol auf seiner Zunge, der mich irgendwie anmacht.

»Hmm ... ich will mehr. Viel mehr.« Seufzend legt er seine Hände auf meinen Po und zieht mich näher zu sich heran.

In meinem Bauch kribbelt es. Am liebsten wäre ich jetzt mit ihm allein. Meine Hände vergraben sich in seinen strubbeligen roten Haaren und ich genieße das Knistern zwischen uns. Seine Bartstoppeln kitzeln in meinem Gesicht, während ich seines mit sanften Küssen bedecke.

»Wenn du nicht aufhörst, vernasche ich dich hier an Ort und Stelle«, flüstert er heiser in mein Ohr und knabbert daran.

Ich stöhne auf. »Lass das, Tyler. Nicht hier«, wehre ich ihn mit Worten ab, doch meine Gesten sagen etwas völlig anderes. Nämlich, dass ich heiß auf ihn bin und es kaum abwarten kann, bis wir zu Hause sind.

Stunden später bringt John uns mitten in der Nacht sicher zurück auf die Farm. Mittlerweile gießt es wie aus Eimern. Mit den Jacken über den Köpfen rennen wir ins Haus.

»Schläfst du heute bei mir?«, fragt Tyler und lächelt verführerisch, als wir vor seiner Zimmertür stehen.

»Natürlich!«, antworte ich hicksend, weil ich ohnehin nicht vorhatte, im Gästezimmer zu verschwinden.

Seine Hand umfasst meinen Nacken, während er leidenschaftlich seine Lippen auf meine legt. Wir torkeln in sein Zimmer. Dann zieht er mich ins Badezimmer und verriegelt die Tür, die zu Emilias Zimmer führt.

»Endlich allein«, haucht er und nimmt mein Gesicht in seine Hände. Langsam streift er mir zuerst den dicken Wollpullover ab, dann das Unterhemd. Kurz hält er inne und betrachtet mich eingehend. Seine sehnsüchtigen Blicke verursachen ein Prickeln auf meiner Haut. Er nimmt die Träger des BHs zwischen seine Fingerspitzen und schiebt sie in Zeitlupentempo nach unten.

»Du bist so sexy«, haucht er.

Seine Lippen wandern zu meinem Hals und jagen mir einen wohligen Schauer über den Rücken. Zärtlich küsst er mir die Schultern und den Ansatz der Brüste. In meinem Bauch kribbelt es, als wäre ein Schwarm Schmetterlinge darin unterwegs.

Mit den Fingern seiner linken Hand schiebt er die BH-Träger nach unten, während er mit der rechten versucht, den Verschluss zu öffnen, was sich dank des Alkoholpegels als schwierig erweist. Nach einer gefühlten Ewigkeit, in der ich ihn voller Verlangen ansehe, gelingt es ihm endlich. Jetzt nimmt er meine Brüste zwischen seine Hände, knetet sie sanft und küsst sie ausgiebig.

Ich seufze.

»Komm, lass uns gemeinsam duschen«, schlägt er heiser vor.

Rasch entledigen wir uns der restlichen Klamotten. Tyler dreht den Hahn auf und wir stellen uns eng aneinandergeschmiegt unter den wohlig warmen Wasserstrahl.

Ich fühle seine zärtlichen Hände, die sanft meinen Körper liebkosen und umfasse seinen knackigen Po. Er presst mich mit seinem Körper gegen die Duschwand. Ich spüre seine Erregung. Als er versucht, mich hochzuheben, wehre ich ihn ab.

»Besser nicht.«

Irritiert sieht er mich an.

»Ich habe da mal eine Statistik gelesen: Es passieren unheimlich oft Unfälle beim Sex in der Dusche. Du glaubst nicht, wie viele Menschen dabei schon ausgerutscht sind und ...«

Tyler legt seinen Finger auf meinen Mund, dreht das Wasser ab, öffnet die Tür der Dusche und greift nach den Handtüchern auf dem Heizkörper. Wortlos rubbeln wir uns ab. Dann packt er mich an den Hüften, hebt mich hoch und wirft mich über seine Schulter.

»Hey, ich bin dir zu schwer. Lass mich runter«, protestiere ich kichernd und zapple mit den Beinen.

Schon sind wir am Bett angekommen. Tyler lässt mich hinuntergleiten und legt sich neben mich. Zärtlich streichelt er mir über den Bauch. Ich seufze.

»Können wir jetzt weitermachen, wo wir aufgehört haben?« Er schmunzelt. »Oder hast du eine weitere Statistik auf Lager, die besagt, dass Sex im Bett gefährlich ist?«

»Ja, habe ich«, antworte ich vorlaut. Doch er ist schon damit beschäftigt, mit seinen Händen an meinen Leisten hinab zu streicheln.

»Brandgefährlich, wenn man mit einem Kerl wie dir im Bett ist.« Dass er dabei auch mein Herz in Flammen setzt, ist das Schönste überhaupt.

»Brandgefährlich und brandheiß«, stimmt er zu und kommt mit seinem Gesicht meinem ganz nahe. Unsere Nasenspitzen berühren sich. Er überbrückt die letzten Millimeter und legt seinen Mund zärtlich auf meinen.

»Ich liebe es, mich an dir zu verbrennen.« Meine Worte spornen ihn an und er küsst mich leidenschaftlicher als zuvor. Bald verschmelzen wir miteinander und Tyler bewegt sich im Takt der Regentropfen, die an die Scheibe prasseln.

Arm in Arm und überglücklich schlafen wir später erschöpft ein.

26

Heute erledige ich meine tägliche Arbeit wie auf Wolken. Schmunzelnd fasse ich mir an den Hals, an dem ich vorhin einen Knutschfleck entdeckt habe, und erinnere mich an den genialen Abschluss meines ersten St. Patrick's Days.

Am Abend hat Tyler einen Termin in der Stadt. Ich verziehe mich mit einem Buch über irische Landhäuser ins Gästezimmer. Da klopft es.

Ich lege das Buch zur Seite, schwinge die Beine aus dem Bett und öffne die Tür. Niemand steht davor. Gerade als ich sie wieder schließen will, entdecke ich einen Briefumschlag am Boden. Ich bücke mich und hebe ihn auf. Auf dem Bett ziehe ich das Papier aus dem Kuvert und lese die handgeschriebenen Zeilen.

Liebe Simone!
Habe ich dir schon gesagt, wie sehr ich es genieße, dass du jeden Morgen an meiner Seite aufwachst, mittags neben mir auf der Eckbank in der Küche sitzt und abends in meinen Armen einschläfst?

Der Brief ist von Tyler. Eindeutig. Was für eine vornehm geschwungene Handschrift er hat.

Aber weißt du, was wir beide bisher versäumt haben?
Ein Date! Ein richtiges Date. Seit wir uns kennen, sind
wir Tag und Nacht zusammen, aber ich habe dich noch
nie ausgeführt. Deshalb will ich das unbedingt nachho-
len und hoffe, dass du mich heute Abend zum Essen in
der Stadt triffst.

Mein Herz macht einen Salto. Wie süß von ihm.

Damit es ein richtiges Date wird, fahren wir nicht ge-
meinsam nach Greenkenny, sondern treffen uns dort.
John ist als dein Chauffeur um 19 Uhr bereit. Ich freue
mich auf dich, Tyler

Schlagartig wird mir klar, mit wem Tyler dieses Treffen in der Stadt hat. Nämlich mit mir. Ich tanze be-
schwingt durch das Zimmer, küsse den Brief und drücke ihn liebevoll an meine Brust. Dann sehe ich panisch
auf die Uhr. Mir bleibt nicht mal eine Stunde, um mich
fertig zu machen. Hektisch springe ich zum Kleiderschrank und durchforste sämtliche Klamotten. Mist!
Ich habe nichts Aufregendes anzuziehen. Mittlerweile
war ich zwar shoppen, aber schicke Kleider für einen
romantischen Abend in einem Restaurant habe ich
nicht. Das Einzige, was halbwegs ausgehtauglich ist, ist
eine dunkelblaue Stoffhose mit cremefarbener Bluse.
Ich streife mir beides über und finde beim Blick in den
Spiegel, dass ich eher aussehe, als stünde mir ein Vorstellungsgespräch bevor als ein Date. Ich öffne die oberen Knöpfe der Bluse, sodass der Spitzen-BH hervorlugt, und drehe mich. So gefalle ich mir schon besser.

Meine Güte, bin ich aufgeregt. Da verbringen wir jeden Tag miteinander und kaum haben wir ein offizielles Date, bin ich dem Hyperventilieren nahe.

Die Vorfreude steigt von Minute zu Minute. Ich kann es gar nicht erwarten, mit Tyler händchenhaltend bei Kerzenschein in einem schicken Restaurant zu sitzen. Er, gekleidet mit einem weißen Hemd und schwarzer Armani-Jeans. Okay, Armani wird er nicht tragen, aber eine modische Jeans bestimmt. Er wird meinen Stuhl zurechtrücken, wir trinken Wein und essen fangfrischen Fisch mit gedünstetem Gemüse. Zwischendurch himmeln wir uns an und beteuern uns gegenseitig, wie überglücklich wir sind, einander gefunden zu haben.

Ich lege ein dezentes Make-up auf, bürste mein Haar und drehe mich erneut vor dem Spiegel. Tylers Brief verstaue ich wie einen Schatz in der Nachttischschublade. Heutzutage ist ein Brief schließlich eindeutig wertvoller als eine WhatsApp-Nachricht, die im digitalen Universum versinkt. Der Gedanke gefällt mir, dass ich ihn in fünfzig Jahren hervorholen und mich an meine fantastische Zeit in Irland erinnern werde. Die Wahrscheinlichkeit, eine WhatsApp-Nachricht auf dem Dachboden zu finden, wenn ich alt und grau bin, tendiert da doch eher gen Null.

Auf dem Weg nach unten sehe ich kurz bei Rose in der Küche vorbei.

»Hast du Emilia gesehen, Liebes?«

Bevor ich ihr antworten kann, ergänzt sie bewundernd: »Schick siehst du aus. Haben Tyler und du noch etwas vor?«

»Ja, wir treffen uns in der Stadt.« Feierlich füge ich hinzu: »Zu einem Date.«

»Wie schön. Genießt den Abend. Wenn ich nur wüsste, wo Emilia ist.«

Plötzlich wird mir flau im Magen. Emilia hat doch nicht etwa … Sie wird doch nicht … nein, auf keinen Fall lockt sie mich zu einem Date, das es nicht gibt. Das würde sie nicht tun.

Oder doch?

Binnen einer Nanosekunde verfliegt meine Vorfreude auf den Abend. Gibt es dieses Date wirklich? Oder ist es eine hinterhältige Idee von ihr? Ich überlege, wieder in meinem Zimmer zu verschwinden, um mir vor ihr keine Blöße zu geben. Sollte sie es mal wieder auf mich abgesehen haben, zeige ich ihr auf diese Weise, dass ich nicht auf sie hereinfalle. Aber was, wenn die Einladung tatsächlich von Tyler stammt? Ich muss es herausfinden. Ich muss.

Ich laufe vor die Tür und treffe draußen auf John, der vor seinem Wagen auf mich wartet.

»Hallo, schöne Lady, wo darf es hingehen?«, begrüßt er mich wie ein Chauffeur.

»Hey John, keine Ahnung. Weißt du es?« Ich wage nicht, ihn zu fragen, ob er den Chauffeurauftrag direkt von Tyler erhalten hat oder ob er auf der Grundlage eines mysteriösen Briefes handelt.

Die Handschrift. War es wirklich Tylers? Schreibt er tatsächlich so akkurat? Ich versuche mich zu erinnern, als er damals in Dublin seine Adresse für mich aufschrieb. War das die gleiche Handschrift? So ein Mist, ich weiß es nicht mehr.

»Los, worauf wartest du?«, unterbricht John meine trüben Gedanken. »Steig ein. Oder willst du dein Herzblatt in der Kälte stehen lassen?« Er hält mir zwinkernd die Autotür auf und ich mache es mir auf dem Beifahrersitz bequem.

»Sag mal, bist du sicher, dass Tyler in der Stadt auf mich wartet?«, fasse ich mir ein Herz.

»Ja klar, wieso nicht?«

»Na ja, ich habe so ein komisches Gefühl, dass Emilia hinter der Einladung stecken könnte und mir eins auswischen will.« Eine erneute Demütigung würde ich nicht ertragen.

»Das würde sie sich nicht erlauben«, versucht er mich zu beruhigen.

Ich hoffe, er hat recht. Weil mir noch eine weitere Frage auf der Seele liegt, ergreife ich die Gelegenheit.

»Fandest du Tylers ruppige Reaktion auf euer Geplapper gestern im Wagen nicht auch völlig überzogen?«

»Nein«, gibt er kurz und knapp zurück.

»Aber ... ihr seid erwachsen. Er kann euch doch nicht den Mund verbieten.«

»Tyler hatte nicht ganz unrecht. Wenn man am Steuer sitzt, sollte man sich auf den Verkehr konzentrieren.« Er dreht die Musik auf und gibt mir damit zu verstehen, dass das Thema für ihn erledigt ist.

Bald sind wir in Greenkenny angekommen. John parkt vor einem Restaurant, das von außen ziemlich nobel aussieht. Wuchtige Kronleuchter strahlen durch die bodentiefen Sprossenfenster auf die Straße und erhellen den Gehsteig. Goldene Buchstaben nennen mit geschwungenem Schriftzug den Namen des Lokals: *Statham's.*

Doch wer davor nicht auf mich wartet, ist Tyler. Ein Kloß steigt in meiner Kehle auf.

»Er ist nicht da«, stammle ich und scanne den Gehsteig bis zur nächsten Straßenkreuzung ab.

John lugt auf die Uhr am Armaturenbrett. »Er kommt sicher gleich. Wir sind ja auch ein paar Minuten später dran.«

Gerade deshalb finde ich, dass er längst da sein müsste. Angespannt steige ich aus und verabschiede mich von John. Er nickt mir aufmunternd zu, bevor er mit seinem Wagen davonbraust.

Geschlagene zehn Minuten warte ich und trete von einem Bein auf das andere. Emilia! Wie konnte ich nur so dumm sein und darauf hereinfallen? Ganz sicher hält sie sich in diesem Augenblick den Bauch vor Lachen und ist stolz, mich drangekriegt zu haben. Ich werde mir jetzt ein Taxi rufen und wieder zur Farm zurückfahren. Und dann werde ich sie ignorieren. Und zwar auf Lebzeit!

27

Gerade als ich in der Handtasche nach dem Handy krame, entdecke ich Tyler, der mir gehetzt entgegenläuft. »Entschuldige bitte«, ruft er schon von Weitem. »Mein Termin hat länger gedauert.«

Mein Herz hüpft vor Freude, als mir klar wird, dass all meine negativen Gedanken umsonst waren. Dass Emilia sich keinen üblen Scherz erlaubt hat, ist der Jackpot des Abends.

Ich mustere Tyler eingehend. Unverschämt sexy sieht er in seiner Jeans – kein Armani – und dem Mantel aus, den er offen trägt. Darunter erspähe ich einen seiner Pullover mit Zopfmuster. Egal! Ich finde ihn trotzdem zum Anbeißen.

Er haucht mir einen Kuss auf die Wange und lächelt. »Schön, dass du dir Zeit genommen hast.«

Mein Herz pocht und ich lächle zurück. »Ach, ich hatte heute nichts Besseres vor.« Voller Vorfreude steuere ich auf die Eingangstür zu.

»Hier geht's lang.« Tyler deutet nach rechts.

Mein Blick folgt seiner Handbewegung. Neben dem Nobellokal gibt es ein weiteres, unscheinbar wirkendes Restaurant, das mir zuvor gar nicht aufgefallen war.

Okay, kein Problem. Das ist überhaupt kein Problem. Wirklich, das ist total unwichtig. Wichtig ist vielmehr, dass Tyler und ich einen romantischen Abend miteinander verbringen. Egal wo. Ich brauche kein Nobellokal. Wieso auch? Okay, es hätte zum Anlass gepasst, aber hey, dann ist es eben ein nicht so schickes Ambiente. Auch gut.

Tyler hält mir die Tür auf und verrät dem Kellner seinen Namen. Dieser führt uns an den reservierten Tisch.

Statt der wuchtigen Kronleuchter hängen gusseiserne Lampen von der Decke und die Möblierung ist in dunklem Holz gehalten, was mir richtig gut gefällt. Wie ich schon sagte ... alles kein Problem.

Der Kellner reicht uns die Weinkarte. Es ist doch absolut egal, wo wir Wein trinken. Hauptsache wir sind zusammen.

»Welchen Wein empfiehlst du?«, frage ich Tyler nach einem Blick in die umfangreiche Karte.

»Ehrlich gesagt bin ich kein Weinkenner. Stört es dich, wenn ich mir ein Guinness bestelle?«

Tut es, doch ich halte die Klappe. Ich habe zwar bereits unsere klirrenden Gläser vor mir gesehen und wie wir mit schmachtenden Blicken miteinander anstoßen, aber egal. Auch wenn ein Bier in meinen Augen die Atmosphäre killt, soll er doch bitte schön das trinken, was ihm schmeckt.

Spätestens als der Kellner uns die Speisekarte mit jeder Menge Auswahl an Fischgerichten reicht, bin ich versöhnt. Dann trinkt Tyler eben Bier und ich Wein. Das ist alles keine Sache, die ich gekünstelt aufbauschen muss.

Doch als ich den Dorsch mit gedünstetem Gemüse ordere und Tyler ganz simpel Fisch & Chips bestellt, habe ich Mühe, mich zu beherrschen, um nicht laut mit *Wie bitte? Ist das dein Ernst?,* herauszuplatzen.

Ich versuche, mich innerlich zu beruhigen, weil ich irgendwie enttäuscht bin. Mein Problem ist nämlich, dass ich den Abend bereits von vorne bis hinten in Gedanken durchgeplant hatte: vom Wein über die Wahl des Hauptgerichts bis zur Nachspeise und dem, was danach folgt. Sex! Grandioser Sex, wie wir ihn noch nie hatten.

Erneut ermahne ich mich im Stillen. *Tyler kann essen, worauf er Appetit hat, basta.*

Während meine Gedanken weiterhin um den perfekten Abend kreisen, kommen Getränke und Hauptgericht zeitgleich an unseren Tisch.

»Hmm ..., probier mal«, sagt Tyler nach dem ersten Bissen und leckt sich über die Lippen. Er spießt köstlich duftende Fish & Chips auf seine Gabel und taucht sie in Erbsenpüree.

Ich öffne den Mund und er schiebt die Gabel hinein. Die Kruste schmeckt fantastisch und der Fisch ist butterweich.

»Hmm ... lecker!«, stöhne ich und verurteile mich postwendend dafür, dass ich mir eingebildet hatte, dass ein Abendessen mit Fish & Chips minderwertig sein könnte. Wenn ich seine Auswahl mit meiner vergleiche, muss ich mir eingestehen, dass er die weitaus bessere Wahl getroffen hat. Sein Gericht schmeckt exzellent.

Wir essen entspannt und unterhalten uns angeregt miteinander. Tyler schwärmt von den Pferden und hat von jedem eine witzige Geschichte parat. Und ich erzähle ihm im Gegenzug lustige Anekdoten aus meiner Jugend mit Nina. Nun ist der Abend so, wie ich ihn mir erträumt hatte. Wir reden und lachen, verschränken unsere Hände ineinander, werfen uns verliebte Blicke zu und quasseln munter ohne Punkt und Komma.

Dann fasse ich allen Mut zusammen und spreche aus, was mir seit Wochen im Kopf herumschwirrt.

»Ich würde mich gerne mit dir über die Cottages unterhalten.« Obwohl John und Rose mir davon abgeraten haben, bin ich mir sicher, dass jetzt genau der richtige Zeitpunkt dafür ist, das Thema ganz entspannt anzuschneiden.

Er hält inne und legt die Gabel beiseite, die gerade auf dem Weg zu seinem Mund war. Sein Körper versteift sich. Entschlossen setze ich trotzdem erneut an.

»Findest du es nicht schade, dass ihr sie nicht vermietet?«

Seine Augenbrauen ziehen sich zusammen, sodass sich auf seiner Stirn eine tiefe Furche bildet.

»Nein«, antwortet er knapp und starrt auf den Teller vor sich.

»Ich habe den Markt analysiert«, plappere ich munter weiter. Okay, zugegeben habe ich bisher nicht sonderlich viel erreicht, aber egal.

»Du hast was?«, Tyler reißt die Augen auf.

»Den Markt analysiert. Das ist mein Job. Es war keine aufwendige Sache«, erkläre ich schulterzuckend. »Mit dem richtigen Konzept habt ihr allerbeste Chancen, die Cottages gewinnbringend zu vermieten.« Ich bin mir sicher, dass genau das dabei herauskommt, wenn ich die Marktanalyse abgeschlossen habe. Sofern ich nicht noch zündendere Ideen habe.

Tyler starrt mich mit geöffnetem Mund an.

»Außerdem träumt deine Mutter davon, sie zu vermieten.« Seinen Vater erwähne ich nicht, denn ich will keine schmerzlichen Erinnerungen in ihm wecken.

Seine Augen werden glasig und er wischt mit dem Handrücken darüber. Dann wird sein Tonfall eiskalt. »Nein, Simone. Nein und noch mal nein. Wie kommst du überhaupt darauf, dich in unsere Familienangelegenheiten einzumischen?«

Das hat gesessen. »Ich wollte doch nur ...«

»Nein!« Er schlägt mit der flachen Hand auf den Tisch. »Ich will nicht darüber diskutieren.«

Sofort eilt der Kellner herbei und erkundigt sich in gesenktem Tonfall, ob alles in Ordnung sei.

Tyler nickt grimmig.

In meinem Magen grummelt es. Ich finde seine Reaktion völlig übertrieben. Weil ich mir von ihm nicht den Mund verbieten lassen will, rede ich unbeirrt weiter.

»Außerdem hat Emilia mich darum gebeten, dass ich mit dir spreche. Sie hatte die Hoffnung, dass du auf mich hören würdest.« Und ich hatte die Hoffnung, dass Emilia und ich uns einander annähern würden, wenn sie merkt, wie ich mich für Roses Traum einsetze.

»Emilia hat dich gebeten, mit mir zu sprechen?« Er schlägt sich auf die Schenkel und lacht ironisch. »Soll das ein Witz sein?«

Er spricht viel zu laut, was mir wirklich peinlich ist. Obendrein fange ich die mitleidigen Blicke der Gäste vom Nebentisch ein.

»Die Cottages gehen dich nichts an, Simone.«

Hatte ich eben noch versucht, die aufsteigende Wut zu unterdrücken, kocht sie nun ungehindert hoch und ich habe Mühe, ruhig und freundlich zu bleiben.

»Ich finde deinen Tonfall ziemlich unangemessen.«

»Angemessen für die Sache.« Er faltet die Serviette und legt sie auf den Tisch. Dann stützt er sich mit den Ellenbogen ab und beugt sich nach vorne. »Thema beendet.« Sein barscher Tonfall duldet keine Widerrede.

Ich schlucke. Hätte ich besser auf Johns und Roses Rat gehört und die Klappe gehalten. Trotzdem kann ich seine heftige Reaktion nicht nachvollziehen. Muss er gleich so hart sein?

Ich puste kräftig durch und bemühe mich, dem Gespräch eine lockere Wendung zu geben, was mir nicht gelingt. Auch weil es mir schwerfällt, Leichtigkeit vorzutäuschen, nachdem er mich so angefahren hat. Während des Apfel-Whiskey-Desserts starte ich einen letzten Versuch und greife nach seiner Hand. Doch er zieht sie zurück und sieht mich mit schmerzverzerrtem Gesicht an, als hätte ich ihm eine Ohrfeige verpasst. Auch nach dem Dessert kommt unser Gespräch nicht mehr in Gang. Für mich eindeutig zu verfrüht, winkt er dem Kellner und zahlt.

»Soll ich heute im Gästezimmer schlafen?«, frage ich unsicher, als wir im Farmhaus die Treppenstufen nach oben gehen. Seit meiner Ankunft habe ich keine einzige Nacht dort verbracht.

»Ja, das ist eine gute Idee.«

Entsetzt starre ich ihn an. Nicht sein Ernst! Sofort bereue ich, dass ich es vorgeschlagen habe.

»Ich habe Magenschmerzen und wäre echt froh, heute Nacht allein zu sein«, fügt er hinzu.

Mir ist klar, dass einzig unser Gesprächsthema ihm auf den Magen geschlagen ist.

28

Die halbe Nacht habe ich wachgelegen und darüber nachgedacht, wie der Abend gestern dermaßen in die Hose gehen konnte. Dabei bin ich zu dem Schluss gekommen, dass ich mir nichts habe zu Schulden kommen lassen. Nur weil Tyler ein Problem mit den Cottages hat, rechtfertigt das keineswegs, wie er mit mir umgegangen ist. Jedes Mal, wenn ich an seine harten Worte denke, steigen die Tränen in mir auf. Ich muss nachher unbedingt mit ihm reden.

Doch beim Frühstück glänzt er mit Abwesenheit. Rose berichtet, er sei bereits am frühen Morgen los, um mit Tornado auszureiten.

Als er am Nachmittag zurück ist, geht er mir bewusst aus dem Weg, aber ich folge ihm, als er über den Kiesweg hastet.

»Tyler?«

Er reagiert nicht auf mein Rufen, obwohl ich mir sicher bin, dass er mich hört. Ohne sich nach mir umzudrehen, steigt er in seinen Land Rover und braust davon. Ich schlinge die Arme um meinen Oberkörper und lasse den Kopf hängen.

Als Emilia später mit mir den Tisch für das Abendessen deckt, plappert sie munter drauflos. »Stimmt es, dass du Tyler wegen der Cottagevermietung angesprochen hast?« Sie holt Untersetzer für die Schüsseln aus der Küchenschublade.

»Woher weißt du ...?« Ich lege die Gabeln und Messer neben die Teller.

»Glaubst du, mir ist entgangen, wie wütend er auf dich ist?« Sie grinst triumphierend. »Außerdem hat er mir verraten, dass ihr Streit hattet.«

Meine Augen weiten sich und es versetzt mir einen Stich, dass Tyler mit Emilia gesprochen hat, mich hingegen ignoriert.

»Hast du allen Ernstes gedacht, dass wir jahrelang vergeblich versuchen, ihn von der Cottagevermietung zu überzeugen und nur eine Tussi aus der Stadt antanzen muss, damit er seine Meinung ändert?«

Ich erhebe das Messer in meiner Hand. »Nein, das habe ich nicht gedacht!« Ich knalle es energisch auf den Tisch. »Außerdem ... hast du mich nicht selbst darum gebeten, mit ihm zu sprechen?«

»Ich?«, empört sie sich. »Nie im Leben!« Ihr Gesichtsausdruck ist an Verlogenheit nicht zu überbieten.

Wortlos stapfe ich zum Herd, rühre die Parsley Sauce um und hoffe, Emilia mit meiner Nichtbeachtung zum Schweigen zu bringen.

»Hab ich dir nicht von Anfang an gesagt, dass du nicht hierhergehörst?«, provoziert sie mich schnippisch weiter.

Mit dem Kochlöffel in der Hand laufe ich zum Fenster, stoße es auf und japse nach Luft. Ich will ihre Worte nicht an mich heranlassen, doch sie schmerzen wie Messerstiche.

»Nachdem Tyler nicht mehr mit dir spricht, solltest du langsam kapiert haben, dass du hier nicht erwünscht bist.«

Ohne Vorwarnung schießen mir die Tränen in die Augen. Ich bringe kein Wort hervor. Stattdessen schlucke ich hart, wirble herum und verlasse fluchtartig die Küche. Draußen renne ich beinahe John über den Haufen.

»Hoppla!«, ruft er.

Ich zwänge mich wortlos an ihm vorbei, stürme zur Treppe, drehe mich dann jedoch abrupt am Treppenabsatz um. »Kannst du mich zum Flughafen bringen?«

»Wann?«

»Sofort!«

»Du reist ab?« John runzelt die Stirn. »Weiß Tyler ...«

»Nein! Und er soll es auch nicht erfahren. Also? Fährst du mich?«

Er nickt. »Wobei ... ich finde, ihr solltet reden, bevor du in einer Kurzschlussreaktion handelst.«

»Reden?« Ich schnaube wie ein Pferd.

Ich wollte mit ihm reden, unbedingt sogar. Aber er hatte keinerlei Interesse daran. Und jetzt muss er eben mit den Konsequenzen leben.

»Irgendetwas ist zwischen euch vorgefallen, habe ich recht?«

Ich nicke, bin jedoch nicht bereit, John die Details zu berichten, zumal mir Emilias Äußerungen noch nahe gehen.

»Ohne ein Wort abzuhauen, ist die schlechteste Variante, glaub mir«, versucht er, mich zum Bleiben zu überreden.

»Ich wähle sie trotzdem«, antworte ich bestimmt und wische mir die Tränen aus dem Gesicht. »Ich bin in zehn Minuten unten, okay?«

»Wenn du unbedingt willst ...« Er verzieht den Mund zu einem Strich.

Im Zimmer angekommen zwinge ich mich, nicht nachzudenken. Mantraartig wiederhole ich mehrmals: »Du reißt dich jetzt zusammen und packst deine Sachen. Du lässt dich so nicht von einem Mann behandeln. Auch nicht von Emilia.«

Ob ich will oder nicht, ich muss mir eingestehen, dass Emilia recht hat. Ich gehöre nicht hierher.

Lieblos stopfe ich die Klamotten in den Koffer. Diesen Berg an Kleidern kann ich nie und nimmer komplett mit nach Hause nehmen. Immerhin kam ich mit deutlich bescheidenerem Gepäck in Irland an. Wobei ich den Großteil davon in München ohnehin nicht brauche. Also werde ich einfach das hierlassen, was nicht hineinpasst.

Wehmütig halte ich Tylers Shirt in die Höhe, das er mir geschenkt hat. Mit einem tiefen Atemzug vergrabe ich die Nase darin. Es riecht noch immer nach ihm. Rasch stecke ich es in den Koffer, als könnte ich mich damit selbst überlisten.

Als ich mit all meiner Habe das Farmhaus verlasse, telefoniert John. Er zuckt zusammen, als er mich entdeckt.

»Du hast ihn angerufen, stimmt's?«, frage ich tonlos.

Er sieht zerknirscht drein und nickt. »Hör mal Simone, Tyler ist mein bester Freund und ich finde, du solltest mit ihm sprechen ... oder ihm zumindest auf Wiedersehen sagen. Er war eben völlig ...«

»John, bring mich sofort weg von hier«, unterbreche ich ihn drängend.

»Tyler ist in einer guten Stunde zurück, bitte warte noch so lange«, versucht er es erneut.

»Nein!«, entgegne ich ungewöhnlich hart. Immerhin hatte Tyler den ganzen Tag über die Chance, mit mir zu sprechen. »Bitte, lass uns fahren.«

Er seufzt und nickt.

Mir ist klar, dass es unfair und kindisch von mir ist, dass ich mich nicht mal von Rose verabschiede, aber ich kann nicht anders. Mein Herz ist eh schon in tausend Stücke zersprungen und ein Teil davon bleibt hier in Greenkenny.

John lässt den Motor an. Mit Blick in den Seitenspiegel sehe ich Emilia grinsend winken.

»Erzähl mir, was passiert ist, Simone«, bittet John und sieht besorgt zu mir hinüber.

»Bitte lass mich.« Ich schlucke und wische mir die aufsteigenden Tränen aus dem Gesicht. Starr glotze ich unter dem Tränenschleier auf die Straße vor uns.

»Wann geht dein Flug?«

»In zweieinhalb Stunden«, lüge ich. »Ich komme also gerade rechtzeitig am Flughafen an.«

Mein Handy klingelt. Ohne nachzusehen ist mir klar, dass es Tyler sein muss. Ich stelle das Gerät stumm.

Die restliche Fahrt verbringen John und ich schweigend. In meinem Kopf wirbelt das Gedankenkarussell gnadenlos herum. Am liebsten will ich aussteigen, doch es dreht sich immer weiter und weiter. Schneller und schneller.

Der Abschied am Flughafen ist kurz. Ich versuche mich zusammenzureißen.

»Lass dich drücken, John.« Ich breite die Arme aus. »Danke für alles, was du für mich getan hast.«

»Ich glaube es nicht, dass dein Besuch hier so ein abruptes Ende nimmt. Bist du sicher ...?«

»Ja!«, falle ich ihm ins Wort, schnappe den Koffer, hebe ein letztes Mal die Hand zum Gruß und haste auf die gläserne, sich drehende Eingangstür zu. Mein Blick fällt auf den Airport Express, mit dem mein Abenteuer hier angefangen hatte. Meine Güte, es ist, als wäre es Jahre her. Ich kralle meine Finger in den Griff des Koffers und betrete das Flughafengebäude. Zielgerichtet steuere ich auf einen Serviceschalter zu und erkundige mich nach dem nächsten Flug nach München. Unglücklicherweise gibt es heute keinen Rückflug mehr. Den letzten habe ich knapp verpasst. Die korpulente Dame am Schalter, die in ein viel zu enges Kostüm gepresst ist, bietet mir einen Flug für morgen Vormittag an. Ohne lange zu fackeln, buche ich ihn.

Minuten später halte ich das Flugticket zwischen den Fingern. Diese Endgültigkeit treibt mir erneut Tränen in die Augen. Schniefend setze ich mich auf einen Stuhl im Wartebereich, doch mir wird klar, dass ich die Nacht schlecht hier verbringen kann. Ich schnäuze, atme durch und überlege. Dann kaufe ich mir am Kiosk eine Cola, löse ein Ticket für den Airport Express und gehe wieder nach draußen.

Wenig später macht der Bus sich auf den Weg in die Stadt. Statt wie bei meiner Ankunft im Februar die Aussicht zu genießen, suche ich in meinem Handy nach einem Hotel. Das erste, welches mir angeboten wird, ist das, in dem alles angefangen hat. Was für eine Ironie des Schicksals. Ich schlucke. Dort werde ich auf keinen

Fall schlafen. Auch ein anderes Hotel im Temple Bar Bezirk würde zu viele Erinnerungen wecken. Glücklicherweise finde ich direkt am Spire of Dublin eine Unterkunft und buche sie kurzerhand. Dann lehne ich meinen Kopf an die kühle Scheibe, sehe nach draußen und erkenne nichts mehr von dem Charme, der mich bei der Ankunft so in seinen Bann gezogen hat. Regentropfen prasseln an die Scheibe. Ich erinnere mich an die Nacht nach dem St. Patrick's Day, als wir ... Rasch verdränge ich den Gedanken und starre auf die Häuser, an denen der Bus vorbeirauscht. Die Stadt erscheint heute trüb und grau.

In meinem Hotelzimmer setze ich mich mit der Cola in der Hand auf die Fensterbank, sehe nach draußen und beobachte das hektische Treiben auf der Straße. Jetzt, wo ich zur Ruhe komme, schwirren mir erneut die Gedanken durch den Kopf. Warum war Tyler so hart zu mir? Und warum hat er sich so sehr gegen ein klärendes Gespräch gewehrt?

Die dicken Wolken am Himmel verstärken meine negative Stimmung. Und als sie sich in Regen auflösen, ist es, als würde der Schleier fallen, der mir lange die Sicht vernebelt hat.

29

Nina reißt schwungvoll ihre Haustür auf. Als sie mich erblickt, fällt ihr die Kinnlade ein Stockwerk tiefer. Sie starrt mich kurz entgeistert an. »Simi! Du hier?«, kreischt sie dann.

Ich nicke und stürze ihr wortlos in die Arme.

»Warum bist du nicht in Irland?«

Ich schniefe. »Tyler! Es ist alles aus.« In Form eines Sturzbaches strömen die Tränen aus meinen Augen.

Nina zieht mich in die Wohnung. »Komm erst mal rein.«

Sie schiebt mich durch den Flur ins Wohnzimmer, rückt mir ihren bequemsten Sessel zurecht und wirft mit einer Handbewegung eine halb leere Chipstüte und eine Decke hinunter. »Mach es dir bequem.«

Ich plumpse in den Sessel und springe mit einem Satz wieder auf. »Autsch!« In meiner Jeans steckt eine Sicherheitsnadel.

»Oh, mein Gott, sorry! Ich hab vorhin eine Kordel in meine Jogginghose eingezogen. Da muss ich wohl übersehen haben, dieses Mistding wieder aufzuräumen.« Unschuldig zuckt sie mit den Schultern. »Lust auf einen Begrüßungsprosecco?« Postwendend fasst sie sich an die Stirn. »Ach, ich habe ganz vergessen, dass du ja gar keinen Alkohol trinkst.« Sie zwinkert.

»Sehr witzig. Du weißt genau, dass sich mein komplettes Leben an dem Tag umgekrempelt hat, an dem ich in Irland angekommen bin. Nichts ist mehr, wie es war. Absolut nichts.«

»Ist es wirklich so dramatisch?« Sie verschwindet in der Küche und kommt mit einer Proseccoflasche unter dem Arm und zwei Gläsern zurück.

»Es ist definitiv dramatisch«, erwidere ich und verleihe meinen Worten Nachdruck, indem ich mit den Handflächen auf den Armlehnen trommele. »Doch jetzt bin ich wieder hier und habe mein altes Leben zurück.«

Sie reicht mir die beiden Gläser. »Dein altes, spießiges Leben, um es genauer auszudrücken«, sagt sie lachend.

Der Korken knallt und schießt durch den Raum. Proseccoschaum strömt aus der Flasche. Ich halte rasch eines der Gläser darunter.

»So schlecht war es nun auch wieder nicht.«

»Behauptest du allen Ernstes, dass du dich nach dem ewigen, nicht enden wollenden Trott in Deutschland gesehnt hast?« Sie hebt die Augenbrauen.

Ich halte ihr das zweite Glas hin.

»Also ich könnte gerne darauf verzichten.« Auf dem Weg zur Couch steigt sie auf die knirschende Chipstüte.

»Es war klar, dass der Tag kommen wird, an dem es vorbei sein würde.« Meine Stimme bebt.

Ich berichte ausführlich von den Ereignissen der vergangenen Wochen, in denen ich mich viel zu selten bei ihr gemeldet hatte, was sie halb beleidigt, halb belustigt anmerkt. Ich nippe am Prosecco, der herrlich erfrischend auf meiner Zunge perlt, und erzähle ihr von all den aufregenden Tagen, aber auch von unserem Streit und von Emilias Gemeinheiten.

Nina hört mir aufmerksam zu. »Das klingt definitiv heftig, wie er dich angeblafft hat und dir danach aus dem Weg gegangen ist«, bestätigt sie, als ich fertig bin. Sie verzieht ihre Lippen zu einem Strich.

»Manchmal frage ich mich, ob es nicht besser gewesen wäre, wenn ich es bei dem One-Night-Stand belassen hätte. Dann hätte ich jetzt lediglich eine prickelnde Erinnerung und nicht dieses scheußliche Drama. Aber ich musste ihm ja unbedingt bis nach Greenkenny nachreisen.« Ich verdrehe die Augen und klatsche mit der Hand gegen meine Stirn.

»Du konntest doch nicht ahnen, wie das endet. Mach dir keine Vorwürfe, Simi.«

»Und was gibt es bei dir Neues?«, wechsle ich das Thema, während ich mir von ihr Prosecco nachschenken lasse.

»Ach … nichts Besonderes. Ich arbeite momentan im Supermarkt an der Kasse. Ist jedoch nicht das, was ich mir auf Dauer vorstelle.«

»Ich bewundere dich, dass du dich nicht darum scherst, was morgen ist. Wenn du keine Lust mehr auf einen Job hast, lässt du ihn sausen.«

»Und ich bewundere dich, dass du dich durchbeißt, deine Prinzipien und für alles einen Plan hast.«

Ich seufze. »Momentan bin ich absolut planlos.«

»Es wird sich alles regeln.« Sie hebt erneut ihr Glas. »Willkommen daheim, Simi.«

***

Verschlafen drehe ich mich im Bett um und schiele auf den Wecker. Es ist erst fünf Uhr, doch ich kann nicht mehr einschlafen. Heute Nacht habe ich ohnehin kein Auge zugemacht. Dauernd musste ich an Tyler denken. Wie kann es sein, dass mit einem Schlag alles zwischen uns zerstört ist? Es will nicht in meinen Kopf hinein. Ich drehe mich erschöpft zur Seite, als mein Handy klingelt.

Lass uns bitte miteinander sprechen

lese ich Tylers WhatsApp-Nachricht.

Ich schlucke hart. Wie oft wollte ich am Tag meiner Abreise mit ihm reden? Verdammt noch mal, wie oft? Mit Schwung knalle ich das Handy zurück auf den Nachttisch und ziehe die Decke über den Kopf.

Bei dem Gedanken an den langen Tag, den ich vor mir habe, stöhne ich auf. Wie soll ich ihn nur ohne Küchenarbeit, ohne Hühner und all die Menschen, die in den vergangenen Wochen um mich herum waren, füllen? Nur ich und meine Wohnung. Auf Nina kann ich auch nicht zählen. Die ist dank ihres neuen Jobs voll beschäftigt.

Mittlerweile spiele ich mit dem Gedanken, auf die Freistellung zu pfeifen und mir jetzt schon eine Arbeit zu suchen. Also durchforste ich in aller Herrgottsfrühe die Stellenangebote der Jobbörse. Eine Anzeige fällt mir sofort auf.

Moderne Marktforschung aus Leidenschaft.

Das klingt vielversprechend.

Wir arbeiten an innovativen, selbstentwickelten Tools.
Eine partnerschaftliche Zusammenarbeit mit unseren
Kunden und Dienstleistern ist uns von enormer Bedeu-
tung.

Hauptsache nicht so partnerschaftlich, wie Alex das damals interpretiert hatte.

Spätestens als ich von flachen Hierarchien lese, bin ich mir sicher, dass ich zu diesem Team mit absoluter Gewissheit nicht gehören will. Ich kenne diese lockeren Firmen nur zu gut. Das Büro ist eingerichtet wie ein Wohnzimmer, damit die Mitarbeitenden sich in der Arbeit besonders wohlfühlen. Das Ganze hat jedoch nur den Sinn, dass man bis zum Erbrechen schuftet, weil das Büro weitaus höheren Wohlfühlfaktor besitzt als das heimische Wohnzimmer. Die gemeinsamen Grillabende im Sommer haben nicht nur den Zweck, das Teambuilding zu verstärken, sondern den Wunsch anzukurbeln, auch die Abende in der Firma zu verbringen. Bestenfalls spricht man über Geschäftliches, während man ein Steak verschlingt, dessen Geschmack man ohnehin nicht wahrnimmt, weil man mit dem Kopf beim nächsten Projekt ist. An den Weihnachtsfeiern lässt die Belegschaft dann nach dem superanstrengenden Jahr alle Hemmungen fallen und nicht selten auch die Hüllen. Da flirten Sekretärinnen mit ihren Chefs, Marktforscher schmeißen sich an Marktforscherinnen ran, die deren plumpe Anmachversuche nicht mal abwehren. Im Gegenteil, am darauffolgenden Morgen finden sie sich mit einem üblen Kater im

Bett des Kollegen wieder. Ich kenne solche Geschichten zur Genüge. Ich weiß nur zu gut, wovon ich rede.

Mein Handy kündigt erneut eine WhatsApp-Nachricht an.

Warum ignorierst du mich, Simone? Lass uns doch wie erwachsene Menschen miteinander sprechen.

Pah! Wie erwachsene Menschen? Das hätte dir früher einfallen können. Die Antwort spare ich mir, weil sie ohnehin sinnlos wäre.

Ich klappe den Laptop zu, lehne mich zurück und betrachte mein Wohnzimmer. Bisher habe ich mich in meinen vier Wänden sehr wohlgefühlt. Die Designer-Schrankwand aus verschieden großen Holzelementen, die ich nach einem ausgeklügelten Konzept zusammen mit Alex ausgesucht habe, fügt sich harmonisch in die kalkweiß gestrichene Wand. Die abstrakten Bilder verliehen dem Raum früher einen Hauch von Luxus. Einen Luxus, dem ich jetzt nichts mehr abgewinnen kann. Irgendwie wirkt der Raum mittlerweile steril. Mir fällt auf, dass ich überhaupt nichts Kitschiges rumstehen habe. Warum eigentlich nicht? In Irland konnte ich mich an den hübschen Vorhängen, Roses geblümtem Geschirr und den zauberhaften Dekorationsartikeln, die das Haus schmückten, nicht sattsehen.

Ich springe auf und verbanne die Edelstahlvase, aus der Kunstblumen herausragen, aus meinem Blickfeld. Dann trotte ich über den kalten Fliesenboden in die Küche und mache mir einen Cappuccino. Während Rose den Kaffee in einer altmodischen Kaffeemaschine gebrüht hat, drücke ich bei meinem Vollautomaten, der in die Hochglanzeinbauküche integriert ist, nur auf den Knopf. Nach einem ohrenbetäubenden Geräusch des Kaffeemahlwerks, das klingt wie das Einfahren einer U-Bahn in den Bahnhof, ist das Getränk fertig. Als sähe ich sie zum ersten Mal, drehe ich die schlichte weiße Tasse zwischen meinen Fingern. Kann es sein, dass sich mein Geschmack derart verändert hat, dass ich nicht mehr in mein früheres Leben passe? Warum fühlt sich alles hier so spießig an? Auf dem Weg zurück ins Wohnzimmer ist das Rascheln der Stoffhose das einzige Geräusch, das mich begleitet. Es riecht nach Einsamkeit.

30

»In den vergangenen Tagen habe ich ausnahmslos zu Hause rumgehockt und nichts auf die Reihe bekommen«, berichte ich Nina am Telefon und blicke an mir herab. Andächtig streichle ich mit den Fingern über das Zopfmuster meines nigelnagelneuen Pullovers, den ich gestern in der Stadt erstanden habe.

»Heute Abend machen wir einen drauf.« Ihre Worte dulden keine Widerrede. »Ich will dir jemanden vorstellen.«

»Hast du einen neuen Freund? Warum hast du mir noch nicht von ihm erzählt?«

»Mache ich doch jetzt. Er ist die absolute Granate, ich schwöre es dir.«

»Also wirklich, Nina! Wie sprichst du denn über ihn?«

»Wir kennen uns aus dem Selbstverteidigungskurs. Stefan war mein Trainingspartner.«

»Und er hat dich auf der Matte flachgelegt?«

»So in der Art.« Sie kichert. »Auf jeden Fall ist er ein absolutes Sahneschnittchen. Und? Bist du dabei?«

»Ich weiß nicht, Nina. Ihr kennt euch doch kaum. Störe ich da nicht?«

»Ach was! Ich frage ihn einfach, ob er einen attraktiven Kumpel hat, den er mitbringen kann.«

»Bloß nicht.« Wenn ich auf etwas keine Lust habe, ist es einen gutaussehenden Freund von Ninas noch besser aussehendem Lover kennenzulernen.

»Zu viert haben wir bestimmt mehr Spaß und du hättest einen Gesprächspartner, während ich mit Stefan flirte«, zählt sie mir die Vorteile eines Viererdates auf.

»Okay, du hast mich überredet«, gebe ich klein bei, obwohl ich keine Lust dazu habe. Aber so schlimm wird es schon nicht werden.

Während ich mich für das Treffen fertig mache, erreicht mich eine weitere Nachricht von Tyler.

Ich gebe nicht auf, bis du mit mir sprichst.

Ich rolle mit den Augen. Damit er mich in Ruhe lässt, beschließe ich, doch zu antworten.

Ich lasse mich von keinem Mann so behandeln, wie du es bei unserem Date getan hast. Auch ich hätte gerne mit dir gesprochen, als ich noch in Greenkenny war. Nun ist es zu spät.

Ich hole tief Luft, wische mir eine Träne aus dem Augenwinkel und lege das Handy zur Seite. Es kommt keine Antwort. Einerseits hatte ich gehofft, noch mal von ihm zu hören, aber andererseits bin ich froh, weiterer Konfrontation aus dem Weg gehen zu können. Sie würde zu nichts führen.

***

Die Tür der Taverna Marina, in der wir verabredet sind, springt schwungvoll auf und es spaziert ein schlaksiger Kerl, gekleidet mit einem weißen Hemd, großkotzigen Lackschuhen und gegelten pechschwarzen Haaren herein.

»Nicht dein Ernst«, raune ich Nina zu.

Sie ignoriert meine Äußerung. Sie hat nur Augen für ihren Schwarm und begrüßt ihn mit einer überschwänglichen Umarmung und einem Kuss auf seine mit Botox aufgespritzten Lippen. Ich könnte schwören, dass sie nicht echt sind.

»Das ist meine beste Freundin Simone und das ist Stefan«, stellt sie uns einander vor.

Dann fällt mein Blick auf seine Begleitung. Hätte ich Zauberkräfte, wäre jetzt der passende Augenblick, mich unsichtbar zu machen.

»Alex!«, stammle ich. »Du hier?« Meine Wangen sind glühend heiß und ich höre meinen Herzschlag pochen.

Aus Ninas Gesicht weicht jegliche Farbe. Entgeistert starrt sie von Stefan zu Alex und wieder zurück.

»Was macht der hier?«, fragt sie scharf.

»Du hast doch gesagt, ich soll einen Freund mitbringen und voilà, hier ist er. Darf ich vorstellen? Das ist Alex.«

»Das wissen wir«, faucht sie. »Woher kennt ihr euch?«

»Wir haben uns durch eine gemeinsame Freundin kennengelernt.«

Bitte sag nicht, dass sie Rebecca heißt. Mein Magen rebelliert und ich fürchte, dass ich mich gleich übergeben muss.

Alex' Gesicht hellt sich auf. Er wirkt keine Spur verunsichert.

»Hallo, Simi, was für eine erfreuliche Überraschung.«

Nur er und Nina nennen mich so und es wieder aus seinem Mund zu hören, schnürt mir die Kehle zu.

»Hallo«, krächze ich.

Stefan strahlt. »Ihr kennt euch? Das ist ja der Hammer. So klein ist die Welt.«

Während Nina Alex reserviert die Hand reicht, gafft er auf meinen neuen Pullover und rümpft die Nase, als wäre ich in einen stinkenden Abfallsack eingewickelt. Das hält ihn jedoch nicht davon ab, mich mit einem Küsschen rechts und links zu begrüßen.

»Worauf wartet ihr?«, fragt Stefan und reibt die Handflächen aneinander. »Setzen wir uns.«

Eigentlich möchte ich sofort schreiend davonrennen, doch ich bin wie gelähmt.

Nina stupst mich von der Seite an. »Sollen wir abhauen?«, flüstert sie.

Bevor ich antworten kann, rückt Alex mir bereits einen Stuhl zurecht und setzt sich auf den freien neben mich. Stefan und Nina rutschen gemeinsam auf die Bank. Meine Freundin wirft mir einen fragenden Blick zu, den ich schulterzuckend erwidere.

Dann reicht Stefan seiner Angebeteten die Speisekarte und die beiden versinken darin.

Alex druckst herum und knetet seine Hände. »Und du? Was treibst du so?«

Erfreulicherweise brauche ich nicht zu antworten, weil der Kellner die Getränkebestellung aufnimmt. Alex übernimmt wie früher. »Für mich ein Weißbier und für die Dame ein Wasser.«

Ich schlucke und sehe den Kellner an. »Nein, für mich bitte kein Wasser. Haben sie Guinness?«

»Du trinkst Bier?« Alex gafft mich dermaßen entgeistert an, als hätte ich ein Glas Desinfektionsmittel mit Kohlensäure bestellt.

Spätestens jetzt wird mir schlagartig klar, dass wir uns unweigerlich auseinandergelebt haben. Wir sind nicht mehr das eingespielte Paar, Alex und Simi. Wir sind Fremde, Alexander und Simone. Und sein Parfüm? Ist das neu? Der Geruch ist ekelhaft und ruft einen Würgereiz in meinem Hals hervor.

Ich ertrage diesen Kerl nicht, forme ich lautlos mit den Lippen in Ninas Richtung.

Sie löst ihre Hand von der ihres Lovers und lehnt sich über den Tisch. »Komm, wir hauen ab«, flüstert sie.

Ich winke ab. »Nein. Ich will dir dein Date nicht verderben.«

Stefan ergreift augenblicklich wieder Besitz von ihr, indem er sie unverschämterweise zurück auf die Bank zieht und fordernd ihr Gesicht mit seiner Hand zu sich dreht. Und Nina? Die lässt es widerspruchslos geschehen. Ist sie bekloppt? Mit säuselnden Worten, die ich nur bruchstückhaft verstehe, wickelt der schleimige Kerl sie ein. Mir bleibt nichts anderes übrig, als zu hoffen, dass sie ihn genauso rasch ersetzt, wie sie das gewöhnlich mit ihren Jobs handhabt.

Ich wende mich Alex zu, sauge Luft durch den offenen Mund und traue mich, die Frage aller Fragen zu stellen. »Und was macht Rebecca?«

Alex kratzt sich am Kopf. »Die ist Geschichte ... hör mal, Simi ...« Er stockt. »... Was ich dir längst sagen wollte ... es tut mir leid.«

»Ach ja? Und das fällt dir heute ein?«

»Das ist nicht fair, ich habe dich gefühlt hundert Mal angerufen und dir unzählige WhatsApp-Nachrichten geschickt.«

Okay, das hat er tatsächlich. Der Punkt geht an ihn.

»Ich habe in letzter Zeit pausenlos an dich gedacht. Siehst du eine klitzekleine Chance, dass ich es wiedergutmachen kann?«

»Nein!« Meine Antwort ist so energisch, dass die Gäste am Nebentisch neugierig ihre Hälse recken. Stefan schiebt nervös den Ärmel seines Hemdes hoch. Beim Anblick seiner Protzuhr bleibt mir fast das Guinness im Hals stecken, das der Kellner soeben gebracht hat.

Alex wippt nervös mit den Beinen und ringt nach Worten. »Meinst du nicht, wir ...«

»Ich bin fertig mit dir, Alex. Außerdem gibt es jemand anderen in meinem Leben.«

Ohne Pause berichte ich von Tyler, von Irland und der Farm. Den Teil, dass er und ich längst getrennt sind, lasse ich aus. Schließlich geht das Alex nichts an.

Meine Worte zeigen Wirkung. Alex' Kinnlade klappt nach unten und die Beine hören auf zu zucken. Dann lacht er lauthals los. »Hahaha, genialer Witz! Jetzt hättest du mich um ein Haar drangekriegt.« Er schlägt sich prustend auf die Schenkel. »Beinahe wäre ich drauf reingefallen. Du auf einem Bauernhof in einem stinkenden Kuhstall. Das kann ich mir lebhaft vorstellen.«

Ich blitze ihn an. »Ich habe von einer reizvollen Farm in Irland gesprochen, mit Pferden ... mit richtig vielen Pferden.«

»Das wird ja immer skurriler. Du, die sich keinen Meter weit an ein Pferd herantraut, will auf einer Pferdefarm leben?« Er lacht erneut auf. »Komm, Simi, hast du nicht längst erkannt, dass das nichts für dich ist ... Und ein Farmersbursche? Du glaubst doch selbst nicht, dass das passt.«

Seine herablassenden Worte machen mich fassungslos. Dennoch versuche ich, mich zu beherrschen. Was mir nicht gelingt, denn die Wut, die in mir hochkocht, muss an die Luft. Deshalb springe ich auf und fauche ihn an.

»Weißt du was, Alex? Jeder Mann auf dieser Welt wäre besser an meiner Seite als du. Und ehrlich gesagt ist mir heute absolut schleierhaft, wieso ich dich so viele Jahre ertragen habe. Du bist zweifelsohne ein Kotzbrocken.« Ich knalle die Serviette auf den Tisch und rausche zur Tür, ohne mich zu verabschieden.

»Simi, warte«, vernehme ich hinter mir Ninas Stimme, die ich ignoriere.

Ich haste zur S-Bahn-Station und stürme in die nächstbeste Bahn, die prompt in die falsche Richtung fährt. An der nächsten Haltestelle steige ich aus und am gegenüberliegenden Gleis wieder ein.

Zu Hause angekommen lasse ich den Abend Revue passieren. Was für ein Desaster! Unfassbar, dass ausgerechnet Ninas aktueller Lebensabschnittsgefährte mit Alex befreundet ist. Ich krame in der Handtasche nach dem Handy. Mein Herz macht einen Sprung, als ich entdecke, dass Tyler eine WhatsApp-Nachricht geschickt hat.

Ich habe mich im Restaurant idiotisch verhalten. Du glaubst nicht, wie sehr ich mich dafür schäme und es bereue, dass ich dir danach aus dem Weg gegangen bin.

Mir ist klar, dass du noch hier sein könntest, hätten wir geredet.

Kurzentschlossen tippe ich mit schweißnassen Fingern eine Antwort.

Chance verpasst, würde ich sagen.

Wenige Sekunden später kommt seine Reaktion.

Ich habe wirklich Mist gebaut. Aber ich vermisse dich, Simone. Komm zurück, bitte!

Bei den letzten Worten fange ich an zu weinen. Er vermisst mich genauso wie ich ihn. Und er bereut sein Verhalten. Dennoch bleibe ich hart und antworte unmissverständlich:

Nein! Ich werde nicht zurückkommen.

31

Die Tatsache, dass ich mich dagegen entschieden habe, nach Greenkenny und damit zu Tyler zurückzukehren, legt sich wie ein harter Felsbrocken auf meine Brust. Seit zwei Wochen habe ich nichts mehr von ihm gehört. Ich zwinge mich gedanklich, ihn loszulassen, was verdammt schwer ist.

Langsam kehrt der gewohnte Alltag in mein Leben zurück. Ich habe einige Bewerbungen verschickt, unternehme täglich ausgedehnte Spaziergänge und denke nach. Die stickige Münchener Stadtluft ist im Vergleich zu der frischen, angenehmen Luft Irlands kaum auszuhalten.

Die Abende verbringe ich mit Nina, sofern ihr Lover es zulässt, was in meinen Augen viel zu selten ist. Obwohl die Zeit bekanntlich alle Wunden heilt, vergeht keine Sekunde, in der ich nicht an Tyler denke.

Am Abend eines weiteren langen Tages, an dem ich mir das Hirn zermartert habe, frage ich mich, ob ich uns noch eine Chance hätte geben sollen.

Ich rufe Nina an und schütte ihr mein Herz aus. Für sie ist alles glasklar.

»Und warum verzeihst du ihm nicht einfach und verbringst noch ein paar schöne Monate in Irland? Was hält dich in München? Außer mir natürlich.«

Ich atme schwer. »Ich weiß nicht ...«

»Du bist frei, Simi, und kannst machen, wozu du Lust hast. Dazu gehört auch, einen Schritt zu korrigieren, wenn du ihn in die falsche Richtung gesetzt hast.«

Ich seufze. »Vielleicht will er mich auch gar nicht mehr.«

»Wie soll er denn bitte schön reagieren, wenn du ihn ständig abblockst? Dir nachlaufen wie ein Hund?«

Zugegeben war ich es, die seine letzte Nachricht ignoriert hat.

Nach dem Telefonat droht der Felsbrocken auf meiner Brust mich zu erdrücken. Mein Kopf ist leer. Da klingelt mein Handy erneut. Ohne auf die Nummer zu achten, gehe ich ran. »Nina?«

Erst ist es still in der Leitung, dann vernehme ich ein Räuspern.

»Simone, bitte leg nicht auf.«

Tyler! Oh, mein Gott, Tyler.

»Hallo«, krächze ich.

»Simone, es tut mir so leid«, stammelt er.

»Was tut dir leid?«, frage ich mit zittriger Stimme.

»Dass ich bei unserem Date so ausgerastet bin.« Er atmet schwer. »Die vergangenen Wochen ohne dich waren die Hölle.«

Seine Stimme klingt fremd und ich spüre, wie viel Überwindung ihn der Anruf gekostet haben muss.

»Simone, lass mich dir erklären, warum ich wegen der Cottages so ungehalten reagiert habe ...« Er macht eine unerträglich lange Pause.

»Ich höre«, sage ich schärfer als beabsichtigt.

»Mein Dad ... Gott, wie ist das schwer.«

Es ist erneut still in der Leitung und ich lausche gespannt. »Wir wollten die Vermietung der Cottages zusammen anpacken«, erklärt er seufzend. »Alles war geplant, wäre uns nur nicht dieser verfluchte Unfall in die Quere gekommen.« Seine Stimme zittert und ich verspüre den Impuls, ihn in den Arm nehmen zu wollen.

»Ich kann das nicht ohne ihn.« Er saugt hörbar Luft ein. »Außerdem habe ich mich geweigert, zusammen mit Sam ...«

»Dem neuen Mann deiner Mutter?«

Er lacht sarkastisch auf. »Ja ... und Dads ehemaligem besten Freund.«

»Warum hast du dich geweigert?« Wie schon bei dem Gespräch mit John habe ich das Gefühl, dass Sam etwas mit dem Unfall zu tun hat.

Tyler überhört meine Frage. »Er wollte Mum helfen. Dass ich nicht lache.«

Tyler spricht in Rätseln. In meinem Kopf wirbeln seine Worte kreuz und quer, wie die Kugeln bei der Ziehung der Lottozahlen. Genauso muss es in seinem Kopf aussehen. Er ist völlig durcheinander.

»Tyler, was hältst du davon, wenn ich zurückkomme und wir in Ruhe über alles sprechen?«

Ich halte kurz inne. Habe ich das jetzt wirklich gesagt? Habe ich eben tatsächlich auf mein Herz gehört und frei herausposaunt, was seit Wochen in mir schlummert?

»Ist das dein Ernst, Simone?«, fragt Tyler, bevor ich weiter darüber nachdenken kann.

Ich lache. Auf einmal bin ich mir sicher, dass ich richtig entscheide. »Ja, Tyler! Ich komme zurück.«

***

Drei Tage später stehe ich mit zwei Rollkoffern vor dem Flughafengebäude in Dublin. Tyler hatte mir bei unserem klärenden Telefonat geschworen, dass er nie wieder so hart und abweisend mit mir umgehen wird. Und wir haben uns versprochen, dass wir von jetzt an immer miteinander sprechen, wenn es Probleme zwischen uns gibt.

Am liebsten möchte ich vor Freude einen Purzelbaum schlagen, als Tyler mit seinem Land Rover hupend auf dem Seitenstreifen vor dem Flughafengebäude hält. Er springt aus dem Fahrzeug, rennt auf mich zu und schließt mich wortlos in die Arme. Dann senkt er seinen Kopf und schnuppert an meinem Hals.

»Endlich bist du zurück.«

Dabei drückt er mich so kräftig, dass mir beinahe die Luft wegbleibt. Ich schmiege mich an ihn. Wir verschränken unsere Hände ineinander und sehen uns lange und intensiv in die Augen.

»Die Wochen ohne dich waren unerträglich. Wie schön, dass du zurück bist«, haucht er.

»Ich bin auch unfassbar glücklich. Herrgott! Wie habe ich das alles hier ... wie habe ich dich vermisst.«

Erneut strahlt er und legt seine Arme fest um mich. Dann streicht er mir sanft über den Rücken. Ich höre sein Herz pochen. Nun hat es wieder den gleichen Rhythmus wie meines. Sein intensiver Kuss erweckt die Schmetterlinge in meinem Bauch zu neuem Leben.

»Komm, gib mir deine Koffer. Ich will sie schnell verstauen, damit du nicht wieder abhaust.« Er hievt den ersten in seinen Land Rover, deutet auf den zweiten und zwinkert. »Du bleibst länger?«

Ich grinse und mustere ihn von oben bis unten. Erst jetzt fällt mir sein schickes braunes Hemd auf, in dem er unglaublich attraktiv aussieht.

»Ist das neu?«

Er nickt. »Du konntest meine Pullover mit Zopfmuster nicht ausstehen, gibs zu«, sagt er lachend. »Ich habe es dir an der Nasenspitze angesehen.«

»Das Hemd steht dir fabelhaft. Wobei ich finde, dass die Pullover zu dir gehören wie deine roten Haare.«

»Ich dachte, ich probiere mal einen anderen Look.«

Dass er sich extra für mich neu eingekleidet hat, verschlägt mir die Sprache. Ich verkneife mir ein Grinsen, öffne die Knöpfe meines Mantels und gebe den Blick auf meinen neuen Pullover frei.

Tyler lacht auf. »Das gibt's ja nicht.«

Ich schmunzle. »Als ich den Pulli sah, hab ich sofort an dich gedacht.«

Wir steigen in den Wagen und Tyler lässt den Motor an. Mein Herz quillt vor Freude über. Ich fasse es nicht, dass ich jetzt tatsächlich neben ihm sitze. Es fühlt sich seltsam an. Seltsam vertraut. Sogar dass er, während er am Steuer sitzt, kein Wort mit mir spricht, gibt mir eine gewisse Vertrautheit.

Auf der Fahrt betrachte ich die Landschaft, als sähe ich sie zum ersten Mal. Die Hügel leuchten in saftigem Grün und unzählige Schafherden grasen auf den Wiesen. Wie habe ich die Ruhe Irlands im hektischen München vermisst. Es scheint, als sei die Zeit hier stehengeblieben. Sogar nach dem Linksverkehr und den schmalen Straßen habe ich mich gesehnt.

Voller Vorfreude auf die Farm rutsche ich unruhig auf dem Sitz herum.

Als wir nach über einer Stunde Fahrtzeit endlich da sind, lenkt Tyler den Land Rover mit einem ohrenbetäubenden Hupkonzert die lang gezogene Auffahrt zur Farm hinauf.

32

Kaum hat er den Motor abgestellt, kommen John und Rose angelaufen. Wobei es bei Rose eher ein Hinken ist.

»Wie schön, dass du zurück bist, Liebes.« Sie klatscht in die Hände und wischt sich mit dem Handrücken ein paar Freudentränen aus den Augen. Dann schließt sie mich in die Arme wie eine Mutter ihre verloren geglaubte Tochter.

Und ich fühle mich tatsächlich so, als käme ich nach Hause.

»Hey Lady, willkommen zurück auf der Greenkenny Horse Farm.« John drückt mich ebenfalls. »Du hast uns gefehlt.«

»Kommt, lasst uns hineingehen«, schlägt Rose vor. »Ich habe Scones gebacken.« Sie humpelt voraus ins Farmhaus.

»Ich habe deine Scones so vermisst, Rose«, schwärme ich und muss unweigerlich an die in Folie eingeschweißten Muffins denken, die ich mir vergangene Woche in einem Münchener Supermarkt gekauft habe. Aussehens- und geschmackstechnisch waren sie die totale Katastrophe.

Tyler trägt die Koffer nach oben und ich tänzle wie auf Federn die Treppenstufen hinauf. Vor der Tür des Gästezimmers macht er halt und zwinkert. »Zu dir oder zu mir?«

Ohne zu überlegen, antworte ich aus vollem Herzen. »Ich finde, es ist Zeit, dass ich bei dir einziehe.«

»Grandiose Idee.« Er gibt mir einen Kuss.

Wir betreten sein Zimmer. Er stellt die Koffer vor dem Kleiderschrank ab und öffnet eine der Türen.

Hat er extra für mich aufgeräumt? Hosen, Pullover und Shirts liegen fein säuberlich sortiert in mehreren Stapeln im Schrank.

»Schau, ich habe zwei Fächer für dich freigemacht.«

Ich schmunzle und boxe ihn liebevoll in die Seite. »Du bist also davon ausgegangen, dass ich nicht mehr ins Gästezimmer ziehe?«

»So ist es. Du bist kein Gast mehr.« Sein tiefer Blick wandert durch die Augen direkt in mein Herz, das vor Freude einen Hüpfer macht. Dann öffnet er eine Schrankschublade und zieht ein dunkelblaues Kleidungsstück heraus. »Ich habe dir übrigens vernünftige Arbeitskleidung besorgt.« Er hält schmunzelnd eine Latzjeans in die Höhe.

Ich strahle ihn an. »Die ist aber hübsch.«

»Und das hier ist deine Dienstkleidung für abends.« Ein schwarzes Nichts aus Spitze umspielt seine Finger. »Ich schlage vor, du fängst heute Abend in dieser Kleidung an.«

Wenn es nach mir ginge, könnten wir sofort loslegen. Ich knabbere an meiner Unterlippe, doch bevor ich meine Gedanken weiterspinnen kann und mich in Dessous auf dem Bett liegen sehe, holt Tyler mich zurück in die Realität. »Lass uns nach unten gehen, die anderen warten sicher schon.«

In der Küche treffe ich zu meinem Leidwesen auf Emilia.

»Hallo, Simone«, grüßt sie mich so bemüht freundlich, wie es ihr möglich ist. Ich staune nicht schlecht, als ich zum ersten Mal meinen Namen aus ihrem Mund höre. Schließlich hat sie mich bisher nur Stadttussi oder dergleichen genannt. Sie streckt die Hand nach mir aus und ihr Mund verzieht sich zu einem Lächeln, das aber ihre Augen nicht erreicht.

Wir plauschen ausgiebig in der Küche.

»Und jetzt will ich dir etwas zeigen«, sagt Tyler. Er nimmt meine Hand und wir spazieren nach draußen in Richtung der Cottages.

Vor dem Flower Cottage, dem größten der vier auf dem Gelände, bleibt er stehen. Er steckt einen Schlüssel ins Schloss. Seine Finger zittern und er atmet tief durch. In seinen Augen erkenne ich Schmerz.

»Du weißt nicht, wie schwer mir das fällt, hier reinzugehen.«

Ich streichle ihm mitfühlend über den Rücken. »Ich sehe es dir an.«

Wir betreten das Cottage. Kühl ist es hier. Im Farmhaus ist noch die Heizung in Betrieb. Doch hier ist es finster und ungemütlich. Es riecht nach abgestandener Luft.

Tyler bleibt abrupt im Eingangsbereich stehen, als sähe er vor sich ein großes schwarzes Loch, in das er hineinfallen könnte.

»Verdammt!« Sein Blick schweift durch den Raum und er senkt den Kopf.

»Sollen wir wieder raus?«, frage ich behutsam und trete ganz nah an ihn heran.

»Nein«, krächzt er. »Ich kann es nicht ewig aufschieben. Irgendwann muss ich ja hier rein.«

Er geht zögerlich weiter in den Raum hinein und zieht eine undurchsichtige Folie beiseite, die Staub aufwirbelt. Darunter kommt eine geblümte Couch zum Vorschein.

Ich huste von den Staubpartikeln, die in meinen Atemwegen kratzen.

Tyler atmet schwer. »Setz dich.«

Ich lege meine Hand auf seinen Oberschenkel und sehe ihn aufmerksam an. Er saugt Luft durch die Zähne.

»Ich will, dass du verstehst, warum ich die Cottages nicht betrete.« Er ringt um Fassung. »Außer heute natürlich. Ich habe es dir ja schon am Telefon erzählt ... wir wollten die Cottages vermieten. Es war alles geplant. Wäre uns nicht der Unfall in die Quere gekommen.« Er schluckt. »Mein Dad und ich ... wir haben jeden Stein zusammen gemauert, die Wände gestrichen und die Türen eingebaut. Alles haben wir in Handarbeit errichtet, absolut alles. Und jetzt ist er nicht mehr ...« Seine Stimme kippt.

Ich schließe die Arme um seinen Hals und drücke ihn sachte. Sein Körper bebt. »Es bedeutet mir so viel, dass du mich hierhin mitgenommen hast, Tyler.«

Er löst sich aus meiner Umarmung und sieht mir direkt in die Augen. Sein Blick geht mir durch und durch.

»Dass du da bist, ist wie ein Geschenk des Himmels für mich. Ich hatte solche Angst, dass du nicht zurückkommst.« Eine Träne bahnt sich ihren Weg über seine Wange. Er wischt sie energisch fort. »Mit dir hat mein Leben einen neuen Sinn bekommen. Und schau, mit dir betrete ich sogar dieses Cottage.« Er lächelt gequält. »Hätte mir das jemand vor einem Monat prophezeit, hätte ich ihn für verrückt gehalten.« Er räuspert sich. »Das hier ist übrigens meins.«

»Deins?« Ich mache große Augen.

»Ja, ich wollte hier einziehen. Aber nach dem Tod ...« Wieder kippt seine Stimme. »Es fühlte sich nicht mehr richtig an.«

»Es tut mir so leid.« Ich habe Mühe, nicht selbst loszuheulen. Dann traue ich mich, die Frage zu stellen, die mir seit Tagen im Kopf herumschwirrt. »Du hast am Telefon Sam erwähnt. Hatte er etwas mit dem Unfall zu tun?«

Tyler sieht starr aus dem Fenster und senkt den Blick. »Bitte, ich möchte nicht darüber reden.«

Warum blockt jeder bei diesem Thema ab? Hier ist eindeutig etwas faul.

Wir sitzen eine Weile schweigend aneinandergeschmiegt da. Ich überlege krampfhaft, wie ich ihm helfen kann, das Geschehene besser zu verarbeiten. Da kommt mir eine Idee.

»Was hältst du davon, wenn wir das Projekt Cottagevermietung zusammen angehen?«

Ich könnte mir gut vorstellen, dass ein gemeinsames Projekt uns noch mehr zusammenschweißt. Und dass Tyler durch die neue Aufgabe mehr und mehr die schmerzliche Vergangenheit bewältigen kann. Doch es scheint, als sähe er durch mich hindurch.

»Simone«, sagt er entschieden und seine Worte durchzucken meinen Körper. »Ich habe dir das Cottage nicht gezeigt, damit du es an den Nächstbesten vermietest. Ich wollte, dass du mich verstehst. Das allein ist der Grund, weshalb wir hier sitzen. Ab Morgen werde ich weder dieses Cottage noch die anderen jemals wieder betreten. Du glaubst nicht, welch enorme Überwindung es mich gekostet hat, nach all den Jahren hier reinzugehen.«

Obwohl ich dankbar über seine Offenheit und sein Vertrauen mir gegenüber bin, machen mich seine Worte fassungslos, aber ich sage nichts dazu.

Tyler steht auf und starrt in den Boden. »Lass uns von hier verschwinden.«

Ich stehe gerade noch rechtzeitig auf, bevor er schwungvoll die Folie wieder über die Couch zieht und im Anschluss aus dem Cottage hastet. Ich ihm hinterher. Auf dem Kiesweg stoßen wir auf John und Emilia.

»Junge, bringst du die anderen Pferde auf die Koppel oder sollen wir das erledigen?«, will John wissen.

»Macht ihr das«, bestimmt Tyler. Dann richtet er sich mit matter Stimme an mich. »Sei mir bitte nicht böse, aber ich muss noch mal weg.« Damit hastet er auf seinen Land Rover zu, springt hinein und verlässt mit quietschenden Reifen die Farm. Ich bin völlig perplex und starre auf die Staubwolke, die der Wagen aufwirbelt.

»Was ist denn mit dem los?«, fragt John.

Ein Zucken umspielt Emilias Lippen. »Hast du es dir schon wieder mit ihm verscherzt?«

Ich ignoriere ihre Frage. »John, hast du eine Ahnung, wo er hin will?«

»Bestimmt dorthin, wo er ständig hinfährt«, mischt Emilia sich ein.

»Und wo wäre das?«

»Das musst du ihn schon selbst fragen«, entgegnet sie spitz. »Er wird sicher seine Gründe haben, warum er es dir gegenüber bisher nicht preisgegeben hat.« Sie streckt die Nase in die Höhe und verschwindet in den Pferdestall.

»Weißt du, wo er hin will, John?«

Er senkt den Kopf. »Nein, keine Ahnung.«

Warum weicht er meinem Blick aus?

»Tyler hat mir das Flower Cottage gezeigt. Oder zumindest das Erdgeschoss.«

John hebt den Kopf und sieht mich erstaunt an. »Nicht dein Ernst. Respekt! Darauf kannst du dir was einbilden. Hätte ich nie für möglich gehalten, dass er es in diesem Leben wieder betritt.«

»Es war das letzte Mal, hat er gesagt.« Ich versuche, den aufsteigenden Kloß in meinem Hals herunterzuschlucken.

»Lass ihm Zeit, Simone.«

***

Erst nach zwei Stunden kommt Tyler wieder. Ich bin enttäuscht, dass er mich vorhin einfach hat stehenlassen. Zögernd gehe ich auf ihn zu und verschränke die Arme vor der Brust. »Wo warst du?«

Er starrt auf den Kiesweg und kickt einen Stein unter seinem Fuß zur Seite. »Ich brauchte kurz Zeit zum Nachdenken. Der Besuch im Cottage hat mich mehr mitgenommen, als ich dachte«, erklärt er sich. »Ich weiß, dass Mum sich so sehr wünscht, dass wir die Cottages endlich vermieten. Und mir ist klar, dass ich mich manchmal seltsam verhalte, doch hin und wieder holt mich die Vergangenheit gnadenlos ein.« Er verzieht seine Lippen zu einem Strich und sieht nach unten.

Dann hebt er den Kopf und fixiert mich mit seinem Blick. »Aber ich habe unterwegs nachgedacht ...«

»Worüber?«

»Ich schlage dir einen Deal vor.«

»Wie bitte?«

Einen Deal? Was hat er vor? Ich spitze die Ohren.

»Was hältst du davon, wenn wir uns gegenseitig herausfordern?«

»Wie meinst du das?«

»Ganz einfach ... ich konfrontiere dich immer wieder mit den Pferden und zwinge dich damit, nach und nach deine Hemmungen zu verlieren ...«

»... und im Gegenzug helfe ich dir, mit deiner Vergangenheit abzuschließen?«, vollende ich seinen Satz.

»Genau!«

Ehrlich gesagt, ich finde seine Idee genial. Doch beim Gedanken, den Pferden noch näherzukommen, breitet sich ein mulmiges Gefühl in mir aus.

»Tyler, das klingt fantastisch«, antworte ich dennoch, weil der Gedanke, dass wir uns gegenseitig unterstützen und gemeinsam unsere Ängste überwinden, einfach fabelhaft ist.

»Deal angenommen«, sage ich lächelnd und strecke ihm meine Hand hin, in die er mit einem fetten Grinsen einschlägt.

»Gut, dann habe ich auch gleich die erste Aufgabe für dich ...«

33

Die erste Nacht zurück in Tylers Armen verläuft exakt so, wie ich sie mir erträumt habe – leidenschaftlich und romantisch.

Voller Elan und überglücklich backe ich in aller Frühe direkt nach dem Aufstehen Muffins für ihn.

Tyler rekelt sich im Bett, als ich die Zimmertür öffne. Gähnend reibt er sich den Schlaf aus den Augen und setzt sich auf.

»Habe ich meinen Geburtstag verpasst?«, fragt er schmunzelnd, als er die brennenden Kerzen auf dem Gebäck entdeckt, die ich kurz entschlossen hineingesteckt und angezündet habe.

»Ich wollte dich überraschen und dir sagen, dass ich unfassbar glücklich bin, zurück zu sein, und es unglaublich schätze, dass du gestern so offen zu mir warst und mich mit in dein Cottage genommen hast. Und als ich die Kerzen im Küchenschrank gefunden habe, konnte ich nicht widerstehen.«

Zugegeben fällt es mir auch beim Anblick seines nackten Oberkörpers schwer, zu widerstehen, obwohl wir ohnehin die halbe Nacht mit Sex verbracht haben. Rasch stelle ich das Tablett auf den Boden und krieche zu ihm ins Bett. Wir lassen uns in die Laken zurückfallen. Tyler vergräbt sein Gesicht in meinen Haaren.

»Hmm ... du riechst zum Anbeißen.« Zärtlich schiebt er meinen Pullover über die Schulter und liebkost mit sanften Küssen meinen Hals. Sein heißer Atem löst eine Gänsehaut auf meinem Rücken aus und ich seufze.

Langsam streichle ich an seinen starken Armen auf und ab und fahre mit den Fingerspitzen über seinen Bauch. »Willst du zuerst die Muffins kosten oder ...«

»Oder ...?«, haucht er und sieht mir so tief in die Augen, dass es in meinem Bauch unkontrolliert kribbelt. »Auch wenn die Muffins verführerisch aussehen, würde ich momentan lieber dich vernaschen.«

Sanft beißt er mir in den Hals. Ich stöhne auf. Als er meinen Pullover nach oben schiebt, vergrabe ich meine Hände in seinen Haaren. Dann setze ich mich auf, er zieht mir den Pullover über den Kopf und wirft ihn auf den Boden. Gemeinsam lassen wir uns zurück in die Kissen fallen. Auf ihm liegend greife ich seine Handgelenke und drücke sie sachte in die Laken. Mit sanften Küssen wandere ich über seinen Brustkorb und lecke mit der Zunge in Richtung seiner Lenden.

»Was hältst du davon, wenn wir den ganzen Tag im Bett verbringen?«, flüstert er heiser.

»Das klingt verlockend.« Mit der Zunge wandere ich zu seinen Brustwarzen.

Nun wirft er mich mit Schwung zur Seite, ist jetzt über mir und reißt mir stürmisch die restlichen Klamotten vom Leib.

Ich kichere, als sie in hohem Bogen aus dem Bett segeln. Zuletzt entledigt Tyler sich seiner Boxershorts und dreht mich so, dass ich auf ihm sitze. Dieses Mal nackt. Ich gebe mich seinen rhythmischen Bewegungen hin.

Tylers Körper bebt. Er richtet seinen Oberkörper auf. »Oh, mein Gott!«

Ich bin überzeugt, die beste Liebhaberin aller Zeiten zu sein. Glücklich grinse ich in mich hinein. Dass er mich jetzt lieblos abwirft, finde ich jedoch unmöglich.

»Hey!«, rufe ich empört und werfe ihm einen enttäuschten Blick zu. »Auch wenn stürmischer Sex für dich ein stürmisches Ende fordert, könntest du trotzdem etwas liebevoller mit mir umgehen.«

Tyler sieht mich nicht mal an. Es scheint ihn auch nicht zu interessieren, dass ich den abrupten Schluss unseres Liebesspiels alles andere als prickelnd finde. Ohne mir einen Funken Aufmerksamkeit zu schenken, springt er aus dem Bett, zerrt die Decke unter meinem nackten Po weg und schleudert sie auf den Boden.

»Pass auf die Muffins auf!«, rufe ich und schlage die Hände vor den Mund.

»Es brennt, verdammt!«, brüllt er.

Hektisch richte ich mich auf und gaffe über den Rand der Matratze. »Oh, mein Gott!«

»Sagte ich bereits.«

Schlagartig ist mir klar, dass der göttliche Ausruf eben nicht mir, sondern dem Feuer galt.

Tyler schlägt auf die Muffins ein, die in matschige Stücke zerfallen, sofern sie nicht ohnehin verbrannt sind. Das Feuer hat sich zum Glück nicht ausgebreitet, zieht sich rasch zurück und erlischt schließlich ganz.

»So, das wäre geschafft ...« Tyler wischt sich Schweißperlen von der Stirn.

Wir glotzen fassungslos auf unsere angekokelten Klamotten und die Muffins. Der Holzboden hat dank des

Teppichs nichts abbekommen, doch der hat einen schwarzen Fleck.

»Was sagt uns das?«, fragt Tyler eindringlich.

»Kein Sex bei brennenden Kerzen?«

34

»Wir werden jetzt ein Pferd zusammen satteln«, stellt Tyler mich vor vollendete Tatsachen. »Nachher kommen Gäste zum Ausritt.«

Ohne Vorwarnung pocht mein Herz heftig. »Bist du sicher?« Nervös trete ich von einem Bein auf das andere.

»Du hast keine Wahl«, stellt Tyler schmunzelnd fest. »Wir haben einen Deal. Aber vertrau mir. Ich erkläre dir alles ganz genau und passe bei jedem Schritt auf dich auf.« Zur Bestätigung, dass ich bei ihm sicher bin, legt er schützend den Arm um meine Schultern.

Insgeheim verfluche ich mich dafür, dass ich diesem Deal so leichtsinnig zugestimmt habe. Doch ich wäge die Gefahren, denen ich mich aussetze, gegeneinander ab und mir ist klar, dass es nach der Nacht im Stall kaum schlimmer kommen kann. Dennoch galoppiert mein Herz mittlerweile schneller als ein Pferd. Doch ich will meine Angst überwinden.

Wie ein Blitz taucht in meinem Kopf ein Bild auf, auf dem ich mich in vollem Galopp auf einem dunkelbraunen Pferd sitzend sehe. Durch die Erinnerung kann ich förmlich spüren, wie mir der Wind bei der rasanten Geschwindigkeit ins Gesicht peitscht.

»Ich bin mir sicher, es kommt der Tag, an dem es dir Spaß machen wird.« Mit seinen Worten holt er mich zurück in die Realität. Galant hält er mir die Stalltür auf.

Ein paar der Pferde wiehern sanft und scheinen sich über unseren Besuch zu freuen. Tyler marschiert zu Heavens Box und öffnet deren Tür. Dann führt er das Pferd aus dem Stall und bindet es an. Während er Heaven putzt, sehe ich aufmerksam zu.

»Jetzt bist du dran.«

Ich atme schwer. »Was muss ich tun?«

»Du prüfst, ob dort, wo gleich der Sattel hinkommt, Schmutz ist. Das ist wichtig, damit es später keine Scheuerstellen gibt. Um das festzustellen, streichst du einmal über jede Stelle am Rücken.«

Ich bleibe starr seitlich neben Heaven stehen. »Was, wenn er tritt?«

Tyler strahlt eine Seelenruhe aus. »Keine Sorge. Das tut er nicht. Außerdem bin ich da und passe auf dich auf.«

Zögernd streiche ich mit der Hand über das warme Fell. Es kribbelt in meinen Fingerspitzen und ein wohliges, fast schon vergessenes Gefühl breitet sich in mir aus. Automatisch wandere ich mit der Hand zu Heavens Schopf, den ich ausgiebig kraule. Das Pferd gibt ein lang gezogenes Schnauben von sich.

»Kein Schmutz weit und breit.«

»Gut. Jetzt setzt du die Satteldecke ein wenig höher am Pferderücken an und schiebst sie mit der Fellwuchsrichtung hinunter, bis die Position passt.«

Ich lausche Tylers Anweisungen und führe es genau so aus, wie er es mir erklärt.

»Stopp! Perfekt!«

Wider Erwarten macht mir das Satteln Spaß. Ich schrecke zwar bei unerwarteten Bewegungen oder Lauten des Tieres zurück, aber Tyler redet beruhigend auf mich ein, sodass meine Angst nicht mehr so übermächtig ist wie vorhin.

»Und jetzt legst du den Sattel mittig auf die Satteldecke.«

Ich beobachte jede von Heavens Regungen und lege ihn behutsam auf.

»Bevor wir die Gurte und Klettverschlüsse prüfen, lass mich nachsehen, ob alles passt.« Er spaziert um das Pferd herum. »Bravo! Der Sattel liegt weder zu weit auf der Schulter noch zu weit hinter dem Widerrist.«

Meine Brust schwillt vor stolz.

»Den Gurt schließe ich besser selbst. Hin und wieder reagieren Pferde empfindlich darauf. Es darf nicht ruckartig geschehen und nicht zu fest geschnallt werden.« Geschickt erledigt Tyler die letzten Handgriffe.

Glücklich strahle ich ihn an. »Danke, dass du mich überredet hast. Es hat richtig Spaß gemacht.« Ehrlich gesagt bin ich ziemlich überwältigt, von dem, was gerade hier passiert ist.

»Das freut mich.« Er beugt sich zu mir hinab und küsst mich zärtlich. »Und als Belohnung darfst du Heaven jetzt einen Apfel geben. Immerhin hat er brav mitgemacht.«

Puh! Hoffentlich schaffe ich das. Ich nehme all meinen Mut zusammen und lege den Apfel auf meine flache Hand. Bevor ich mir weitere Gedanken über einen Rückzieher machen kann, beugt Heaven sich herab und schnappt zu.

35

Ich habe eine grandiose Idee. Sie hat etwas mit dem Deal zwischen Tyler und mir zu tun. Zuerst will ich mit Rose darüber sprechen. Sie strickt im Wohnzimmer vor dem Kamin ein Paar Socken und summt ein irisches Volkslied. Als sie mich erblickt, legt sie das Strickzeug in den Schoss.

»Rose, ich habe eine Idee«, platzt es aus mir heraus.

»Was denn, Liebes? Setz dich doch.«

Ich bin viel zu aufgeregt, um mich zu setzen und komme gleich zur Sache. Zuerst erzähle ich ihr, dass Tyler mit mir sein Cottage betreten hat, wie schwer es ihm gefallen ist und von unserem Deal. »Und nun hatte ich die Idee, dass wir die Cottages im ersten Schritt auf einem der bekannten Buchungsportale zur Vermietung anbieten könnten.«

Jetzt, wo es raus ist, lasse ich mich auf die Couch neben dem Ohrensessel fallen. »Damit finden wir heraus, wie die Cottages ankommen. Tyler wollte, dass ich ihm helfe, seine Vergangenheit zu verarbeiten. Was wäre da dienlicher, als ihn mit Urlaubsgästen zu überraschen?«

Rose strickt ein paar Maschen und räuspert sich. »Ich bin so dankbar, dass Tyler bereit ist, an sich zu arbeiten. Du weißt nicht, wie glücklich ich bin, dass du ihm dabei hilfst, Liebes. Doch ehrlich gesagt halte ich nichts von diesen riesigen Portalen. Ich habe viel Negatives von

meinen Bekannten gehört, die in der Umgebung Bed &
Breakfast betreiben. Die Provision ist mickrig und man
verschwindet in der Masse.«

Enttäuscht lehne ich mich zurück. »Schade ...« Dabei
hatte ich mir schon alles perfekt ausgemalt.

Rose legt die Stricknadel an ihr Kinn und scheint zu
überlegen. »Wie wäre es, wenn wir klein anfingen?
Zum Beispiel mit einem Inserat, wie man es früher gemacht hat.«

»Ob wir damit Urlauber erreichen?« Obwohl ich es
nicht ausspreche, verspreche ich mir davon keinen Erfolg. Wer liest heutzutage schon Inserate? Trotzdem
lenke ich ein. »Versuchen wir es.«

»Aber in den Cottages sind die Möbel abgedeckt und
angestaubt. Das Geschirr in den Schränken ist nicht
sortiert«, bemerkt sie. »Bevor wir eine Vermietung in
Betracht ziehen können, müssen sie in Schuss gebracht
werden. Bedauerlicherweise kann ich mit meinem Bein
nicht mit anpacken.« Sie sieht besorgt auf ihre Schiene,
die in der Zwischenzeit den Gips abgelöst hat.

»Wenn du mir die Schlüssel gibst, kümmere ich mich
darum. Sie sind komplett eingerichtet, habe ich recht?«

»Ja, doch ich warne dich, es ist Jahre her, seit sie geputzt wurden.« Sie schluckt. »Willst du dir das wirklich
antun?«

»Unbedingt.«

Das Leuchten in ihren Augen bestätigt mir, dass ich
richtig handle.

Rose hievt sich aus dem Sessel und humpelt aus dem
Wohnzimmer. Sie kommt mit einem Schlüsselbund zurück, an dem vier Schlüssel baumeln und übergibt ihn
mir wie einen wertvollen Schatz.

Endlich habe ich ein Projekt, etwas, für das ich vollständig die Verantwortung übernehme. Mein Plan ist ziemlich ausgeklügelt. Jedes Mal, wenn Tyler die Farm verlässt, sei es zum Ausreiten oder um einzukaufen, werde ich die Cottages putzen und dafür sorgen, dass sie in altem Glanz erstrahlen. Oder in neuem. Wie auch immer. Er wird nichts davon mitbekommen und eines Tages ... tadaaa ... überrasche ich ihn. Bestenfalls zusätzlich noch mit einer Buchungsanfrage.

Am Nachmittag ist meine erste Gelegenheit gekommen. Andächtig betrete ich das Pogonia Cottage. Ich öffne die Fenster und lasse frische Luft hinein. Behutsam ziehe ich die Abdeckungen von den Möbeln und bin fasziniert, wie hervorragend sie zueinander passen. Ich bewundere den Holzschrank, in den ein Spiegel eingebaut ist, Lampen mit Schirmen aus Seide und nicht zuletzt den Holzboden, auf dem ich einen flauschigen Teppich ausrolle. Den habe ich im Schrank gefunden. Eine dicke Staubschicht liegt auf den nicht abgedeckten Regalen. Wie eine Wahnsinnige kehre ich den Boden, wische feucht, entferne den Staub und dekoriere mit dem Porzellan, das, eingewickelt in Zeitungspapier, in den Schränken steht. Es dauert Tage, bis ich durch alle Cottages durch bin. Im letzten Schritt wasche ich die Bettwäsche, die ich nagelneu in Folie verpackt finde, ziehe sie durch die Wäschemangel und beziehe die Betten damit. Jetzt duften die Schlafzimmer herrlich frisch. Am liebsten würde ich mich in eines der Betten fallen lassen. Zufrieden mache ich einen Rundgang durch alle Cottages und schalte schließlich das Inserat, so wie ich es mit Rose besprochen habe.

36

Das genialste Cottage ist in meinen Augen das Flower Cottage. Es ist das Größte von allen. Das von Tyler. Jetzt, wo ich es ausgiebig geputzt habe, habe ich jeden Winkel der zauberhaften Räume erkundet. Das Mobiliar aus Massivholz ist hochwertiger als das der anderen Cottages und die Details sind ausgeklügelter. Und das Schlafzimmer ist eine Wucht. Durch das bodentiefe Fenster hat man direkt vom Bett aus freie Sicht auf die Wicklow Mountains. Mir bleibt bei dieser Aussicht beinahe die Luft weg. Sie ist noch imposanter als vom Farmhaus aus. Das Badezimmer, welches an das Schlafzimmer grenzt, hat ebenso ein bodentiefes Fenster, sodass man von der Wanne aus den Blick auf die saftigen grünen Hügel genießen kann. Es liegt auf der Hand, dass die Gäste sich um dieses Cottage reißen werden. Vielleicht sollten wir den Preis dafür höher ansetzen.

Die frei stehende Acrylbadewanne mit den silbernen Standfüßen passt großartig zu den dunkelblauen Fliesen. Am liebsten würde ich heißes Wasser einlaufen lassen und ein Bad nehmen. Die flauschigen Badehandtücher liegen auf einem hölzernen Regal und eines davon ruft mir förmlich zu *Nimm mich!*

Verstohlen, als würde mich jemand beobachten, werfe ich einen Blick auf meine Armbanduhr. Tyler ist unterwegs. Und er sagte, er käme erst am Abend zurück. Was spricht also dagegen, mir nach dieser Schufterei ein Bad zu gönnen? Schließlich putze ich später alles wieder blitzblank. Je mehr ich darüber nachdenke, desto sicherer bin ich, dass ich mir das verdient habe. Also drehe ich den Hahn auf und lasse Wasser in die Wanne ein. In der Zwischenzeit flitze ich herüber ins Farmhaus, schleiche wie ein Einbrecher die Treppen nach oben und stibitze Badezusatz aus dem Badezimmer.

Die nach Flieder duftenden Körner rieseln in die Wanne, verleihen dem Wasser einen lilafarbenen Schimmer und schäumen es auf. Voller Vorfreude streife ich meine Kleidung ab, werfe sie achtlos auf den Boden und stecke die Zehen ins Wasser. Autsch! Ist das heiß. Wie ein Storch hebe ich ein Bein nach dem anderen, bis die Füße sich an die Temperatur gewöhnt haben. Dann gleite ich mit dem gesamten Körper in das wohlige Nass. Vollständig mit Schaum bedeckt, lege ich die Arme auf dem Wannenrand ab und sehe verträumt aus dem Fenster. Wie wunderbar wäre es, jeden Tag hier zu baden. Habe ich möglicherweise den besten Platz auf der Farm gefunden? Entspannt summe ich die Melodie von *Molly Malone* und schließe die Augen. Ich genieße die sanfte Wärme, die mich umhüllt. Mein Atem beruhigt sich. Ich bin tiefenentspannt. Der Geruch des Flieders wirkt wie eine Droge und ich strahle unaufhörlich, bis ich eindöse.

Plötzlich höre ich ein Rumpeln im Treppenhaus. Ich schrecke auf. Reflexartig setze ich mich aufrecht und horche. Die Holztreppe knarzt. Mist! Da ist jemand.

Tyler! Oh, mein Gott, Tyler! Was mache ich jetzt? Gerade will ich mich nach dem Handtuch ausstrecken, da wird die Tür des Badezimmers aufgestoßen.

»John!« Automatisch rutsche ich wieder nach unten und laufe rot an.

John zieht seinen Kopf ruckartig und verschämt zurück. »Ich habe nichts gesehen«, versichert er von draußen.

Meine Güte, ist das peinlich. Ich versuche, die unangenehme Situation aufzulockern.

»Ich bin komplett mit Schaum bedeckt. Du kannst reinkommen.«

Er schiebt die Tür erneut auf und steckt seinen Kopf ins Badezimmer. »Was machst du denn in diesem Cottage und vor allem in der Wanne?«

Ich berichte John von meiner Abmachung mit Tyler und von dem, was Rose und ich besprochen haben. »Und nach getaner Arbeit hat diese Wanne förmlich nach mir geschrien. Sie sah so einladend aus. Ich konnte unmöglich ablehnen.« Ich kichere.

John seufzt. »O ja, diese Badewanne ist ein Schmuckstück, so wie das ganze Cottage.«

»Bestimmt lässt es sich besonders gut vermieten.«

John setzt sich auf den flauschigen Badvorleger vor der Wanne. Sein Blick schweift anerkennend umher. »Definitiv hast du ganze Arbeit geleistet, Kompliment, Simone.«

Ich strahle ihn an und ein freudiges Kribbeln breitet sich in mir aus. »Es hat mir solchen Spaß gemacht, das glaubst du nicht.«

Allmählich friere ich. Jetzt, wo John da ist, käme ich mir dämlich vor, erneut heißes Wasser nachlaufen zu lassen. Deshalb deute ich auf den Boden. »Gibst du mir bitte das Handtuch?«

Er steht auf und reicht es mir. Als er sich zum Gehen wendet, bleibt er abrupt stehen. »Tyler, wir haben dich nicht kommen hören, aber es ist nicht ...«

»Was veranstaltet ihr in meinem Haus?«, unterbricht Tyler ihn in scharfem Tonfall. Er füllt den gesamten Türrahmen aus und fixiert uns mit eiskaltem Blick. So kalt, dass ich wieder tiefer in die Wanne rutsche.

»Tyler, ich ...«

John kommt mir zuvor. »Beruhige dich, Tyler. Simone hat lediglich ein Bad genommen. Nichts Weltbewegendes, okay?«

»Nichts Weltbewegendes nennst du das, wenn ich meinen besten Kumpel mit meiner nackten Freundin in meinem Badezimmer antreffe?« Er schnaubt. »Zumal ich euch nicht in *mein* Haus eingeladen habe.« Er starrt ins Leere. Dann macht er seinem Ärger Luft. »Raus, alle beide!«, brüllt er. Sein Ton duldet keine Widerrede.

Ich wage nicht zu widersprechen, denn die Cottages hinter seinem Rücken auf Vordermann zu bringen, war vielleicht noch okay, aber mit dem Bad bin ich zu weit gegangen. Das ist mir jetzt klar.

Wutschnaubend hebt er beide Hände und drängt John. »Los, verschwinde.«

Der stürmt aus dem Badezimmer und poltert die Treppen hinunter. Tyler reimt sich doch nicht etwa zusammen, dass John und ich ...

»Tyler ...«, setze ich erneut an.

»Ich sagte *raus*!« Dann sieht er mich noch einmal eindringlich an, dreht sich um und verschwindet.

Ich steige aus der Wanne und umwickle meinen Körper mit dem Badetuch. Hektisch schnappe ich die Klamotten vom Boden, packe sie unter den Arm und laufe barfuß die Treppenstufen hinunter aus dem Cottage ins Farmhaus. Im Treppenhaus begegne ich Emilia.

»Du hast echt Nerven«, sagt sie spöttisch und sieht auf die nassen Fußspuren, die im Flur ihre Spuren hinterlassen haben.

Wortlos quetsche ich mich an ihr vorbei.

»Tyler hat mir eben erzählt, dass er euch erwischt hat ...« Sie hastet mir auf den Treppenstufen hinterher. »Stimmt es wirklich, dass du mit seinem besten Freund ...?« Sie ist so dicht hinter mir, dass ich ihren Atem in meinem Nacken spüre.

Ruckartig drehe ich mich um. »Nein!«, brülle ich und komme ihrem Gesicht mit meinem gefährlich nahe.

Emilia wankt und hält sich theatralisch am Treppengeländer fest. »Pass doch auf«, blafft sie. »Beinahe hättest du mich hinuntergestürzt.«

»Und wenn ich tatsächlich etwas mit John hätte«, knurre ich scharf mit erhobenem Zeigefinger, »... dann würde es dich einen Dreck angehen.« Ich stürme in unser Zimmer, trockne mich fertig ab und ziehe mich an.

Als ich nach dem Föhnen aus dem Badezimmer komme, vernehme ich draußen die Stimmen von Tyler und Emilia.

Wirf sie endlich raus und *Lass das nicht mit dir machen*, sind die Wortfetzen, die durch die Zimmertür durchdringen. Ich gehe ein Stück näher heran.

Plötzlich reißt Tyler die Tür auf und ich schrecke zurück. Er stampft durch den Raum und setzt sich wortlos auf das Bett. Ich fühle mich, als hätte er mich beim Fremdgehen ertappt und so verhalte ich mich auch.

»Es ist nicht so, wie du denkst«, sage ich den bescheuertsten Satz aller Zeiten, den mit Sicherheit schon tausende Fremdgeher verwendet haben. Mit dem Unterschied, dass ich keiner bin. Ich habe nur in der falschen Wanne gebadet.

»So? Wie ist es denn?« Abwartend starrt er mich an.

Ich setze mich neben ihn und rubble an meinen Haaren. »Ich habe die Cottages geputzt, weil ich ein Inserat aufgegeben habe«, gestehe ich.

»Du hast *was*?«

»Du wolltest, dass ich dich herausfordere«, verteidige ich mich. »Und Rose fand die Idee fantastisch.«

Er senkt den Kopf.

»Und das Flower Cottage ist so bezaubernd. Seit Tagen bin ich an dieser einladenden Badewanne vorbeigegangen. Und heute hat sie mich wie ein Magnet angezogen und: *Komm rein* gerufen.«

»So so, die Wanne hat also mit dir gesprochen?« Er verkneift sich ein Schmunzeln.

»Und John kam zufällig nach oben.«

»Alles andere hätte mich auch schwer enttäuscht.«

»Bitte, bitte sei nicht böse auf mich.« Ich schmiege meinen Kopf an seine Schulter.

Er schüttelt den Kopf. »Nein, ist schon gut. Ich war nur so überrumpelt. Im Cottage brannte Licht, ich wollte nicht rein, musste aber, weil offensichtlich jemand drinnen war. Und dann traf ich dich auch noch mit meinem besten Kumpel an. Das war eine Spur zu

viel. Wobei mir klar ist, dass John im Leben nicht ...«
Seine Stimme bricht. »Ich bin ja selbst schuld. Immerhin habe ich dich zu diesem Deal herausgefordert.«

Sein skeptischer Blick zeigt mir, dass er sich nicht mehr so sicher ist, ob der eine gute Idee war.

»Auf das Inserat hat sich bisher eh niemand gemeldet. Du musst also keine Angst haben, dass hier bald Leute einziehen.« Ich küsse ihn auf die Wange. »Rose wollte die Cottages heute besichtigen. Ist es okay, wenn wir das nachher machen?«

37

Jeder Morgen nimmt mit dem unbarmherzigen Rasseln des Weckers seinen Anfang. Tyler meint, ich solle meiner inneren Uhr vertrauen und den Wecker aus lassen, was ich nach wie vor strikt ablehne. Das käme für mich einem Kontrollverlust gleich. Wobei ich definitiv Fortschritte mache, auf die ich echt stolz bin. Ab und zu schaffe ich es nämlich, nicht alles hundertprozentig vorzuplanen. Zugegeben sind das Momente, bei denen mir nicht ganz wohl ist. In solchen Augenblicken warte ich auf den Strudel, der mich in den Abgrund reißt. Glücklicherweise hab ich es bisher geschafft, ihm zu entkommen.

Mit meiner Kleidung bin ich hingegen nachlässig geworden. Ich falte sie nicht mehr jeden Abend säuberlich zusammen, sondern werfe sie auf den Sessel, den Tyler und ich vergangene Woche benutzt haben, um weitaus Prickelnderes darauf zu vollziehen, als zu sitzen. Auch meine Fächer im Kleiderschrank sehen mittlerweile eher aus, als hätte eine Bombe darin eingeschlagen, was mir tatsächlich egal ist. Selbst Tylers Seite hat sich wieder in sein übliches Chaos verwandelt. Warum ich früher so penibel mit meinen Klamotten war, ist mir heute schleierhaft. Mitunter überkommt es mich jedoch und ich sortiere wieder alles akribisch.

Zu meiner täglichen Routine gehört, die E-Mails zu checken, die im Hauptpostfach der Farm eingehen. Mit Spannung warte ich darauf, dass sich ein Interessent wegen der Cottages meldet. Leider ist es, als hätte das Inserat nie existiert. Aber ich gebe die Hoffnung nicht auf und schalte ein weiteres im Münchener Stadtanzeiger. Schließlich habe ich Rose versprochen, die großen Buchungsportale zu meiden. Ich beschreibe die Greenkenny Horse Farm in schillernden Farben und betone, dass auch kurzfristige Buchungen möglich sind.

Später bringe ich Tyler und John ein kühles Zitronenwasser nach draußen.

»Führst du mit mir die Pferde auf die Koppel?«, fragt John.

»Eher nicht«, antworte ich sofort, doch Tyler mischt sich grinsend ein. »Natürlich wirst du John begleiten.« Er zwinkert. »Deal ist Deal und weil ich gerade keine Zeit habe, wirst du deine nächste Lektion von John lernen.« Damit küsst er mich liebevoll. »Du schaffst das.«

Noch lieber als die Pferde auf die Koppel zu bringen, würde ich einfach aufsteigen und losreiten. Wäre da nicht diese Panik in mir, wenn ich nur daran denke. Ich schlendere zu Heaven, der am Holzzaun angebunden ist. Mutig strecke ich ihm die Hand entgegen.

Seine Ohren kippen zur Seite, er senkt den Kopf und schnuppert an meiner Hand. Sanft massiere ich mit kreisenden Bewegungen seine Nase und Stirn. Heaven gibt mir das Gefühl, dass er mir vertraut. Und ich vertraue ihm mit jedem Tag mehr.

»Dann lass uns mal loslegen«, ruft John, öffnet die Stalltür und hält sie auf.

Ich verabschiede mich von Heaven. Mit deutlich weniger Angst wie noch vor ein paar Wochen gehe ich in den Stall und begrüße das Pferd in der vorderen Box. Wie zuvor bei Heaven strecke ich ihm meine Hand entgegen.

»Traust du dich, ihn nach draußen zu führen?«

Ich nicke aufgeregt.

»Nimm ihn am Strick und zieh ein wenig dran. Er wird dir automatisch folgen.«

Mein Herz klopft.

»Und achte darauf, dass du auf Schulterhöhe neben ihm gehst.«

Ich gebe mein Bestes und tatsächlich lässt das Pferd sich auf mich ein und folgt mir aus dem Stall.

John schnappt sich ein weiteres und wir spazieren in Richtung Koppel. »Vom Boden aus baust du eine andere Bindung zum Pferd auf, als wenn du auf ihm sitzt.«

»Solange er seine erhabene Position nicht ausnutzt und mir auf die Füße steigt«, antworte ich, ohne das Tier aus den Augen zu lassen.

Wir erreichen die Koppel. Ich öffne das Gatter und beobachte das Pferd. Es bleibt ruhig. Ich rede dem Tier sanft zu. »Gut machst du das.«

Innerlich bin ich angespannt, aber auch mächtig stolz. Ich führe es auf die Koppel, drehe es zu mir und lobe es erneut. »Das hat hervorragend geklappt mit uns beiden.«

Ich spüre ein immenses Glücksgefühl in mir und würde das mir relativ unbekannte Pferd am liebsten umarmen. Es war weder ungehorsam noch hat es mich umgerannt. Behutsam entferne ich Halfter und Strick.

Aus der Hosentasche hole ich einen Apfel, den ich zuvor eingesteckt habe, und öffne die Hand. Das Tier schnappt sofort zu.

John lässt sein Pferd ebenfalls auf die Koppel und führt das gleiche Ritual durch wie ich.

Dann schließe ich das Gatter hinter uns und die beiden Pferde galoppieren los.

»Wenn ich nicht wüsste, dass du blutige Anfängerin bist, würde ich meinen, du hättest schon immer mit Pferden zu tun gehabt.«

Ich senke den Blick.

»Ist alles in Ordnung?«

Ich räuspere mich und ringe nach Worten. »Ich ... ähm ...«

»Was denn, Simone?«

»Ich ... ich hatte schon mal mit Pferden zu tun.« Jetzt ist es raus. Nervös spiele ich mit dem Hufeisenanhänger an meiner Kette.

»Tatsächlich? Und weshalb machst du so ein Geheimnis darum?« Er sieht mich prüfend an. »Und vor allem ... warum hast du solche Angst, wenn dir Pferde nicht fremd sind?«

»Bitte, ich möchte nicht darüber reden ...«

Ich merke, dass jedes Mal, wenn ich an damals denke, mein Körper bebt und ich in Panik verfalle.

Er zuckt mit den Schultern. »Okay, wie du meinst.«

Wir marschieren schweigend zurück zum Stall, um die anderen Pferde zu holen. Ich bin heilfroh, dass John keine weiteren Fragen stellt.

Endlich sind alle Pferde, die nicht zum Ausritt gesattelt sind, auf der Koppel.

»Das hat Spaß gemacht. Langsam fasse ich Vertrauen zu den Pferden. Vor allem zu Heaven.«

»Die Chemie zwischen euch stimmt ja auch. Heaven hat dich eindeutig in sein Herz geschlossen.«

Ich muss unbedingt gleich Nina anrufen und ihr davon erzählen. Es wird ohnehin längst Zeit, dass ich mich bei ihr melde, denn in den letzten beiden Tagen hat sie mehrfach durchgeklingelt. Ich war zu beschäftigt, um sie zurückzurufen. Hoffentlich ist alles in Ordnung bei ihr. Gleich werde ich es erfahren.

38

Ich raste aus. Ich raste komplett aus. Unruhig wippe ich mit den Füßen auf und ab. Unmöglich kann ich einfach nur steif dastehen. Am liebsten würde ich losrennen.

Aufgeregt stehe ich mit Tyler in der Ankunftshalle am Dubliner Flughafen. Nur noch ein paar läppische Minuten und ich werde meine beste Freundin in die Arme schließen.

Spontan, wie ich Nina kenne, hat sie vorgestern absolut überraschend gefragt, ob sie mich besuchen könne. Zwischen zwei Jobs – sie hat schon wieder gewechselt – hat sie ein paar Tage frei. Tyler und Rose waren sofort einverstanden und deshalb habe ich ihr kurzerhand zugesagt. Nervös springe ich von einem Bein auf das andere. Wo bleibt sie nur?

Nach einer halben Ewigkeit entdecke ich sie in der Menge der ankommenden Fluggäste. Mit ihrer knallgelben Jacke und der grünen Stoffhose leuchtet sie zwischen den Passagieren hervor wie eine Ampel.

»Da vorne! Da ist sie!« Aufgeregt fuchtle ich mit beiden Armen, um sie auf uns aufmerksam zu machen.

Sie zieht einen bunt geblümten Koffer hinter sich her, dessen Rollen so ramponiert sind, dass ich an ihrem angestrengten Gesichtsausdruck erkenne, dass sie ihn nur mit größter Mühe über den Hallenboden schleifen kann.

»Nina! Nina!«, brülle ich und winke.

Als sie mich entdeckt, kommt sie mit hastigen Schritten näher. Ihre blonden Locken wippen auf und ab und wirken so zerzaust, als hätte sie die halbe Nacht mit einer Steckdose gekämpft. »Simi!« Nina lässt kurz entschlossen ihren Koffer stehen und rennt auf mich zu.

»Oh, mein Gott, ich fasse es nicht!« Schluchzend schließe ich sie in die Arme. »Ich hab dich so vermisst.« Ich drücke sie so fest, dass sie nach Luft japst. Am liebsten will ich sie gar nicht mehr loslassen.

Sie löst die Umarmung und nimmt meine Hände in ihre. »Du siehst verdammt erholt aus, Simi. Das Landleben scheint dir gutzutun.«

Tyler räuspert sich. Nina hebt den Kopf und strahlt. »Und du bist der Mann, der meine beste Freundin gefangen hält?« Sie lacht auf und schließt auch ihn ganz unbefangen in die Arme. So kenne ich sie.

Ich ziehe ein Taschentuch aus der Hosentasche und schnäuze hinein. »Ich bin so unfassbar glücklich, dass du da bist, Nina.«

»Ich erst. Sag mal, gibt es bei euch was zu futtern? Ich habe unbändigen Kohldampf. Im Flugzeug gab es lediglich diesen überteuerten Tütenfraß.«

Ich boxe sie in die Seite. »Du bist unmöglich, denkst nur ans Essen.«

Ninas Besuch ist für mich, als wäre ein Stück Heimat in Irland angekommen.

Unser Geplapper wird durch eine monotone Lautsprecherdurchsage unterbrochen. »Wir bitten um Ihre Aufmerksamkeit. Bewahren Sie Ruhe und verhalten Sie sich umsichtig. Soeben wurde ein alleinstehender Koffer in der Ankunftshalle gefunden.«

Ich erstarre und sehe in die Richtung, in der Nina ihren Koffer achtlos hat stehen lassen.

Auch bei ihr klingelt es. »O Shit!« Sie hält sich die Hand vor den Mund und starrt mit weit aufgerissenen Augen dorthin, wo eben noch ihr Koffer stand. Der ist jetzt nicht mehr zu sehen. Eine Schar uniformierter Männer umkreist ihn, sodass Nina gar keine Chance hat, ihr Missgeschick wiedergutzumachen. Ein Polizist mit einem Hund im Schlepptau läuft hektisch durch die Halle.

Nina erwacht aus der Schockstarre. »No panic, no panic«, brüllt sie und rennt auf die Beamten zu.

Einer zuckt zusammen und zieht automatisch eine Waffe aus seinem Holster.

»This is my Koffer«, erklärt sie in einem Mix aus Deutsch und Englisch und fuchtelt beschwichtigend mit beiden Händen.

Ich eile ihr zu Hilfe und erkläre den Beamten auf Englisch, dass Nina den Koffer im Übereifer unserer Begrüßung versehentlich stehen gelassen hat.

Bei dem Wort *versehentlich* hebt einer der Polizisten die Augenbrauen. Im Übrigen wirkt keiner der Beamten so, als fände er die Angelegenheit witzig. Einer nach dem anderen schüttet uns mit ermahnenden Worten zu und erst als wir versprechen, dass wir nie wieder einen Koffer unbeaufsichtigt abstellen, lassen sie uns endlich gehen.

»Du bist aber auch schusselig«, flüstere ich kichernd.

Erneut kommt eine Durchsage, die uns aufhorchen lässt. Dieses Mal gibt sie Entwarnung.

***

»Hier sieht es ja aus wie auf einer richtigen Farm«, schwärmt Nina, als wir auf der Greenkenny Horse Farm ankommen.

»Das *ist* eine richtige Farm«, antworte ich lachend.

Voller Elan schweifen ihre Blicke umher. »Ich bin schon so gespannt. Führst du mich gleich herum?«

»Zuerst zeige ich dir dein Zimmer.«

Doch davor schauen wir in der Küche vorbei.

»Wie schön! Simones Freundin«, heißt Rose Nina willkommen und klatscht in die Hände. Sie schüttelt ihr freundlich die Hand. In dem Augenblick schleicht auch Emilia herein.

»Du musst Nina sein«, begrüßt sie meine beste Freundin mit einem süßen Lächeln im Gesicht. »Ich hoffe, du hast ein paar großartige Tage bei uns.«

In ihrem Blick steckt so viel Aufrichtigkeit, die ich ihr sofort abnehmen würde, wüsste ich nichts um das, was sich in ihrem Hinterstübchen abspielt.

»Was für ein toller Empfang«, findet Nina, als wir die Treppen nach oben steigen.

»Ist Rose nicht wunderbar? Genau so herzlich hat sie mich bei meiner Ankunft hier auch begrüßt.«

»Ja, aber selbst Emilia habe ich mir komplett anders vorgestellt.« Sie dreht sich zu mir und sieht mich direkt an. »Seid ihr euch mittlerweile nähergekommen?«

»Leider nicht.«

Im ersten Stock öffne ich die Tür zum Gästezimmer.

»Das ist ja zauberhaft!« Begeistert begutachtet Nina den Raum und wirft einen Blick aus dem Fenster. »Wow, was sind das für Berge?«

»Das sind die Wicklow Mountains«, erkläre ich so stolz, als wären es meine eigenen Berge.

Sie pfeift durch die Zähne. »Und wo ist dein Zimmer?«

»Gleich nebenan schlafen Tyler und ich.«

Wir gehen zu uns rüber und ich öffne die Tür. Ninas Kinnlade fällt hinunter.

»*Das* ist euer Zimmer?«, fragt sie ungläubig. Sie starrt mich stirnrunzelnd an.

»Ja, wieso? Stimmt etwas damit nicht?«

»Sieh dich doch mal um.« Sie scannt den kompletten Raum ab. »Du machst mir Angst.«

»Ich verstehe kein Wort«, stelle ich mich dumm, obwohl ich genau weiß, worauf sie anspielt.

»Du hast dich innerhalb von ein paar Monaten in mein zweites Ich verwandelt.« Kopfschüttelnd steigt sie im Storchenschritt über die am Boden ausgebreiteten Klamotten. »Wo ist die superordentliche Simi, bei der jedes Kleidungsstück auf einem Kleiderbügel hängt?« Sie packt mich am Arm und wird noch eine Spur energischer. »Wo?«

Ich zucke grinsend mit den Schultern.

»Mir schwant Böses.« Sie erhebt den Zeigefinger. »Zeig mir sofort den Kleiderschrank.«

Noch nie hatten Nina und ich Geheimnisse voreinander. Deshalb ist es für mich selbstverständlich, dass ich ihr auch diesen Teil des Zimmers offenbare. Ich ziehe mit der rechten Hand die Schranktür auf und deute mit der linken in das Schrankinnere. »Hier, bitte schön.«

Als hätte sie einen Geist gesehen, sinkt Nina beim Anblick der Regalbretter auf die Knie. Mit weit aufgerissenen Augen hält sie sich die Hände vor den Mund.

Ich folge ihrem Blick. Ehrlicherweise muss ich zugeben, dass es hier wie auf einem Schlachtfeld aussieht.

»Ich habe es geahnt«, jammert sie theatralisch. »Was hat Irland aus dir gemacht? Oder noch besser ... was hat dieser Mann aus dir gemacht? Wo ist die wohlsortierte Boutique, wie wir deinen Kleiderschrank immer genannt haben?«

Ich lache auf und gehe ebenfalls in die Hocke. »Keine Ahnung, ich komme nicht mehr dazu, jeden Tag Ordnung zu halten. Aber ich schwöre dir, so alle zwei Wochen wird es mir zu bunt und ich fange zu sortieren an.«

»Aha!«, antwortet sie schrill. »Das ist genau die Ausrede, die du bei mir nie hast gelten lassen.« Sie legt den Arm um mich und prustet los. Ich drücke ihr einen dicken Schmatzer auf die Wange.

***

Nachdem Nina ihren Koffer ausgepackt und sich frisch gemacht hat, schlendern wir über das Farmgelände. Vor dem Hühnercottage öffne ich das Gatter und sofort kommen die Hühner gackernd mit wackelnden Köpfen angerannt.

»Wie niedlich.« Nina springt aufgeregt auf und ab.

»Wahrscheinlich denken sie, ich bringe ihnen Futter.«

»Ach wie süß. Das sieht ja wie ein Hühnerhotel aus«, juchzt sie beim Blick auf den bemalten Bauwagen.

»Märchenhaft, nicht?«

Nach der Besichtigung des Hühnercottages begrüßen wir die Pferde auf der Koppel. Heaven trabt auf den Weidezaun zu. Wie selbstverständlich strecke ich ihm meine Hand entgegen.

Er schnuppert daran. Ich streichle ihn und gebe ihm eine Karotte, die ich mir zuvor aus dem Korb vor dem Stall geschnappt habe.

Nina macht große Augen und schluckt. »Hast du keine Angst mehr vor Pferden?«

Ich zucke mit den Schultern. »Es wird leichter. Stell dir vor, Heaven und ich sind schon richtige Freunde.« Zur Bestätigung schnaubt das Pferd und ich tätschle seinen Hals. »Ich fasse meine Fortschritte selbst nicht.«

»Das ist großartig, Simi.« Lächelnd drückt sie meine Hand. Dann streicht sie über Heavens Fell. »Ich bin ewig nicht geritten. Meinst du, ich könnte mir in den nächsten Tagen mal ein Pferd ausleihen?« Ihr Blick trübt sich. »Aber nur, wenn es okay für dich ist, hörst du?«

»Natürlich. Ich habe damit überhaupt kein Problem. John sattelt dir bestimmt gerne ein Pferd.«

Auf dem Weg zum Farmhaus treffen wir auf John, der kniend in Latzhose und einem karierten Hemd die Stalltür repariert. Er winkt uns zu.

»John, darf ich dir meine beste Freundin Nina vorstellen?«

»Aber gerne doch.« Er steht auf, wischt sich seine breiten Hände an der Hose ab und kommt mit einem fetten Grinsen im Gesicht auf uns zu. »Hallo Nina, schön, dich kennenzulernen.«

Schüchtern begrüßt sie ihn mit einem schlichten Hallo.

Mit einer ausladenden Handbewegung deutet er auf das Farmgelände. »Ich hoffe, du fühlst dich hier pudelwohl.«

»Ja, ganz bestimmt.«

Hallo? Ist das alles? Wo ist das Plappermaul Nina geblieben? Ich starre hinter Johns Rücken zu ihr hinüber.

»Was ist mit dir?«, forme ich die Frage mit meinen Lippen.

Nina wendet den Blick ab.

»Ich muss dann mal wieder. Bis später, ihr zwei.« Damit dreht er sich um und widmet seine Aufmerksamkeit erneut der Stalltür.

Da kommt Rose aus dem Haus. »Habt ihr Lust auf frisch gebackene Scones?«

»Unbedingt«, antworte ich an Ninas Stelle. »Roses Scones sind der Hammer.« Ich hake mich bei ihr unter und wir spazieren ins Haus.

39

Der Nachmittag vergeht im Nu. Am Abend versammeln wir uns um die Feuerstelle auf der Wiese hinter dem Haus. Tyler entzündet ein Lagerfeuer. Beißender Qualm steigt mir in die Nase.

»Ladys, was möchtet ihr trinken?«, erkundigt sich John, als Nina und ich es uns auf den Klappstühlen bequem machen, die um die Feuerstelle herum stehen.

»Du musst unbedingt ein Cider probieren. Ich liebe dieses Getränk«, schwärme ich.

»Okay, dann bitte ein Cider«, sagt Nina gut gelaunt zu John.

Rasch sind die knisternden Holzscheite zu einem flammenden Feuer entfacht, welches die Gesichter in gelb leuchtenden Schein einhüllt. Dank der wohligen Wärme sitzen wir mit geöffneten Jacken da. *Bestimmt riechen unsere Klamotten morgen ordentlich nach Rauch*, schießt es mir in den Kopf, während sich John zu Tyler gesellt und Emilia zu uns hinüberspaziert.

»Komm, setz dich zu uns«, bietet Nina ihr an, bevor ich etwas einwenden kann, und rutscht mit ihrem Klappstuhl ein Stück zur Seite.

»Danke, das ist lieb«, antwortet Emilia mit einem aufgesetzten Lächeln und schiebt ihren Stuhl dicht an Ninas heran. Ihre Sommersprossen leuchten im Schein der Flammen und sie sieht beinahe unschuldig aus.

Nina plappert sofort munter drauflos, als wären sie alte Freundinnen, die sich lange nicht gesehen haben. Dabei bin ich es doch, die sie schmerzlich vermisst hat. Ich merke, wie sehr es mich wurmt, dass Nina offenbar kein Problem mit Emilia hat, auch wenn ich das natürlich nie zugeben würde. Aber die beiden scheinen sich wirklich gut zu verstehen.

»Wusstest du, dass Emilia einen Bachelor of Science in Pferdewissenschaften hat?«, fragt sie mich zwischendurch und nickt Emilia anerkennend zu.

»Nein.«

Tatsächlich hätte ich es nicht für möglich gehalten, dass Emilia so ein kluger Kopf ist. Was mich auf der Stelle noch mehr wurmt. Viel eher hätte ich ihr zugetraut, dass sie studiert hat, wie man die Psyche eines Menschen binnen kürzester Zeit größtmöglich tyrannisieren kann.

Emilia richtet sich stolz auf. »Ich war vier Jahre lang an der Uni in Limerick.«

»Und ich habe eine Ausbildung im Einzelhandel und war auf der Schule für Kinderpflege«, gibt Nina unverblümt zu.

Während die beiden sich weiterhin blendend miteinander austauschen, werde ich von Minute zu Minute ruhiger. Gerade als ich aufstehen will, wendet Nina sich wieder mir zu. Sie fixiert Tyler und John, die am Feuer stehen.

»So, und nun sprich mal Tacheles. Warum hast du mir verschwiegen, dass der Kerl dermaßen heiß ist?«

»Wie bitte?« Ich verschlucke mich am Cider. »Hab ich doch gar nicht.« Ich starre auf Tyler, der gerade den Ärmel seines Hemdes hochkrempelt und damit einen überaus reizvollen Blick auf seine muskulösen Unterarme freigibt.

»Nina!«, ermahne ich meine beste Freundin. »Bitte glotz nicht so offensichtlich.«

Es ist mir peinlich, wie sie ihn anschmachtet. Ein Wunder, dass er es nicht mitbekommt.

»Diesen hammermäßigen Körperbau hast du mir definitiv verschwiegen.«

»Den sehe ich jeden Tag«, bemerke ich trocken und klammere mich an die Flasche. »Außerdem ist Aussehen nicht das Wichtigste.« Schließlich hat Tyler auch innere Werte.

Ninas Wangen sind rosig. Ich boxe sie unauffällig in die Seite.

»Reiß dich zusammen, Nina!«, zische ich. »Der gehört mir, basta!« Ich versuche zu lächeln, was mir zunehmend schwerer fällt.

»Mann, Simi. Sei doch nicht so besitzergreifend«, sagt sie mit beleidigtem Unterton in der Stimme.

Emilia, die Ninas Worte offensichtlich aufgeschnappt hat, beugt sich nach vorne. »Das ist sie gerne.«

Misch dich nicht ein, möchte ich sie anzischen, halte aber die Klappe. Stattdessen wende ich mich flüsternd an meine Freundin. »Würdest du bitte eine Spur diskreter schwärmen? Emilia hat auch schon ihre Ohren gespitzt.«

»Wir sind doch unter Mädchen.« Sie fasst sich mit der Hand theatralisch ans Herz. »Ich fürchte, ich hyperventiliere. Ich kann meinen Blick überhaupt nicht mehr von ihm wenden.«

»Nina, es reicht!«, ermahne ich sie ein weiteres Mal und spreche dabei unbewusst so laut, dass Tyler und

John ihre Köpfe heben und zu uns hinüberschauen. Mist!

»Reiß dich um Himmels willen zusammen«, presse ich in gemäßigterem Tonfall hervor.

»Ist ja gut.« Sie lacht. »Aber nun kann ich definitiv mehr denn je nachvollziehen, warum du dich damals so überstürzt auf einen One-Night-Stand mit Tyler eingelassen hast. An irischen Männern kann man sich einfach nur die Finger verbrennen.« Sie streckt ihre Hand in Richtung Feuer und zieht sie daraufhin ruckartig weg. Kichernd bläst sie über ihre Fingerspitzen.

Meine Wangen sind heiß wie die Glut. Noch nie hat sich Nina dermaßen über einen meiner Freunde ausgelassen. Okay, Alex war nicht ihr Typ. Aber wie sie jetzt von Tyler redet, versetzt mir einen Stich ins Herz. Was ist denn nur in sie gefahren? So kenne ich sie gar nicht. Völlig perplex von ihrer Dreistigkeit stehe ich wortlos auf, gehe auf die andere Seite des Feuers und starre in die Flammen.

Hinter mir höre ich sie erneut mit Emilia schnattern. Sie bemerkt nicht einmal, wie sehr mich ihr Gerede verletzt hat. Ich atme hörbar aus und balle die Hände zu Fäusten. Meine Wangen glühen vor Wut und Enttäuschung und ich habe große Mühe, die Fassung zu bewahren. War Nina schon immer so ein männerfressender Vamp? Oder hat Irland mich so verändert, dass mir ihr wahres Gesicht bisher verborgen geblieben ist?

John scheint die angespannte Stimmung zu bemerken und versucht die Situation mit frechen Sprüchen aufzulockern. Doch der Zug der guten Laune ist bei mir längst abgefahren.

»Kommt, lasst uns den Abend genießen«, sagt er, holt seine Gitarre und stimmt ein irisches Volkslied an. Zum ersten Mal höre ich ihn spielen und finde, er steht Tyler in nichts nach. Lautstark singen alle – ich nur halbherzig – zusammen die Texte von *Whiskey in the Jar* und *Molly Malone*. Nina trällert auch mit, natürlich aus voller Kehle, obwohl sie die Lieder vorher bestimmt noch nie gehört hat. Emilia und sie haken sich unter und schunkeln zur Musik. Ich kann die beiden kaum ansehen, so sehr schmerzt es mich. Nina ist meine Freundin. Meine beste Freundin. Und jetzt ist sie offensichtlich nicht nur scharf auf Tyler, sondern versteht sich auch noch blendend mit der Frau, die mir hier das Leben zur Hölle macht.

Ich bin so in meine Gedanken vertieft, dass ich gar nicht bemerke, wie Tyler mich von der Seite beobachtet.

»So still?«, fragt er.

Der Schein des Feuers spiegelt sich in seinen Augen. In seinem Blick liegt so viel Wärme.

»Es ist das Lied«, sage ich ein wenig wie in Trance und versuche mir nicht anmerken zu lassen, dass ich gedanklich gerade ganz woanders war. »Molly Malone ist mir richtig ans Herz gewachsen. Es muss fantastisch sein, diesen Song auf der Bühne zu performen. Die Pubbesucher werden regelmäßig mucksmäuschenstill, wenn er ertönt. Spätestens wenn beim Refrain alle beherzt mitgrölen, bekomme ich eine Gänsehaut.«

»Wir können gerne mal zusammen auf die Bühne«, scherzt er.

»Gib mir noch ein paar Whiskey und ich bin dabei«, antworte ich lachend und vergesse Nina, Emilia und den Rest um mich herum für eine Sekunde.

»Abgemacht?« Er hält mir seine Hand hin, in die ich einschlage. Dann gesellt er sich wieder zu John.

Aus dem Augenwinkel sehe ich, wie Nina mich anlächelt und Emilia etwas zuflüstert. Kurz darauf steht sie auf und kommt zu mir herüber.

»Was ist denn los, Simi?«, fragt sie mit unschuldigem Blick.

»Ich mag es nicht, wie du über Männer sprichst«, platzt es aus mir heraus.

»Meine Güte, Simi.« Sie verdreht die Augen und wirkt sichtlich genervt, was mich noch mehr in Rage bringt. »Entspann dich mal.«

»Ach, ich soll mich entspannen?« Ich schnalze mit der Zunge und erhebe die Stimme. »Du wechselst die Lover schneller als deine Jobs ...«, werfe ich ihr eine Spur zu laut vor, »... und kaum bist du ein paar Stunden hier, hast du es auf den nächsten abgesehen.«

Die anderen starren uns an, als wären sie Zuschauer eines aufregenden Theaterstückes.

»Du bist überhaupt nicht verbindlich«, sage ich etwas leiser, wenn auch nicht weniger patzig. Momentan finde ich ihr Verhalten einfach nur daneben.

»Nun brems dich mal, meine Liebe«, blafft Nina zurück und schüttelt den Kopf.

Emilia grinst amüsiert und Tyler und John versuchen, ihre Blicke von uns abzuwenden, was ihnen nicht gelingt. Die beiden scheinen irgendwie peinlich berührt zu sein. Mich packt für einen Moment das schlechte Gewissen. Ich möchte hier niemandem den Abend verderben, aber ... warum muss Nina mich dermaßen provozieren? Ich verschränke die Arme vor der Brust und versuche, ruhig zu bleiben. Doch es gelingt mir nicht. Ich bin einfach so unfassbar wütend und enttäuscht.

»Ich soll mich bremsen? Das sagst gerade du mir?« Kopfschüttelnd presse ich die Lippen aufeinander.

Nina zeigt keinerlei Einsicht. »Wen ich gut finde und wen nicht, geht dich überhaupt nichts an«, bemerkt sie spitz.

»Ich denke, in diesem Fall geht es mich sehr wohl etwas an«, antworte ich und kneife die Augen zusammen. »Du kannst dir nicht einfach rücksichtslos jeden Kerl deiner Wahl krallen.« Mittlerweile bin ich so laut, dass man mich bestimmt noch am Farmhaus hören kann. Doch das ist mir echt egal.

Tyler wirft ein weiteres Stück Holz in die Flammen. Das Knistern übertönt meine Stimme kurzzeitig.

John tritt unruhig von einem Bein auf das andere. Nur Emilia scheint das Spektakel zu genießen. Sie hat sich entspannt in ihrem Klappstuhl zurückgelehnt und zufrieden die Arme vor der Brust verschränkt.

»Hach, ist das spannend«, wispert sie mit einem gefälligen Grinsen auf den Lippen.

»Auch wenn ich finde, dass es die beste Entscheidung des Jahres war, dass du deinen Mister Protzig in den Wind geschossen hast, musst du dich doch nicht gleich an den Nächstbesten ranmachen.«

Ninas Wangen erröten und sie hebt abwehrend die Hände. »Stefan war ein Kotzbrocken. Es ist mir heute schleierhaft, was ich an ihm gefunden habe.« Verstohlen schaut sie in Richtung der beiden Männer.

Ninas unschuldige Blicke machen mich rasend. »Tut mir leid, Nina, ich habe kein Verständnis dafür, wie du dich aufführst.« Hatte ich mich erst so über ihren Besuch gefreut, wünschte ich mir jetzt, sie wäre nie hierhergekommen.

Nun baut sie sich vor mir auf und stemmt die Hände in die Hüften. »So so, du hast also kein Verständnis für mein Verhalten? Du nimmst dir doch auch, worauf du Lust hast.« Sie starrt Tyler an, der den Blick stur ins Feuer gerichtet hat. »Und wieso sollte mir nicht das gleiche Recht zustehen?« Tränen steigen in ihren Augen auf.

»Weil Tyler mir gehört!«, brülle ich ungehalten. »Lass die Finger von ihm.«

Bei meinen Worten zuckt Tyler zusammen und ich wünschte, er hätte sie nicht mitbekommen.

»Tyler?« Sie schluckt und ihr Gesicht ist mittlerweile knallrot. »Wer spricht denn von Tyler?«

40

Verunsichert sieht Nina nun zu John hinüber, der sich verlegen an seinem Bart kratzt und ebenfalls in die Glut starrt.

»Simi, das ist ein Missverständnis«, stammelt sie und wendet sich ab.

Ich lege die Stirn in Falten. »Hast du mir nicht gerade gestanden, dass du auf Tyler stehst?«, antworte ich ihr nicht minder leiser als eben.

Tyler wirkt angespannt, was ich ihm nicht einmal verübeln kann.

»Ich meine nicht Tyler, verdammt noch mal.« Ninas Stimme bebt und ihre quälenden Blicke wandern zu John.

Der legt Tyler die Hand auf die Schulter und sagt ihm etwas ins Ohr. Ich habe den Eindruck, als würden die beiden krampfhaft versuchen, nicht hinzuhören.

Mit der Hand fährt sich Nina durch ihre Locken. Es rollen ungehindert Tränen über ihre Wangen. Sie senkt den Blick und knetet nervös ihre Finger. »Ich würde doch nie ...«, krächzt sie.

»Du ... sprichst von ... John?«, stottere ich und senke augenblicklich meine Stimme.

»Ja«, haucht sie und sieht mich an, als hätte ich ihr ein Dutzend Ohrfeigen verpasst.

»Oh, mein Gott!« Ich starre sie fassungslos an und wage kaum, die anderen am Lagerfeuer anzusehen. Am liebsten würde ich im Boden versinken. Mir wird abwechselnd heiß und kalt und meine Finger zittern.

In Windeseile ziehe ich Nina vom Feuer weg und verschwinde mit ihr hinter dem Stall. Deutlich sanfter als vorhin hake ich nochmals nach. »Du hast die ganze Zeit über von John gesprochen?«

Sie nickt. »Von wem sonst?« Schniefend zieht sie ein Taschentuch aus ihrer Hosentasche.

»Aber du hast doch gesagt, dass der Typ dermaßen heiß ist.«

»Ja, der Typ! John!«, erwidert sie energisch, schnäuzt sich erneut und wendet sich von mir ab.

Du meine Güte, ich habe sie völlig falsch verstanden. Wut und Enttäuschung weichen auf einmal einer Mischung aus großer Erleichterung und einem riesigen schlechten Gewissen. Wie kann ich das nur jemals wiedergutmachen?

»Nina, bitte ...«, flüstere ich und lege meine Hand auf ihre Schulter, doch sie schiebt sie weg. »Ich bin so eine Idiotin!«, tadele ich mich selbst und fasse mir an den Kopf. Wie konnte ich nur annehmen, dass Nina scharf auf Tyler ist? »Ich habe dich völlig falsch verstanden.«

»Was war denn daran falsch zu verstehen?«, fragt sie trotzig.

»Ich dachte allen Ernstes, du hättest es auf Tyler abgesehen.«

»Auf Tyler? Nie im Leben«, versichert sie und dreht mir weiterhin den Rücken zu.

»Aber du hast so in seine Richtung geschaut ...«, erkläre ich kleinlaut, doch sie winkt ab.

»Mensch, Simi. Natürlich habe ich in seine Richtung geschaut, weil John direkt neben ihm gestanden hat! Wie konntest du mir nur zutrauen, dass ich dir den Mann ausspannen möchte?«

Auch wenn ich ihr Gesicht nicht sehe, merke ich, wie verletzt sie ist.

»Du hast ja recht, dass ich bei der Auswahl meiner Freunde nicht immer wählerisch bin ...«, murmelt sie und ich schäme mich für meine Aussage. »Aber als ich John heute Nachmittag zum ersten Mal gesehen habe, wie er am Boden kniete und mit seinen kräftigen Händen die Stalltür repariert hat ...« Sie dreht sich um und ihre Augen funkeln. »Da hab ich mich dermaßen zu ihm hingezogen gefühlt. Das hab ich noch nie erlebt!«

Jetzt wird mein schlechtes Gewissen noch größer. O Mann, wenn ich ins Fettnäpfchen trete, dann aber auch mit voller Wucht. »Es tut mir leid. Ich war so sehr auf Tyler fixiert, dass ich John völlig übersehen habe.«

Ich schlucke und schäme mich noch mehr dafür, dass ich meine beste Freundin derart vor allen gedemütigt habe. Und dass John nun auch noch in ganzer Breite mitbekommen hat, wie sie ihn anhimmelt. Sicher wollte sie ihm das nicht auf diese Art gestehen. Ich atme schwer.

»Ach, Nina«, seufze ich und würde sie am liebsten umarmen. Aber sie bleibt auf Distanz. »Entschuldige. Es war kindisch, wie ich mich benommen habe.«

Sie nickt, doch ich spüre, dass sie nach wie vor verletzt ist. »Du solltest mich wirklich besser kennen. Nach allem, was wir beide schon miteinander durchgemacht haben ...« Sie sieht mich tadelnd an.

Ich habe es nicht anders verdient. Hätte sie mich derartig behandelt, würde ich wahrscheinlich kein Wort mehr mit ihr reden. Und trotzdem hoffe ich inständig, dass sie mir verzeiht. Es war ein Missverständnis. Ein blödes, dummes Missverständnis, das einzig und allein dadurch zustande gekommen ist, dass ich meine Gefühle nicht unter Kontrolle hatte.

»Darf ich dich umarmen?«, frage ich zaghaft und habe ein wenig Angst vor ihrer Antwort.

Nina wischt sich die Tränen aus den Augen und nickt, wenn auch zögerlich.

»Es tut mir so leid«, schluchze ich, als ich sie an mich heranziehe.

»Schon gut«, sagt sie halbherzig, löst sich aus meiner Umarmung und sieht zu Boden. »Hätte ich tatsächlich Tyler gemeint, wäre das für eine beste Freundin komplett daneben gewesen.«

Ich nicke und seufze. Wie soll ich das nur wieder geradebiegen? »Und jetzt?«

»Keine Ahnung«, wispert sie und zuckt mit den Schultern. »Ich fürchte, nach der Showeinlage kann ich nicht mehr zurück ans Feuer. Das alles ist mir peinlich.«

»Mir auch«, gestehe ich und hebe eine Augenbraue.

»Geschieht dir recht.«

»Ich weiß.« Betreten schaue ich zunächst zu Boden und dann zu Nina, deren Augen in der Dunkelheit umherwandern, als würde sie sich nach einem Fluchtweg aus dieser unangenehmen Situation umsehen. »Wollen wir reingehen?«

»Gerne.«

Ich hake mich bei ihr unter und wir gehen zum Haus zurück. Aus den Augenwinkeln nehme ich wahr, dass

Tyler kurz den Kopf hebt, als wir am Lagerfeuer vorbeischleichen. Doch er sagt nichts, sondern scheint zu verstehen, dass Nina und ich nach dem Vorfall erst einmal Zeit für uns brauchen.

Die Nacht verbringe ich mit meiner Freundin im Gästezimmer. Die halbe Nacht liegen wir nebeneinander wach und sprechen uns aus. Irgendwie schaffen wir es, uns einander wieder anzunähern und unsere gewohnte Leichtigkeit beinahe zurückzugewinnen, was mich enorm glücklich macht. Doch bis Nina mir völlig verzeiht, wird es wohl noch eine Weile dauern.

»Und was treiben wir morgen?«, fragt Nina, als uns allmählich die Augen zufallen. »Wie ich dich kenne, hast du für die komplette Woche einen Plan ausgearbeitet.«

»Ehrlich gesagt habe ich überhaupt nichts geplant. Was hältst du davon, wenn wir spontan schauen, worauf wir Lust haben?«

»Sprichst du gerade über etwas in der Art wie treiben lassen?« Sie kichert. »Sag mal, hat man Gehirnwäsche mit dir betrieben? Wo ist die durchgeplante Simi geblieben, die den Tag durchtaktet und nichts dem Zufall überlässt?«

41

Die Tage mit Nina sind zu meinem Leidwesen viel zu rasch vorüber. Unser Abschied ist tränenreich, während wir uns an der Tatsache festklammern, dass ich in knapp zwei Monaten wieder zurück in Deutschland sein werde. Nachdem John ein paar Tage zum Schafscheren unterwegs war, ist ihr die Peinlichkeit erspart geblieben, ihm nochmals unter die Augen treten zu müssen.

Tyler ist heute Nachmittag mit dem Land Rover in der Werkstatt und ich habe mir für meine freien Stunden etwas Verrücktes ausgedacht. Ich mache mich auf die Suche nach John und finde ihn schließlich in der Maschinenhalle.

»John, ich habe eine Bitte an dich.« Aufgeregt trete ich von einem Fuß auf den anderen.

»Stets zu Ihren Diensten, Mylady«, sagt er grinsend.

»Gibst du mir eine Reitstunde?«

»Du willst *reiten*?« Er glotzt mich an, als hätte ich ihm gesagt, dass ich einen Bungee-Sprung wagen möchte.

»Ja, ich bin schon so lange auf der Farm und merke selbst, dass ich enorme Fortschritte mit den Pferden mache. Ich finde, es ist an der Zeit, es endlich zu probieren. Es kribbelt in meinen Fingern.«

Er lacht. »Okay. Ja klar, super.« Seinem Gesichtsausdruck entnehme ich, dass er von meinem plötzlichen

Sinneswandel überrascht ist. Er kratzt sich am Kopf. »Willst du nicht, dass Tyler es dir beibringt?«

»Ich will ihn überraschen, wenn ich eines Tages hoch zu Ross vor ihm stehe.«

»Ah okay, verstehe.« Er rollt ein Eisengestell durch die Halle. »Dann schlage ich vor, wir fangen klein an. Einfach drauflos zu reiten, halte ich für keine kluge Idee. Du musst erst mal ein Gefühl für das Pferd kriegen.«

»Wie du meinst, du bist der Lehrer.«

Er wirft einen Blick auf seine Armbanduhr. »Eine Stunde hätte ich Zeit. Willst du gleich loslegen?«

»Unbedingt!«

»Gut. Ich schlage vor, zuerst satteln wir Beauty gemeinsam und dann sehen wir, wie weit wir heute kommen.«

»Beauty?« Meine Mundwinkel fallen nach unten. »Ich will es eigentlich mit Heaven probieren.«

»Heaven ist für Anfänger ungeeignet.«

»Bitte lass es mich trotzdem mit ihm versuchen«, dränge ich. »Er ist das einzige Pferd, zu dem ich schon eine Bindung aufgebaut habe.«

Nachdem ich John weitere Gründe für ein Training mit Heaven aufgezeigt habe, stimmt er schließlich zu. Rasch laufe ich in den kleinen Schuppen neben dem Stall, in dem die Reitausrüstung für Gäste in sämtlichen Größen auf Kleiderbügeln an Stangen hängt. Ich schnappe mir eine passende Reithose und Stiefel.

John wartet im Stall, wo ich innerhalb kürzester Zeit das Pferd sattele.

Staunend glotzt er mich an. »Hast du heimlich geübt?«

Ich gucke ihn unschuldig an, verneine, setze den Reithelm auf und führe Heaven aus dem Stall.

Draußen angekommen tätschelt John dessen Rücken. »Und nun setzt du deinen linken Fuß in den linken Steigbügel und schwingst den rechten über den Pferderücken zum anderen Steigbügel hin.«

Skeptisch starre ich auf die Steigbügel.

»Keine Sorge dir passiert nichts. Ich stehe neben dir und wenn es schiefgeht, fällst du direkt in meine Arme.« Er grinst mich frech an und zwinkert.

Ich sehe in Richtung des Pferderückens und wische meine feuchten Hände an der Reithose ab. Unsicher setze ich den Fuß in den Steigbügel, nehme die Zügel, halte mich am Sattel fest und schwinge mich auf den Pferderücken.

»Hui, ist das hoch.« Krampfhaft kralle ich die Finger in den Sattel und meine Beine pressen gegen Heavens Rippen. Ihm scheint das alles nichts auszumachen. Er steht geduldig da und frisst das Leckerli, mit dem John ihn belohnt.

»Ich kann das nicht«, keuche ich. »Ich ... ich steige besser wieder ab.« Ich zittere und bin binnen Sekunden schweißgebadet. Weiterhin presse ich meine Schenkel gegen den Pferderücken.

»Komm, ich führe dich ein paar Minuten. Du schaffst das«, macht John mir Mut.

Ich nicke mit zusammengepressten Zähnen und bete, dass diese Minuten schnell vergehen. Als Heaven sich bewegt, halte ich die Luft an.

»Sch ... sch ... es ist alles gut.« Ich bin mir nicht sicher, ob Johns beruhigende Worte mir oder dem Pferd gelten sollen. Er tätschelt Heavens Hals. »Braver Junge.«

Meine Muskeln sind wie eingerostet und beim Schaukeln auf dem warmen Pferderücken kommen Erinnerungen in mir hoch.

»Wir gehen bis zur Koppel und wieder zurück, okay?«

»So weit?«

John lacht auf. »Das sind nur ein paar Meter.«

Ich gebe mir Mühe durchzuhalten, denn ich will es unbedingt schaffen.

Heaven setzt mit einer Seelenruhe einen Fuß nach dem anderen auf den Kies und meine Hände sind nicht mehr ganz so verkrampft. Langsam entspanne ich die Oberschenkel und bewege den Oberkörper im Takt des Schaukelns. Ich atme ruhig ein und aus und plötzlich erfüllt eine Wärme meinen Körper, wie ich sie lange nicht mehr verspürt habe.

Auf mein Bitten hin verlängern wir die Reitstunde. Schließlich kommen wir wieder am Pferdestall an.

»Und?«, fragt John.

»Fabelhaft.«

»Du strahlst, als hätte ich dir gerade einen Pokal für den ersten Platz beim Pferderennen überreicht.«

»Genauso fühle ich mich auch.« Ich fasse es nicht, was in der letzten Stunde mit mir geschehen ist, und möchte schreien vor Glück.

»Na dann melde ich dich am besten gleich mal an.«

»Wo?«

»Beim alljährlichen Pferderennen an der Küste.«

»Wann ist das?« Ich erinnere mich daran, dass Tyler mir davon erzählt hat.

»In knapp sechs Wochen. Emilia macht auch mit. Es ist ein Amateurrennen, aber eines der besonderen Sorte.«

In meinem Kopf rattert es. »Sag mal, hältst du es für möglich, dass ...«

»Ausgeschlossen!«, unterbricht er meinen Gedankengang energisch.

»Du weißt doch gar nicht, was ich sagen will.«

»Doch, dass du beim Pferderennen mitmachen möchtest. Das war ein Scherz, Simone! Obwohl du ein Naturtalent zu sein scheinst, bist du noch lange nicht so weit.«

»Aber was wäre, wenn ich es bis dahin schaffen würde?«

»Keine Chance! Ein Pferd professionell zu reiten, dauert seine Zeit. Wichtig ist, dass du erst mal deine Angst überwindest. An ein Rennen ist überhaupt nicht zu denken. Selbst wenn es sich um ein Amateurrennen handelt.«

Der Gedanke an das Rennen gefällt mir, obwohl mir klar ist, dass es eine verrückte Idee ist. Jubelnde Zuschauer, die mich anfeuern, das Galoppieren über den staubigen Sand, das Adrenalin, das bei der hohen Geschwindigkeit durch den Körper jagt ... das wäre fabelhaft. Außerdem könnte ich mir beweisen, was in mir steckt. Mir ist klar, dass das alles nur eine Wunschvorstellung ist, doch der Gedanke daran ist verlockend.

***

Dank der gestrigen Reitstunde schmerzt jede meiner Bewegungen. In Bauch und Rücken habe ich einen Muskelkater, wie ich ihn nie zuvor erlebt habe. Egal. Es ist ein überwältigendes Gefühl, gestern im Sattel gesessen zu haben.

Mit meinem schmerzenden Po nehme ich auf dem Sessel im Arbeitszimmer Platz und checke die Aufrufe der Inserate, in denen wir die Cottages zur Vermietung anbieten. Beide Anzeigen sind bisher kaum angeklickt worden, doch als ich das E-Mail-Programm öffne, traue ich meinen Augen nicht. Es ist eine Buchungsanfrage aus Deutschland eingetrudelt. Mein Herz schlägt Purzelbäume, als ich lese, dass ein Pärchen eines der Cottages für eine komplette Woche buchen möchte. Das muss ich unbedingt sofort Rose berichten.

Ich finde sie in der Küche auf einem Stuhl sitzend. Sie reibt sich das kranke Bein mit einer Salbe ein.

»Geht es dir immer noch nicht besser?« Ich beuge mich hinab und begutachte es.

»Der Schmerz hört einfach nicht auf«, jammert sie. »Der Arzt meint, es müsste längst wieder verheilt sein.«

»Du solltest dir eine Zweitmeinung einholen.« Ich nehme mir ein Glas aus dem Schrank und setze mich zu ihr an den Tisch.

»Mal sehen. Aber bist du gekommen, um dich nach meinem Bein zu erkundigen oder hast du etwas anderes auf dem Herzen?« Sie schenkt mir aus einem Krug Saft ein.

Verheißungsvoll grinse ich sie an und schaffe es kaum, meine innere Freude zu verbergen.

»Wir haben eine Buchungsanfrage!«, platze ich heraus. »Für nächste Woche.«

»Nein!« Roses Augen werden groß und sie beißt sich lächelnd auf die Unterlippe.

»Wie hast du das denn geschafft, Liebes?«

»Du hattest recht mit dem Online-Inserat. Tatsächlich haben wir darüber eine Buchungsanfrage bekommen.«

»Das klingt ja fabelhaft.« Sie klatscht in die Hände. Doch dann trüben sich ihre Augen. »Weiß Tyler schon ...?«

»Nein, ich wollte es zuerst dir sagen.«

»Ist nächste Woche nicht zu kurzfristig?«

»Nicht, wenn alle sich darauf einstellen. Einschließlich Tyler.« Ich stelle mir vor, wie wir die Gäste mit einbinden und behandeln, als würden sie zur Familie gehören, und ihnen damit eine unvergessliche Woche bereiten. »Und weil ich mit Tyler diesen Deal habe, werde ich ihn nicht zuvor um Erlaubnis bitten, sondern ihn vor vollendete Tatsachen stellen. Aber natürlich nur, wenn du einverstanden bist.«

»Wahrscheinlich wird er nicht begeistert sein.« Ihr Blick trübt sich, doch dann zwinkert sie. »Aber Deal ist Deal, habe ich Recht, Liebes?«

»So ist es«, entgegne ich lachend.

»Ich finde es bemerkenswert, wie ihr euch gegenseitig herausfordert. Und ich bin mir sicher, ihr seid auf dem richtigen Weg. Tyler wird irgendwann seine Meinung bezüglich der Cottagevermietung ändern. Immerhin ist er Dwaynes Fleisch und Blut.« Ihre Augen sind glasig bei dem Gedanken an ihren verstorbenen Ehemann. »Und wer weiß, vielleicht bringen bereits die ersten Gäste die entscheidende Wende.«

»Dann bist du also einverstanden?«

»Ja, definitiv!«

Ich strecke ihr die Hand entgegen. Rose schlägt, ohne zu zögern, ein. Gleich nach dem Gespräch mit ihr mache ich mich auf die Suche nach Tyler.

42

Glücklicherweise hat Tyler die Überraschung mit den Urlaubsgästen erstaunlich gelassen aufgenommen. Solange er das Cottage nicht betreten muss, ist er mit dem Besuch einverstanden.

Zufrieden erledige ich die letzten Handgriffe im Pogonia Cottage. Der Strauß Trockenblumen, den ich in einer Vase auf den Couchtisch stelle, macht sich hervorragend zur naturfarbenen Deko des Wohnraums.

Da höre ich ein Auto die Einfahrt hinauffahren. Bestimmt sind das die Gäste. Mann, bin ich nervös. Rasch streiche ich die Tischdecke glatt und laufe hinaus. Winkend begrüße ich die Gäste, die hinter den getönten Scheiben des schicken Sportwagens kaum zu erkennen sind. Sitzt auf dem Beifahrersitz überhaupt jemand?

Ich kneife die Augen zusammen, als der Fahrer, der eine Basecap trägt, aussteigt.

»Herzlich willkommen auf der Greenkenny Horse Farm.« Ich laufe ihm freudestrahlend entgegen.

Der Gast nimmt seine Sonnenbrille von der Nase und breitet die Arme aus. »Mit einer derart freudigen Begrüßung hatte ich nicht gerechnet, Simi.«

Abrupt bleibe ich stehen. »Alex!«

Automatisch weiche ich einen Schritt zurück. »Was zum Teufel tust du hier?«, raune ich und sehe mich hektisch nach Tyler um, der nirgends zu entdecken ist.

»Wirklich ein hübsches Fleckchen Erde hier.« Frech schiebt er sich an mir vorbei und steuert schnurstracks auf das Farmhaus zu.

Ich stelle mich ihm in den Weg. »Antworte mir.«

»Ich habe ein Cottage gebucht, Simi.«

»Du bist der Feriengast?«

Bitte, bitte sag, dass du es nicht bist.

»So ist es. Ich wollte mir mal ansehen, wo meine Simi lebt.«

Bei diesen Worten dreht sich mir sprichwörtlich der Magen um.

»Nachdem du mir bei unserem Treffen in München so von der Farm vorgeschwärmt hast, war ich extrem neugierig. Es hat nicht lange gedauert, bis ich herausgefunden hatte, dass es die Farm meiner Simi ist. Zumal du deine übliche, stinklangweilige Wortwahl bei der Werbung verwendet hast.«

Ich bin mit seinem Besuch maßlos überfordert. War er früher auch so ein Ekelpaket? Doch um darüber nachzudenken, bleibt keine Zeit. Erst einmal muss ich ihn wie einen normalen Gast behandeln. Zumindest so lange, bis mir eine bessere Lösung einfällt.

»Ich zeig dir dein Cottage«, sage ich wie ferngesteuert, obwohl ich ihn am liebsten mit einer alten Mistgabel von der Farm jagen würde.

Da vorne ist Tyler. O weh! Er hat uns gesehen und kommt mit eiligen Schritten auf uns zu. Hatte er nicht gesagt, er bliebe im Hintergrund?

»Hi, ich bin Tyler«, begrüßt er Alex mit Handschlag. »Simone kümmert sich um dich.« Damit verschwindet er sofort wieder, ohne zu ahnen, wen er vor sich hatte.

Alex zieht eine Augenbraue nach oben. »Ziemlich ruppig, dein Tyler.«

»Spar dir den Kommentar.«

Ich erkläre Alex kurz, wo er im Cottage was findet und verabschiede mich eilig. »Schönen Urlaub!«

»Wann ist das Lagerfeuer?«

»Lagerfeuer?« Verdutzt sehe ich ihn an.

»Du hattest in deiner Rückantwort von einem lauschigen Lagerfeuer am Abend und Familienanbindung geschwärmt.«

Ich bin so eine Idiotin. Woher sollte ich ahnen, dass ... Ich räuspere mich. »Das Lagerfeuer ist erst übermorgen.«

Bis dahin bleibt mir Zeit, zu überlegen, wie ich es absage. Vielleicht ist der Wettergott gnädig und schickt ein Unwetter über die Farm. Oder zumindest Starkregen.

Doch so problemlos lässt Alex sich nicht abwimmeln. »Okay, und was hast du mir heute zu bieten?«

»Ich ... ich weiß nicht.«

»Ich schlage vor, dass ich zunächst auspacke und du dir in der Zwischenzeit etwas Nettes überlegst.« Er sieht auf seine Designeruhr, die mir noch nie gefallen hat. »Du kannst mir auch erst mal zeigen, wo dein Zimmer ist.«

Ich starre ihn an.

»Nur für den Fall, dass ich nachts eine lebenswichtige Frage habe.« Sein Blick durchbohrt mich.

»Das Farmhaus bleibt den Gästen vorenthalten«, erkläre ich scharf.

»Aber ich bin doch kein normaler Gast.« Er legt dreist den Arm um mich.

»Lass das«, zische ich und schiebe ihn weg.

»Willkommen auf der Greenkenny Horse Farm«, vernehme ich hinter uns Emilias Stimme. Sie steht in der Tür und lächelt Alex an. Ob sie unsere Unterredung mitbekommen hat?

Er mustert sie von oben bis unten und reicht ihr freudestrahlend die Hand.

»Ich kümmere mich schon um den Gast, Emilia«, sage ich bestimmt und schiebe sie nach draußen.

»Wenn Sie etwas brauchen, melden Sie sich gerne«, ruft sie ihm über die Schulter hinweg zu und zwinkert. »Kennst du den?«

»Nein«, antworte ich kurz und knapp.

Eigentlich war geplant, dass ich am Ankunftstag mit den Gästen nach Glendalough fahre und eine Wanderung zum Upper Lake unternehme. Gott sei Dank habe ich das im Vorfeld nicht angepriesen. Nun sieht die Sachlage anders aus. Mit Alex werde ich nirgendwo hinfahren. Es sei denn, es gäbe dort eine Klippe oder einen Abhang.

»Pack in Ruhe aus und dann sehen wir weiter.«

Damit verabschiede ich mich, verschwinde mit eiligen Schritten und laufe ins Farmhaus. Auf dem Weg nach oben nehme ich zwei Treppenstufen auf einmal. Kraftlos sinke ich in unserem Zimmer auf das Bett und vergrabe meinen Kopf in den Händen. Was mache ich jetzt?

Rose war so unglaublich glücklich, als sie gehört hatte, dass sich Gäste angekündigt haben. Ich will sie nicht enttäuschen.

Letzten Endes entscheide ich mich doch für die Wanderung zum Upper Lake. Erstens schöpfen die anderen damit keinen Verdacht, weil ich mich wie besprochen um den Gast kümmere, und zweitens haben Alex und ich die Gelegenheit, in Ruhe miteinander zu reden, ohne dass uns jemand belauscht. Vielleicht kann ich ihn überreden, wieder von hier zu verschwinden.

»Das klingt großartig«, schwärmt Alex, als ich ihm die Idee der Wanderung unterbreite. »Bin sofort startklar.«

Auf der knapp zwanzigminütigen Autofahrt in Alex Spießerwagen versucht er krampfhaft, mit mir ins Gespräch zu kommen. Stolz berichtet er, dass er für ein üppiges Trinkgeld am Flughafen ein Upgrade für den Leihwagen ergattert hat. Seine selbstbewusste Art und sein Durchsetzungsvermögen, das mir früher so imponiert hat, finde ich heute einfach nur widerlich.

»Glendalough nennt man auch das Tal der zwei Seen«, erkläre ich mit dem Tonfall einer Fremdenführerin, nachdem wir am Visitor Center geparkt haben.

Von den Ruinen der Klosteranlage fasziniert, schenkt Alex seine Aufmerksamkeit erst mal nicht mir. Was mir wirklich recht ist. Entlang des Südufers des Lower Lakes wandern wir nach Westen zum Upper Lake.

»Fantastisch. Warst du schon öfter hier?«

»Einmal«, antworte ich wortkarg und erinnere mich an den Tag, an dem das mit Tyler der Fall war. Damals waren wir die Spinc-Route gewandert, die ich landschaftlich reizvoller finde als die Strecke, die ich mit Alex vorhabe zu gehen. Was ich natürlich vor ihm verschweige.

»Die Aussicht ist umwerfend.« Alex läuft hin und her, um mit seiner Handykamera die besten Bilder einzufangen. Als er in meine Richtung schwenkt, blaffe ich ihn an. »Lass das!«

Über den Pfad aus Holzplanken wandern wir durch den Birkenwald zurück in Richtung des Lower Lakes. Obwohl die Luft hier angenehm klar ist, atme ich schwer.

»Warum bist du hier, Alex?«, stelle ich die Frage, die mir seit seiner Ankunft auf der Seele liegt. »Dass du hier Urlaub machen willst, kaufe ich dir nicht ab.«

Er bleibt stehen, räuspert sich und sieht mir eindringlich in die Augen. Jetzt ist er dem Alex, den ich in- und auswendig kenne, deutlich näher als dem großkotzigen Idioten, der am frühen Nachmittag auf der Farm aufgekreuzt ist.

»Ich habe dich vermisst, Simi. Ich wollte dich wiedersehen.« Er senkt den Kopf. »Bis heute hab ich es nicht verwunden, dass wir getrennt sind. Simi und Alex, das eingespielte Team.«

»Pff ...«

»Mir ist klar, dass ich einen entscheidenden Fehler gemacht habe ...«

»Dich erwischen zu lassen?«

Mit wehleidigem Gesichtsausdruck scharrt er mit den Füßen Steine übereinander. »Es tut mir leid, Simi. Ich habe ungeheuerlichen Mist gebaut.«

Ich ertrage es nicht, ihm in die Augen zu sehen, und marschiere weiter.

»Ich habe mir das Hirn darüber zermartert und mich gefragt, wie das alles passieren konnte. Aber ich finde definitiv keine Antwort.«

»Du findest keine Antwort?« Ich schnaube. »Ich gebe sie dir. Weil du ein Scheißkerl bist, ist es so weit gekommen.« Flink springe ich über einen Stein, der mitten im Weg liegt.

Alex keucht hinterher. »Ja, mein Gott ... ich bin ein Scheißkerl. Ich gebe es zu. Ist es das, was du hören willst? Ich bin ein elendiger Scheißkerl.«

Ich grinse in Anbetracht seiner Worte, die er offensichtlich ernst meint.

Er packt mich am Ärmel. »Komm zu mir zurück, Simi. Ich habe erkannt, dass du alles bist, was ich zum Leben brauche.«

Seine Worte bohren sich wie Nadelstiche in meinen Kopf, sodass ich mir unmittelbar an die Stirn fasse.

»Maßgeblich ist doch, dass ich meinen Fehler bereue.«

Ich schiebe seine Hand weg. »Tut mir leid Alex, ich kann das nicht.«

»Wieso nicht, Simi? Bald musst du zurück nach Deutschland und der Traum vom Farmleben ist vorbei.« Er zeigt auf die satten Wiesen und den See vor uns. »Und seien wir doch mal ehrlich: Du gehörst in ein schickes Marktforschungsbüro und nicht in einen Hühnerstall.« Er rümpft die Nase.

Ich wage nicht, mir vorzustellen, schon bald wieder, eingequetscht zwischen Menschenmassen, in der S-Bahn zu stehen. Doch Alex hat recht. Meine Zeit in Irland verrinnt mit jeder Minute.

»Okay, ich werde zurückkommen ...«

»Ja?« Sein Gesicht erhellt sich.

»Ja, zurück nach München. Nicht zu dir. Das mit uns ist ein für alle Mal aus, vorbei, basta. Habe ich mich deutlich ausgedrückt?«

»Sei doch nicht so hart.«

43

Ich greife nach einem Stück Sojabrot und bestreiche es mit Butter. »Guten Morgen.« Ich gebe Tyler einen Kuss. »Ich habe gar nicht gehört, dass du aufgestanden bist.«

Emilia reicht ihm den Brotkorb. »Hat jemand von euch Rose gesehen?«

Tyler wirkt angespannt. »Ich habe sie in aller Frühe ins Krankenhaus gebracht.«

»Was ist passiert?« Ich lege das Brot auf dem Teller ab.

»Sie hat die halbe Nacht vor Schmerzen kein Auge zugetan. Als ich mir am Morgen das Bein angesehen habe, hatte ich ein ungutes Gefühl, hab sie kurzerhand in meinen Wagen verfrachtet und ins Krankenhaus gebracht.«

»Und was sagen die Ärzte?«, will John wissen.

»Möglicherweise wird sie operiert und fällt länger aus.«

»So ein Mist«, meckert Emilia. »Wer übernimmt dann ihre Arbeit?«

»Ist das deine einzige Sorge?«, blafft Tyler.

Ihr Blick wandert zu mir und sie zieht die Augenbrauen in Richtung Stirn. »Wärst du nicht gewesen, wäre Rose putzmunter und wir hätten jetzt nicht haufenweise Probleme am Hals.«

»Emilia, reiß dich zusammen.« Tyler sieht sie scharf an.

»Ich übernehme die Arbeiten im Haus«, biete ich an und ignoriere ihre erneute Anfeindung. »Es ist kein Problem, wenn ich morgens früher aufstehe.«

»Danke, Simone.« Tyler küsst mich auf die Stirn. »Kannst du sie nachher anrufen? Sie hat das Gefühl, dass wir nicht ohne sie zurechtkommen.«

»Ja klar, ich melde mich gleich bei ihr.«

Nach dem Frühstück gehe ich ins Arbeitszimmer und wähle die Nummer des Krankenhauses.

»Liebes! Schön dass du dich meldest. Wie geht es dir?«

»Bei mir ist alles bestens. Aber was ist mit dir?«

»Ich habe solche Schmerzen«, jammert sie.

»Lass dich im Krankenhaus versorgen, Rose. Und nimm dir so viel Zeit, wie du brauchst. Mach dir bitte um uns keine Gedanken. Wir schaffen das schon.«

»Der Arzt sagte, wenn ich operiert werden muss, folgt darauf eine dreiwöchige Kur.«

»Egal wie lange es dauert, du hast alle Zeit der Welt.«

»Aber die Arbeit auf der Farm ...«

»Erledige ich, Rose. Ich verspreche dir, dass ich mein Möglichstes geben werde, damit es hier wie gewohnt funktioniert. Vielleicht frage ich dich in ein paar Tagen nach deinem leckeren Geheimrezept für Bacon and Cabbage, doch ansonsten bewältigen wir das schon.«

»Aber was ist mit der Buchhaltung? Ich hab sie dir ja nicht erklärt.«

»Weiß Tyler, was da zu tun ist?«

»Ja, frag ihn bitte. Ach, ich bin dir so dankbar, Liebes.« Ich vernehme ein leises Schniefen. »Wenn ich dich nicht hätte ...«

***

Obwohl mir nicht ganz wohl bei der Sache ist, habe ich zugestimmt, dass Emilia heute mit Alex nach Greenkenny fährt. Sie hatte sich angeboten, mit ihm das Gefängnismuseum zu besuchen und ich bin ehrlich gesagt heilfroh, ihn vom Hals zu haben. Wenn ich Glück habe, zeigt sie sich von ihrer besten Seite. Und wenn nicht, wird Alex es überleben.

Hauptsache ist, dass er mir hoch und heilig versprochen hat, Tyler nicht zu verraten, wer er ist. Zumindest nicht, bis ich es getan habe. Dass es unausweichlich ist, ihm zu beichten, wer unser Gast ist, ist mir klar. Doch ich will nicht unnötig Ärger heraufbeschwören und einen günstigen Zeitpunkt abwarten. Zumal Tyler aufgrund von Roses Krankenhausaufenthalt nun wirklich andere Sorgen hat.

Während alle anderen ausgeflogen sind, habe ich erneut eine Reitstunde bei John. Schon die vierte in dieser Woche. Die Stunden auf dem Pferderücken sind für mich das tägliche Highlight. Ich verbessere mich von Tag zu Tag. Meist trainieren wir, wenn wir ungestört und allein sind.

»Du machst das großartig«, schwärmt John, als wir bereits eine halbe Stunde in der Reithalle üben. »Alles, was ich dir erkläre, setzt du eins zu eins um. Hast du Lust, es mit Traben zu versuchen?«

Es ist, als hätte der Wind all meine Ängste davongeweht. Ich bin definitiv bereit, einen Schritt weiter zu gehen. »Unbedingt!«

»Okay, dann wollen wir mal. Erst machst du dich im Sattel schwer und presst die Beine zusammen.«

Er schnalzt mit der Zunge, während ich Heaven mit den Waden antreibe. Als das Pferd lostrabt, stehe ich jeden zweiten Schritt auf. Nach ein paar holprigen Runden finde ich den Takt. Plötzlich ist alles wieder da und es ist, als wäre ich nie vom Pferd abgestiegen. Heaven und ich verschmelzen zu einer harmonischen Einheit und die Bewegungen fließen durch unsere Körper hindurch.

John sieht mich entsetzt an. »Wo hast du das gelernt, Simone?«

»Ist es nicht gut?«

»Zu gut! Du hattest ja vor einiger Zeit angedeutet, dass du schon mal mit Pferden zu tun hattest. Und allmählich frage ich mich, ob das nicht doch etwas mehr war, als du mir verrätst.«

Schuldbewusst sehe ich ihn an und hadere mit mir. Ich komme zu dem Schluss, dass es an der Zeit ist, John endlich die Wahrheit zu erzählen. Er gibt sich solche Mühe mit den Reitstunden und hat es verdient, dieses Detail meiner Vergangenheit zu erfahren. Ich nehme die Zügel auf und mache mich im Sattel schwer. »Brr, Heaven.«

Als das Pferd in den Schritt fällt, klopfe ich lobend seinen Hals, bringe ihn zum Stehen und steige schwungvoll ab. Ich merke, wie die Röte in mir aufsteigt.

»Ich werde dir jetzt die Wahrheit sagen.« Warum klopft mein Herz plötzlich so heftig?

»Na, da bin ich gespannt.«

Ich führe Heaven noch ein paar Runden im Schritt, dann bringen wir ihn in den Stall. Nachdem er versorgt ist, setzen wir uns in die Küche. Ich koche einen Barrys-

Tee und weihe John vollständig in das ein, was ich bisher niemandem hier erzählt habe. Es ist ungemein befreiend, sich alles von der Seele zu reden und nichts mehr zu vertuschen. Das Gespräch endet mit einem schweren Seufzer meinerseits. »Ich hatte es damals wirklich mehrmals wieder versucht, bekam aber eine Panikattacke nach der anderen. Also habe ich ein Jahr später Angel verkauft.«

Die Erinnerung an den Tag, als die Männer meine geliebte Stute in den Pferdeanhänger führten und mit ihr davongefahren sind, treibt mir die Tränen in die Augen.

»Ich vermisse sie jeden Tag.« Durch den Tränenschleier sehe ich John an, der mir aufmerksam zuhört. »Heaven erinnert mich so sehr an sie.«

Als ich mit meiner Beichte fertig bin, pfeift John durch die Zähne. »Wow! Das nenne ich mal eine Geschichte. Weiß Tyler ...?«

»Nein, ich habe nicht für möglich gehalten, dass ich je wieder darüber spreche, geschweige denn auf ein Pferd steige. Ich wollte es dir eigentlich auch nicht erzählen, aber heute hatte ich den Eindruck, ich bin es dir schuldig.«

John nickt anerkennend. »Daher rührt also das Kettchen mit dem Hufeisen?«

Ich nicke und umfasse den Anhänger.

Er reibt die Handflächen aneinander und scheint motivierter denn je. »Ich schlage vor, wir üben ab heute noch härter, um deine Reitkünste zu verbessern.« Er zwinkert verschwörerisch und verzieht seinen Mund zu einem Grinsen.

44

Glücklicherweise hat mein Ex sich heute tagsüber allein beschäftigt und John hat versprochen, am Abend ein Lagerfeuer zu veranstalten. Ich hätte sonst keine Ahnung, wie ich Alex bespaßen könnte. Wie bescheuert ich war, die Familienanbindung derart anzupreisen. Aber nur noch ein paar Tage und er verschwindet wieder von hier. Doch im Grunde muss ich sagen, dass sein Besuch wirklich reibungslos verläuft. Alex wirkt zufrieden und ich warte nach wie vor auf einen günstigen Moment, Tyler zu verraten, wer er ist.

Gerade als ich über den Kiesweg schlendere, sehe ich, wie Emilia mit einem Schmunzeln auf den Lippen aus dem Pogonia Cottage stolziert.

»Wo kommst du her?«, blaffe ich sie an, obwohl kein Zweifel daran besteht, dass sie bei Alex war.

»Wonach sieht es denn aus? Ich kümmere mich um unseren Gast.« Sie hebt die Augenbrauen. »Oder sollte ich sagen, deinen Gast?«

»Wie meinst du das?« In Sekundenschnelle verdoppelt sich mein Herzschlag. Alex wird doch nicht ...

»Wirklich mutig von dir, deinen Ex hier anzuschleppen.« Sie lacht laut auf und schüttelt den Kopf.

Ich presse die Lippen aufeinander. Wie konnte Alex nur sein Versprechen brechen?

»Du hast echt Nerven. Ich bin mal gespannt, was Tyler dazu sagen wird. Oder weiß er es schon?« Ihrem falschen Grinsen entnehme ich, dass ihr absolut klar ist, dass Tyler keinen Schimmer davon hat. »Ach ja, übrigens ... ich soll dir von Alex ausrichten, dass er dringend mit dir sprechen muss.«

»Worüber?«

»Woher soll ich das wissen?«, säuselt sie. »Er wartet bereits auf dich.«

Ich schiebe mich an ihr vorbei und klopfe. Aus den Augenwinkeln sehe ich, wie sie uns beobachtet.

»Simi, was für eine Überraschung!«, begrüßt Alex mich freudestrahlend. Er zwinkert Emilia zu und streckt die Arme nach mir aus, als hätte er mich monatelang nicht gesehen. »Ich hatte erst in einer halben Stunde mit dir gerechnet, aber wo du schon mal da bist, komm ruhig rein.«

»Warum hast du Emilia verraten, wer du bist?«, zische ich. »Du hast mir dein Wort gegeben, dass du die Klappe hältst.«

Alex sieht unschuldig drein. »Ich hatte dir lediglich versprochen, vor deinem Tyler dichtzuhalten.« Ein unverschämtes Grinsen huscht über seine Lippen. »Damit du ihm selbst beichten kannst, wen du hier beherbergst. Kein leichter Job, würde ich sagen. Aber setz dich doch.«

Ich atme durch. Ich werde mich nicht von ihm provozieren lassen.

Er deutet auf die Couch. Auf dem hölzernen Tisch hat er eine Kerze angezündet, die den Raum in ein romantisches Licht hüllt. Was mir überhaupt nicht passt.

»Warum ich eigentlich mit dir sprechen wollte ... Emilia war ...«

Ich schnaube. Emilia.

Alex setzt sich dicht neben mich. Für meinen Geschmack zu dicht, aber ich habe ohnehin nicht vor, lange hierzubleiben. Seine Mundwinkel zucken.

»Also, Emilia war ganz überrascht, dass du deiner Pseudofamilie, allen voran Tyler, nicht die Wahrheit über uns verraten hast. Und ich dachte auch, du hättest ihm längst ...«

»Es war nicht dein Job, es ihr zu sagen«, unterbreche ich ihn. Obwohl ich versuche, mir nichts anmerken zu lassen, kocht die Wut in mir hoch.

»Wir können ihr vertrauen.«

In meinem Magen grummelt es. *Emilia kann niemand vertrauen*, möchte ich ausrufen, bleibe aber stumm. Mir ist klar, dass ich Tyler schleunigst gestehen muss, wer Alex ist – bevor Emilia es tut. Warum habe ich es die vergangenen Tage dauernd vor mir hergeschoben? Wenn Alex sich ihr bereits anvertraut hat, wird sie keine Sekunde warten, Tyler alles brühwarm weiterzutratschen. Entschlossen stehe ich auf. Ich muss sofort zu ihm. Doch Alex streckt die Hand nach mir aus, zieht mich zurück auf die Couch und drückt mich in das Polster.

»Vielleicht war es tatsächlich keine gute Idee, das mit uns so lange vor ihm geheim zu halten.«

»Das mit uns?« Ich starre ihn an. »Alex, da ist nichts mit uns. Rein gar nichts.« Skeptisch beäuge ich ihn. »Eigentlich hätte ich dich gar nicht erst hier wohnen lassen sollen. Es war ein Fehler.« Ich beiße mir auf die Unterlippe. »Kannst du nicht doch etwas früher von hier verschwinden?« Ein Hoffnungsschimmer keimt in mir auf, den er mit einem Satz zunichtemacht.

»Du vergisst, dass ich bezahlt habe.«

Ich ziehe Luft durch die Nase ein und presse die Lippen aufeinander.

»Außer …«

»Außer was?«

Alex hebt zaghaft seine Hand und fährt mir sanft über die Schulter. In mir versteift sich alles. In diesem Augenblick höre ich das Schloss der Cottagetür klicken.

»Was ist das?«

Alex zuckt belustigt mit den Schultern. »Jetzt kann uns niemand mehr stören.«

»Hat da jemand die Tür von außen abgesperrt?« Erneut will ich aufspringen, doch er hält mich zurück.

»Vielleicht«, lächelt er eine Spur zu liebenswürdig.

Schlagartig wird mir klar, dass Emilia und Alex ein gemeinsames hinterhältiges Spiel treiben. Doch ich werde mir derartigen Mist nicht bieten lassen. Was fällt den beiden ein? Glauben sie allen Ernstes, eine verschlossene Tür hindert mich daran, dieses Cottage wieder zu verlassen?

Ich sortiere meine Gedanken und werde Alex nun ein letztes Mal deutlich die Meinung sagen. Danach werde ich notfalls durch das Fenster von hier verschwinden.

»Simi«, flüstert er sanft. »Meinst du nicht, es ist an der Zeit, dass wir beide …«

»Vergiss es!«, fauche ich und schiebe seine Hand von meiner Schulter, was ihn nicht davon abhält, mich unvermittelt zu packen und mir einen Kuss auf den Mund zu pressen. Seine Lippen sind feucht und fühlen sich irgendwie schwammig an.

»Spinnst du?« Reflexartig schubse ich ihn von mir weg. »Was bist du doch für ein armseliger Idiot!«

Ich weiche in solch rasantem Tempo zurück, dass ich hart gegen den Tisch remple, der bedrohlich wackelt. Die Vase schwankt und das Trockenblumengesteck kippt heraus. Ich schaffe es nicht mehr, es aufzufangen und sehe entsetzt zu, wie es auf die brennende Kerze segelt und binnen eines Bruchteils einer Sekunde Feuer fängt.

»Ach du Scheiße!«, brülle ich und springe auf.

Alex springt ebenfalls auf. »Das haben wir gleich«, keucht er, zieht die Decke von der Couch und drischt auf das Feuer ein.

»Sei nicht so rabiat«, rufe ich, als das Feuer immer wieder unter der Decke hervorzüngelt.

Alex wedelt wie verrückt. Ich laufe wie aufgescheucht im Wohnraum umher. »Wo ist der verdammte Feuerlöscher?«

Gebannt starre ich zum Tisch. Das Feuer breitet sich aus und flackert bedrohlich.

»Hilfe!«, rufe ich panisch, doch meine Stimme klingt wie erstickt.

Eilig laufe ich zum Spülbecken am anderen Ende des Raumes und halte ein Glas unter den Wasserhahn. Während das Glas sich füllt, muss ich mit ansehen, wie das Feuer auf die Couch überspringt, die binnen eines Wimpernschlages brennt.

»Hilfe, Hilfe!«, krächze ich erneut und renne hektisch auf und ab.

»Wir bekommen es nicht in den Griff«, jammert Alex und steht wie angewurzelt da.

»Tu doch was!«, schimpfe ich. Die Couch brennt lichterloh. Es ist, als bestünde sie komplett aus Stroh.

Alex ist kreidebleich und wirkt ebenso hilflos wie ich.

»Wir müssen raus hier!« Ich sprinte zur Haustür und rüttle daran. »Wo ist dein Hausschlüssel, verdammt?«

»Oben! Er ist oben im Schlafzimmer auf dem Nachttisch«, keucht er und flitzt zur Treppe.

»Geh nicht da rauf! Siehst du nicht, wie rasch sich das Feuer ausbreitet?«

»Aber wir müssen irgendetwas tun.«

Ich japse nach Luft und huste. Endlich entdecke ich den Feuerlöscher direkt neben der Tür. Mit einem Satz laufe ich darauf zu und blicke auf die Bedienungsanleitung. Schweiß rinnt mir über den Rücken und mein Gesicht glüht.

»Ich weiß nicht, wie so ein Ding funktioniert«, jammere ich. Mir ist heiß. So verdammt heiß.

Alex versucht, sich zu konzentrieren und starrt zwischen der bildlichen Betriebsanweisung und dem Feuer hin und her.

Ich atme schwer und huste erneut. »Ich krieg keine Luft mehr. Wir müssen endlich raus hier, Alex.«

Beißender Qualm steigt in meine Lungen. Die Hitze ist unerträglich. Ich schnappe nach Luft. Mir wird übel.

»Lass uns durchs Fenster.« Auch er ringt nach Luft und hustet.

Als ich ihm hinterherlaufe, vernehme ich ein kräftiges Poltern an der Tür. Mit einem lauten Krachen wird sie aus der Verankerung gerissen. Vor uns steht Tyler.

»Aus dem Weg!«, brüllt er und betätigt den Feuerlöscher in seiner Hand. Weißes Pulver spritzt durch den Raum und bedeckt die Couch und das darum liegende

Mobiliar wie eine Schneelandschaft. Die Flammen flackern noch ein paarmal auf, dann ist das Feuer erstickt.

Sprachlos sehe ich zu, mit welcher Professionalität Tyler innerhalb kürzester Zeit gelöscht hat. Zitternd lässt er den Feuerlöscher auf den Holzboden krachen. Er starrt Alex und mich mit wutverzerrtem Gesicht an. Seine Blicke sprechen Bände. Es ist, als hätte er uns in flagranti erwischt.

»Du hast echt Nerven«, raunt er mit einer Eiseskälte in der Stimme.

Mein Herz klopft. Ich stehe einfach nur da, die Angst vor dem Feuer noch im Nacken. Dank der geöffneten Tür kann ich wieder leichter atmen.

»Sieh nur, was du angerichtet hast.« Tylers schmerzverzerrte Blicke schweifen durch den Raum und bleiben dann an mir kleben. Sie durchbohren mich wie ein Dolch. »Mein Cottage in Brand zu setzen, ist eine starke Nummer. Aber deinen Verlobten hier anzuschleppen, ist der Gipfel!« Er dreht sich um und stürmt nach draußen.

Eilig haste ich ihm hinterher. Kühle Luft strömt mir entgegen und ich nehme einen tiefen Atemzug. »Alex ist nicht ...«, japse ich, obwohl die Luft hier herrlich frisch ist. Meine Stimme kippt.

Plötzlich steht Alex neben mir. »Simone wollte es dir heute sagen. Deshalb war sie bei mir.« In seiner Stimme liegt noch ein leichtes Zittern. »Ja, ich bin ihr Verlobter.« Als er den Arm um mich legen will, springe ich zur Seite.

Ich öffne den Mund, doch heraus kommt lediglich ein Krächzen. »Ich ...«

»Spar dir deine Worte«, blafft Tyler. »Ich fasse es nicht! Ich fasse es einfach nicht.«

Ich schlucke und ringe um Worte. »Alex lügt.« Mehr bringe ich nicht hervor.

»Wie bitte? Ich lüge? Und was war das damals in Paris?«

»Das sollte jetzt nicht unsere größte Sorge sein.« Ich starre durch die Tür in das Cottage und bin schockiert, wie es dort aussieht.

»Was war denn in Paris?« Tyler verschränkt die Arme vor der Brust.

»Ein Heiratsantrag«, antwortet Alex für mich.

Ich seufze und erinnere mich an unseren Kurztrip in Frankreichs Hauptstadt und an den Moment, in dem Alex unter dem Eiffelturm vor mir kniete.

»Verlobung hin oder her. Wir sind nicht mehr zusammen.«

»Wann bitte schön hast du unsere Verlobung gelöst?«

»Spar dir dein hämisches Grinsen.« Ich verziehe meine Augen zu Schlitzen. »Du bist fremdgegangen. Da war das wirklich gar nicht mehr nötig.«

»Du hättest es mir sagen müssen, Simone.« Tyler schaut gekränkt und enttäuscht.

»Musste ich nicht«, schimpfe ich. »Weil es nicht mehr wichtig war. Eine Verlobung ist immer automatisch gelöst, sobald einer der beiden fremdgeht. Das ist ein ungeschriebenes Gesetz.«

Tylers Brustkorb bebt. Ich bin mir nicht sicher, ob vor Wut oder wegen des Brandes. Er betrachtet mich wortlos. Ich atme schwer. Irgendetwas schnürt mir die Kehle zu. Hektisch sauge ich Luft durch den offenen

Mund, doch ich habe das Gefühl, als würde ich noch immer dunklen Rauch einatmen. Mir wird schummrig und ich stütze mich an der Mauer des Cottage ab.

»Simone, was ist mit dir?«, höre ich Tylers alarmierende Stimme wie aus der Ferne.

Dann wird es schwarz um mich.

45

Als ich die Augen aufschlage, liege ich in unserem Bett. Mein Kopf fühlt sich wie Watte an. Ich drehe ihn zur Seite. »Tyler«, presse ich hervor.

Er sitzt auf einem Stuhl direkt vor dem Bett. Mir wird warm ums Herz. Er ist hier. Dann ist er sicher nicht mehr böse auf mich. Ich strecke die Hand nach ihm aus. Er tätschelt sie väterlich und legt sie aufs Betttuch zurück.

»Wie geht es dir, Simone?«, fragt er tonlos.

»Ich ... ich weiß nicht.«

»Du hast uns einen gehörigen Schrecken eingejagt, als du vorhin einfach zusammengesackt bist.«

Mein Mund ist trocken und gerade, als ich ihm antworten will, steht er auf.

»Es scheint nur ein kleiner Schwächeanfall gewesen zu sein.« Er schiebt den Stuhl unter den Schreibtisch. »Hauptsache, du bist wieder wach. Dann kann ich ja jetzt gehen.«

»Tyler«, krächze ich. »Können wir ...«

»Es gibt kein *wir* mehr, Simone.« Seine harten Worte durchzucken meinen Körper wie ein Stromschlag. »Deinem Alex habe ich höchstpersönlich eine Übernachtung im Bed & Breakfast in Greenkenny gebucht

und ihm deutlich gemacht, dass er hier nicht mehr erwünscht ist. Ich brauche weder deinen Verlobten noch
deinen Ex-Verlobten auf meiner Farm.«

»Er ist nicht mein Alex«, protestiere ich schwach. Es
macht mir nichts aus, dass Tyler ihn fortgeschickt hat,
im Gegenteil. Doch die Kälte, die aus seinen Worten
spricht, macht mir Angst.

»Du kannst selbstverständlich bleiben. Immerhin
hast du es Mum versprochen.«

»Wie großzügig«, presse ich fassungslos hervor. Angesichts der Art, wie er mit mir spricht, fällt es mir ebenfalls nicht leicht, freundlich zu bleiben.

»Wie auch immer ... ruh dich nun erst mal aus. Die
Fenster des Cottage habe ich gelüftet. Es darf die nächsten Tage nicht betreten werden.«

Kaum hörbar stammle ich eine Entschuldigung. Ich
schlage die Hände vors Gesicht.

»Für Entschuldigungen ist es zu spät.« Sein kühler
Blick lässt mich erschaudern. »Aber wenigstens hast du
mir gezeigt, dass mir die Cottages doch nicht ganz egal
sind. Nur schade, dass du eines dafür anzünden muss-
test.«

Ohne dass ich es verhindern kann, löst sich meine Anspannung in Tränen auf, die unkontrolliert über meine
Wangen rinnen. Das Schniefen wird zu einem Schluchzen.

»Emilia hat uns eingesperrt«, verteidige ich mich. Ich
werde sie nicht mehr decken.

»Schieb bitte nicht ständig die Schuld auf Emilia.
Wieso sollte sie so etwas tun?«

»Weil es ein abgekartetes Spiel mit Alex war.«

»Ehrlich gesagt, selbst wenn es so war, ist es mir egal. Oder hat sie auch den Brand verursacht?« Er verdreht die Augen und seufzt. »Mit der heutigen Aktion hast du mehr als nur das Cottage zerstört. Wie konntest du nur diesen Kerl hier einquartieren?« Er wirft mir noch einen emotionslosen Blick zu und verschwindet aus unserem Zimmer. Kurz darauf höre ich durch das offene Fenster, wie er mit seinem Land Rover davonrauscht.

***

Ich weiß nicht, wie lange ich schon im Bett sitze und vor mich hinstarre. Draußen dämmert es bereits. Ich zucke zusammen, als die Tür aufgerissen wird. Tyler ist zurück. Er fegt durch den Raum und bleibt vor dem Kleiderschrank stehen.

»Es tut mir so leid«, wiederhole ich meine Worte von vorhin.

»Wie schon gesagt, dafür ist es zu spät«, zischt er. Hastig zieht er eine Tasche vom Kleiderschrank hinunter, öffnet die Schranktür und wirft achtlos einige Klamotten hinein.

»Was hast du vor?«, stammle ich mit matter Stimme. Mein Herz rast im Galopp.

»Wonach sieht es denn aus?«, raunt er und würdigt mich keines Blickes. Seine Abwesenheit hat keineswegs bewirkt, dass er sich beruhigt hat. Im Gegenteil – er hat für mich den Anschein, als wäre er völlig außer sich.

»Komm, sag schon. Wohin gehst du?«

»Nach Dublin.«

»Um diese Uhrzeit?«

»Ich muss in die Temple Bar. Ein Kollege ist kurzfristig ausgefallen. Sie brauchen dringend einen Musiker für heute Abend.«

Ich nehme ihm kein Wort ab.

»Aha, verstehe«, erwidere ich trotzdem. »Und du bleibst über Nacht?«

»Ja.«

»Kann ich mitkommen?«

»Sagte ich nicht bereits, dass es zwischen uns vorbei ist?« Er hält kurz inne und sieht mich an. »Oder war ich nicht deutlich genug?«

Das hat gesessen.

Zwei Minuten später verabschiedet er sich knapp. »Bis bald!«

Ich wage weder zu fragen, wann *bald* ist noch wo er schläft.

Bäuchlings lege ich mich auf das Bett, vergrabe den Kopf in den Händen und weine hemmungslos. Was habe ich nur angerichtet? Ich habe den Lebenstraum seines Vaters zerstört. Wie könnte ich ihm verdenken, dass er mich hasst? Und ich hätte Alex sofort nach seiner Ankunft wieder nach Hause schicken oder zumindest Tyler von Anfang an sagen müssen, mit wem er es zu tun hat.

***

Orientierungslos reißt mich die bittere Realität aus meinem nächtlichen Traum. Eben noch war ich mit Nina auf einem rauschenden Sommerfest an der Isar und wir hatten eine Menge Spaß. Obwohl ich nicht damit rechne, dass Tyler in der Nacht zurückgekommen ist, knipse ich die Nachttischlampe an und sehe auf seine Bettseite hinüber. Das Laken ist unbenutzt. Resigniert ziehe ich die Decke über den Kopf.

Was er wohl gerade macht? Dass er urplötzlich in der Temple Bar einspringen musste, war bestimmt gelogen. Das habe ich in seinem Blick gesehen. Schwerfällig drehe ich mich um und starre auf den Schatten des Mondscheins an der Decke. Irgendwann verfalle ich in leichten Schlaf und wache im Morgengrauen gerädert wieder auf.

Der Tag verläuft schleppend. Ständig behalte ich die Uhr im Auge. Beim kleinsten Geräusch laufe ich zur Einfahrt und hoffe, dass Tyler zurückkommt. Meine Hoffnung zerschlägt sich. Auch am Abend ist er nicht zurück. Langsam mache ich mir Sorgen. Deshalb schicke ich ihm eine WhatsApp-Nachricht.

Können wir noch mal miteinander reden?

Keine Antwort.

Als er nach einer halben Stunde nicht reagiert hat, wähle ich seine Nummer. Es kommt ein Freizeichen, gefolgt von einem Besetzt. Er hat mich eindeutig weggedrückt. Seufzend versuche ich es erneut. Nun ertönt sofort der Besetztton. Wäre mein Herz nicht längst in tausend Stücke zersplittert, würde es spätestens jetzt in Millionen Einzelteile zerspringen. Spät abends ist mir endgültig klar, dass Tyler auch heute Nacht nicht zurückkommen wird.

46

Stolz wie eine Königin reitet Emilia auf Tornado an John und mir vorbei. Fehlt nur noch ein extravaganter Hut, wie ihn die Ladys bei der Royal Ascot-Rennwoche tragen.

»Macht ihr einen Ausflug?«, fragt sie übertrieben heiter.

Seit dem Brand vorgestern ist sie zahm wie ein Lamm. Sicher nagt auch an ihr das schlechte Gewissen. Immerhin ist sie nicht ganz unschuldig daran, dass das Feuer nicht sofort gelöscht werden konnte.

Obwohl auch John sein Bestes gibt, möglichst unbekümmert zu wirken, liegen die Geschehnisse dennoch wie dichter schwarzer Rauch über der Farm. Momentan können wir nichts tun, nachdem Tyler nach wie vor mit Abwesenheit glänzt und uns verboten hat, das Cottage zu betreten.

»Simone und ich fahren zur Rennbahn«, gibt John Emilia bereitwillig Auskunft.

Sie macht große Augen. »Hast du vor, sie umzubringen?«

»Nein, Simone ...«

»Ich sehe John beim Training zu«, falle ich ihm ins Wort und führe Heaven in den Anhänger.

»Machst du auch beim Rennen mit?«

Er grinst sie frech an. »Lass dich überraschen.«

»Cool! Gegen dich würde ich glatt antreten. Aber vergiss nicht: Es kann nur eine Siegerin geben und die heißt Emilia Kenmore.« Mit diesen Worten winkt sie hoheitlich und reitet von dannen.

»So, das hätten wir.« John schließt die Klappe des Anhängers und ich steige auf der Beifahrerseite des Wagens ein.

Eine halbe Stunde später erreichen wir die Rennbahn.

»Ich wärme Heaven kurz auf«, schlägt John vor. »Und dann bist du mit Galopp dran. Wenn wir seine Ausdauer trainieren wollen, dürfen wir allerdings auch den Schritt nicht vernachlässigen.« Er zwinkert. »Aber wem sage ich das?«

John ist ein ausgezeichneter Reiter. Locker sitzt er auf dem Pferderücken und galoppiert auf die Bahn. Heaven bewegt sich anmutig. Ich kann es kaum erwarten, bis ich an der Reihe bin.

John springt vom Pferd. »Jetzt du.«

Mir wird ganz anders. Schweißperlen sammeln sich auf meiner Stirn, die ich mit dem Handrücken wegwische. Doch dieses Mal ist es kein Angstschweiß, sondern ich bin total aufgeregt und möchte es unbedingt probieren.

Deutlich selbstsicherer als vor ein paar Tagen steige ich in den Sattel. Und tatsächlich scheinen sich meine Ängste in Luft aufgelöst zu haben.

»Du trabst in der Zwischenzeit richtig super, annähernd wie ein Profi.« Er grinst breit. »Willst du jetzt galoppieren? Erklären brauche ich es dir ja nicht.«

Ich nicke freudig und dann galoppiere ich los. Ich lasse vor Freude einige juchzende Schreie los. Leider vergeht die Stunde auf der Rennbahn viel zu schnell.

***

Am Abend ist Tyler endlich zurück. Wie aus dem Nichts steht er plötzlich neben mir in der Küche, während ich das gebratene Fleisch in der Pfanne wende.

»Hallo«, krächze ich. Meine Finger zittern.

»Hör zu, Simone«, kommt er sofort zur Sache. »Ich habe nachgedacht.«

Angespannt halte ich die Luft an.

»An dem, was ich vorgestern gesagt habe, hat sich nichts geändert. Ich ... ich kann das nicht mehr mit uns. Der Brand ... die Sache mit deinem Ex ... das war zu viel für mich. Es ist besser, wenn du ins Gästezimmer umziehst.« Sein Blick wirkt betrübt, aber entschlossen.

Ich nicke verständnisvoll, doch seine knallharten Worte treffen mich wie ein Schlag. Hatte ich noch gehofft, dass seine Abwesenheit die Wogen zwischen uns geglättet hätte, habe ich jetzt das Gefühl, dass der Graben tiefer geworden ist. Dabei frage ich mich, ob er mehr über das zerstörte Cottage verärgert ist oder über den Besuch von Alex.

Ich spiele mit dem Gedanken, abzureisen. Schon den ganzen Tag habe ich darüber nachgedacht. Und Tylers Worte bestärken diesen Impuls. Doch dann denke ich an Rose. Schließlich habe ich ihr versprochen, dass ich sie vertrete, bis sie zurückkommt. Mir ist klar, dass ich mein Versprechen halten muss. So hart es momentan auch scheinen mag.

Während des Abendessens reiße ich mich zusammen, obwohl mir ständig Tränen in die Augen schießen. Alle schweigen beharrlich. Es ist, als würde niemand sich trauen, laut zu atmen.

Erst als ich später in unserem Zimmer angekommen bin, lasse ich den Tränen freien Lauf. Rasch packe ich meine Klamotten zusammen und trage sie ins Gästezimmer. Nachdem ich damit fertig bin, verbanne ich jegliche Gegenstände, die Tyler an mich erinnern könnten, aus dem Zimmer. Zuletzt streife ich das hübsche Armband mit den Pferdeanhängern ab, das er mir zum Geburtstag geschenkt hat. Weil ich zu sehr daran zerre, zerreißt ein Silberglied. Zugegeben ist es mir völlig egal. Ich packe es und werfe es mit Wucht auf den Nachttisch. In dem Moment, in dem ich die Tür hinter mir schließe, ist es, als würde ich ein Kapitel meines Lebens beenden.

***

Nachdem Tyler und ich seit Tagen kaum ein Wort miteinander gesprochen haben, hat er mir über John ausrichten lassen, dass er mir am Nachmittag die Bürotätigkeiten erklären will, die ich nun an Roses Stelle übernehmen soll.

Mit einem mulmigen Gefühl in der Magengegend betrete ich das Arbeitszimmer. Tyler wartet mit angespannter Körperhaltung auf dem Sessel hinter dem Schreibtisch auf mich. Unsicher wie bei einem Vorstellungsgespräch gehe ich auf ihn zu. Obwohl an diesem kühlen Sommertag im Kamin ein Feuer brennt, fröstle ich.

»Setz dich«, sagt er abweisend und deutet auf den Stuhl neben seinem Sessel. Dann zeigt er auf den Bildschirm und startet seine Erklärungen. »Das ist das Buchhaltungsprogramm.« Ohne mich anzusehen, spricht er weiter. »Die Einnahmen und Ausgaben trägst du jeden Tag in diesem Raster ein. Und die Belege kommen täglich sortiert hier hinein.« Er deutet auf einen Ordner, der auf dem Schreibtisch liegt.

Ich nicke und sage kein Wort. Hier neben ihm zu sitzen und seinen vertrauten Geruch einzuatmen, lässt mein Herz schwer werden.

»Prüfe bitte mehrmals täglich, ob der Anrufbeantworter blinkt. Hin und wieder kommen kurzfristige Anfragen für Reitausflüge rein. Wir müssen zügig reagieren, sonst kontaktieren die Interessenten einen der Reiterhöfe in der Umgebung.«

»Verstehe.«

»Und in diese Tabelle trägst du ein, wer wann ein Pferd bucht, wann die Tiere ihre Arzttermine haben und ...« Tyler redet ohne Punkt und Komma.

Es fällt mir enorm schwer, mich zu konzentrieren. Nach einer halben Stunde raucht mein Kopf und ich frage mich, ob ich mich jemals in all das einarbeiten werde. Immerhin bin ich Marktforscherin und keine Buchhalterin. Was mich jedoch weitaus mehr beschäftigt, ist die Frage, wie ich Tyler jeden Tag unbefangen gegenübertreten soll.

47

Heute hilft Emilia mir in der Küche. Sie wirkt angespannt und ist ungewöhnlich still. Vor allem fehlen mir ihre Sticheleien.

»Ist etwas nicht in Ordnung, Emilia?«, frage ich sie.

Sie starrt mit gequältem Gesichtsausdruck zu Boden.

»Was ist mit dir?« So bedrückt kenne ich sie gar nicht.

»Na ja …«, druckst sie herum und sieht drein, als würde sie gleich losheulen.

Aus einem Impuls heraus lege ich den Arm um sie, obwohl mir mein Verstand sagt, dass es keinen Grund gibt, freundlich zu ihr zu sein.

»Hey, was ist los?«, frage ich dennoch behutsam. Ich rücke ihr einen Stuhl zurecht. »Willst du dich hinsetzen?«

Betrübt sieht sie mich an und scheint zu überlegen. »Behältst du es für dich, wenn ich es erzähle?«, fragt sie schließlich.

»Ja klar. Egal, was es ist, es bleibt bei mir.«

»Schwörst du?«

Feierlich hebe ich die rechte Hand und strecke Zeigefinger und Mittelfinger in die Höhe. »Ich schwöre.«

»Ich habe gestern Nachmittag nach Roses Krankenversicherungskarte gesucht.« Sie sieht starr an mir vorbei. »Und deswegen habe ich die Schreibtischschublade im Arbeitszimmer durchsucht.«

Ich reiße die Augen auf und frage mich, was sie gefunden hat.

»Normalerweise wühle ich nicht in Schubladen.« Sie sackt auf den Stuhl.

»Braucht ihr Geld, Emilia?«, platzt es aus mir heraus. »Für die Krankenhauskosten? Aber Rose hat doch eine Versicherung?« Meine Gedanken purzeln durcheinander. »Egal was es ist, ich versuche, euch zu helfen.«

»Nein, nein, das ist es nicht.« Sie schüttelt den Kopf und starrt auf ihre Hände. »Ich habe etwas entdeckt, von dem ich wünschte, ich hätte es nicht zwischen die Finger bekommen.«

»Mann, mach es nicht so spannend, Emilia.«

»Ich habe eine Liste gefunden, die eindeutig von Tyler stammt.«

Sofort male ich mir jegliche Horrorszenarien aus. Entweder hat er darauf die Schulden der Farm aufgelistet und Emilia hat herausgefunden, dass die Familie pleite ist oder Tyler unterschlägt Geld, über das er Buch führt. Ich verwerfe den Gedanken wieder. Das ist unmöglich.

Emilia holt mich gnadenlos in die Realität zurück. »Tyler hat eine Auflistung gemacht, mit welchen Frauen er im Bett war.«

»Er hat *was*?« Das Blut in meinen Ohren rauscht.

»Eine Liste. Mit Bettgeschichten.« Sie zählt an ihren Fingern. »Rechne das Mal zwei, dann kommt es hin.«

»Zehn Frauen?« Ich reiße die Augen auf.

Sie nickt. »Stell dir vor, er hat sie alle bewertet.«

Meine Kehle ist wie zugeschnürt und ich schnappe nach Luft. »Hat er ... ich meine, hat er ...?«

»Nein, er hat dich nicht bewertet«, vollendet sie meinen Satz. »Dafür habe ich den eindeutigen Beweis, dass er dir fremdgegangen ist.« Ihre Mundwinkel zucken.

Skeptisch beäuge ich sie. Schlagartig ist mir klar, dass sie lügt. Es muss so sein. Ich gehe vor ihrem Stuhl in die Hocke, damit sie gezwungen ist, mich anzusehen.

»Weißt du was, Emilia? Ich kaufe dir kein Wort ab«, blaffe ich.

»Ich sage die Wahrheit.« Sie bleibt beharrlich.

»Ich glaube dir trotzdem nicht.«

Ich stapfe in Richtung Tür. »Zeig mir die Liste«, fordere ich barsch. Ich wette, sie existiert nicht. Wie konnte ich nur annehmen, dass Emilia sich geändert hat?

Im Arbeitszimmer öffnet sie die Schreibtischschublade, hebt behutsam einen Berg Dokumente heraus und zieht ganz unten ein Papier aus dem Stapel.

»Bitte schön! Hier hast du es schwarz auf weiß.«

Sie hält eine per Computer ausgefüllte Liste in der Hand, auf der allerhand Frauennamen aufgeführt sind. Neben den Namen stehen Kreuzchen in verschiedenen Spalten. Diese tragen die Beschriftung *absolut genial* und *wiederholungsbedürftig, One-Night-Stand mehr nicht, größte Katastrophe* und *nicht die beste im Bett, aber andere Qualitäten.*

Unbändige Hitze steigt in mir auf, als ich tatsächlich einen Eintrag entdecke, der noch gar nicht so alt ist. Er trägt den Namen *Kim.* Die Zeilen verschwimmen vor meinen Augen, als ich lese, wie Tyler über ihre weiblichen Vorzüge schwärmt.

Ich schlucke und ringe nach Luft.

Im Bemerkungsfeld hat er weitere Eindrücke notiert. Mir ist speiübel und ich zögere, weiterzulesen.

»Los, lies schon. Du darfst die Augen nicht vor der Wahrheit verschließen«, drängt Emilia.

Sie war in der dunkelsten Nacht meines Lebens für mich da, steht dort schwarz auf weiß geschrieben.

»Wann war das? Wir waren doch immer zusammen, bis auf ...« Ich stocke.

»Bis auf die beiden Nächte nach dem Brand«, vollendet Emilia meinen Satz.

»Ich brauche einen Schluck Wasser.« Japsend haste ich zurück in die Küche. »Oder noch besser ... einen Whiskey.« Ich laufe ins Wohnzimmer, schnappe mir ein Glas aus dem Spirituosenschrank, fülle es mit einem ordentlichen Schuss Whiskey und kippe es mit einem Zug in meine Kehle.

»Das ist alles einfach nur widerlich«, krächze ich.

Den Würgereiz, der in mir hochkommt, kann ich nicht unterdrücken und flitze daher ins Badezimmer. Dort entleere ich meinen Mageninhalt und bleibe zitternd vor der Kloschüssel knien.

Emilia ist mir gefolgt und kauert sich neben mich auf den Boden. »Es tut mir leid«, sagt sie mit zerknirschtem Gesichtsausdruck.

»Als er nach den beiden Nächten wieder nach Hause kam, machte er sofort mit mir Schluss. Ob der Brand und Alex' Besuch gar nicht die einzigen Gründe dafür waren?«

»Davon kannst du ausgehen. Und wer weiß, ob er Kim mittlerweile nicht sogar regelmäßig trifft.«

Ich wage nicht, es mir auszumalen, doch dann fällt mir ein, dass Tyler in den vergangenen Monaten immer wieder wegfuhr, ohne mir zu sagen, wohin. »Was ich nicht verstehe, ist, warum er die Liste am Computer ausgefüllt und sie leichtsinnigerweise in die Schublade gelegt hat. Da kann sie doch von jedem gefunden werden.«

»Was weiß ich. Wahrscheinlich hat er sie gelegentlich mit ins Bett genommen, um ...«

Meine Pupillen weiten sich.

Nachdem die Übelkeit nachlässt, raffe ich mich auf und schlurfe schwerfällig zur Tür. »Ich stelle ihn zur Rede«, sage ich bestimmt.

Auch wenn diese Liste existiert, bedeutet es noch lange nicht, dass Tyler sie erstellt hat. So ganz traue ich Emilia nicht. Ich muss die Wahrheit herausfinden.

Emilia springt auf. »Nein! Das darfst du nicht! Du hast versprochen, dass du es für dich behältst. Du hast sogar geschworen«, erinnert sie mich eindringlich.

»Ja, aber ...«, setze ich an und hege erneut Zweifel, ob ich ihr trauen kann.

»Einen Schwur bricht man nicht«, wiederholt sie mit Nachdruck.

Ja, ich habe geschworen. Aber ehrlich gesagt pfeife ich drauf. Wenn ich mit ihm sprechen will, werde ich mich von ihr nicht davon abhalten lassen, Schwur hin oder her.

Beim Blick aus dem Fenster sehe ich, dass Tylers Land Rover weg ist. Ich muss die Unterredung also auf später verschieben.

Jetzt brauche ich erst mal eine Pause. Im Gästezimmer überlege ich die nächsten Schritte und habe das dringende Bedürfnis, mit meiner besten Freundin zu sprechen.

Ich wähle Ninas Nummer, doch sie hebt nicht ab. Kein Wunder. Es ist mitten am Vormittag und wenn sie ihren neuen Job nicht schon wieder hingeschmissen hat, sitzt sie gerade im Stuhlkreis mit schreienden Kindern.

Also gehe ich erneut ins Arbeitszimmer und hebe den Stapel unsortierter Dokumente aus der Schublade, unter denen Emilia vorhin Tylers Liste hervorgezogen hat. Was für ein Durcheinander. Hier sollte wirklich mal Ordnung gemacht werden. Auch wenn ich mich zwinge, meine Neugier beim Durchblättern im Zaum zu halten und nur einen knappen Blick auf das jeweilige Papier in meiner Hand werfe, fällt mir dennoch ein zerknitterter Zeitungsartikel auf. Ein Foto eines demolierten Toyota Land Cruisers, der an einer Leitplanke hängt, ist darauf abgebildet. Ist das etwa ...?

Mein Herz pocht beinahe so laut wie vorhin, als Emilia mir Tylers Liste vorgelegt hat. Die Überschrift bekräftigt meinen Verdacht, dass es sich um den Unfall von Tylers Dad handeln muss.

Unfalltod auf der M11 Nähe Ashford

Warum wäre der Zeitungsausschnitt sonst hier in der Schublade? Im Schnelldurchlauf lese ich den Artikel und bin mir mittlerweile sicher, dass es sich um besagten Bericht handelt. Scheinbar war der Fahrer, der sofort tot war, nicht allein im Wagen. Ein weiterer Mann, der völlig unverletzt blieb, saß neben ihm. Oh, mein Gott! Ist es etwa so, wie ich vermutet habe, dass Sam mit im Wagen saß, als der Unfall passierte? Meine Gedanken überschlagen sich. Ist es Zufall, dass er sich nach Dwaynes Tod rührend um Rose gekümmert und sie sogar geheiratet hat? Warum ist mir jeder ausgewichen, als ich wissen wollte, ob er etwas mit dem Unfall zu tun hatte? Definitiv ist hier etwas faul. Ich werde Tyler zur Rede stellen. Er wird mir doch die Wahrheit sagen?

Aber zuvor muss ich die Sache mit seiner Liste klären. Nervös blättere ich die weiteren Dokumente durch und halte das Schriftstück schließlich zwischen den Fingern. Je öfter ich es mir durchlese, desto mehr zweifle ich daran, dass Tyler derartigen Mist verfasst hat. Es wird sich alles klären. Mittlerweile bin ich mir nahezu sicher und allmählich beruhigt sich mein Herzschlag wieder.

Wo bleibt er nur? Ich kann es kaum erwarten, mit ihm zu sprechen.

Um die Wartezeit zu überbrücken, logge ich mich in mein E-Mail-Postfach ein und checke den Posteingang. Die Softwarefirma, bei der ich mich vor einigen Wochen beworben habe und mit der ich ein kurzes Online-Vorstellungsgespräch hatte, hat sich gemeldet. Eigentlich dachte ich, nie wieder von ihnen zu hören. Doch sie schicken mir eine Zusage. Mein Herz rast erneut und meine Hände sind schweißnass. Bebend umschließe ich meinen Oberkörper mit den Armen. Auch wenn ich es lange verdrängt habe, die Rückkehr nach Deutschland rückt unweigerlich näher. Es liegt auf der Hand, dass ich dieses Jobangebot annehmen muss. Ich muss einfach!

Ich vernehme das Motorengeräusch eines Autos und blicke aus dem Fenster. Tyler ist zurück. Rasch tippe ich meine Zusage in die Tastatur und fahre den Computer herunter. Dann gehe ich nach draußen und suche Tyler. Ich finde ihn schließlich in der Reithalle.

48

Tyler trabt auf Beautys Rücken durch die Reithalle und wirkt angespannt, als er mich erblickt.

»Ich muss mit dir sprechen«, rufe ich ihm zu.

Er zieht die Augenbrauen nach oben und springt mit einem Satz vom Pferd. »Ist was passiert? Du siehst besorgt aus.«

»Ist diese Liste von dir?«, komme ich sofort zur Sache.

»Welche Liste?« Entweder stellt er sich dumm oder ich habe Glück und sie ist nicht von ihm.

Bitte, bitte, lass sie von Emilia sein, bete ich im Stillen. »Die Liste, die unter allem möglichen Kram in der Schreibtischschublade im Arbeitszimmer lag«, werde ich deutlicher.

»Tut mir leid, Simone. Ich weiß nicht, wovon du sprichst.«

Ich ziehe Luft durch die Nase. »Ich meine die Liste, auf der du Frauen bewertest, mit denen du mal was hattest.«

Mit einem Schlag läuft er knallrot an, was ich noch nie bei ihm gesehen habe. Eigentlich genügt das als Antwort, aber ich muss es aus seinem Mund hören. Ich schlucke hart. »Ist sie von dir?«, stammle ich kaum hörbar.

Er blickt beschämt nach unten. »Du meinst die Liste, auf der ich auf nicht ganz feine Art etwas über Frauen geschrieben habe?«

Oh, mein Gott! Er weiß, wovon ich spreche. Tränen schießen mir in die Augen. »Ich brauche dir sicher nicht zu sagen, wie sehr du mich damit triffst.« Energisch wische ich mir mit dem Handrücken über die feuchten Augen.

Ich fasse es nicht! Ich fasse es einfach nicht.

»Die Liste ist uralt, ich schwöre es dir.« Seine Stimme kippt.

»Ja klar!« Ich nehme ihm kein Wort ab.

»Ich muss ungefähr siebzehn gewesen sein, als ich damit begonnen habe … mein damaliger Kumpel und ich …«

Abwehrend halte ich die Hand hoch. »Erspar mir Details, Tyler.«

»Ich wusste ja nicht mal, dass sie noch existiert.«

»Du hast sie sogar ausgedruckt«, sage ich mit Nachdruck und fasse mir an die Stirn.

»Hab ich nicht. Ganz bestimmt habe ich das niemals.«

Kopfschüttelnd wende ich mich ab.

»Gott, wie peinlich«, sagt er zerknirscht.

»Meine Rede. Weißt du Tyler, wenn ich nicht schon im Gästezimmer schlafen würde, würde ich es spätestens jetzt tun. Ich finde diese Liste einfach nur widerlich.« Meine Worte kommen mir hart über die Lippen, doch in mir ist alles zerrissen und zerstört.

»Können wir das nicht unter dummen Jungenstreich verbuchen? Mehr als das ist es nämlich nicht«, unternimmt er einen kläglichen Versuch, mich zu überzeugen.

»Vergiss es«, sage ich schniefend und wende mich zum Gehen. Plötzlich halte ich kurz inne. »Verrate mir nur noch eines: Wer ist Kim?«

»Kim?« Seine Gesichtsfarbe wird noch eine Spur dunkler und ich lese die Antwort bereits in seinem Gesicht.

»Behaupte nicht, dass du sie nicht kennst.«

Er kratzt sich am Kopf und starrt zu Boden. »Kim ist eine alte Bekannte.«

Ich lasse die Schultern hängen. »Wie alt? Ein paar Wochen?«, frage ich matt.

»Nein! Wir waren mal zusammen ... das ist Lichtjahre her. Mittlerweile sind wir nur noch befreundet.«

Ich habe genug gehört und nun keinen Nerv mehr, ihn auch noch wegen des Zeitungsartikels zu fragen. Mit eiligen Schritten haste ich davon. Auf dem Weg ins Haus kullern unaufhörlich Tränen über meine Wangen. Jetzt nur nicht weiter nachdenken.

»Wie geht's dir?«, fragt Emilia betont einfühlsam und sieht mir später beim Schälen der Zwiebeln über die Schultern. »Du bist leichenblass.«

»Mein Kopf ist leer. Das alles war ein ziemlicher Schock für mich.« Tränen schießen mir in die Augen. »Die Zwiebeln ...«, lüge ich. Wie in Trance brate ich sie in der Pfanne an und versuche zu verdrängen, dass Tyler tatsächlich diese beschissene Liste erstellt hat.

Beim Gedanken daran, dass ich ihm beim Abendessen wieder in die Augen sehen muss, zieht sich mein Magen zusammen und ich bekomme heftige Krämpfe.

»Emilia, ich muss mich hinlegen.«

»Ja klar, geh nur«, antwortet sie verständnisvoll.

Schwerfällig schleppe ich mich die Treppen nach oben und schließe die Tür des Gästezimmers hinter mir ab. Ich falle ins Bett und ziehe die Decke bis zum Kinn. Tausend Gedanken rasen mir wie Tornados durch den Kopf. Plötzlich klopft es an der Zimmertür.

»Simone? Bist du da drin?« Ich erkenne Tylers Stimme.

»Lass mich«, fauche ich.

»Können wir bitte reden?«

Ich reagiere nicht, ziehe die Decke über den Kopf und schluchze erneut. Warum will er plötzlich mit mir reden? War nicht er es, der mich nach dem Feuer ins Gästezimmer verbannt hat?

Mein Handy vibriert und ich sehe auf das Display. Nina! Nicht mal mit meiner besten Freundin will ich jetzt sprechen. Deshalb schreibe ich ihr.

Sorry, es ist grad schlecht.

Alles paletti bei dir?

Ich seufze und will gerade antworten, als eine weitere Nachricht aufpoppt.

Übrigens ... ich muss dir gestehen, dass die Orchidee, die bei dir am Küchenfenster stand, eingegangen ist. Es tut mir wirklich leid. Ich habe sie fleißig gegossen, mindestens einmal die Woche.

Der Nachricht fügt sie einen weinenden Smiley hinzu.

Kein Wunder, dass die Orchidee Ninas Pflege nicht überlebt hat. Sicher hat sie sie ertränkt. Ist es Karma, dass das genau jetzt passiert ist? Ein weiterer Schluchzer entfährt mir, als ich mir vorstelle, wie die lila leuchtende Orchidee eine Blüte nach der anderen verloren hat und nun jämmerlich eingegangen auf meiner Fensterbank steht. Es ist alles so schrecklich.

Ich vergrabe das Gesicht in den Händen. Ach könnte ich doch auf die Rückspultaste meines Lebens drücken, dann hätte ich nicht auf diesen blödsinnigen Flyer *Verändern Sie Ihr Leben – jetzt*, reagiert. Welcher halbwegs normale Mensch fällt auf einen derart bescheuerten Slogan herein? Hätte es dieses Stück Papier nicht gegeben, wäre ich nicht hier, hätte Tyler niemals kennengelernt und jetzt nicht jede Menge Sorgen und Probleme am Hals.

Stundenlang liege ich im Bett und denke nach. Zwischendurch schleiche ich auf Zehenspitzen ins Badezimmer und trinke etwas. Doch allmählich knurrt mein Magen.

Am späten Abend ist endlich Ruhe im Haus eingekehrt. Kaum hörbar öffne ich die Zimmertür und tapse auf Zehenspitzen nach unten in die Küche. Bis auf das Knurren meines Magens ist es still.

Im Dunklen ziehe ich die Kühlschranktür auf, schnappe mir ein Stück Käse, bei dessen würzigem Geruch mir das Wasser im Mund zusammenläuft. Im Schein des Kühlschranklichtes schneide ich mit einem großen Messer eine Scheibe Brot ab, kehre die Brösel zusammen und gehe mit dem Teller ins Wohnzimmer. Im Dunkeln mache ich es mir auf dem Ohrensessel gemütlich und starre auf die Glut im Kamin, die fast erloschen ist. Die Beine lege ich über die Armlehnen und stopfe mir gierig das Brot in den Mund. Plötzlich erhellt sich die Stehlampe vor dem Fenster.

»Huch!« Erschrocken richte ich mich kerzengerade auf. Beinahe rutscht mir der Brotteller aus der Hand.

Tyler sitzt mit versteinertem Gesichtsausdruck auf dem Sessel mir gegenüber. In der Hand hält er ein Whiskeyglas.

Am liebsten würde ich schreiend das Zimmer verlassen, doch es ist, als würde eine unsichtbare Hand mich am Aufstehen hindern.

»Da bist du ja«, sagt er mit matter Stimme.

»Ich wollte allein sein und hatte gehofft, ihr schlaft bereits.«

»Wie soll ich schlafen, wenn diese Sache zwischen uns steht?« Er beugt sich vor und stellt das Whiskeyglas auf dem Beistelltisch ab. Dann verschränkt er die Finger ineinander und stützt seine Unterarme auf den Oberschenkeln ab. »Können wir bitte darüber reden?«

Ich atme tief ein. »Alles, worüber ich sprechen wollte, ist gesagt. Ich weiß, dass die Liste von dir ist. Mehr brauche ich nicht zu wissen.«

»Ja, ich geb's zu, es war eine dumme Idee«, räumt er ein und atmet schwer. »Und es war nicht nett diesen Frauen gegenüber ...«

»Pah!« Nicht nett ... was fällt ihm eigentlich ein? »Tyler, meinetwegen kannst du so viele Listen schreiben, wie du willst. Doch mir hast du damit die Augen geöffnet. Mir ist klar geworden, dass wir definitiv nicht zueinander passen.«

»Wegen dieser Liste glaubst du das?«, entgegnet er scharf. »Sag, dass das nicht dein Ernst ist.«

»Doch, ist es. Fakt ist, dass du mir ohnehin längst den Laufpass gegeben hast. Würde ich sonst im Gästezimmer schlafen? Also ... warum regst du dich so auf? Du bist ein freier Mann und kannst nun mit so vielen Kims ins Bett gehen, wie du willst.« Ich sehe ihn eindringlich an. »Außerdem fliege ich spätestens in vier Wochen zurück nach Deutschland. Ich habe einen neuen Job und werde Irland den Rücken kehren.«

»Du hast einen neuen Job?« Seine Stimme kippt und er starrt an mir vorbei.

»Eigentlich hätte ich zuvor jede Menge zu Hause zu erledigen, doch ich habe Rose versprochen, zu bleiben.«

»Was dich ehrt.«

Ich sehe ihn direkt an. »Das mit uns hat sich nun auch von meiner Seite aus erledigt.«

Er steht auf und sieht aus dem Fenster in die Nacht hinaus. »Weißt du, möglicherweise habe ich am Tag des Brandes überreagiert und hätte das mit uns nicht ...«

»Du hast genau richtig gehandelt«, unterbreche ich ihn und bin überrascht, mit welcher Klarheit ich meine Worte wähle. Wären wir nicht längst getrennt, würde ich wohl an den Tatsachen dieser Liste zerbrechen. Vor allem an der mit Kim.

»Wenn du meinst ...«, antwortet er eingeschnappt.

»Gut, dann gehe ich jetzt schlafen.« Ich stehe auf und tapse zur Tür.

»Okay.«

Zeitgleich erreichen wir die Tür.

»Du zuerst.« Tyler deutet mit der Hand auf die Tür.

Ich schiebe mich an ihm vorbei und stopfe mir nebenbei den letzten Bissen des Brotes in den Mund.

49

Nach der morgendlichen Büroarbeit, freue ich mich an den Nachmittagen auf die Reitstunden mit John, die wir oft auf der Galopprennbahn absolvieren. Von Mal zu Mal werde ich mutiger und galoppiere schneller, was er anerkennend mit seiner Stoppuhr bestätigt. Nach jeder Stunde ernte ich überschwängliches Lob von ihm. Ich übe alle Gangarten und gewinne wieder zusehends an Routine.

Doch am meisten genieße ich die langen Ausritte mit Heaven, bei denen ich seine Ausdauer im Schritt trainiere. Nach dem Desaster mit Tylers Liste – glücklicherweise hat er keinen erneuten Versuch unternommen, sich zu erklären – verbringe ich die Stunden auf Heavens Rücken noch lieber als zuvor in der Natur.

Heute hat es ein einfaches Mittagessen gegeben. Am Nachmittag habe ich frei. Ich striegle und sattle Heaven und treffe die Vorkehrungen für unseren Ausflug. Auf dem Pferderücken bin ich wie befreit und es ist, als könne ich alle Lasten und Sorgen abstreifen. Mit Heaven folge ich neuen Wegen und genieße das tägliche Abenteuer. Aber auch er scheint unsere Ausflüge zu lieben, denn ich achte darauf, dass er ebenfalls auf seine Kosten kommt. Heute lasse ich ihn auf saftigen Wiesen grasen und aus einem Bach mit glasklarem Wasser trinken. Wir galoppieren über einen malerisch, zwischen glatten Klippen eingebettet liegenden Strand. Ich atme gierig die salzige Meeresbrise ein. Das Gefühl von Freiheit ist unbeschreiblich. In meinen Augen viel zu früh kehren wir in der Abenddämmerung von unserem Ausritt zurück.

Auf der Farm warten Tyler, Emilia und John bereits auf mich. Sie hasten aufgeregt auf mich zu.

»Ist alles okay bei dir?«, ruft John schon von Weitem.

»Wo warst du?«, zischt Tyler.

»Es ist gefährlich, als Anfängerin allein zu reiten«, klärt Emilia mich tadelnd auf.

»Es ist alles in bester Ordnung«, versichere ich und verstehe die Aufregung nicht. »Heaven und ich haben nur einen kleinen Ausflug unternommen.« Ich beuge mich nach vorne und tätschle den Hals des Pferdes.

»Kleinen Ausflug nennst du das?« Tyler streckt mir seine Armbanduhr entgegen. »Du warst Stunden unterwegs.«

»Na und?«, gebe ich schnippisch zurück. »Woher sollte ich wissen, dass ihr mich vermisst?«

»Haben wir auch nicht«, stellt Tyler klar und versetzt mir damit einen Stich. »Aber wir sind fast umgekommen vor Sorge.«

»Wir dachten, du übernimmst dich vielleicht. Immerhin reitest du erst seit ein paar Wochen und es hätte ja sein können, dass du die Kontrolle über Heaven verlierst«, sagt Emilia.

Tyler fällt ihr ins Wort. »Ja, oder dass du irgendwo verletzt liegst, weil Heaven durchgegangen ist und dich abgeworfen hat.« Er ist ganz außer sich.

John schaltet sich ein. »Ich habe versucht, ihnen klarzumachen, dass sicher alles in bester Ordnung ist.«

»Woher willst du das wissen?«, blafft Tyler ihn an.

»Weil ich Simone die vergangenen Wochen trainiert habe.«

»Das gibt dir nicht das Recht, ihre Fähigkeiten zu überschätzen. Sie ist blutige Anfängerin.«

John zuckt mit den Schultern und wendet sich an mich. »Wie du siehst, hatte ich keine Chance.«

»Wie auch immer, ich lebe, wie ihr seht. Weder hat Heaven mich abgeworfen noch habe ich mich verirrt.« Ich springe ab, schlängle mich zwischen Tyler und Emilia durch und führe Heaven zum Stall.

50

Nach Tagen der Eiseskälte zwischen Tyler und mir fällt es mir schwer, wieder auf ihn zuzugehen. Doch ich brauche seine Hilfe. Nach getaner Arbeit im Pferdestall stütze ich mich auf der Mistgabel ab, wische mir den Schweiß von der Stirn und sehe ihn eindringlich an.

»Ich möchte Rose gerne mit einem ausgeklügelten Konzept für die Cottagevermietung überraschen, wenn sie von ihrer Kur zurückkommt. Die Inserate waren nicht ausreichend. Seit Wochen denke ich über ein Konzept nach.«

»Ein Konzept für die Vermietung? Meinst du nicht eher ein Konzept, wie du das nächste Cottage mit einem einzigen Wimpernschlag zerstören kannst?« Er verzieht den Mund zu einem spöttischen Grinsen und schließt die Boxentür.

»Tyler, das ist nicht fair.«

Er kratzt sich am Kopf. »Schon gut. Ich dachte nur, das Thema Vermietung hätte sich ein für alle Mal erledigt«, sagt er nun deutlich versöhnlicher.

»Für Rose nicht. Sie träumt weiterhin davon. Das hat sie mir am Telefon bestätigt. Das Problem ist nur, dass ich deine Hilfe brauche, um ein vernünftiges Konzept zu erstellen.«

Es ist nicht leicht, vor ihm zuzugeben, dass ich es alleine nicht schaffe.

Er zieht die Augenbrauen in Richtung Stirn.

»Egal wie ich es drehe und wende und wie viele Gedanken ich mir mache – alles, was ich mir ausdenke, ist nicht rund. Wir brauchen irgendetwas Spektakuläres, weswegen die Familien ausgerechnet auf der Greenkenny Horse Farm ihren Urlaub verbringen sollen.«

»Und du bist dir sicher, dass du mit mir zusammenarbeiten willst?«

Ich nicke. »Die Fronten zwischen uns sind doch geklärt. Wir sollten anfangen, vernünftig miteinander umzugehen.«

»Du hast recht, dass wir uns gegenüber so reserviert verhalten, tut der Atmosphäre auf der Farm nicht gut.«

»Das sehe ich genauso. Also ... hilfst du mir?«

»Was hältst du davon, wenn wir das am Abend in Ruhe bei einem Glas Wein besprechen?« Er macht einen Schritt auf mich zu und bleibt dicht vor mir stehen.

Sein Atem streift mein Gesicht. Ich bringe keinen Ton hervor, weil mich seine unerwartete Nähe so verunsichert.

»Also?«, hakt er mit sanftem Tonfall nach. Dabei sieht er mir tief in die Augen. »Ein Arbeitsgespräch bei einem Glas Wein?«

Wo ist die Distanz zwischen uns geblieben? Warum macht er es mir plötzlich so schwer, ihn zu hassen? Und warum schiebe ich den Gedanken an Kim plötzlich weit von mir?

»Wein vernebelt mir die Sinne«, stammle ich, bin jedoch froh, dass er bereit ist, mir zu helfen.

»Bei mir ist es andersrum. Ich sprudle über vor Ideen, wenn ich ein wenig getrunken habe.«

Ich werfe einen Blick auf die Uhr. »Heute passt es mir nicht«, lüge ich, weil ich zunächst dieses verdammte Herzklopfen wieder in den Griff bekommen muss.

»Morgen?«, schlägt er vor und weicht keinen Millimeter zurück.

»Na gut, von mir aus. Aber vergiss nicht, es ist ein geschäftliches Gespräch, mehr nicht«, sage ich viel zu sanft und glaube mir selbst nicht.

»Selbstverständlich.« Er fixiert mich weiterhin.

Ich versinke in seinen Augen und schaffe es nicht, wegzusehen. »Flirtest du mit mir?«, hauche ich.

»Willst du das?«

In meinem Bauch kribbelt es. Warum kann ich das nicht abstellen?

51

Zum Abendessen habe ich einen bayerischen Schweinebraten mit Kruste und Kartoffelknödeln zubereitet. Ein Metzger in Greenkenny war so nett, mir Schweinefleisch bei einem Großhändler zu besorgen. Jetzt stehe ich in der Küche und mache mich fleißig ans Werk. Roses Krautrezept habe ich umgewandelt, sodass es beinahe als Bayerisch Kraut durchgeht. Ein leckerer Dunstschleier von Bratenduft hängt in der Luft.

»Das riecht ja köstlich!«, schwärmt John, der sich als Erster an den Tisch setzt.

Ich lade das Essen auf die Teller und wünsche allen einen guten Appetit.

»Mahlzeit!«, erwidert Tyler.

Der erste Bissen bleibt John im Mund stecken.

Entsetzt starre ich ihn an. »Was ist?«

Er kaut ausgiebig, sodass ich fürchte, dass Emilia einen Kaugummi unter den Braten gemogelt hat. Doch dann kommt er ins Schwärmen. »Der absolute Wahnsinn!«

Auch Tyler und Emilia kommen nicht um ein Lob herum.

»Superlecker«, findet Emilia und ich staune über das erste nette Wort aus ihrem Mund.

Tyler stimmt ihr zu. »Ja, das hast du gut hinbekommen, Simone.«

Ich strahle stolz.

Emilia räuspert sich. »Ich bin nach dem Essen weg ... möglicherweise über Nacht.«

Tyler sieht von seinem Teller auf. »Trainiert die Hurlinggruppe nun auch nachts?«

»Sehr witzig.« Sie läuft rot an.

»Wenn sie am Abend weg ist, bedeutet das ...«, kombiniert John.

»Du hast jemanden kennengelernt?«, hakt Tyler nach, doch Emilia weicht seinem Blick aus und schweigt.

John wechselt das Thema. »Wollen wir morgen das Streichen der Wände im Pogonia Cottage in Angriff nehmen?«, richtet er sich an Tyler.

»Gute Idee.«

»Ich kann auch mithelfen«, biete ich an.

Es ist unglaublich, wie schnell sich Tyler nach dem Feuer drangemacht hat, das Cottage zu renovieren. Mittlerweile ist beinahe der ursprüngliche Zustand wiederhergestellt. Die neuen Möbel für das Erdgeschoss sollen schon in einer Woche kommen.

Ich schaufle mir eine zweite Portion Braten auf den Teller, aus Angst, der Alkohol könne mir nachher bei unserem Arbeitsgespräch zu Kopf steigen.

Tyler entgeht das nicht. »Du hast heute aber einen gesegneten Appetit.«

Ich verziehe meine Augen zu Schlitzen und reagiere nicht darauf.

Nach dem Essen räume ich die Teller in den Geschirrspüler. »Wann hast du Zeit für unser Meeting?«, will Tyler wissen. Er beäugt jede meiner Bewegungen und wippt mit dem Stuhl vor und zurück. Glotzt er etwa auf meinen Hintern?

»In einer halben Stunde.«

»Okay, ich mache mich noch kurz frisch«, sagt er grinsend und verschwindet aus der Küche.

»Brauchst du nicht«, rufe ich ihm hinterher und werfe das Geschirrtuch in Richtung Küchentür.

Nach getaner Arbeit gehe ich ins Arbeitszimmer und setze mich hinter den Schreibtisch. »Nimm Platz«, fordere ich Tyler auf, als er hereinkommt. Eine Duftwolke seines Duschgels strömt mir entgegen und ich registriere seine feuchten Haare.

»Was, ich muss mich gegenüber hinsetzen?«

»Was dachtest du denn, wie man Besprechungen abhält?«

»Lockerer. Immerhin müssen die Ideen fließen.« Er öffnet den Spirituosenschrank. »Was darf es sein?«

»Wein, ausschließlich Wein. Wenn überhaupt.«

Er geht kurz nach draußen und kommt mit einer Flasche Rotwein zurück. Er entfernt den Korken, schenkt zwei Gläser ein und reicht mir eines davon.

»Sláinte! Auf uns.«

»Auf die Vermietung der Cottages«, korrigiere ich ihn. Unsere Gläser klirren aneinander.

Ich nippe am Rotwein und habe größte Mühe, mich zu konzentrieren. Sein unverschämtes Grinsen bringt mich völlig aus dem Konzept, doch ich will mir auf gar keinen Fall etwas anmerken lassen. Vielleicht hätte ich vor unserer Besprechung eine kalte Dusche nehmen sollen.

»Gut siehst du aus«, bemerkt er. »Hast du dich extra für mich umgezogen?«

»Ich habe die Schürze abgelegt.«

Er lacht auf. »Hab doch gleich erkannt, dass etwas anders an dir ist.« Er mustert mich eingehend.

»Lass uns jetzt bitte ernsthaft arbeiten.« Ich nehme einen silbernen Kugelschreiber aus dem Etui und lege ein Blatt Papier vor mich auf die Schreibtischunterlage. »Was können wir Familien auf der Farm bieten, was andere nicht haben?«

Tyler lehnt sich im Stuhl zurück und schwenkt sein Glas. »Eine ganze Menge. Pferde. Lagerfeuer.«

»Bitte kein Feuer«, platzt es aus mir heraus.

»Du hast recht, von Feuer habe auch ich erst mal genug. Wie wäre es mit Whiskey-Verköstigung für die Väter und Strickkurse für die Mütter?« Er schlägt sich auf die Schenkel und findet sich offensichtlich urkomisch.

»So was Ähnliches, nur um Welten besser.«

»Wie wäre es mit Mehrtagestouren mit den Pferden?«

»Und wo willst du übernachten? Vergiss nicht, die Besucher kommen wegen der Cottages.«

Er verdreht die Augen. »Erst sagst du, wir müssen etwas bieten, weil die Cottages nicht genügen, und im zweiten Atemzug behauptest du, die Leute kommen wegen dieser.«

Ich nehme einen kräftigen Schluck Wein. »Beides ist wahr. Denk doch mal nach: Was wäre, wenn wir Kinder hätten? Wie sähe ein perfekter Urlaub für sie aus?« Nachdem ich die Worte ausgesprochen habe, wird mir schlagartig bewusst, was ich da von mir gegeben habe.

»Wenn ich mit dir Kinder hätte ...«, er beugt sich nach vorne, »... wäre das eine ganz, ganz große Sache.« Er macht eine Pause und sieht mir tief in die Augen.

»Wenn unser Mädchen so hübsch wäre wie du und unsere beiden Jungs kleine, freche Rabauken wie ich früher, würde mir das gefallen.«

Nervös umwickle ich eine Haarsträhne mit dem Finger und versuche, mich zu sammeln.

»Ich meine nicht unsere Kinder, Tyler. Nur fiktiv. Wenn du Kinder hättest – kannst du dir das bitte mal vorstellen?«

»Ich will es mir aber nur mit dir vorstellen.«

»So kommen wir nicht weiter.« Ich lehne mich zurück und knalle den Stift auf den Schreibtisch.

Tyler provoziert und verunsichert mich in einer Tour. Wenn alles zwischen uns in Ordnung wäre, würden mir seine Worte gefallen. So nicht. Okay ... sie gefallen mir trotzdem ein wenig.

Ich versuche mich zu konzentrieren und mache einen Vorschlag. »Lass uns alles, was uns einfällt, aufschreiben. Nicht dass wir uns morgen nicht mehr daran erinnern.«

Wir betreiben Brainstorming was das Zeug hält und der Abend verfliegt im Nu.

Um Mitternacht sehe ich auf die Uhr. »Für heute ist es genug, okay?«

Tyler grinst. »Für mich noch lange nicht ...« Er schaut mich durchdringend an.

Doch ich wende mich ab und verlasse den Raum. Mein Herz pocht wie wild ...

52

»Ich bin in Eile«, gibt Emilia beim Mittagessen bekannt. »In einer Stunde habe ich einen Friseurtermin und hinterher fahre ich nach Wicklow und melde mich beim Pferderennen an.«

»Ich hab mich auch angemeldet«, platze ich heraus, ohne zu überlegen.

»Wo? Beim Friseur?« Emilia begutachtet meine Haare, die definitiv mal wieder einen ordentlichen Schnitt vertragen könnten.

»Beim Rennen«, stelle ich klar.

Emilia starrt mich entgeistert an, Tyler klappt die Kinnlade herunter und John guckt nicht ganz so perplex.

»Bist du von allen guten Geistern verlassen?«, findet Tyler als Erster die Sprache wieder und legt seine Gabel zurück auf den Teller. »Nur weil du ein paar Reitstunden hattest, kannst du noch lange nicht an einem Rennen teilnehmen! Das sind alles erfahrene Reiter.« Er wirft Emilia einen Blick zu.

Diese richtet sich kerzengerade auf. »So ist es.« Sie verschränkt die Arme vor der Brust.

»Leute!« Ich verdrehe die Augen. »Es ist ein Amateurrennen.«

»Ja, aber auch Amateure brauchen Erfahrung.«

»Ich habe mich angemeldet und werde teilnehmen, basta!«

»Du bist komplett übergeschnappt!«, redet Tyler sich in Rage. »Ich verbiete es dir!«

»Pah! Dass ich nicht lache!«

»Irgendwer muss dich vor dir selbst schützen.« Er rutscht von der Eckbank und rennt im Raum hin und her, als würde er von einem wilden Tier gejagt werden. »Du hast keine Ahnung, wie gefährlich das ist.«

»Tyler hat recht«, unterstützt Emilia ihn. »Das bedarf jahrelangen Trainings.«

»Niemand übersieht deine Fortschritte, aber denk doch nach.« Er hämmert mit der flachen Hand gegen seine Stirn.

»Und was ist, wenn Simone selbst am besten einschätzen kann, was sie sich zutrauen kann und was nicht?«, wirft John ein.

»Unterstütz du sie noch!« Tyler schnaubt. »Du weißt genau, dass ihr Vorhaben waghalsig ist.«

»Also wirklich, Simone«, mischt Emilia sich erneut ein. »Du hockst doch wie ein Mehlsack auf dem Pferd. Vergiss es!«

»Was weißt du denn schon? Ich habe mir das gut überlegt.« Und das habe ich tatsächlich. Schon als ich von dem Rennen erfahren habe, hat mich der Ehrgeiz gepackt. Nachdem das Training mit Heaven so hervorragend läuft, lässt mich der Gedanke nicht mehr los. Und jetzt, wo alle wissen, dass ich beim Rennen teilnehme, werde ich noch intensiver trainieren als zuvor.

Am Abend verziehe ich mich ins Arbeitszimmer und erledige im Schein der Schreibtischlampe die letzten Büroarbeiten für heute.

»Und? Hast du dir das mit dem Rennen noch mal überlegt?«

Tyler steht lässig, mit den Händen in den Hosentaschen, in der Tür. Ohne das Grinsen, das ich so liebe.

»Tyler. Ich habe dich gar nicht kommen hören. Wie lange stehst du schon hier?«

»Seit eben. Und? Hast du es dir überlegt?«

»Ja, ich werde teilnehmen. Und ich möchte nicht mehr darüber diskutieren.«

»Was kann ich tun, um dich von diesem Wahnsinn abzubringen?« Er geht zum Spirituosenschrank und holt eine Whiskeyflasche heraus. »Du auch?«

»Nein danke, ich arbeite noch. Gar nichts, Tyler. Mein Entschluss steht fest.«

Er setzt sich mit dem Whiskeyglas mir gegenüber. »Darüber reden wir noch. Hattest du wenigstens schon eine zündende Idee wegen der Cottages?«

»Leider nein«, gebe ich zu. »Unser Brainstorming war ein guter Anfang. Aber wir brauchen mehr Einfälle.«

»Na dann mal los.«

»Jetzt?«

»Klar.« Er lehnt sich zurück und schlägt ein Bein über das andere.

Ich schließe das Buchhaltungsprogramm und versuche mich auf Tyler und unser Projekt zu konzentrieren. »Wenn du Kinder hättest ...«, lasse ich meinen Gedanken freien Lauf und knüpfe da an, wo wir letztes Mal aufgehört haben.

»... wäre ich der beste Vater der Welt.« Da ist es wieder, dieses unverschämte Grinsen, das mich um den Verstand bringt.

Ich erröte und habe Mühe, mich nicht verunsichern zu lassen. »Das meine ich nicht. Ich meine, wenn du Kinder hättest, was würdest du mit ihnen unternehmen?«

»Keine Ahnung, ich bin kein Vater.« Er rollt mit den Augen. »Zumindest nicht dass ich wüsste.«

»Was hat dein Vater gern mit dir unternommen?«

Sein Gesichtsausdruck verfinstert sich. Sofort bereue ich die Frage. Doch dann huscht ein Lächeln über sein Gesicht.

»Mein Vater und ich ... wir waren stundenlang im Wald spazieren. Er hat mir die Tiere erklärt und wir haben Hütten aus Ästen und Zweigen gebaut. Und einmal haben wir sogar in einer davon übernachtet.«

Ich klatsche in die Hände. »Das klingt toll, Tyler, das ist fantastisch!«

»Findest du? Na ja, das Wetter ist bei uns unberechenbar. An Regentagen hat es keinen Sinn, so etwas anzubieten. Und glaubst du wirklich, dass Väter in mickrigen Hütten übernachten wollen, wenn sie ihr Geld für ein Cottage ausgegeben haben?«

»Vielleicht hast du recht, aber ich finde die Idee prima, dass wir etwas anbieten, was Väter mit ihren Söhnen zusammenschweißt.«

»Und die Mädchen? Lässt du die außen vor?«

»Nein. Für die brauchen wir ebenfalls eine zündende Idee.«

»Findest du, dass es nötig ist, Jungs und Mädchen zu trennen? Sind das nicht Klischees?«

»Mag sein.« Ich lege den Kopf in meine verschränkten Hände und atme schwer aus. »Dass das Ganze so kompliziert ist, hätte ich nicht vermutet.«

»Ich habs!« Er springt auf, stützt die Hände auf dem Schreibtisch ab und beugt sich nach vorne. Dabei kommt er mir gefährlich nahe, sodass ich sein After-shave riechen kann. Doch bevor ich mir ausmalen kann, was passiert, wenn er noch näher kommt, fährt er fort.

»Wie wäre es mit einem buchbaren Abenteuerpaket?« Er zählt ein paar Punkte wie Schnitzeljagd, Eier ein-sammeln und Hühner füttern auf.

»Das klingt gut, sprich weiter.«

Er setzt sich wieder hin. »Hm … mehr fällt mir dazu nicht ein. Lassen wir es für heute gut sein.«

»Auf keinen Fall. Merkst du nicht, wie unsere Ideen gerade anfangen zu gedeihen?«

Mir ist warm, so aufgeregt bin ich. Auch seinetwegen, was mir überhaupt nicht recht ist.

»Was ist eigentlich mit der Maschinenhalle? Die wird seit Ewigkeiten nicht mehr genutzt, richtig?«

»Sie dient hauptsächlich als Abstellfläche. Für den Pferdeanhänger zum Beispiel. Da drin ist es staubig und es wimmelt überwiegend von rostigen Geräten und Maschinen, die gefährlich für die Kleinen sind.«

»Was hältst du davon, wenn wir die Halle abtrennen und in einem gesicherten Areal ein Trampolin auf-bauen?« Der Gedanke gefällt mir.

»Besser fände ich, wenn die Kinder im Heu spielen könnten.«

»Oder darin schlafen?« Ich liebe es, wie unsere Ideen von Minute zu Minute ausgeklügelter werden und stelle mir vor, wie die erschöpften Kinder abends glück-lich in ihr kuscheliges Heubett plumpsen.

Tyler lehnt sich im Stuhl zurück. »Wenn ich darüber nachdenke, lässt sich aus der Halle deutlich mehr machen. Wir könnten eine Spielscheune erschaffen. Mit Kettcars für die Größeren und Bobbycars für die Kleinen und vielleicht ein Klettergerüst.«

»Tyler, das klingt einsame Spitze.« Ich strahle über das ganze Gesicht. »Unsere Einfälle sind echt klasse. Siehst du, man darf nicht aufhören, wenn man im Flow ist.«

»Wieso hast du dann mit uns aufgehört, als wir im Flow waren?«, fragt er plötzlich ernst.

»Tyler, bitte. Das ist unfair.« Ich verziehe den Mund zu einem Strich. »Immerhin warst du es, der zuerst ...«

»Ja, sorry ...« Er sieht mich gequält an und wirft einen Blick auf die Uhr. »Mist, ich habe keine Zeit mehr. Das McCafferty's wartet.«

»Du spielst heute im McCafferty's? Mitten unter der Woche?« Ist das ein Grund, um eifersüchtig zu sein? Nein. Tyler ist mir keine Rechenschaft schuldig. »Nimmst du mich mit?«, frage ich unvermittelt, ohne darüber nachzudenken.

»Ins McCafferty's?«

53

Ich finde, es spricht nichts dagegen, mit ihm zu kommen. Schließlich müssen wir ja trotz allem, was zwischen uns steht, nicht feindselig uns gegenüber sein.

Im McCafferty's bin ich mittlerweile wie zu Hause, denn in den vergangenen Monaten war ich oft an den Wochenenden mit Tyler hier. Enya, die Bedienung, winkt, als wir den Pub betreten. Tyler verschwindet auf der Holzempore und macht sich für den Auftritt bereit. Ich ergattere einen Tisch in einer gemütlichen Ecke.

»Lange nicht gesehen, Simone«, sagt Enya im Schein der schummrigen Beleuchtung. Auf ihrem Tablett steht ein Hot Whiskey. »Wie immer?«

Ich nicke und sie stellt das Glas vor mir auf dem Holztisch ab.

Tyler stimmt den ersten Song an und erfüllt den Pub mit seiner tiefen, warmen Stimme. Ich nehme einen kräftigen Schluck von dem heißen Getränk. Mein Blick schweift durch den Pub, über die Whiskeyfässer, die als Stehtische dienen, die mit Spirituosen überfüllte Bar und die gerahmten Fotos der Künstler an den Wänden. Von Tyler hängt auch eines in einem nostalgischen Goldrahmen. Ein sehr geniales, wohlgemerkt. Darauf streckt er seine Gitarre in die Luft und sein Oberkörper ist nach hinten gebeugt. Ich stelle mir dieses Bild in meiner Münchener Wohnung vor. Wie ein Star würde er an der Wohnzimmerwand prangen. Die Erinnerung an ihn wäre nicht mehr als die an ein grandioses Konzert, das mich wie eine Welle mitgerissen hat, auf der ich eine Weile mitgeschwommen bin und nach dem Erreichen des Höhepunktes in mein spießiges Leben zurückgeworfen wurde.

Ich lehne mich zurück und bewundere, wie Tyler das Publikum mit seiner angenehmen Stimme fesselt. Bei *The Spanisch Lady,* singe ich lautstark mit. Moment mal. Hat er *German Lady* gesungen? Ich verstumme und lausche seinen Worten.

Enya zwinkert mir belustigt zu. Ich laufe rot an und nippe am Hot Whiskey.

»Du verlässt uns bald?«, erkundigt sie sich, als sie den zweiten Drink vor mir abstellt.

»Ja, woher weißt du?«

»Na ja, rechnen ist meine Stärke.« Sie zählt mit der einen Hand die Finger der anderen ab.

»Begrüßen wir Miss Simone Bach auf der Bühne«, vernehme ich Tylers Stimme aus dem Hintergrund.

Entsetzt schiebe ich Enya aus dem Blickfeld und starre zu ihm. Tyler hält seinen Arm in meine Richtung ausgestreckt und grinst. »Na los! Worauf wartest du?«

Überrumpelt stehe ich auf und gehe zur Bühne. »Was zur Hölle soll das?«, zische ich.

»Sie hat mir nicht zugehört«, plärrt er lachend in sein Mikrofon.

Ich fahre ihn an. »Lass das Publikum aus der Sache raus und spuck aus, was du vorhast.«

»Wir performen einen Song zusammen«, erklärt er wie selbstverständlich.

»Hast du den Verstand verloren?«, hallt meine Stimme durch den Pub.

Die Gäste lachen und klatschen amüsiert.

Er steckt ein zweites Mikrofon an. »Du hast mal am Lagerfeuer gesagt, dass du *Molly Malone* am liebsten mal mit mir auf der Bühne singen würdest.«

»Mann, Tyler! Das war aus einer Lagerfeuerlaune heraus. Du kannst mich nicht so einfach überrumpeln.«

Wie komme ich nun wieder aus dieser Misere raus?

»Komm, mach den Spaß mit«, bittet er und reicht mir das Mikrofon.

Über meinen Rücken rinnt eiskalter Schweiß, denn mir ist klar, dass es in einer Katastrophe enden wird, wenn ich einfach drauflos singe. Verzweifelt sehe ich zu Enya, die auf einem Tablett ein gutes Dutzend Pints über den Köpfen der Pubbesucher balanciert, ohne einen einzigen Tropfen zu verschütten. Sie zwinkert mir zu.

Tyler stimmt die ersten Töne auf der Gitarre an. »Genieß es und schalte den Kopf aus«, sagt er so leise, dass nur ich es hören kann. »Sing so laut, wie du willst und wenn du nicht weiter weißt, übernehme ich.«

Skeptisch sehe ich ihn an.

»Ich lass dich nicht im Stich. Keine Bange.« Er schlägt die Saiten energischer an und ehe ich die Chance habe, darüber nachzudenken, singt er die erste, mir allzu gut bekannte Strophe von *Molly Malone.*

Das Publikum beäugt mich gespannt und ganz hinten, in einer schummrigen Ecke, entdecke ich Mark aus der *Old Sullivans Karamellmanufaktur.* Er sitzt mit ein paar Freunden zusammen und nickt mir aufmunternd zu. Nachdem Tylers Stimme wirklich alles übertönt, singe ich zaghaft mit. Ein rhythmisches Klatschen erfüllt den Pub und ich werde mutiger. Bald ist der Refrain erreicht und alle grölen lautstark.

Alive, alive oh, alive, alive oh.

Crying, Cockles and mussels, alive, alive oh.

Meine Haare kleben nass an der Stirn. Ein Adrenalinstoß durchfährt meinen Körper. Es macht Spaß. Es macht verdammt noch mal Spaß. Ich grinse Tyler an. Er wird leiser und meine Stimme lauter. Plötzlich macht es mir nichts mehr aus, vor Publikum zu singen. Nachdem der Song zu Ende ist, bekomme ich tosenden Beifall und verbeuge mich wie ein Star.

***

Es ist nach Mitternacht, als wir wieder im Auto sitzen und auf dem Heimweg sind. Dank des Alkohols und der genialen Erfahrung meiner Gesangseinlage bin ich wie berauscht.

»Das war grandios«, schwärme ich.

In dem Augenblick fällt mir ein, dass Tyler während des Autofahrens gewöhnlich nicht spricht und schlage mir mit der flachen Hand auf den Mund. Doch er lächelt zufrieden.

»Du warst grandios. Du singst großartig. Am Lagerfeuer hörte sich das eher normal an.«

»Na hör mal, vor Publikum habe ich natürlich mein Bestes gegeben.« Ich grinse breit und zögere kurz. »Danke!«

»Nicht dafür.«

»Doch. Es war ein unvergesslicher Abend.«

»Er ist noch nicht vorbei«, antwortet er zwinkernd und richtet sofort die Augen wieder auf den Verkehr.

Ich räuspere mich. »Ich spreche vom Abend im Pub.«

»Und ich meinte, dass unser Abend noch nicht vorbei ist.«

In meinem Bauch kribbelt es. Ich hasse es, dass er mich noch immer so berührt.

»Ich koche morgen Dampfnudeln«, lenke ich ab.

»Wie bitte?« Er prustet los. »Was sind bitte schön Dampfnudeln?«

»Eine deutsche Süßspeise.«

Rasch erkläre ich die Zusammensetzung des Gerichts. Ich bin heilfroh, dass das Kribbeln allmählich nachlässt.

Er lenkt das Auto die Einfahrt hinauf. Wir steigen aus und gehen schweigend ins Haus. Auf der Treppe ist Tyler dicht hinter mir. Sein heißer Atem streift meinen Nacken.

Im ersten Stock fasse ich nach der Klinke der Gästezimmertür und drehe mich um. »Gute Nacht, Tyler.«

Mit seinem rechten Arm stützt er sich am Türstock ab und mit der linken Hand umfasst er meine Hüften. Er sieht mich liebevoll an und sagt nichts. Überhaupt nichts. Okay, seine Augen sprechen. Sie sagen mir etwas in der Art wie: *Ich will dich ... und zwar sofort.*

Und meine Augen antworten: *Nimm mich ... und zwar gleich hier.* Doch mein Verstand übertönt alles. Er ruft mir zu: *Los, hau ab in dein Zimmer und zwar schleunigst!*

Trotz der penetranten Stimme in meinem Hinterkopf mache ich keine Bewegung. Die Spannung zwischen uns ist deutlich zu spüren. Ich meine sogar das Knistern zu hören. Von der Treppe her vernehme ich Schritte und drehe mich um.

»Um diese Uhrzeit noch wach?« Emilia spaziert in einem superknappen Nachthemd aufreizend über den Gang. In der Hand hält sie eine Tafel Schokolade, die in knisternde Folie eingewickelt ist. Winkend verschwindet sie in ihrem Zimmer.

Okay, das Knistern ist jetzt weg, aber die Spannung nach wie vor da. Tyler nähert sich meinem Gesicht. Ich versinke in seinem Blick, spitze die Lippen und schließe die Augen.

Da sehe ich ihn im Geiste vor mir, wie er, umringt von den Schönheiten aller Nationen, eine feuchtfröhliche Party feiert. Das Schlimme ist, er küsst eine nach der anderen. Und er verteilt Punkte ... auf einer Tafel.

Nein! Ich will das nicht sehen. Also reiße ich die Augen wieder auf, lege die Hand an seine Brust und schiebe ihn sachte von mir.

»Gute Nacht, Tyler.«

Bevor ich ihm die Möglichkeit gebe, zu reagieren, husche ich ruckzuck in mein Zimmer und verriegle die Tür hinter mir. Drinnen lehne ich mich mit dem Rücken daran und gleite im Zeitlupentempo auf den Boden. Wieder schließe ich die Augen. Die Partymäuse sind weg. Jetzt sehe ich Tyler vor mir, wie er mich küsst und all die unanständigen Sachen macht, die ich so liebe.

Draußen höre ich keine Schritte. Kaum hörbar stehe ich auf, drehe mich um und lehne den Kopf gegen die Tür. Erneut mache ich die Augen zu. Dieses Mal träume ich, wie ich meinen Kopf an seine Brust schmiege. Er schlingt seine muskulösen Arme um mich und seine Lippen finden wie selbstverständlich die meinen. Ich sehe zu ihm auf, er umfasst meinen Kopf mit beiden Händen und küsst mich innig und voller Leidenschaft. Mir entfährt ein Seufzen.

Lange lasse ich die Augen geschlossen und träume von uns. Einem Uns, das in dieser Form nicht mehr existiert. Dann höre ich Schritte und das Schließen einer Tür.

54

»Was macht Sexy-John?«, fragt Nina mich am Telefon.

»Er denkt pausenlos an meine beste Freundin, mit der er einen unglaublichen Abend am Lagerfeuer verbracht hat.«

»Wirklich?«

»Nein, Nina. Ich muss dich enttäuschen. Er hat dich mit keinem Wort mehr erwähnt.«

Ich kann ihren geknickten Blick förmlich durchs Telefon sehen. Aber was hat sie erwartet?

Sie saugt hörbar Luft durch die Nase. »Sag mal, Simi, was hältst du davon, wenn ich mal eben nach Irland düse und dich besuche?«

»Hast du schon wieder Urlaub? Dein Leben hätte ich gern«, antworte ich lachend. Hat sie nicht erst vor ein paar Wochen im Kindergarten angefangen?

»Der Job war die totale Pleite. Das Metier – oder wie sagt man – war nicht meine Welt. Nichts konnte ich den Eltern dieser verzogenen Gören recht machen, absolut gar nichts. Manche meinten sogar, mit einem großzügigen Trinkgeld hier und Geschenken da würde ich nach ihrer Pfeife tanzen.«

»Da sind sie bei dir eindeutig an die Falsche geraten.«

»Definitiv! Deshalb hab ich in der Probezeit gekündigt.«

Es wäre traumhaft, wenn sie nach Irland käme und beim Pferderennen an meiner Seite wäre. Wir könnten die letzten Tage auf der Farm gemeinsam verbringen und danach zusammen zurück nach Deutschland fliegen.

»Du kannst nicht herkommen«, platze ich stattdessen heraus. »Auf der Farm ist nichts mehr, wie es war. Tyler und ich sind auf Abstand und ich bin nur noch hier, um Rose zu vertreten. Ich fände es unpassend, dich einzuladen.«

»Ah, okay. Verstehe.« Ihrem Tonfall entnehme ich, dass sie gekränkt ist.

»Es geht nicht gegen dich, hörst du?«

»Ja klar, kein Problem. Wirklich.«

Ich kaufe ihr kein Wort ab, auch deshalb nicht, weil sie sich jetzt postwendend von mir verabschiedet.

Nach dem Telefonat schaue ich in der alten Maschinenhalle vorbei. Tyler und John sind seit letzter Woche dabei, sie zu entrümpeln. Mittlerweile verwandelt sie sich mehr und mehr in eine Spielscheune. Zufrieden sehe ich mich um.

»Das sieht ja schon enorm einladend aus«, freue ich mich. »Gute Arbeit, Jungs.«

Die verrosteten, funktionsuntüchtigen Maschinen stehen am Rand der Halle.

»Die werden heute abgeholt«, erklärt Tyler, »Schau mal.« Er zeigt mir den hinteren Teil, in dem die beiden eine riesige Fläche mit Heu ausgelegt haben.

»Fabelhaft! Das wird ein Paradies.«

Unser Projekt nimmt definitiv Gestalt an. Aber es gibt noch viel zu erledigen.

Tyler strahlt wie ein kleiner Spitzbub. »Ich bin so gespannt, wie es Mum gefällt.«

»Sie wird begeistert sein, verlass dich drauf.« Ich deute auf ein freigeräumtes Eck am anderen Ende der Scheune. »Kommt dort das Klettergerüst hin?«

Tyler nickt.

Nach der Stippvisite in der Scheune setze ich mich an den Schreibtisch. Vor mir liegt ein Berg an Bürokram. Ich erstelle Buchungslisten für Rose, die übersichtlich und am Computer ausfüllbar sind, und lege einige neue Ordner an. Ich hoffe, sie findet sich damit zurecht. Danach sehe ich mir unsere Homepage an. Sie ist wirklich sehr ansprechend geworden. Und der Flyer für potenzielle Urlauber ist ebenfalls nahezu fertig. Ich habe ein Marketingbüro mit der Erstellung beauftragt, was sich als goldrichtig erwiesen hat. Zufrieden sehe ich mir die Rohfassung des Flyers auf dem Bildschirm an. Auf dem Deckblatt steht in einer Schrift, die zwar irisch, aber dennoch sehr stylish aussieht: *Willkommen auf der Greenkenny Horse Farm – der Ort, an dem das Leben beginnt.* Der Slogan stammt von mir. Zugegeben bin ich fast vor Stolz geplatzt, als die anderen genauso von dem Satz begeistert waren wie ich. Alle Besonderheiten, die wir neben den Cottages für den Farmurlaub bieten, sind auf dem Flyer mit aufgeführt. Für die Bilder haben wir extra einen Profifotografen engagiert. In den Cottages hat er einzelne Elemente perfekt in Szene gesetzt. So hat er beispielsweise im Schlafzimmer einen Teil des Bettes mit der rosa-weiß geblümten Bettwäsche und dem angrenzenden Nachttisch eingefangen. Im Badezimmer des Flower Cottages hat er das Ende der freistehenden Badewanne zusammen mit dem bodentiefen Fenster, das den Blick auf die Wicklow Mountains freigibt, abgelichtet und nebenbei das herrlich duftende Duschgel im Orchideendesign präsentiert. Zu gerne hätte ich den Orchideenduft mit in den Prospekt gebracht.

Akribisch lese ich den Text des Flyers Wort für Wort durch. Ist da ein Fehler in den Pferdenamen? Schreibt man Adeen nicht anders? Sollte es nicht Aden heißen? Irgendwo auf dem Computer ist eine Tabelle gespeichert, auf der die anstehenden Tierarzttermine aufgelistet sind. Dort finde ich sicher den korrekten Namen des Pferdes. Ich klicke mich durch unzählige Dateien, öffne Ordner, die in anderen abgespeichert sind, und werde nicht fündig. Wenn es die Zeit vor meiner Abfahrt erlaubt, werde ich die Dateien umbenennen, damit man sie besser findet. Das ist ja das reinste Chaos hier.

Endlich bin ich mir sicher, das richtige Dokument gefunden zu haben. Es ist zwar mit *Stuten* beschriftet, doch alle anderen habe ich schon durch. Ich öffne es und erstarre.

Das ist die Liste! Tylers Liste. Die Frauen-Bewertungsliste. Ich schlucke die aufsteigende Magensäure hinunter. Die Zeilen verschwimmen vor meinen Augen. Schwer atmend schließe ich das Dokument wieder, weil ich nicht noch einmal mit den Details konfrontiert werden will. Stattdessen klicke ich mit der rechten Maustaste auf die Dokumenteneigenschaften. Mein letztes Fünkchen Hoffnung, dass vielleicht doch Emilia die Tabelle erstellt hat, zerschlägt sich innerhalb von Sekunden. Der Ersteller des Dokuments ist eindeutig

Tyler. Was habe ich erwartet? Immerhin hat er bereits zugegeben, dass die Liste von ihm stammt. Allerdings ist es Jahre her, seit sie angelegt wurde. Ich rechne zurück. Tyler war damals noch nicht mal volljährig. Da stimmt doch irgendetwas nicht. Ich reiße die Schublade auf und suche nach dem Papier. Meine Finger sind klatschnass. Mit klopfendem Herzen habe ich bald die besagte Liste in der Hand. Das Blut rauscht in meinen Ohren, als ich das Dokument am Computer erneut öffne und mit dem Ausdruck vergleiche. Tyler hat hinter den jeweiligen Frauennamen ein Datum notiert. Und jedes Datum auf dem Bildschirm ist unzählige Jahre her. Doch auf dem Papier, das vor mir auf dem Schreibtisch liegt, stehen ausschließlich Daten der vergangenen drei Jahre. Ich starre auf den letzten Eintrag, nämlich den von Kim. Auf dem Computerbildschirm fehlt er komplett. In meinem Hirn rattert es und dann ist es, als würde ein Blitz meine Gedanken erhellen. Kann es sein, dass Tyler als junger Kerl diese blödsinnige Liste erstellt hat, sei es, um vor seinen Freunden zu prahlen oder sich selbst Genugtuung über seine Errungenschaften zu verschaffen? Und dann war diese Liste jahrelang in der Versenkung und wurde von Emilia zu neuem Leben erweckt? Es muss so sein. Anders kann ich mir nicht erklären, dass plötzlich hinter allen Frauennamen ein deutlich jüngeres Datum steht und der von Kim obendrein. Emilia, dieses Luder, hat bewusst deren Namen hinzugefügt, weil sie wusste, dass Tyler mal mit ihr zusammen war.

Kein Wunder, dass Tyler zwar peinlich berührt war, als ich ihn auf die Liste ansprach, das Ganze aber als Jugendsünde herunterspielte. Weil es eben nicht mehr war als das.

Innerhalb eines tiefen Atemzuges füllt sich mein Herz randvoll mit Liebe. Liebe, Tyler gegenüber. Oh, mein Gott! Emilia hat die Liste manipuliert!

Ein aufgeregtes Kribbeln durchzuckt meinen Körper. Jetzt bin ich nicht mehr fähig, mich noch um den Flyer zu kümmern. Rasch schließe ich mit zitternden Fingern alle Programme und Dateien, fahre den Computer hinunter und laufe mit eiligen Schritten aus dem Arbeitszimmer. Wie konnte ich nur annehmen, dass Emilia sich geändert hat?

»Emilia!«, brülle ich durchs Haus. »Emilia, wo bist du?«

Mit jedem Mal, in dem ich ihren Namen schreie, steigert sich meine Wut. Ich laufe nach unten, über den Hof und rufe auf dem Gelände nach ihr.

»Emilia trainiert mit Tornado«, ruft John mir zu, der mit Tyler ein schweres Blechteil aus der Maschinenhalle hievt.

»Ist was passiert?«, fragt dieser und sieht mich besorgt an.

Am liebsten will ich ihm um den Hals fallen und mich entschuldigen. Doch zuerst muss ich mit Emilia sprechen.

***

Eine geschlagene Stunde später reitet sie mit der üblichen Eleganz über den Hof. Die Hände in die Hüften gestemmt, starre ich sie eiskalt an.

»Puh, das war eine anstrengende Trainingseinheit heute, ich sags dir.« Sie springt vom Pferd und sieht mich fragend an. »Is was?«

»In zehn Minuten erwarte ich dich im Arbeitszimmer«, sage ich scharf.

Sie legt die Stirn in Falten. »Was ist denn?«

»Das erfährst du gleich«, antworte ich knapp. Meine zu Fäusten geballten Hände verstecke ich in den Hosentaschen.

Im Arbeitszimmer setze ich mich hinter den Schreibtisch, stehe aber sofort wieder schnaubend auf. So ein Miststück! Im Geiste lege ich mir die passenden Worte zurecht, doch mir fällt nichts ein, was meine Wut halbwegs ausdrückt.

»Was gibt es denn?«, fragt sie mit dem falschesten Lächeln, das mir je untergekommen ist, und kommt näher.

»Guck nicht so unschuldig. Ich habe dich durchschaut!«, schnauze ich sie an.

Sie hebt abwehrend die Hände. »Hey hey hey.«

»Komm her«, befehle ich in einem Ton, der keine Widerrede duldet.

Sie stolziert um den Schreibtisch herum und sieht mit mir auf die beiden Listen, die ich zuvor vorbereitet habe. Rote Flecken machen sich an ihrem Hals breit. »Was ist damit?«, besitzt sie trotzdem die Frechheit, mit einem unschuldigen Augenaufschlag zu fragen.

»Was damit ist?« Ich schlage mit der flachen Hand auf den Tisch. »Du willst allen Ernstes wissen, was damit ist?«

Ich verziehe meine Augen zu Schlitzen und wage nicht, den Mund zu öffnen. Mit Sicherheit würde ich sonst Feuer spucken. Dann atme ich tief ein und brülle los.

»Du hast jedes Datum manipuliert, den letzten Eintrag über Kim hinzugefügt und die Liste in der Form ausgedruckt und mir vorgelegt. Doch leider warst du zu dumm, die neuere Version auch im Dokument abzuspeichern. Dein Spiel ist ein für alle Mal vorbei, Emilia! Außerdem verraten dich die roten Flecken an deinem Hals. Du bekommst sie jedes Mal, wenn du dir wieder eine Boshaftigkeit ausgeheckt hast.«

»Gratuliere dir zu deinem ausgeprägten Spürsinn. Vielleicht solltest du dich damit bei der Polizei bewerben.« In ihrem Blick steckt keinerlei Reue.

Kopfschüttelnd blitze ich sie an. Ich stehe auf und drehe mich zum Fenster. Mit einem Schlag scheint jegliche Energie aus meinem Körper zu weichen. Ich fühle mich schwach und lasse resigniert die Schultern hängen.

»Wieso tust du so was?« Meine Stimme klingt matt und leer.

»Ich hatte gehofft, dass du nach dieser Geschichte endgültig von hier verschwindest«, antwortet sie knallhart.

Ich schnappe nach Luft. »Geh mir aus den Augen Emilia. Ich bin heilfroh, dass ich bald zurück nach Deutschland fliege, denn ich kann es kaum erwarten, dich nie wiederzusehen. So eine hinterhältige und falsche Person ist mir in meinem Leben noch nicht untergekommen.« Bevor eine weitere Gemeinheit aus ihrem Mund kommt, blaffe ich sie an. »Verschwinde Emilia, ich hasse dich!«

Ohne ein Wort rauscht sie aus dem Arbeitszimmer.

Eine Weile sehe ich noch mit leerem Blick aus dem Fenster, dann plumpse ich erschöpft auf den Sessel, stütze die Arme auf dem Tisch ab und lasse den Kopf hineinsinken. Wie kann ein Mensch so bösartig sein? Ich begreife es nicht. Wie kann sie nur Genugtuung dabei empfinden, mich derart zu demütigen und hinters Licht zu führen? Was hat sie eigentlich gegen mich? Niemand in diesem Haus wäre so hinterhältig.

Ich sitze noch eine Weile am Schreibtisch. Dann gehe ich in die Küche und koche Irish Stew. Das Gericht lässt sich im Kochtopf warmhalten. Bevor die hungrige Meute zum Essen kommt, verschwinde ich. Ich will niemandem unter die Augen treten. In dieser Verfassung kann ich auch nicht mit Tyler sprechen. Deshalb hinterlasse ich einen Zettel. *Essen ist im Topf.*

Ich ziehe meine Reitkleidung über und besuche Heaven im Stall. Er schnaubt, als er mich entdeckt. Ich lege meinen Kopf an seinen Hals. Er senkt seinen und ich schließe die Augen.

»Ach Heaven, warum ist alles so durcheinandergeraten?«, flüstere ich.

Als würde er mich verstehen, stupst er mich mit der Nase.

Ich sattle ihn und steige auf. Aus der Maschinenhalle vernehme ich Tylers und Johns Lachen. Ich bin heilfroh, dass ich mich unbemerkt davonschleichen kann.

Auf Heavens Rücken reite ich durch die zauberhafte Landschaft. Ich werde die Hügel und Berge vermissen, die hübschen Cottages und das Meer. Und ich werde Tyler vermissen. Mir fällt nichts ein, was mir nicht fehlen wird, außer Emilia.

Als ich zurückkomme, fühle ich mich deutlich besser. Ich will nach vorne sehen und ich muss mit Tyler sprechen. Wenn ich nur wüsste, wie. Schließlich kann ich nicht einfach sagen *Sorry, war alles nur ein Versehen, können wir noch mal zurück auf Anfang?* Außerdem findet morgen das Pferderennen statt. Ich brauche all meine Energie dafür. Doch gleich nach dem Rennen werde ich mit ihm sprechen. Ganz sicher.

55

Ich trete vor das Fenster. Mist! Es gießt in Strömen. Der Himmel ist dunkelgrau und die Wicklow Mountains sind in dichtem Nebel eingehüllt. Warum ist das Wetter ausgerechnet heute so mies? Gut, in Irland regnet es ständig, aber der trübe Himmel lässt nichts Gutes für den Tag erahnen. Trotz der Vorfreude auf das Pferderennen trübt das Wetter meine Stimmung enorm, denn mir graut davor, das Rennen im Regen zu bestreiten.

Die anderen schlafen noch, zumindest ist es absolut friedlich im Haus. Ich dagegen bin seit fünf Uhr morgens hellwach, habe geduscht und meine nigelnagelneuen Reitklamotten angezogen, die ich vergangene Woche in einem Reitsportgeschäft in Dublin erstanden habe.

In der Küche bereite ich mir ein Frühstück aus einem Weizenbrötchen mit Butter und einer Banane zu. Mein Magen darf nicht zu voll sein, wenn ich nachher auf dem Pferd sitze. Von Minute zu Minute werde ich nervöser.

Nach dem Frühstück besuche ich Heaven. Er schnaubt, als er mich erblickt. Ich schmiege mich an ihn.

»Du lässt mich heute nicht im Stich, versprichst du das?«, flüstere ich.

Heaven scharrt mit den Hufen und ich bin mir sicher, er versteht mich. Ich striegle ihn liebevoll und finde, dass er heute besonders hübsch aussieht.

Zwei Stunden später ist im Haus das Leben erwacht. Bald ist es so weit und wir verfrachten Tornado und Heaven in den Pferdeanhänger. Emilia und ich würdigen uns keines Blickes.

Als wir mit Tyler und John zusammen aufbrechen, regnet es weiterhin. Kurz vor dem Strand, an dem das Rennen stattfinden wird, verdichtet sich der Verkehr.

»Sagtet ihr nicht etwas von einem Amateurrennen?«, frage ich irritiert.

»Ist es auch«, bestätigt Tyler. »Allerdings ein extrem beliebtes. Die Reiter und Zuschauer kommen von weit her. Schon wegen des Ambientes.«

Als John den Wagen auf einer Wiese parkt, die mit Absperrbändern in Parklinien eingeteilt ist, lässt der Regen nach und der Himmel reißt auf. Dankbar werfe ich ein Stoßgebet nach oben.

Rasch öffne ich die vordere Luke des Anhängers und versorge Heaven und Tornado mit Wasser und Heu. Emilia öffnet die hintere Tür, sodass die Tiere ausreichend mit Frischluft versorgt sind.

Wir lassen sie im Anhänger und spazieren über die feuchte Wiese in Richtung Strand. Scharen von Besuchern tummeln sich bereits auf Decken im Sand oder haben Klappstühle aufgestellt. Reiter in schicken Klamotten führen ihre Pferde herum und quasseln angeregt miteinander. Ein grünes Partyzelt dient als Wettbüro. Hausfrauen verkaufen herrlich duftenden Kuchen und Kinder tollen durch den Sand. Die Rennstrecke, die anderthalb Kilometer durch den Sand führt, ist mit Absperrbändern abgegrenzt.

»Wie viele Reiter sind heute am Start?«, erkundige ich mich bei einem dickbäuchigen Iren, der mir eine Satteldecke aushändigt, auf der die Startnummer aufgedruckt ist.

»Knappe vierzig. Es gibt drei Rennen.«

Ich sehe auf meine Unterlagen und stelle enttäuscht fest, dass ich im letzten Starterfeld bin, zusammen mit Emilia.

»Viel Erfolg, Miss Bach«, sagt der Mann und zwinkert verheißungsvoll.

»Kennt ihr euch?«, fragt Emilia spitz beim Verlassen des Zeltes.

»Nein, wie kommst du darauf?«

»Weil er gezwinkert hat.«

»Darf er nicht?« Ich ahne, warum er das getan hat, werde aber den Teufel tun und Emilia das sagen. Noch nicht!

Da vernehme ich eine mir wohlbekannte Stimme von der Seite und spüre eine zarte Hand auf meiner Schulter.

»Hast du wirklich geglaubt, ich lasse dich dein Comeback mutterseelenalleine geben?«

Ich drehe den Kopf zur Seite und sehe geradewegs in Ninas blaue Augen.

»Nina!«, kreische ich. »Oh, mein Gott, ich fasse es nicht!« Ich breite die Arme aus und drücke sie so fest, dass sie nach Luft japst. »Bist du es wirklich?«

»Klar.« Sie lacht. »Dachtest du allen Ernstes, ich lasse dich an diesem besonderen Tag im Stich?«

Wir lockern die Umarmung, nehmen uns an den Händen und springen gemeinsam auf und ab.

»Ich war so gespannt auf dein Gesicht und ich gestehe, du hast meine Erwartungen übertroffen.«

»Ich fasse es nicht, dass du da bist, Nina.« Wieder ziehe ich sie an mich. Schlagartig ist mir klar, wie unfassbar dämlich es von mir war, ihren Besuch abzulehnen.

»Darf ich heute deine Pferdebetreuerin sein?«

»Nichts lieber als das. Eigentlich hatte John sich angeboten, aber er ist bestimmt einverstanden.«

Sie strahlt. »Und? Bist du aufgeregt?«

»Ich drehe fast durch, ich sags dir. Ach Nina, es tut so gut, dass du heute an meiner Seite bist.«

Sie grinst. »Wie früher.«

»Wie früher«, bestätige ich kopfnickend und zwinkere verschwörerisch.

»Wen haben wir denn da?« John und Tyler, die aus dem Hintergrund unsere Begrüßung verfolgt haben, grinsen über beide Ohren. Ich bin sicher, dass sie sich von Herzen für mich über Ninas Überraschung freuen.

»Hallo, Nina!« Johns Augen strahlen und auch in Ninas Augen sehe ich ein Glänzen.

Tyler drückt sie kurz. »Warum hast du nicht Bescheid gesagt, dass deine Freundin kommt, oder wusstest du …«, richtet er sich an mich.

»Nicht die Bohne.«

»Ich wollte Simi überraschen«, erklärt Nina. »Keine Sorge, ich habe mir ein Zimmer in einem Bed & Breakfast in Greenkenny gebucht. Ich wollte euch nicht überrumpeln, zumal Simi …«

»Ein Bett und ein Frühstück bekommst du bei uns auch, nicht wahr Tyler?«, unterbreche ich sie.

»Aber klar doch«, bestätigt er eifrig nickend.

»Ich hab mich nicht getraut zu kommen, ohne ein Zimmer zu buchen. Du hattest ja gesagt, dass es unpassend ist.«

»Du schläfst bei uns, keine Widerrede«, bestimmt Tyler.

Ich lächle ihn dankbar an.

»Jetzt sieh du erst mal zu, dass du das Rennen gut hinter dich bekommst. Ich habe übrigens auf dich gesetzt«, sagt Nina lachend.

»Ich auch«, gibt John bekannt und blinzelt Nina zu.

»Auf wen sonst?« Sie grinst vielsagend.

»Kommt, suchen wir uns einen Platz, von dem aus wir das Rennen gut im Blick haben«, schlägt John vor. Damit steigt er über das Absperrband in den Zuschauerbereich.

Nina drückt mich ein letztes Mal. »Hals und Beinbruch, Simi. Du schaffst das.« Sie hält beide Daumen in die Luft.

»Sei vorsichtig«, mahnt Tyler und umarmt mich steif.

»Ich glaub an dich«, sagt John und zwinkert mir zu.

Ich sehe den dreien nach. Nina schnattert ungeniert mit den beiden. Ich weiß, dass sie in deren Obhut bestens aufgehoben ist.

Ich beobachte das erste Rennen nur aus den Augenwinkeln, während Emilia und ich die Pferde aus dem Anhänger holen. Wenn ich jetzt zu genau hinsehe, steigert das meine Nervosität. Aber ich muss Ruhe bewahren. Ich konzentriere mich voll auf Heaven und mich. »Wir schaffen das, mein Guter«, flüstere ich ihm zu.

Emilia schnappt sich Tornado, spaziert auf einen Kerl in ihrem Alter zu und flirtet mit ihm.

Ich lege Heaven die Nummerndecke auf und steige in den Sattel. Dann wärmen wir uns auf. Wir galoppieren über den Sand. Die Anspannung steigt, als wir uns der Startlinie nähern. Dennoch wandert ein freudiges Kribbeln durch meinen Körper.

Dreizehn Reiter gehen neben mir an den Start. Emilia sieht zu mir hinüber, aber ich weiche ihrem Blick aus.

Stattdessen richte ich meinen Blick auf die Rennstrecke und atme durch. Die Zügel halte ich fest in der einen Hand, während ich mit der anderen in Heavens Mähne greife.

Der Startschuss ertönt. Das Absperrband fällt in den Sand. Mit dem Signal sind all meine Gedanken auf der Rennstrecke vor mir. Ich hebe das Gesäß aus dem Sattel und treibe Heaven an. Wir fliegen förmlich über den Sand. Ich beuge mich tief über seinen Hals und bewege mich im Einklang mit ihm. Schon bald lassen wir die anderen Reiter hinter uns. Außer Emilia. Sie hält sich mit Tornado hartnäckig dicht neben uns. Nur ganz am Rande nehme ich das Jubeln der Zuschauer wahr. Das Schnaufen der Pferde und der peitschende Wind übertönen nahezu jegliches weitere Geräusch.

»Los, mein Junge, wir schaffen das!«, feuere ich Heaven an und merke, wie er sich bemüht, das Tempo zu erhöhen. Der Abstand zu den anderen Reitern wird immer größer. Doch Emilia hält sich knapp hinter uns. Wir reiten um den Bogen und jetzt geht es die gleiche Strecke zurück in Richtung der Startlinie, wo auch das Ziel ist. Ich stehe sicher in den Steigbügeln und treibe Heaven weiter an.

»Hau ab! Verschwinde!«, höre ich Emilia neben mir panisch brüllen.

Erst jetzt realisiere ich, dass ein irischer Wolfshund bellend auf die Pferde zuläuft. Tornado reißt den Kopf hoch, springt zur Seite und schleudert Emilia beinahe aus dem Sattel. Ein erschrockenes Raunen geht durch die Zuschauerreihen.

Entsetzt starre ich auf Tornado, der mit Vollgas Kurs auf den Zuschauerbereich nimmt. Ich reagiere rascher, als ich denken kann, lenke Heaven aus dem Reiterfeld und galoppiere hinterher.

Emilia hat einen Bügel verloren und klammert sich verzweifelt an ihrem Pferd fest. Sie brüllt aus Leibeskräften.

»Gib alles, mein Junge«, sporne ich Heaven an und hole bald auf. Als wir gleichauf sind, nehme ich die Zügel in eine Hand und strecke den Arm nach Tornado aus. Wir galoppieren ungebremst auf die unruhig werdenden Zuschauer zu. Obwohl ich nur bruchstückhaft denken kann, ist mir klar, dass ich Tornado schleunigst stoppen muss. Sonst werden wir ein Unglück erleben. Seine Zügel springen wild von links nach rechts. Keuchend bemühe ich mich, sie zu greifen. Beim dritten Versuch gelingt es mir endlich.

»Brr!«, mache ich mit tiefer Stimme, stelle mich in die Bügel und ziehe Tornados Kopf zu uns rüber, um ihn auszubremsen. Es kostet mich meine ganze Kraft, von ihm nicht aus dem Sattel gezogen zu werden. Die Pferde galoppieren Seite an Seite weiter, aber ich schaffe es, das Tempo zu verlangsamen und ihn vom Absperrband abzuwenden, hinter dem die ersten Zuschauer bereits die Flucht ergriffen haben. Mein Herz schlägt wie wild und in Emilias Augen spiegelt sich die Panik. Ich bekomme nicht mit, wo der Hund abgeblieben ist. Die ängstlichen Rufe des Publikums vermischen sich mit dem Geräusch der tosenden Wellen und dem rauschenden Blut in meinen Ohren.

»Brr«, wiederhole ich, ziehe an den Zügeln, lasse kurz locker und ziehe erneut, so lange, bis Heaven und Tornado erst in den Trab fallen und dann zum Schritt durchparieren.

»Ich hab ihn!«, rufe ich schließlich keuchend. Atemlos sehe ich, wie Tyler unter dem Absperrband hindurchschlüpft und auf uns zuläuft.

»Seid ihr okay?« Er greift nach Tornados Zügeln und hilft der zitternden Emilia vom Pferd.

»Ja«, antworte ich keuchend, wische mir mit dem Handrücken den Schweiß von der Stirn und steige ebenfalls ab. Meine Muskeln brennen und mein Herz rast noch immer, als Applaus und Jubel losbrechen.

Emilia sackt in die Knie und stützt den Kopf in ihre Hände. Ich gehe neben ihr in die Hocke. »Alles in Ordnung, Emilia?«

»Du hast mein Leben gerettet.« Sie richtet den Blick auf das Publikum um uns. »Und wahrscheinlich das einiger Menschen hier.« Zaghaft lächelt sie mich an.

»Komm, steh auf.« Ich reiche ihr meine Hand und sie lässt sich von mir nach oben ziehen.

Völlig überraschend nimmt sie mich in den Arm. Mein Körper versteift sich.

»Danke«, stammelt sie und lässt mich wieder los.

Ich wende mich an Heaven. »Du warst großartig, mein Junge«, lobe ich und lockere den Sattel.

Drei Sanitäter stehen plötzlich vor uns und obwohl wir ihnen versichern, dass es uns gutgeht, kommen wir nicht um eine kurze Untersuchung herum.

Der Kerl von vorhin hetzt auf Emilia zu, umarmt und küsst sie.

Sie klammert sich an ihn wie an einen Rettungsring. Kameras blitzen, was die beiden nicht im Geringsten zu stören scheint.

Jetzt stürmen auch Nina und John herbei. Wir versichern, wie eben schon Tyler, dass uns nichts passiert ist.

»Du bist die Beste, Simi.« Nina drückt mich fest.

Auch John scheint sichtlich erleichtert, dass wir wohlauf sind.

Der Kerl an Emilias Seite küsst ihre Stirn.

»Das ist übrigens Ronan.« Sie räuspert sich. »Wir haben uns in der Hurlinggruppe kennengelernt.« Ihre Stimme ist immer noch schwach.

»Hi, Ronan«, begrüßt Tyler ihn mit Handschlag. »So so, du bist also der Grund, der meine Schwester in letzter Zeit von zu Hause fernhält.«

»Ich hätte euch gerne in einer etwas entspannteren Atmosphäre kennengelernt«, sagt er lachend. »So schnell wie vorhin ist das Adrenalin noch nie durch meinen Körper gerauscht.«

»Wem sagst du das«, stimmt Nina ihm zu. »Mir ist eben beinahe die Luft weggeblieben. Ich hatte solche Angst um euch.« Sie presst die Hände gegen ihren Brustkorb.

»Unglaublich, wie du es geschafft hast, ein Unglück zu verhindern.« Tyler nickt anerkennend.

»Das kann man wohl sagen.« Emilia nickt zustimmend.

»Mir blieb Gott sei Dank keine Zeit zum Nachdenken.«

»Du bist definitiv die Heldin des Tages«, wirft John ein.

»Und die Siegerin der Herzen.« Nina strahlt.

Erst jetzt merke ich, wie meine Knie zittern. Dankbar nehme ich den Wasserbecher entgegen, den mir Tyler reicht. Ich streiche nochmals über Heavens Fell und übergebe ihn dann an Nina.

»Ich spritze ihn gleich mit Wasser ab. Das wird ihm guttun«, schlägt sie wie in früheren Zeiten vor.

»Darf ich die Damen zum Interview bitten?«, unterbricht ein Reporter unser Gespräch.

»Mach du nur.« Nina winkt mir zu.

Emilia übergibt ihr Pferd an Ronan und folgt mit mir dem Reporter.

56

»Das war wirklich eine aufregende Vorstellung, meine Damen. Ich hoffe, Sie haben sich bereits von dem Schrecken erholt.« Der Reporter, der von einem Kamerateam umzingelt ist, schüttelt erst Emilia und dann mir die Hand. »Stimmt es, dass Sie beide aus der gleichen Familie sind?«

Bevor ich dies verneinen kann, übernimmt Emilia. »Ja, wir sind eine Familie und wohnen auf der Greenkenny Horse Farm.«

Ich hebe die Augenbrauen, widerspreche aber nicht.

»Sie haben heute alle hinter sich abgehängt, bis es zu dem tragischen Zwischenfall kam. Haben Sie sich gemeinsam auf das Rennen vorbereitet?« Er hält mir das Mikrofon unter die Nase.

»N... nein ... ich hatte ein eigenes Training.«

»Wir haben einen unterschiedlichen Trainingsstil«, wirft Emilia ein.

»Der Ihnen beiden zum Erfolg verholfen hat. Wie lange reiten Sie schon?«

»Seit meiner Kindheit«, antwortet Emilia.

»Und Sie?«, fragt er mich.

»Nun ja ...«, druckse ich herum und starre auf meine Füße. Ich hole tief Luft. Dann platzt es aus mir heraus. »Ich reite auch schon, seit ich denken kann. Ich war ...

ich bin ... ähm ... früher viel in Deutschland geritten und habe an unzähligen Rennen teilgenommen.«

»Du hast was?«, kreischt Emilia und ihre Pupillen weiten sich im Nullkommanichts. »Und warum hast du vor uns die pferdescheue Simone gemimt?«, übernimmt sie den Job des Reporters.

»Ich hatte vor knapp sieben Jahren einen schweren Reitunfall.« Ich hole tief Luft und erzähle, was seinerzeit passiert ist. »Wir waren an jenem Tag beim Training auf der Rennbahn. Angel, meine damalige Stute, erschreckte sich durch einen lauten Knall. Sie ging mit mir durch und ich stürzte schwer.«

Ich halte die Luft an und denke an den Moment, in dem ich durch die Luft flog. Sofort bekomme ich eine Gänsehaut.

»Unglaublich! Dann hatten Sie heute ein Déjà-vu, nicht wahr?«

»Ja ... und wahrscheinlich habe ich deshalb so prompt reagiert, als Tornado durchging. Ich habe mich oft gefragt, was ich hätte besser machen können, um den Unfall zu verhindern. Eine schnelle Reaktion ist enorm wichtig.«

Emilia hängt an meinen Lippen. »Ich lag damals einige Zeit im Krankenhaus, hatte offene Brüche und ...« Meine Stimme kippt. »Seitdem habe ich mich nicht mehr auf ein Pferd getraut.«

»Haben Sie heute hier bei uns Ihr Comeback gefeiert?«, fragt der Reporter sichtlich aufgeregt.

»So ist es.«

Die Kamera zoomt. »Erzählen Sie uns bitte, wie Sie es geschafft haben, Ihre Angst zu überwinden.«

Mitleidig sehe ich zu Emilia, denn ich will mich ungern in den Vordergrund drängen. »Möchten Sie nicht auch Miss Kenmore interviewen?«, frage ich daher.

»Nein nein, kein Problem«, winkt Emilia ab. »In diesem Interview ist genug Platz für uns beide.« Sie greift lächelnd nach meiner Hand und ich traue mich nicht, sie vor der Kamera zurückzuziehen.

»Nun ja, ich kam vor einigen Monaten auf die Greenkenny Horse Farm und da führte an den Pferden kein Weg vorbei. Täglich kam ich mit diesen wunderbaren Geschöpfen in Berührung und hatte am Anfang einen unbändigen Respekt, mich ihnen zu nähern.«

»Wie haben Sie es geschafft, Ihre Angst zu überwinden?«, wiederholt der Reporter seine Frage.

»In erster Linie war da mein Freund Tyler ...« Mit glühenden Wangen sehe ich mich suchend nach ihm um, kann ihn jedoch nirgends entdecken. »Und John, ein Mitarbeiter der Farm. Beide halfen mir durch viele kleine Schritte, das Vertrauen zu den Pferden zurückzugewinnen. Auch Heaven hat einen erheblichen Teil dazu beigetragen.«

Zwischendurch richtet der Reporter Fragen an Emilia und ich entdecke Nina, die mit Heaven abseits steht und beide Daumen nach oben hebt.

»Wie sind Ihre Zukunftspläne?«, wendet der Reporter sich wieder an mich.

»Leider reise ich in wenigen Tagen zurück nach Deutschland.« Jetzt, wo ich es ausspreche und dieser Tag unweigerlich näher rückt, habe ich einen dicken Kloß im Hals. »Ich werde die Greenkenny Horse Farm mit ihrem besonderen Charme vermissen. Vor allem die liebevoll eingerichteten Cottages, die darauf warten, von Feriengästen bewohnt zu werden.«

Während ich von den Cottages schwärme, kommt mir eine Idee und ich plappere munter weiter. »Die Cottages sind nigelnagelneu und bisher unbewohnt. Wir haben in den vergangenen Wochen all unsere Kräfte in die Vorbereitungen gesteckt, um Familien einen unvergesslichen Urlaub zu bieten.«

Ich berichte von der neu errichteten Spielscheune, vom Angebot der Reitausflüge und allen anderen Ideen, die wir uns ausgedacht haben.

»Du hast den Hot Pot vergessen«, wirft Emilia ein.

»Wovon redest du?«, raune ich ihr zu. Ich bin entschieden dagegen, den Reporter anzuflunkern.

»Tyler hat einen Hot Pot gekauft. Du weißt schon ... so ein Badefass, das sich mit Brennholz aufheizen lässt«, flüstert sie.

»Nicht dein Ernst.«

Sie wendet sich an den Reporter. »Während die Kinder sich in der Spielscheune unter Aufsicht unseres liebevollen Personals austoben dürfen, können die Eltern ungestörte Stunden im Hot Pot auf der Wiese hinter dem Farmhaus verbringen.«

»Das hört sich nach einem perfekten Familienurlaub an.«

»Das wird es sein, ich verspreche es ihnen. Aber natürlich sind auch Paare bei uns willkommen.«

Nach dem Interview warten Tyler, John und Nina auf uns.

Nina nimmt mich in den Arm. »Auch wenn du heute nicht als Erste ins Ziel gekommen bist, hat es trotzdem einen Heidenspaß gemacht, dir mal wieder zuzusehen.«

»Wieso wieder mal?«, hakt Tyler nach.

»Simone hat im Interview erzählt, dass sie schon früher geritten ist und stell dir vor, sie hat sogar an Rennen teilgenommen«, klärt Emilia ihn auf. »Dann hatte sie einen schweren Unfall und ...«

Tyler fällt die Kinnlade nach unten. »Wieso hast du das vor uns verschwiegen?«

Ich zucke mit den Schultern. »Keine Ahnung. Ich war so perplex, auf einer Pferdefarm gelandet zu sein. Und am Anfang musste ich erst mal selbst damit klarkommen.«

»Ich habe in den vergangenen Wochen gut auf Simone aufgepasst«, wirft John ein.

»Du wusstest davon?« Tyler klingt beinahe etwas vorwurfsvoll, aber ich sehe, wie seine Mundwinkel zucken und er sich ein Lächeln verkneift.

»Nicht von Anfang an.«

»Ich habe ihm verboten, es jemandem zu erzählen«, nehme ich John in Schutz und mache einen Schritt auf ihn zu. »Ohne dich hätte ich es auf keinen Fall bis zum heutigen Tag geschafft. Ich bin dir so dankbar.« Ich stelle mich auf Zehenspitzen und gebe ihm einen Schmatzer auf die Wange, der von Tyler mit hochgezogenen Augenbrauen beäugt wird.

»Dann ist dein Anhänger gar kein Glücksbringer?«, kombiniert Tyler.

Ich fasse an meine Kette. »Doch, natürlich. Ich trage ihn, seit ich ein kleines Mädchen bin. Mein Papa hat ihn mir nach meinem ersten Sieg geschenkt.«

***

Wir feiern ausgelassen unseren Erfolg. Emilia versucht ständig, mit mir ins Gespräch zu kommen, doch ich wende mich jedes Mal von ihr ab und suche mir demonstrativ einen anderen Gesprächspartner. Klar bin ich froh, dass ihr nichts passiert ist, aber dennoch kann ich nicht so tun, als wäre nun alles zwischen uns in Ordnung, wovon sie offensichtlich ausgeht.

»Kannst du bitte kurz mitkommen?«, drängt sie, nachdem ich sie mehrfach erfolgreich abgewiesen habe.

»Okay«, antworte ich und folge ihr wortlos an den Rand des Festes.

Emilia senkt den Blick und schluckt. Dann sieht sie mir aufrichtig in die Augen. »Simone, mein mieses Verhalten in den vergangenen Monaten tut mir unsagbar leid.« Sie starrt auf ihre Füße und sucht dann erneut meinen Blick. »Ich habe gewaltigen Mist gebaut.«

»Ach ja?«, antworte ich nicht sonderlich beeindruckt. Sie steht unter Schock. Kein Wunder, dass sie heute ausnahmsweise nett zu mir ist.

»Du hast allen Grund, sauer auf mich zu sein.« Tränen schießen in ihre Augen und kullern über ihre Wangen.

Ich verstehe sie kaum. »Weißt du, es ist zwar keine Entschuldigung, aber Tyler ist, seit ich denken kann, eine der wenigen Bezugspersonen in meinem Leben«, presst sie schluchzend hervor. Sie stockt. »Dad war ständig unterwegs und ist es auch heute noch. Und ich bin ... ich war so verdammt einsam. Ich hatte unfassbare Angst, Tyler an dich zu verlieren.« Nun schluchzt sie hemmungslos.

Ich habe Skrupel, auf sie zuzugehen und höre weiter zu.

»Ich hatte befürchtet, Tyler wäre nicht mehr in dem Maß für mich da, wie er es früher war. Aber das Gegenteil war der Fall: Er ist fast täglich mit mir ausgeritten und bei der Stallarbeit haben wir uns jeden Tag unterhalten. Er hat mich nicht vernachlässigt. Doch ich war wie besessen, seine Aufmerksamkeit weiter zu erkämpfen, obwohl ich sie längst hatte. Und ich habe gegen dich gearbeitet, wo es nur ging.«

Ich verstehe sie kaum noch, so bitterlich weint sie jetzt.

»Ist ja gut, Emilia.«

Zaghaft mache ich einen Schritt auf sie zu. Mein Herz wird schwer und ob ich will oder nicht, ich verspüre plötzlich Mitgefühl.

»Nichts ist gut. Ich hätte auf Tylers Liste weder die Daten verändern noch den letzten Eintrag über Kim dazuschreiben dürfen. Sie ist mittlerweile verlobt und hat ein Kind. Die beiden sind nichts weiter als gute Freunde.« Sie vergräbt das Gesicht in ihren Händen. »Das mit den versalzenen Scones war auch ich, aber das war dir ohnehin sofort klar.«

Ich nicke und bin sprachlos, als sämtliche Intrigen wie ein Sturzbach aus ihr herausfließen. »Und der Brand ... hätte ich euch nicht eingesperrt, hätte Tyler nicht die Tür eintreten müssen. Sicher wäre nicht so viel verkohlt, wäre ich nicht gewesen. Was ich mir jedoch nie verzeihen werde, ist Roses Unfall, den sie mir zu verdanken hat. Wie du ja schon vermutet hattest, hatte ich das Gatter absichtlich aufgemacht, weil ich wollte, dass die Hühner entlaufen und du beschuldigt wirst.« Sie senkt den Kopf. »Ich habe bisher einfach nicht den Mut gehabt, mich bei dir zu entschuldigen, aber spätestens als du mich heute vor einem tragischen Unfall bewahrt hast, wurde mir klar, dass ich der abscheulichste Mensch auf diesem Planeten bin.« Mittlerweile übertönt ihr Schluchzen das Lachen der feiernden Meute.

»Das ist doch nicht wahr, Emilia. Du hast sehr viele liebenswürdige Seiten«, entgegne ich, obwohl mir schleierhaft ist, woher ich die Kraft nehme, auch nur ein einziges nettes Wort über sie zu sagen.

»So? Und welche?« Ihr Körper bebt.

»Na ja ...« Ich zögere. »Du kämpfst für und um die Menschen, die dir wichtig sind.«

Sie schnieft und ein schwaches Lächeln blitzt in ihrem Gesicht auf. »So kann man es auch nennen. Weißt du, als ich Ronan kennengelernt habe, ist mir klar geworden, dass ich so nicht weitermachen kann. Er hat mich am Anfang unserer Beziehung öfter mal zurechtgewiesen und ich habe kapiert, dass ich ihn verliere, wenn ich mein Verhalten nicht ändere.«

»Ronan ist definitiv vernarrt in dich, das sieht man eindeutig«, sage ich sanft und streichle ihr über die Schulter.

»Ja, mittlerweile klappt es prima zwischen uns. Aber mit dir habe ich es einfach nicht hinbekommen. Ich habe es ein paarmal versucht. Und vorhin im Interview ...« Erneut schüttelt sie ein Weinkrampf. »Du hast dich so für die Farm engagiert. Du hast für Roses Traum gekämpft und selbst als es mit Tyler und dir aus war, hast du dich nicht beirren lassen und hast dein Ding weiter durchgezogen. Und du hast zu deinem Wort gestanden und Rose gebührend vertreten. Ich an deiner Stelle wäre schon vor geraumer Zeit hier abgehauen. Vor allem, wenn ich so einer grässlichen Person wie mir begegnet wäre.«

»Vielleicht wäre es eine Möglichkeit, deine Verlustängste mit professioneller Hilfe aufzuarbeiten«, schlage ich ihr behutsam vor.

»Ja, möglicherweise mache ich das sogar. Ronan hatte das auch schon vorgeschlagen.«

Ich greife in meine Hosentasche und reiche ihr ein unbenutztes Taschentuch. »Lass uns unsere Differenzen vergessen und ab heute versuchen, von vorne anzufangen, okay? Ich freue mich wirklich über deine Offenheit. Du weißt gar nicht, was mir das bedeutet.«

Jetzt habe auch ich Mühe, die aufsteigenden Tränen zurückzuhalten. Ich spüre, dass Emilia es dieses Mal ernst meint und das rührt mich unglaublich.

»Fang du nicht auch noch an«, sagt sie lächelnd unter dem Tränenschleier.

»Es sind Freudentränen. Ich bin so glücklich, dass die Differenzen zwischen uns geklärt sind und dass ich die Zeit in Irland nun in allen Punkten in positiver Erinnerung behalten werde.«

»Kannst du nicht hierbleiben?« Flehend sieht sie mich an.

»Nein.« Nun bin ich es, die zu Boden starrt.

»Tyler liebt dich, da bin ich mir sicher.«

»Ich habe jegliche seiner Annäherungen abgewiesen, weil ich dachte, dass diese Liste ... dass Kim ...«

»Es ist alles meine Schuld.« Sie wischt sich die Tränen aus den Augen. »Darf ich dich in den Arm nehmen?« In ihrer Stimme schwingt Besorgnis mit. Darüber, dass ich ihre Bitte ablehnen könnte.

»Na klar«, antworte ich und breite die Arme aus.

Wir halten uns lange fest und ich habe das Gefühl, je länger wir uns umarmen, desto mehr verringert sich der Abstand zwischen uns. Als wir zu den anderen zurückkommen, können wir unsere verheulten Gesichter nicht verbergen.

»Alles in Ordnung?«, fragt John sofort.

»Ist was passiert?«, Tyler sieht besorgt drein und Ronan legt schützend den Arm um Emilia.

»Nein, alles gut«, antworten wir zeitgleich und lächeln uns an.

Ich hake mich bei Nina unter und erzähle ihr im Flüsterton von der Versöhnung mit Emilia.

»Du bist eine starke Frau, Simi. Bist du sicher, dass sie es dieses Mal ehrlich meint?«

»Bombensicher. Ach Nina, du glaubst nicht, wie erleichtert ich bin, einen so fantastischen Abschluss zu finden.«

***

Auf dem Nachhauseweg fahren wir an Ninas Bed & Breakfast vorbei und holen ihre Sachen.

Im Farmhaus trägt Tyler ihre Reisetasche nach oben. Vor dem Gästezimmer bleibt er ratlos stehen. »Und wo schläft Nina nun? Bei mir oder bei dir?«

»Eine Möglichkeit wäre auch, dass Simi bei dir schläft«, platzt Nina heraus.

Ich weiß, dass sie mich unterstützen will, aber ich möchte Tyler nicht überrumpeln. Zumal das klärende Gespräch bisher nicht stattgefunden hat.

»Du schläfst natürlich bei mir«, bestimme ich. »Ein anderes Zimmer haben wir nicht frei.«

»Super! Pyjamaparty wie in alten Zeiten.«

Im Zimmer sieht Nina sich kopfschüttelnd um. »O weh! Hier herrscht ja das pure Chaos.«

Ich schmunzle. »Na ja, wie sagst du immer so schön? Es gibt Wichtigeres im Leben als Ordnung.«

57

Dass Nina hier ist, macht die letzten Tage auf der Farm für mich leichter. Der Abschied rückt unweigerlich näher und ich habe noch etwas zu klären. In einer günstigen Minute muss ich mit Tyler sprechen. Jetzt, wo Nina da ist, hält er wieder mehr Abstand zu mir. Er ist zwar höflich, aber distanziert und ich frage mich, ob er mittlerweile komplett mit mir abgeschlossen hat. Der Gedanke daran zerreißt mir das Herz. Jedes Mal wenn ich ihn miteinbeziehen will, zieht er sich zurück und begründet das damit, dass er mich und Nina nicht stören möchte. Das hat zur Folge, dass John sich ebenfalls zurückzieht, was Nina überhaupt nicht passt. In seiner Nähe ist sie anders. Ihre Stimme ist um ein paar Oktaven höher und sie läuft ständig rot an, wenn sie mit ihm spricht.

»So ein Farmleben, das wärs«, schwärmt sie, als wir die ersten Klamotten in meinen Koffer werfen. »Morgens die Hühnereier einsammeln, den Pferden guten Tag sagen, leckere irische Küche genießen und den Abend vor dem Kamin oder im Pub verbringen.«

Ich lache. »Du glaubst, damit ist es erledigt? Auf einer Farm gibt es weitaus mehr schweißtreibende Aufgaben. Aber ich schwöre dir, ich habe jeden Tag genossen, egal welchen Berg von Arbeit ich vor mir hatte. Nichtsdestotrotz freue ich mich auf meinen neuen Job in Deutschland.«

Nina sieht auf, packt mich und zerrt mich vor den Wandspiegel.

»Was ist?«

»Schau dich an.«

Ich sehe in mein Spiegelbild und zucke mit den Schultern. »Und?«

»Du hast keinen seidigen Glanz in den Augen, wenn du von deinem neuen Job sprichst. Wenn du hingegen von der Farm schwärmst, strahlen sie, sodass ich eine Sonnenbrille brauche, damit der Schein mich nicht blendet.«

Ich lache auf. »Du übertreibst maßlos.«

»Jetzt mal ehrlich, Simi: Bist du sicher, dass du zurück nach Deutschland willst?«

»Klar«, sage ich wenig überzeugend und lege Tylers Shirt zusammen, das er mir während meiner ersten Farmwoche geschenkt hat. Ich halte es vor die Nase, inhaliere einen tiefen Atemzug und seufze.

»Was steht heute an?« Nina setzt sich im Schneidersitz auf den Boden.

»Zuerst muss ich mich um den Bürokram kümmern, danach sehen wir weiter.« Ich lasse sie im Zimmer zurück, gehe runter ins Arbeitszimmer und fahre den Computer hoch. Da schaut Tyler zur Tür herein. Überrumpelt von der Tatsache, dass wir unverhofft alleine sind, packe ich die Gelegenheit beim Schopf.

»Tyler!«, begrüße ich ihn.

»Wo ist Nina?« Sein Blick schweift durch den Raum.

»Oben in unserem Zimmer. Tyler ... Ich muss mit dir sprechen.«

Er macht ein paar Schritte auf mich zu und bleibt mitten im Raum stehen.

Ich räuspere mich. »Ich wollte ... ich meine ... weißt du, was ich dir sagen möchte?« Nervös reibe ich die Handflächen aneinander.

Er verzieht das Gesicht zu einem unverschämten Grinsen. »Hat es dir die Sprache verschlagen?«

»Nein! Ich meine ... ja.« *Was ist los mit dir, Simi,* rüge ich mich im Geiste. Ich fasse mir erneut ein Herz und sage etwas völlig anderes, als ich ursprünglich vorhatte. »Du bist in den vergangenen Monaten immer wieder mit deinem Land Rover weggefahren, ohne zu sagen, wohin du fährst. Meist war das der Fall, wenn du verärgert warst.«

»Ja«, antwortet er knapp und setzt sich in den Sessel vor dem Schreibtisch. Sein Gesichtsausdruck wirkt betrübt.

»Verrätst du mir, wo du warst? Ich hatte mir jedes Mal die wildesten Gedanken zusammengesponnen.« Zuletzt glaubte ich, er wäre bei Kim gewesen ...

Er verschränkt die Hände ineinander. »Ich war auf dem Friedhof.«

Ich schlucke.

»Wenn ich Sorgen habe, besuche ich meinen Dad. Gegenüber seines Grabsteines steht eine Holzbank unter einer knorrigen Rosskastanie. Dort verbringe ich gerne Zeit und schütte Dad mein Herz aus.«

Mit dieser Antwort habe ich nicht gerechnet. Mir wird flau im Magen. »Das tut mir leid.« Ich senke den Kopf. »Darf ich dir noch eine weitere Frage stellen?«

»Nur zu«, sagt er frei heraus.

»Ich habe herausgefunden, dass dein Dad bei seinem Unfall nicht alleine war.«

Tylers Gesichtszüge entgleisen und er krallt die Finger in die Armlehnen des Stuhls.

»War Sam mit im Auto?«, frage ich direkt. »Und warum verheimlich das jeder vor mir?«

Tyler zieht scharf Luft durch seine Nase. Er antwortet mit bebender Stimme. »Niemand spricht darüber, um mich zu schützen.«

»Dich?« Ich reiße die Augen auf.

»Ja, denn nicht Sam war mit im Wagen, sondern ich.«

Meine Kinnlade klappt nach unten und ich bin mir sicher, dass mir jegliche Gesichtsfarbe entweicht.

»Die Cottages waren gerade fertiggestellt und ich hatte so viele Ideen. Ich wollte sie in den großen Buchungsportalen anpreisen.« Sein finsterer Gesichtsausdruck erhellt sich kurz. »Genauso wie du es vorhattest. Aber mein Dad war konservativ. Wir gerieten in einen Streit. Und dann ...« Er ringt um Fassung.

»Und dann?«, hake ich behutsam nach.

»Es lag ein LKW-Reifen mitten auf der M11. Hätten wir nicht so heftig diskutiert, wäre Dad vielleicht aufmerksamer gewesen und ...«

Mir wird schlagartig klar, warum Tyler so ein Problem damit hat, sich zu unterhalten, wenn er am Steuer sitzt. Mit einem Satz springe ich auf und laufe um den Schreibtisch herum. »Tyler, das ist ...«

Es rumpelt und Nina platzt ins Arbeitszimmer. Abrupt bleibt sie in der Mitte des Raumes stehen. »Oh, sorry! Lasst euch nicht stören.« Sofort macht sie kehrt.

Doch Tyler springt wie auf Kommando auf und weicht meinen ausgestreckten Armen aus. »Du störst nicht, Nina. Komm ruhig herein.« Er rauscht an ihr vorbei und verlässt das Zimmer.

Nina kommt zaghaft näher und lässt sich auf dem Sessel nieder, auf dem zuvor Tyler saß.

Ich berichte ihr von der Unterredung und davon, was Tyler mir über den Unfall erzählt hat.

»Und ausgerechnet da platze ich wie ein Trampeltier in eure Aussprache. Entschuldige bitte, Simi. Bestimmt hättet ihr den Rest gleich mit klären können, wäre ich nicht so taktlos gewesen.«

»Ja, ich wollte es ansprechen. Aber mach dir keinen Kopf, ich rede später noch mal mit ihm.«

Ich lenke meine Aufmerksamkeit auf den Bildschirm und gehe den Posteingang durch. »Ich fasse es nicht!«, rufe ich aus und strahle Nina an.

»Was ist los?«

Ich zähle die E-Mails mit dem Finger durch. »Wir haben siebzehn Buchungsanfragen. Siebzehn! Hast du gehört?«

Nina springt auf und sprintet um den Schreibtisch herum. »Wo kommen die denn auf einmal her?«

»Alle sind über die Buchungsanfrage auf unserer Homepage gemacht worden. Warte, ich klick mal rein.« Aufgekratzt lese ich die erste Nachricht.

...aufgrund ihres sympathischen Interviews ...

Ich sehe zu Nina hoch. »Sie haben mein Interview beim Pferderennen gesehen.«

»Interessant. Und die anderen?«

... scheint die Farm etwas Besonderes zu sein ... Fernseh-
bericht ... Pferderennen.

Ich strahle über das ganze Gesicht. »Die sind auch über das Interview auf uns gekommen. Unfassbar!« Mein Herz klopft wie verrückt.

Das Telefon klingelt und ich unterbreche das Lesen. »Greenkenny Horse Farm«, melde ich mich freundlich. »Ja ja, selbstverständlich ... ja, ich bin persönlich am Apparat ... das freut uns sehr ... lassen Sie mich nachsehen ... gerne zwei Wochen.«

Nachdem ich aufgelegt habe, platze ich beinahe vor Freude. »Es klappt! Unser Konzept ist aufgegangen. Die Fernsehwerbung hat das Ganze offensichtlich ordentlich angeschoben. Ich muss sofort den anderen davon berichten.« Rasch fahre ich den Computer herunter und laufe zusammen mit Nina nach draußen, um Tyler, John und Emilia zu suchen.

Wir finden Tyler, der John zusieht, wie er einem Pferd die Hufe auskratzt.

»Na? Was habt ihr beiden heute vor?« John reibt seine schmutzigen Finger an der Jeans ab.

»Habt ihr Lust, mit uns auszureiten?«, fragt Emilia und ich sehe die Herzlichkeit in ihrem Blick, die ich so lange vermisst habe. »Ronan kommt auch gleich. Wir könnten einen Pärchenausflug machen«, schlägt sie kichernd vor.

»Von Pärchen kann hier keine Rede sein«, entgegnet Tyler emotionslos und sieht erst mich und dann Nina und John an.

»Ein Reitausflug wäre toll«, schwärme ich. »Was meinst du, Nina?«

»Definitiv.« Ihr schmachtender Blick auf John bestätigt mir, dass sie zu allem bereit ist, Hauptsache, er ist mit von der Partie.

Ich packe im Haus Lebensmittel und Getränke für ein Picknick ein und verstaue sie in meinem Rucksack. Dann statte ich Nina und mich mit Reitkleidung aus.

»Mit Reithelm und Stiefeln sehen wir fast wie Schwestern aus«, findet sie kichernd.

»Warum nimmst du einen Rucksack mit?«, will Emilia wissen.

»Überraschung«, flüstere ich verschwörerisch.

Hintereinander reiten wir zuerst über einen langen Feldweg und dann durch den Wald. Schließlich erreichen wir eine Wiese, auf der die Pferde sofort anfangen zu grasen. Wenig später binden wir sie an umliegende Bäume. Ich breite die mitgebrachte Picknickdecke aus und verteile die Köstlichkeiten aus meinem Rucksack darauf. Während wir das Picknick und die wärmende Sonne genießen, nutze ich eine passende Minute, um die Neuigkeit zu verkünden. »Ich muss euch etwas sagen.«

Die anderen schauen mich gespannt an und ich frage mich, ob sie wohl denken, dass ich hierbleibe. Kurz halte ich die Luft an und koste die Spannung in ihren Augen aus.

»Wir haben unzählige Buchungsanfragen. Die nächsten beiden Monate sind wir fast ausgebucht. Kommenden Samstag reisen die ersten Gäste an.«

Emilia springt auf. »Sag, dass du uns veräppelst.«

»Keine Spur.« Ich lache laut auf.

»Das gibt's doch nicht.« John klatscht in die Hände.

»Scheinbar hat Simis Interview die Leute überzeugt«, wirft Nina ein.

»Ist das wahr?«, hakt Tyler nach und ich sehe ein freudiges Blitzen in seinen Augen.

»Ja, und ich fasse es nicht, dass wir unser Ziel erreicht haben.«

»Du hast es erreicht«, bekräftigt Tyler anerkennend. »Weil du nicht aufgegeben hast.«

Eigentlich wäre jetzt der Moment, wo er begeistert aufspringen und mich überschwänglich in den Arm nehmen müsste. Nichts dergleichen passiert. »Respekt Simone, Respekt«, ist alles, was er sagt. Dann schweift sein trauriger Blick in die Ferne.

Immerhin legt John den Arm um mich. »Zu schade, dass du uns verlässt. Jemanden wie dich könnten wir bei uns brauchen.«

»Also wirklich, John«, fällt Emilia ihm ins Wort. »Doch nicht nur deshalb. Simone würde in vielerlei Hinsicht perfekt hierher passen. Habt ihr es nicht gemerkt?« Sie sieht die Männer fragend an.

»Was?«

»Na, sie ist eine von uns geworden.« Sie zwinkert und schließt die Arme um mich. »Ich wünschte, du bliebest hier.« Dann senkt sie die Stimme. »Soll ich nicht doch mit Tyler reden und ihm beichten, was ich angerichtet habe?«

Ich schüttle vehement den Kopf.

»Wenn Simone weg ist, sind wir gezwungen, uns anderweitig nach Personal umzusehen«, bemerkt John. »Wie sollen wir sonst die Mehrarbeit händeln, die die Cottagevermietung mit sich bringt?«

»Oh, mein Gott, so viele Anfragen, das ist der absolute Wahnsinn!« Emilia springt begeistert auf und ab. »Die Cottages müssen laufend geputzt und den Familien Programm angeboten werden. Es sind doch Familien unter den Buchungsanfragen?«

Ich nicke.

»Wir schaffen das nicht ohne dich, Simone«, jammert sie plötzlich.

Tyler schaltet sich ein. »Wir werden schleunigst nach einer Aushilfskraft suchen. Vielleicht erst mal befristet für drei Monate. Bis dahin sehen wir, wie das Geschäft läuft und ob wir ohne Simones Hilfe auch Interessenten finden.«

»Ganz sicher. Ich hab das alles doch bloß angeschoben.«

»Simone hat recht, wenn wir die ersten Gäste begeistern, erzählen die das ihren Freunden und wenn wir Glück haben, wird es zum Selbstläufer. Zusammen schaffen wir das«, ist Emilia überzeugt.

Mir gibt es einen Stich, dass dieses Zusammen ohne mich stattfinden wird.

***

Am Abend nimmt Nina mich zur Seite. »Sag mal, fändest du es arg komisch, wenn ich mich für den Job bewerben würde?«

»Für welchen Job?« Irritiert runzle ich die Stirn.

»Na hier auf der Farm, als Aushilfe für drei Monate.«

Ich reiße die Augen auf. »Spinnst du?«

»Wieso?«

»Du kannst doch nicht einfach hierbleiben.«

»Warum, du hast das ja auch gemacht. Ich fände es echt reizvoll. So ein Farmleben hat was, finde ich.«

»Wem sagst du das?« Ich senke den Kopf. »Aber jetzt mal ernsthaft: Willst du mich wirklich allein zurück nach Deutschland schicken?« Bei dem Gedanken daran ist mir überhaupt nicht wohl.

»Ich könnte John besser kennenlernen.«

»Du hast dich ziemlich in ihn verguckt, was?«

»Ein klein wenig«, gibt sie zaghaft zu und ihre Wangen erröten.

»Mensch, Nina. Welchen Rat erwartest du von mir? Klar möchte ich, dass du mit mir zurückkommst. Aber wenn du ein paar Monate auf der Farm arbeiten willst, stehe ich dir nicht im Weg.«

»Ich schlafe eine Nacht drüber, okay?«

58

In aller Frühe springe ich aus dem Bett. Erstens habe ich vor, Scones für Roses Rückkehr zu backen und zweitens ist heute mein letzter Tag auf der Farm. Morgen ist der endgültige Abschied gekommen. Wehmütig sehe ich aus dem Fenster auf die Wicklow Mountains, die in der Morgensonne leuchten. Mein Herz ist schwer und ich habe den Eindruck, etwas schnürt mir die Luft ab. Heute muss ich mit Tyler sprechen. Ich darf es nicht länger aufschieben.

Während die Scones im Ofen sind, richte ich das Frühstück her. Die anderen trudeln nacheinander ein und setzen sich an den Tisch. John sitzt neben Nina, die ihn die ganze Zeit anhimmelt. Sie sieht in die Runde und holt Luft. »Ich habe eine Frage an euch.«

Bitte nicht. Mir ist klar, was jetzt folgt. Ihre Wangen sind rosig. Okay, es ist ernst.

»Könntet ihr euch vorstellen, dass ich die nächsten drei Monate bei euch arbeite? Ich meine, dann müsstet ihr nicht extra nach einer Aushilfskraft suchen.«

Tyler hebt die Augenbrauen. Seinem Blick entnehme ich, dass er überrascht ist.

»Ich finde die Idee toll«, findet Emilia. »Frauenpower ist immer gut.« Sie streckt ihre Hand nach Nina aus.

»Ich hätte auch nichts dagegen«, stimmt John zu. »Tyler?«

Der starrt ins Leere.

»Tyler?«, wiederholt John. »Was hältst du von Ninas Angebot?«

»Was?«

»Wie fändest du es, wenn Nina hier aushilft?«

»Von mir aus«, antwortet er knapp, schnappt sich das Brot von seinem Teller und schiebt den Stuhl zurück. Ohne Worte verlässt er die Küche.

Ich muss mit ihm reden. Jetzt. Also stehe ich ebenfalls auf und gehe nach draußen, wo ich ihn, an die Hausmauer gelehnt, finde.

»Es tut mir leid«, stammle ich. Mein Herz pocht wie verrückt.

»Was? Dass du abhaust?« Er weicht meinem Blick aus.

»Tyler, ich wollte längst mit dir reden. Weißt du, ich habe ...«

Meine Worte werden rigoros durch ein energisches Hupen unterbrochen. Ein Taxi rollt die Einfahrt hinauf.

»Mum!« Tylers Gesicht erhellt sich.

So sehr ich mich über Roses Rückkehr freue, so muss ich zugeben, dass der Zeitpunkt denkbar ungünstig ist.

Wir stürmen auf das Taxi zu. Tyler öffnet die Tür der Rücksitzbank und ist ihr beim Aussteigen behilflich.

»Hach, ist das schön, endlich zurück zu sein.« Rose bleibt andächtig vor dem Wagen stehen. Sie atmet tief ein. »Wie ich unsere Farmluft vermisst habe.«

Tyler breitet die Arme aus. »Willkommen daheim, Mum.«

»Hallo, Rose, wie schön.« Liebevoll drücke ich sie an mich.

Auch Emilia und John kommen aus dem Farmhaus gelaufen, Nina an ihrer Seite. Nach einer überschwänglichen Begrüßung tragen wir lachend ihre Koffer ins Haus.

»Ich habe euch so vermisst, das glaubt ihr nicht.« Sie schnuppert. »Was riecht hier so lecker? Habt ihr gebacken?«

»Simone hat gebacken«, sagt Emilia und hakt sich bei mir unter.

Rose strahlt, als sie realisiert, dass die Differenzen zwischen Emilia und mir ein für alle Mal Geschichte sind.

Wir lassen sie in Ruhe ihre Koffer auspacken und treffen uns dann zu einem zweiten Frühstück in der Küche. Tyler und John sind im Stall, aber Emilia, Nina und ich leisten Rose Gesellschaft.

»Erzähl, wie war es bei der Kur?«, will ich wissen.

»Es war grässlich. Tütensuppe und Dosenfraß.« Sie schlägt die Hand gegen die Stirn. »Die Mitpatienten haben die Ruhe von zu Hause genossen, was ich überhaupt nicht nachvollziehen konnte. Ich hab doch hier alles und euch so vermisst.«

»Wir dich auch«, gibt Emilia zu. »Aber Simone hat dich gebührend vertreten.« Sie schmiegt sich an meine Schulter.

»Wie lange bleibst du noch, Liebes?«, fragt Rose.

Ich senke den Kopf. »Morgen geht mein Flug nach Deutschland.« Den Kloß, der in meinem Hals aufsteigt, versuche ich hinunterzuschlucken.

»Du hast es dir nicht anders überlegt?« Sie sieht traurig aus. »Und Tyler, was sagt er dazu?«

»Nichts.«

»Und ich bin schuld«, jammert Emilia.

»Du?«

»Ja! Ich habe etwas ziemlich Dummes gemacht. Und jetzt sind die beiden nicht mehr zusammen.«

»Emilia!« Rose schlägt mit der Hand auf den Tisch.

»Bitte schimpf nicht mit ihr«, nehme ich sie in Schutz. »Zwischen uns ist alles geklärt.« Ich seufze. »Nur zwischen Tyler und mir nicht.«

»Und warum hilfst du Simone nicht, das geradezubiegen?«

»Weil ich selbst mit ihm sprechen möchte«, komme ich Emilia zuvor.

»Und wann willst du das anstellen?« Sie sieht auf ihre Armbanduhr. »Du hast nur noch ein paar Stunden.«

Ich nicke. »Ich weiß.«

Und mir ist dermaßen schwer ums Herz, dass ich Mühe habe, Leichtigkeit vorzutäuschen.

»Ich hatte so gehofft, dass du bleibst. Weißt du, bei der Kur habe ich beschlossen, kürzerzutreten. Ich bin nicht mehr die Jüngste.«

»Ich verspreche, dass ich dich unterstütze, wo ich kann«, versichert Emilia ihr.

»Es ist ja nicht so, dass ich mich komplett zur Ruhe setzen möchte. Das Kochen übernehme ich gerne weiterhin, aber dieser ganze Bürokram, der wächst mir über den Kopf.«

»Wir schaffen das schon, Rose«, sagt Emilia zuversichtlich und greift nach ihrer Hand. Rose lächelt sie dankbar an.

Tyler steht im Türrahmen. »Was sitzt ihr hier herum? Wollt ihr Mum nicht unsere Überraschung präsentieren?«

»Ach ja!« Emilia springt auf. »Komm, Rose!«

Wir verlassen das Haus und steuern auf das Roses Cottage zu.

»Klappt das mit deinem Fuß, Rose?«, erkundige ich mich und biete ihr meinen Arm als Stütze an.

»Ja, mir geht es wirklich prächtig. Was ist mit dem Cottage?«

»Warts ab«, sagt Tyler verheißungsvoll. Er sperrt die Tür des Cottage auf. Zu meinem Erstaunen betritt er es.

Er wirkt entspannt und strahlt über das ganze Gesicht. Da ist nichts mehr von dem Schmerz zu sehen, der noch beim letzten Besuch des Flower Cottages in seinen Augen lag.

Mein Herz hüpft vor Freude, als mir klar wird, dass Tyler Frieden mit sich und den Cottages geschlossen hat. Vielleicht hat auch die Renovierung des Pogonia Cottage dazu beigetragen. John und Nina beäugen das Geschehen vom Türrahmen aus.

»Voilà!« Tyler breitet die Arme aus.

»Was habt ihr gemacht?« Roses Blick schweift über die frischen Wiesenblumen auf dem Esstisch, die Obstschale auf der Anrichte und die Weinflasche, neben der zwei Gläser stehen. »Oh, mein Gott! Das sieht ja so aus, als wenn hier augenblicklich jemand einzieht.«

»Hier zieht jemand ein«, verkündet Emilia.

»Ja?« Rose dreht sich zu ihr um.

»Übermorgen kommen die ersten Gäste.« Sie strahlt. »Simone hat es geschafft, die Farm für Urlauber interessant zu machen. Beim Pferderennen hat sie ein Interview gegeben und dermaßen von unserem Anwesen geschwärmt, dass so viele Buchungsanfragen eingetrudelt sind, dass wir die nächsten Wochen ausgebucht sind.«

»Langsam, langsam. Wieso hat Simone ein Interview beim Pferderennen gegeben?«

»Weil sie daran teilgenommen hat«, sagt Emilia in einem Tonfall, als sei es das Selbstverständlichste der Welt. »Sie ist nämlich eine erfahrene Reiterin«, erklärt sie so stolz, als würde sie über ihren eigenen Erfolg sprechen. »Sie ist gegen mich angetreten.«

»Nein!« Rose schlägt die Hände vors Gesicht und lacht.

Emilia legt den Arm um meine Hüften und schmiegt den Kopf an meine Schulter.

»Es ist schön, euch beide so vertraut zu sehen.« Kurz sieht Rose zu Tyler hinüber, der den Kopf senkt. »Das sind ziemlich viele Neuigkeiten auf einmal. Ihr müsst mir das alles in Ruhe erzählen.«

»Gefällt dir denn das Cottage?«, hakt Tyler nochmals nach.

»Mir fehlen die Worte, mein Junge. Und noch mehr bin ich erstaunt, dass du hier neben mir in diesem Cottage stehst.« Sie senkt die Stimme. »Dein Vater wäre stolz auf dich.«

Bevor melancholische Stimmung aufkommen kann, werfe ich ein: »Das wäre er, ganz bestimmt! Aber jetzt wollen wir dir noch etwas anderes zeigen.«

Wir machen einen kurzen Rundgang durch das Cottage und spazieren dann zur Spielscheune.

»Was wollt ihr in der Maschinenhalle?«, fragt Rose sichtlich irritiert.

»Das ist keine Maschinenhalle mehr, sondern eine Spielscheune.« Tyler öffnet das Eingangstor.

Rose folgt uns mit offenem Mund. Bunte Kettcars, Bobbycars und ein knallroter Traktor mit Anhänger stehen im Raum verteilt. Ganz hinten ist ein ultragroßes Trampolin aufgebaut und daneben ist der Durchgang zum extra für die Kinder eingerichteten Heuboden. Das Heu duftet frisch und lädt zum Toben ein. In einer weiteren Ecke steht das riesige Klettergerüst.

»Alles ist bereits von den Behörden abgenommen«, verkündet Tyler und reibt sich die Hände.

»Ich bin sprachlos. Warum sind wir bisher selbst nicht auf diese Idee gekommen? Das hast alles du dir ausgedacht, Liebes?«

»Nein.« Ich sehe zu Tyler auf. »Es war eine Gemeinschaftsarbeit zwischen Tyler und mir. Wir haben nächtelang damit verbracht, uns das Hirn zu zermartern, was wir den Urlaubern bieten können.«

»Mir fehlen die Worte.« Rose nimmt uns beide gleichzeitig in den Arm, sodass Tylers Körper meinem ganz nahe ist. Am liebsten würde ich meinen Kopf gegen seine Brust legen. Kurz treffen sich unsere Blicke, doch dann dreht Tyler sich weg.

Rose lässt uns wieder los und wendet sich den anderen zu.

»Ich danke euch allen. Ihr seid fantastisch. Ich hoffe nur, wir schaffen die Mehrarbeit irgendwie. Ich wollte eigentlich ...«

»Nina ist für drei Monate unsere neue Aushilfe«, verkündet John.

Diese räuspert sich. »Ja, aber nur, wenn es recht ist. Wenn es okay ist, dass ich mithelfe, fliege ich morgen mit Simi nach Hause und komme in ein paar Tagen mit etwas mehr Gepäck zurück.«

»Das macht ihr besser untereinander aus.« Sie zwinkert und deutet auf Tyler und John.

»Ja, wir finden das eine tolle Idee«, sagt Tyler tonlos und John pflichtet ihm bei. »Nina wäre uns eine enorme Hilfe, jetzt, wo Simone uns verlässt.«

Rose klatscht in die Hände. »Na das ist doch wunderbar! Wie schön, dass sich vieles von alleine klärt.« Sie sieht zu mir. »Und was sich nicht von selbst fügt, bei dem muss man eben noch ein wenig nachhelfen.«

Wir erzählen Rose von all unseren Ideen, die wir für die Besucher haben. Als wir ihr den Hot Pot zeigen, den Tyler extra am Morgen mit einer Schubkarrenladung voller Brennholz aufgeheizt hat, bleibt ihr die Sprache weg. Nachdem wir ihr jedes Detail ausgiebig geschildert haben, wendet sie sich an ihren Sohn.

»Hast du einen Augenblick für deine alte Mutter?« Sie nimmt ihn zur Seite. Die beiden spazieren außer Hörweite.

Ich sehe zu Emilia. »Und ich muss kurz mit dir reden«, lüge ich und hake mich bei ihr unter. Ich schaue über meine Schulter und zwinkere Nina zu, die wir ganz allein mit John zurückgelassen haben.

59

Heute Nacht habe ich kein Auge zugetan, während Nina zufrieden neben mir geschnarcht hat. Ich wette, sie hat von John geträumt.

Nur noch ein paar Stunden und mein Traum, den ich fast fünf Monate leben durfte, ist Geschichte. Ich wünschte, ich könnte den Augenblick herauszögern, an dem ich zum Flughafen aufbrechen muss. Auch wegen Tyler. Noch immer haben wir nicht gesprochen. Gestern gab es einfach keine Gelegenheit mehr.

Wehmütig treffe ich die letzten Vorbereitungen für meine Abreise, lege Pass, Geld und Handy parat, auf dem ich die Bordkarte abgespeichert habe.

»Na, wie geht's dir?« Nina ist aufgewacht und setzt sich im Bett auf.

»Miserabel, um ehrlich zu sein.«

»Du darfst nicht fahren, ohne mit Tyler zu sprechen. Du musst die Sache ein für alle Mal klären.«

»Ich weiß, ich habe es viel zu lange vor mir hergeschoben.«

Sie rollt sich aus dem Bett und gähnt hinter vorgehaltener Hand. »Komm, Simi! Du schaffst das.«

Ich lege mir Make-up auf, auf das ich die vergangenen Monate nahezu verzichtet habe. Dann winke ich Nina zu und verlasse das Zimmer.

Als hätte ich eine innerliche Bremse, schlurfe ich die Treppenstufen hinab und sehe mich um, als wäre alles neu für mich. Dabei will ich jedes Detail in mir aufsaugen und für immer in meinem Herzen abspeichern.

Ich stecke den Kopf zur Küchentür hinein. »Guten Morgen, Rose, weißt du, wo Tyler ist?«

»Liebes, ich bin mir nicht sicher, ob er da ist«, erwidert sie mit trübem Gesichtsausdruck.

»Was?«, frage ich gedehnt. »Wo ist er hin? Kommt er wieder, bevor ich zum Flughafen muss?«

»Ich kann es dir leider nicht sagen«, antwortet sie behutsam.

Ein eiskalter Schauer fährt über meinen Rücken. War ich eben noch der Meinung, ich hätte die Lage im Griff, muss ich nun mitansehen, wie sie mir entgleitet. Ich lasse mich auf den Küchenstuhl fallen. »Aber ich kann nicht fahren, ohne mit ihm gesprochen zu haben«, jammere ich.

»Ach Liebes«, antwortet sie mitfühlend. »Ich wünschte, ich könnte irgendetwas für dich tun.« Sanft streichelt sie über meine Schultern.

»Ich hab es vermasselt, so viel ist klar.«

Spätestens beim Mittagessen bin ich mir sicher, dass Tyler nicht rechtzeitig zurückkommt. Alle glotzen mich mitleidig an, sagen aber kein Wort. Niemand wagt es, auszusprechen, dass Tyler sich nicht von mir verabschieden wird.

Nach dem Essen stehe ich auf und helfe Rose ein letztes Mal beim Einräumen der Geschirrspülmaschine. Nina schlürft ihren Kaffee und wirkt noch ziemlich verschlafen.

»Ich mache jetzt meine Verabschiedungsrunde über die Farm.«

»Soll ich mitkommen, Simi?«, fragt Nina und springt sofort auf.

»Nein«, wiegele ich mit gesenktem Kopf ab. »Ich möchte die letzten Minuten für mich haben.«

Todtraurig verlasse ich schweren Schrittes die Küche. Zuerst gehe ich ins Hühnercottage und verabschiede mich von meinen gefiederten Kameraden, die sofort angetrippelt kommen.

»Heute hab ich kein Futter für euch, meine Süßen. Ich bin gekommen, um Tschüss zu sagen.«

Die Hühner gackern durcheinander und ich frage mich, ob sie mich verstehen.

Danach schleppe ich mich in den Pferdestall. Jetzt kann ich meine aufsteigenden Tränen nicht mehr unterdrücken. Hemmungslos schluchze ich und lege die Stirn an Heavens Kopf. Ich gebe ihm ein letztes Leckerli und streichle sanft über seine Stirn. »Könnte ich dich doch bloß nach Deutschland mitnehmen.«

Er schmiegt den Kopf an mich und schnaubt zufrieden. Ich blinzle ihn unter dem Tränenschleier an. »Du bist das Beste, was mir auf der Greenkenny Horse Farm passiert ist. Okay, nach Tyler. Aber danach kommst definitiv du. Du hast mir geholfen, meine Angst zu überwinden und mir wieder neues Vertrauen geschenkt. Und dafür danke ich dir, mein Guter.« Ich lege die Hand an meine Brust. »Du bleibst für immer in meinem Herzen.« Erneut schluchze ich auf. Ein letztes Mal streichle ich ihm über das weiche Fell, winke ihm und den anderen Pferden noch einmal zu und verlasse den Stall.

»Simone?«, höre ich Emilias Stimme hinter mir. »Bevor du gehst, muss ich dir noch etwas zeigen.« Sie schiebt mich in Richtung Flower Cottage.

»Warum steht die Tür offen?«

»Lass dich überraschen.«

Sie drängt mich in das Cottage hinein. »Ich verschwinde jetzt mal besser.«

Im Inneren schnappe ich nach Luft. Tyler steht mitten im Raum und lächelt mich an.

»Was machst du hier?«, frage ich irritiert, weil mir nichts Passenderes einfällt.

»Ich habe auf dich gewartet.«

»Ich hatte befürchtet, du verabschiedest dich nicht von mir.« Ich wische mir die Tränen aus den Augenwinkeln.

»Das habe ich auch nicht vor«, sagt er bestimmt.

»Nein?«

»Nein!« Er breitet die Hände aus. »Komm her, Simone.«

Ich mache ein paar Schritte und bleibe dicht vor ihm stehen.

Jetzt oder nie. »Tyler, ich ...«

»Sag nichts«, flüstert er und legt seinen Finger auf meine Lippen. Wärme breitet sich in meinem Inneren aus.

»Aber ich muss dir endlich sagen, was passiert ist.«

»Musst du nicht. Emilia hat mir alles erzählt.«

»Das mit der Liste?«

»Ja, und noch mehr als das.«

Ich atme auf. »Dann bist du nicht böse, dass ich dich von mir weggeschoben habe?«

»Nein. Ich an deiner Stelle hätte genauso gehandelt. Und außerdem war zuerst ich es, der dich von sich gestoßen hat.«

Erst jetzt entdecke ich das Kuvert, das neben ihm auf dem Sideboard steht. Er nimmt es und holt tief Luft.

»Ich hoffe, dass es nicht zu spät ist. Ich weiß, eigentlich bist du in einer Stunde weg und hast ein Leben in Deutschland. Und einen neuen Job. Das alles kann ich nicht ersetzen.«

Eine Träne bahnt sich ihren Weg über seine Wange. Mir zerreißt es das Herz, ihn so sentimental zu sehen.

»Aber ich will nichts unversucht lassen. Deshalb habe ich einen Vertrag vorbereitet.«

»Einen Vertrag?« Jegliche romantischen Gefühle, die eben noch in mir aufkeimten, sind wie weggeblasen.

Er überreicht mir das Kuvert. Ich öffne es und hole zuerst das Armband mit den Pferdeanhängern heraus.

»Du hast es repariert«, stelle ich gerührt fest und blinzle ein paar Tränen weg. Dann entnehme ich das Papier aus dem Kuvert, auf dem in schwungvoller Computerschrift *Vertrag* steht.

Ich beginne laut zu lesen.

Hiermit schließen Tyler McCarthy, Besitzer der Greenkenny Horse Farm und Simone Bach, Marktforscherin, wohnhaft bisher in München, einen unbefristeten Liebesvertrag auf Lebenszeit.

Ich runzle die Stirn und lese weiter.

Frau Bach verpflichtet sich, Tyler McCarthy auf Lebenszeit zu lieben, Scones für ihn zu backen, wann immer er sie sich wünscht und ihr Leben als Freundin, Geliebte und, je nach Absprache, später als Ehefrau mit ihm zu teilen.

Die Zeilen verschwimmen vor meinen Augen. Ich schniefe.

Im Gegenzug verpflichtet sich Tyler McCarthy, jederzeit für Simone Bach da zu sein, ihr jeden Wunsch von den Augen abzulesen und ihr ebenso ein treuer Freund, Liebhaber und nach einigen Jahren der Vertragserfüllung offen für eine Ehe mit der Vertragspartnerin zu sein.

Ich lächle und sehe auf. »Das ist so lieb, Tyler. Ich habe noch nie so einen schönen Brief bekommen.«

Er tippt auf das Schriftstück und schmunzelt. »Das ist ein Vertrag, meine Süße. Hast du die Adresse der beiden Vertragsparteien gesehen?«

Erst jetzt fällt mir auf, dass bei meinem Namen als Wohnort Greenkenny Horse Farm angegeben ist.

»Und es gibt einen Grund, warum wir im Flower Cottage stehen.« Seine Augen blitzen. »Ich will mit dir hier wohnen. Ich habe alles gegeben, um unser Nest vorzubereiten und ... nach dem Feuer wurde mir klar, dass ich doch mehr an den Cottages hänge, als ich dachte.« Er nimmt meine Hände in seine. »Bitte Simone, bleib bei mir. Ich will nicht ohne dich leben.«

Ich betrachte die liebevollen Details, mit denen Tyler das Cottage verschönert hat. Sogar ein Strauß roter Rosen steht auf dem Tisch.

»Die sind für dich«, erklärt er. »Ich liebe dich, Simone.«

Mein Herz schlägt Purzelbäume und ein wohliges Kribbeln zieht durch meinen Körper.

»Ich liebe dich auch, Tyler«, sage ich aus vollstem Herzen und schlinge die Arme um seinen Hals. »Aber ich muss zurück nach Deutschland.«

Er schiebt mich von sich und senkt den Kopf. »Bitte nicht.«

Ich sehe ihm mit gefestigtem Blick in die Augen. »Aber nur so lange, bis ich meine Wohnung aufgelöst habe und das, was ich gerne bei mir hätte, zusammengepackt habe.«

»Das heißt, du willst hier mit mir leben?«

»Ja, Tyler, ja, das ist mein größter Wunsch.« Ich lache laut auf.

Tyler schlingt seine Arme um mich und küsst mich lange und innig. »Ich bin der glücklichste Mann der Welt. Komm, wir erzählen es den anderen.«

Hand in Hand eilen wir ins Farmhaus.

Epilog

Ganze zwei Monate hat es gedauert, bis ich in Deutschland klar Schiff gemacht habe. Für meine Wohnung in München war dank der Wohnungsnot innerhalb kürzester Zeit eine Nachmieterin gefunden, die glücklicherweise einen Großteil der Möbel übernommen hat.

Meinen Kleiderschrank auszumisten, war für mich befreiend. Sämtliche Kostüme, Hosenanzüge und High Heels habe ich in den Secondhandladen gebracht. Dafür habe ich mir zwei Latzhosen und neue Gummistiefel angeschafft.

Meine Eltern waren zunächst entsetzt, dass ich im wahrsten Sinne des Wortes auswandere, aber nachdem sie sich beruhigt hatten, haben sie mir gesagt, wie sehr sie sich für mich freuen und es kaum erwarten können, mich in Irland zu besuchen.

Und mein neuer Arbeitgeber? Der hat es mit Fassung getragen. Man war der Meinung, man habe genug andere Bewerber, aus denen man noch auswählen könne und mir alles Gute gewünscht.

Und jetzt ziehe ich meine beiden Koffer vom Kofferband und platze fast vor Freude darüber, die wohlvertraute Flughafenhalle zu verlassen. Ein wohliger Schauer durchzuckt meinen Körper.

»Simone!«, höre ich Tylers aufgeregte Stimme.

»Simi, Simi, hier sind wir!«, brüllt Nina wie verrückt. Sie war nur eine Woche in Deutschland geblieben, um wie geplant ihren dreimonatigen Job auf der Farm anzutreten. Ich bin überglücklich, dass sie noch einen vollen Monat mit mir zusammen hierbleibt.

Ich entdecke die beiden im Menschengewirr. Moment, da ist ja noch jemand. John! Seine und Ninas Hände sind ineinander verschränkt. Ich schmunzle. Was für eine Überraschung. Sie hat mir doch glatt verschwiegen, dass sie und er endlich ein Paar geworden sind. Kurzerhand lasse ich die Koffer stehen und renne auf sie zu. Gleichzeitig umarme ich alle drei.

»Ich fasse es nicht«, sage ich schluchzend.

Nina lacht. »Wie schön, dass du zurück bist.«

»Willkommen in Irland.« John zwinkert.

»Willkommen zu Hause, mein Schatz.« Tyler vergräbt sein Gesicht in meinen Haaren und dann küsst er mich. Lange und innig. Ich atme seinen bekannten Geruch ein und bin mir absolut sicher, dass ich endlich zu Hause angekommen bin.

Er nimmt meine Hände in seine. »Glaub mir, ich lasse dich nie wieder ...«

Eine monotone Stimme dröhnt aus dem Lautsprecher. »Wir bitten um Ihre Aufmerksamkeit: Bewahren Sie Ruhe und verhalten Sie sich umsichtig. Soeben wurden zwei alleinstehende Koffer in der Ankunftshalle gefunden.«

Roses Scones-Rezept

- 450 g Mehl
- 2 Teelöffel Backpulver
- eine Prise Salz
- 100 g weiche Butter
- 85 g Zucker
- 300 ml Buttermilch
- etwas Milch

Den Ofen auf 220 Grad (Heißluft) vorheizen.

Das Mehl mit dem Backpulver in einer Schüssel vermischen und mit den Fingern mit Salz und Butter vermengen. Zucker hinzugeben und weiter verrühren.

Roses Geheimtipp ist die Buttermilch. Damit werden sie fluffig und saftig. Diese lauwarm erhitzen und mit den restlichen Zutaten verkneten. Wenn nun der Teig – wie bei Simone – wie Kaugummi an den Fingern klebt, gibt man noch etwas Mehl hinzu. Nun werden 7 Teigballen mit etwa 3 cm Höhe geformt und nebeneinander auf ein Backblech gesetzt. Die Oberseite des Teiges mit Milch bestreichen und ab damit in den Ofen.

Nach 10-12 Minuten sind die Scones goldbraun und können warm oder kalt verzehrt werden.

Die Iren essen sie gerne mit Butter und Marmelade.

Guten Appetit!

Was es noch zu sagen gibt ...

Inspiriert zu diesem Roman wurde ich durch meine eigene Geschichte, in der mir unverhofft ein halbes Jahr Zeit geschenkt wurde. Kurzerhand hämmerte ich wie Simone *egal wann, egal wohin* in die Tasten und bekam Dublin als Reiseziel angeboten. Da ich die Grüne Insel noch nicht kannte und der Flugpreis wirklich unschlagbar war, begab ich mich auf die Reise. Dublin begeisterte mich als Stadt ebenso wie die Abende in der Temple Bar. Ich machte Bekanntschaften mit Menschen aus aller Welt. Jedoch hatte ich keinen One-Night-Stand wie Simone und betrank mich auch nicht bis zum Sankt-Nimmerleins-Tag. Beim einsetzenden Schneechaos überschneiden sich unsere Geschichten allerdings wieder. Dadurch, dass Dublin komplett dichtmachte, saßen die anderen Gäste und ich in Irland fest. Es folgten zwei weitere feuchtfröhliche Abende in der Temple Bar, die bis heute tief in meinem Herzen verankert sind. Als es für mich wieder nach Hause ging, hatte ich jede Menge fantastische Erinnerungen im Gepäck, von denen ich weiterhin zehre. Für Simone war das erst der Anfang und bald landete sie auf der Greenkenny Horse Farm.

Danke

Zum Schluss will ich mich noch bei all den großartigen Menschen bedanken, die mich auf dem Weg zum Debütroman unterstützt haben.

Meine Agentin Sophie Wittmann von der Agentur Gerd F. Rumler: Du hast an mich geglaubt und keine Bemühungen gescheut, für meinen Roman ein Zuhause zu finden. Astrid Rahlfs, meine Lektorin: Sie haben meinem Manuskript den richtigen Schliff gegeben und mir unermüdlich klargemacht, woran ich feilen muss.

Danke auch an den dp Verlag für die großartige Zusammenarbeit und dass ihr mich in eure Autor:innenfamilie aufgenommen habt.

Ein großes Dankeschön geht auch an meine Testleserinnen. Steffi Desenick: Deine ehrliche Meinung und die konstruktiven Verbesserungsvorschläge haben mir sehr weitergeholfen. Selma Özdemir: Du hast mein Manuskript kritisch beäugt, tolle Rückmeldungen gegeben und hattest sogar Lust, eine weitere überarbeitete Version zu lesen. Kristin Richter: Durch dein großartiges Wissen über Pferde hatte ich glücklicherweise eine fachkundige Ansprechpartnerin, die auch kurzfristig Sonderschichten für mich einlegte.

Und danke an alle lieben Mitautorinnen, die mittlerweile zu Freundinnen geworden sind. Stephanie

Vifian: Du hast mich unterstützt, den perfekten Einstieg in den Roman zu finden. Von dir kann ich unglaublich viel lernen. Scarlett Buschle: Ich liebe unseren Austausch und den Humor, den wir miteinander teilen. Dank dir ist die Szene der ersten Begegnung zwischen Tyler und Simone entstanden. Inga Schneider: Unsere stundenlangen WhatsApp-Sprachnachrichten sind mittlerweile fester Bestandteil meines Tages. Danke vor allem für deine aufbauenden Worte und dass du jederzeit bereit warst, mit mir über meinen Text zu sprechen und mir unglaublich tolle Anregungen gegeben hast.

Und ich danke euch, liebe Leserinnen und Leser, dass ihr meinen Roman gekauft habt. Mit dieser Veröffentlichung ist für mich ein Traum wahrgeworden und ich hoffe, dass ich euch angenehme Lesestunden bescheren konnte. Ich würde mich unfassbar über eine positive Bewertung freuen.